牛晓岑 著

全相平话五种

讲史意象叙事研究

凤凰出版社

图书在版编目（CIP）数据

"全相平话五种"讲史意象叙事研究 / 牛晓岑著.
南京：凤凰出版社，2024.12. -- ISBN 978-7-5506
-4302-4

Ⅰ．I207.41

中国国家版本馆CIP数据核字第20242Y99Q3号

书　　　　名	"全相平话五种"讲史意象叙事研究
著　　　者	牛晓岑
责 任 编 辑	李相东
特 约 编 辑	蒋李楠
装 帧 设 计	陈贵子
责 任 监 制	程明娇
出 版 发 行	凤凰出版社（原江苏古籍出版社）
	发行部电话025-83223462
出 版 社 地 址	江苏省南京市中央路165号，邮编：210009
照　　　排	南京凯建文化发展有限公司
印　　　刷	安徽省天长市千秋印务有限公司
	安徽省天长市郑集镇向阳社区邱庄队真武南路168号
开　　　本	890毫米×1240毫米　1/32
印　　　张	12.75
字　　　数	309千字
版　　　次	2024年12月第1版
印　　　次	2024年12月第1次印刷
标 准 书 号	ISBN 978-7-5506-4302-4
定　　　价	98.00元
	（本书凡印装错误可向承印厂调换，电话：0550-7964049）

序

　　叙事学理论传入中国已经四十余年，学者们充分接受、运用这一理论研究中国文学作品，创造了丰富的成果。伴随着相关研究的深入，叙事学已经走上了中国化之路。然而，这条路可谓道阻且长，"中国叙事学"理论体系的建构仍然处于"现在进行时"。叙事学作为"萌生"并"成长"于西方文化环境中的理论体系，与中国文学创作实际存在一定隔膜，消除其"水土不服"，成为学者们始终要去思考、探索的时代课题。我想，突破中西文化差异，探索人类叙事行为的共性规律，并追溯中国文学叙事的发展源流，明确中国叙事文学的个性特征，建构广泛适用于全人类文化，且能突出中国经验的叙事学理论，是"中国叙事学"研究的主要方向，相关工作正待深入开展。从这个角度看，牛晓岑博士的新著《"全相平话五种"讲史意象叙事研究》着眼于中国古代中长篇通俗小说文体的生成问题，系统运用全新的、中国化的叙事学理论，对中国早期通俗讲史小说的经典作品——"全相平话五种"进行了全方位、多角度和深层次的剖析，一定程度上消除了西方叙事学"水土不服"的问题，对通俗小说叙事形成了追本溯源的研究，填补了若干学术空白。

　　该书系统运用"意象叙事"分析法研究中国早期通俗讲史小说的经典作品，这是一项重要的学术创新。按照作者的理论，"人的内在主观心理活动投射于外在事物形象上，形成的有丰富含义的新形象即是'意象'";在叙事作品中,"意象"成为寄寓叙事主体行为意图的载体,因而影响主体的行为,从而参与叙事;而意图代表人的心理需求,心理需求则规定着叙事的内容。以"意象"为着眼点,作者得以充分探究文本中叙事主体的行为意图,明确叙事作品的深层内涵,由表及里地揭示叙事的实质,实现了西方叙事学分析法与中国叙事文学作品的有效结合。

牛晓岑博士全面运用的"意象叙事"分析法,实为多位学者多年探索的产物。多年前,上海交通大学许建平教授即推进相关课题之研究,主持国家社科基金资助项目"明清小说意图叙事与意味形式研究(08BZW043)"。2014 年,许教授出版专著《意图叙事论——以明清小说为分析中心》(人民出版社 2014 年版),标志着"意图叙事"理论的提出。这一理论以人的行为意图为着眼点,全面分析叙事文学的规律,具有适应全人类文化的方法论价值,更与中国人的整体性、体验性、意象性思维相契合。从人的心理需求入手,把握叙述行为中一切主体(包括作者、叙述者和人物)的一切行为之产生根源,从而观照这些行为的发生、发展和结果。这样的方法对于研究中国文学作品颇具实践价值,相关探索一时间成果频出,总结出了许多明清小说叙事规律。众多学者的广泛实践,反过来促成了该理论的进一步优化创新。如果以"意象"为主要着眼点,优化"意图叙事"研究,"意象叙事"分析法便随即生成。作为许教授的高足,牛晓岑博士即能充分接受并较早地实践"意象叙事"研究,他的这部新著也可谓"意象叙事"理论创新实践的一大新成果。

该书理论视野广阔,吸收了多种流派的叙事学理论,并将文学研究与哲学思辨相结合,探索出了一套有效的叙事意象分析方法。作者以经典叙事学的分析法为基础,以后经典叙事学理论为补充,将叙事主体纳入了研究视野,形成了兼顾叙事"语法"中的"动词"

与"名词"的新分析法;同时又以叔本华等人的意志论哲学为理论指导,进一步优化叙事学理论,形成了全新的"意象叙事"研究模式;以此为基础,对中国小说的叙事体系、结构形成了新的认识,在本书第二章提出了新的叙事分析思路。作者认为物意象主要发挥表意功能,事意象主要发挥叙事功能,事意象组合成组群,以事意象组群进一步结构文本叙事,这即是小说的意象叙事体系;以物意象激发或提示人物意图,启动事意象建构,以人物为枢纽,意图为线索,组合事意象,关联意象叙事序列,可进一步形成小说叙事结构。用这一系列思路分析中国古代小说叙事,其探索具有一定的理论创新价值。

该书还体现出了作者扎实的文献功底,通过广泛的史料搜集和扎实的文献考据,作者明确了小说叙事意象的建构模式。据我所知,牛晓岑博士曾深度参与了国家社科基金重大项目"《王世贞全集》整理与研究(12&ZD159)"的科研工作,独自承担了《剑侠传》《世说新语补》等古籍的点校工作,也负责了《弇州山人四部稿》《明抄本弇州山人续稿》《皇明名臣琬琰录》等古籍的整理和审校工作。其中《弇州山人四部稿》荣获上海市哲学社会科学优秀成果奖。这些足以彰显他深厚的文献学功底。在本书第一章,他凭借充分的文献考据,探索了平话借助各类史料建构讲史叙事意象的方法和策略。在以理论探索见长的本书中,这一章的内容可算得上是别具亮点了。如今的文学研究或多或少存在一定的重方法、轻文本的问题,如何兼顾理论方法的创新和文献实证的考辨,应是当今学者需认真思索的问题。作者确能如其在绪论中所言,做到立足文本细读,从文献出发,用实证说话,以叙事学分析法为主要方法,这种意识本身即是难能可贵的。

该书不仅有方法创新意识,也具备充分的问题意识。该书创新叙事学方法,其目标就是为了服务于中国小说研究,作者借助全新的意象叙事理论,探讨了中国中长篇通俗小说叙事模式的生成问题。元平话是明清小说文体发展之一大前源,"全相平话五种"则为元平话中的代表作品,作者以之为典型案例进行分析,对中国通俗小说的叙事结构、表意模式、思想范型和意味风格等进行了全方位的探索。作者首次提出中国通俗小说具有"讲史意象叙事"传统,明确了元明清时期中长篇通俗小说的创作模式源流,明确了其"寓教于乐"的基本手段。同时也对许多具体问题,如平话的文体性质等,形成了观照。作者的这些探索对于中国古代小说研究、元明清文学与文化研究等均有一定助益。

整体看来,以叙事学作为方法论探索中国古代小说文体的生成、发展和流变是大有可为的。中国古代众多形态的通俗小说文本性质究竟为何?这些小说类型之间究竟有何关系?明代长篇通俗小说的源流如何,其兴起、兴盛的真实过程为何?对于以上种种问题的探索仍在继续,相关研究还有充分的空间。

叙事学研究深入叙事文本本体,尤其适用于小说文体形态、性质的研究。而"中国叙事学"理论尚在探索之中,还远未达到完善状态。可以说,无论是中国古代小说研究,还是中国叙事学的理论建构,均任重而道远。我期待牛晓岑博士在今后的学术生涯中,继续推进相关研究,贡献更多优秀成果。我相信,他是不会辜负这一期望的。

胡　颖

2024 年秋于兰州

目　录

绪　论

第一节　研究缘起

在西方叙事学理论传入的三十余年中,中国学界对该理论运用充分,同时也将其"水土不服"的问题暴露了出来。叙事学理论起源离不开西方文化环境,进入我国后,面对本土叙事作品,许多理论短板便凸显出来。具体来看,有如下几点:首先,叙事学的基础理论存在一定偏狭问题。叙事学的直接理论源泉为法国结构主义思潮和俄国形式主义分析理论,结构主义和形式分析是文学借鉴语言学而形成的理论,语言学结构分析法促成了这些理论的诞生。可以说,西方语言学是西方叙事学的理论来源,西方叙事学理论的生成与发展是受西方语言学指导的。基于对大量西方国家和民族语言的研究而建立起来的西方语言学理论很难完全适应汉语研究,面对用汉语创作的中国叙事文学作品,尤其是浩如烟海的古代叙事文学作品时,西方叙事学理论出现难以完全适应的情况便在所难免。其次,叙事学理论的发展一直与中国文学研究之间存在隔膜。西方叙事学理论是在西方众多学者对其长期运用的过程中不断完善和丰富的。可以说,叙事学理论不仅萌生于西方文化土壤中,还成长于西方文化的环境里。进入中国后,该理论与中国叙事文学现实存在巨大疏离也是可以理解的。直接运用西方叙事学研究中国古代叙事作品,文不对题的现象很容易出现,许多中国作品会因此被误读,这是会影响研究效力的。然而,西方叙事学理论是一种文学本体研究理论,其对世界上任何国家的文学研究均有重要的理论价值,对于中国文学研究亦有着巨大的指导意义,在研究中国古代叙事文学时,我们极有必要运用这一理论。为避免出现闭门造车和画虎不成反类犬两种研究窘境,对叙事学理论进行完善,使其适应中国语言文学的实际情况,之后再合理运用,可谓一种极佳的思路。也就是说,叙事学必须走上"中国化"之路。

目前,"中国化"叙事学理论的探索和应用研究可谓方兴未艾,任重而道远。促进叙事学与中国文学研究实现全方位结合,探索出全新的"中国叙事学",这是从事中国叙事文学研究的广大学者一直以来的信念。中外学者如浦安迪、董乃斌、杨义、刘勇强、陈平原、谭帆、徐岱、宁稼雨、傅修延、李桂奎等均能深入探索。这些学者全方位、多层次地研究中国文学的叙事,有多种"中国叙事学"理论成果出现。但叙事学"中国化"之路注定艰辛,"分析的方法体系似乎清晰起来了,但规律却未能建立起来"①,完备的"中国叙事学"还未形成。虽然学者们研究探讨了众多叙事学问题,对中国文学叙事的诸多要素,如主客体、结构、时空、视角、人称、技巧、方法、功能等均有研究,但能统合这些研究的系统化理论尚在酝酿之中,中国文学叙事的清晰的规律还有待探索,学者们还要继续建构系统化的中国叙事学理论。

穷究叙事学理论中的中西文化矛盾点,寻求化解矛盾的方法,进而消弭叙事学与中国文化的隔阂,这是中国叙事文学研究必须

---

① 许建平:《意图叙事论——以明清小说为分析中心·序》,人民出版社2014年版,第1页。

面对和努力解决的时代课题。中国人与西方人的文化思维特征完全不同，故而中国语言文学系统具有极强的独特性，这是叙事学中国化的最大障碍。如有学者指出：

> 方块的表意性汉字与字母拼写起来的表音文字的性质差异以及由这些差异所表现出来的中国人的整体性、体验性、意象性思维与西方人的分析性、试验性、逻辑性思维的非完全对接性。正是这种非完全对接性造成了叙事学在中国文学研究中的变形、变调、变味。①

中国富有整体性、体验性和意象性思维的文字和文学本身便不适应西方分析性、试验性和逻辑性的思维模式。在中国进行叙事研究，必然要避免直接对文本进行简单的结构性分析。

　　如何避免生搬硬套西方叙事学理论，化解叙事学研究中的中西文化差异问题，答案要从内外两个角度去寻求，两个方向的探索均困难重重。一方面，追溯中国文学理论，探索叙事文学规律。中国文论丰富，其中的叙事文学内容亦多，然缺少明确而系统、独立且完备的叙事学理论，目前的中国叙事学研究实难从中获取充分的营养。另一方面，借鉴西方叙事学理论建构的过程，举一反三地探索中国叙事学理论。相关探索又容易陷入"旧瓶装新酒"的尴尬局面，最终成了对西方叙事学理论的"打补丁"工作，再次出现理论与作品南辕北辙的情况。目前只有沿着如下路径不断前行，才有机会建构体系完备的中国叙事学：突破固有的西方思维，以中国的思维方式整合目前的中国叙事学研究成果，提取其中的抽象理论。

---

　　①　许建平：《意图叙事论——以明清小说为分析中心·序》，人民出版社2014年版，第2页。

在具体实践层面,有两种倾向是目前研究所必须避免的。第一,盲目脱离西方叙事学指导,急于另起炉灶。叙事学理论虽是在西方文化环境中生成的,但随着近现代学术的发展,这个理论已经广泛传播,经过不断地探索、补充和纠正,许多原理已经广泛适用于全世界的文学叙事研究。建构中国叙事学理论时,不可贸然抛弃原有的西方叙事学理论,以免相关研究沦为没有理论基础的空中楼阁。第二,受限于不成体系的中国本土叙事学理论,不思变通。不成体系的中国传统叙事理论终究难以支撑起现代化的叙事学研究,我们对其只能采取充分借鉴但不盲目采信的态度。总之,建构中国叙事学理论体系的工作切忌于中西文化割裂的语境中开展,超越中西文化界限是中国叙事学研究形成突破的必需条件。换言之,中国叙事学理论的探索,是为建构广泛适用于全人类文化的叙事学理论而做出的努力。叙事学只有适用于全人类文化,才能从根本上避免"水土不服",叙事学的中国化才能真正实现。

基于以上认识,笔者努力探索能突破不同文化差异的叙事学研究之路,发现从叙事行为本身入手研究叙事显然是一条很好的途径。从哲学角度审视叙事可知,叙事行为由人实施,人的意志直接指导叙事行为。因此,从叙事的动机——人的欲求入手是可以对叙事进行分析的。而意志指导人产生各种欲望,欲望转化为具体的意图,从而影响叙事行为,这种意识活动为全人类所共有,是能摆脱文化限制的。西方早期经典叙事学过早地将人的因素排除在研究之外,即聚焦于"人物做什么"[1],而忽略"人物是什么"[2]。这种做法的目的是保证叙事研究为一种纯粹的本体研究,切断文本与社会的联系,更有助于从根本上探明叙事的规律。这种做法

---

①② [法]罗兰·巴尔特:《叙事作品结构分析导论》,张寅德编选:《叙述学研究》,中国社会科学出版社1989年版,第25页。

是一柄双刃剑，它不仅排除了本体研究的干扰因素——社会文化，也同时使叙事研究忽略了叙事行为的根本动因——人的心理需求。"没有动机那意志活动就绝不能出现"①，人们心有所需，才身有所动，叙事行为亦是如此。"当人物在行动以前，就不再从属于行为"②，这种忽视叙事中行为发出者主观能动作用的思路存在一定局限。这样的理论一旦遇到中国文化的整体性、体验性、意象性思维，遇到中国文学作品中时刻相互交融的心事与外物，其理论效力即大打折扣。在中国人的思维模式中，外在事物与内在心意是具有"主客一体性"的，外在事物可以成为内在心意的一种表现，外物为"象"，内在心意为"意"，这便是所谓"意象性思维"。每个"象"对应着某种心意，不能随意拆分，"故可寻象以观意"③，内在主观意识和外在客观事物能够得到融合表达，故而是主客一体的。以此观照中国文学，意象便是必不可少的元素，研究意象思维指导下的中国文学，便不可以忽视"意"，即人的心理需求，研究中国叙事文学，自然无法套用西方经典叙事学，隔离掉人的心理需求。叙事行为与人的心理欲求关系密切，这是适用全人类的规律，关注叙事中人的心理欲求的思路是足以突破中西语境限制的。而对于富有"意象性思维"的中国文学，关注叙事中人的心理欲求尤为重要。因此，笔者主张在建构"中国叙事学"时，将叙事中的行为发出者——人的心理欲求作为一大切入点，促使新的理论能兼顾西方叙事学基础和中国的文学实际。

----

① ［德］叔本华著，石冲白译：《作为意志和表象的世界》，商务印书馆 2018 年版，第 232 页。

② ［法］罗兰·巴尔特：《叙事作品结构分析导论》，张寅德编选：《叙述学研究》，中国社会科学出版社 1989 年版，第 24 页。

③ ［魏］王弼：《周易略例》卷一《明象》，［魏］王弼著，楼宇烈校释：《王弼集校释》，中华书局 1980 年版，第 609 页。

　　"意图叙事"理论的出现开启了以人的心理欲求为切入点建构"中国叙事学"的实践。以人的意欲为着眼点,全面分析中国叙事文学的规律,形成了适应中国文化思维、更适合研究中国文学作品的叙事学理论。意图叙事理论从人的心理需求入手,把握叙述行为关涉的一切主体,包括作者、叙述者和人物,明确叙述行为本身和叙事作品中的一切行为产生根源,从而观照这些行为的发生、发展和结果。"叙述是人的心理需求表达的方式,叙述的内容由人的心理需求——意图——所规定"①,关注人的心理需求能最大限度贴近叙事的本体,全面审视叙事结构,明确叙事作品的深层内涵。意图叙事理论的研究模式适应中国文学内在主观意识和外在客观事物浑融一体的特性,体现中国思维整体性、体验性的意象反而可以成为叙事研究最主要的抓手。该理论重视意象对于叙事的意义,由意象入手分析意图,由表及里地揭示叙事的实质,这是很适合研究富含意象的中国叙事文学作品的。

　　笔者受意图叙事理论启发,故而拟选取"意象"作为切入点对元明清小说叙事进行系统性研究。一方面,笔者期待能借意象叙事研究实现叙事学研究方法的更新。笔者以西方叙事学理论为根本指导,分析意象在叙事文本中的存在形式和价值,深入挖掘意象的叙事功能,进而审视中国叙事文学文本的建构过程,以期实现中国叙事学的理论创新。另一方面,笔者希望借意象叙事研究促成元明清小说研究的创新。笔者以意象为突破口,全面分析元明清小说,尤其是影响巨大的中长篇通俗小说的叙事结构与模式,从而透视相关小说的文化内涵,以期能在文本本体层面发现元明清小说编创、传播和接受的多重信息,把握其文本实质与文学、思想和

---

　　① 许建平:《意图叙事论——以明清小说为分析中心》,人民出版社 2014 年版,第 6 页。

文化价值。

　　平话是我国早期通俗小说中一个重要的类型,元刊平话更是中国现存最早的通俗历史小说文本之一,深刻影响着后世的章回小说创作①。敦煌变文中已有通俗小说文本,但在元代平话兴起之前,通俗小说一般篇幅较小,文体形式极不成熟,且具有极强的地域性和宗教性,流传范围与影响力非常有限。不仅如此,变文出现之后的几百年间,通俗小说鲜有刊本现世。元代平话的出现标志着通俗小说在数量与篇幅上的飞跃,通俗小说的文学性、阅读性及案头化程度也大大提高。在元平话作品中,"全相平话五种"最具代表性,且是为数不多有元代刊本存世的早期通俗小说。几百年来,关于"全相平话五种"的研究成果非常丰富,但其作为叙事文学作品,学界对其文本本体的探索仍有推进空间,对其文本内涵的研究也有待深入。学者们充分重视"全相平话五种"的巨大价值,对于这组平话的编创者、成书时间、文本性质、艺术特色、思想性、语言特色以及平话故事的流传和改编等问题,进行了相对深入的研究。在文献考证和审美批评等方面,学者们着力甚深。但围绕着"全相平话五种",仍有不少问题没有完全解决。"全相平话五种"的篇幅都与现代中篇仿佛,这在通俗小说史上是空前的。篇幅大、内容杂,面对这种情况,平话创作者可以借鉴的早期通俗小说文本可谓寥寥无几。平话创作者是如何驾驭如此庞大的叙事文本

————————

　　①　广义的平话包括"全相平话五种",即《全相武王伐纣平话》(后文简称《武王伐纣平话》)、《全相平话乐毅图齐七国春秋后集》(后文简称《七国春秋平话》)、《全相秦并六国平话》(后文简称《秦并六国平话》)、《全相平话前汉书续集》(后文简称《前汉书平话》)、《新全相三国志平话》(后文简称《三国志平话》)五种合刊平话,《新编五代史平话》《三分事略》《大宋宣和遗事》《梁公九谏》《薛仁贵征辽事略》《梦斩泾河龙》等11部宋元时期通俗小说;狭义的平话则只包括书名中含有"平话"二字的作品,即"全相平话五种"和《新编五代史平话》。参见卢世华:《元代平话研究——原生态的通俗小说》,中华书局2009年版,第6页。

的,其文本是如何建构起来的,这些都是需要深入剖析的。后世如《三国演义》《列国志传》等重要长篇讲史章回小说从篇幅体制到故事题材,均能看到"全相平话五种"的影子,可以说"全相平话五种"是对中国通俗长篇小说,尤其是讲史类章回小说影响最深的早期通俗小说作品之一。"全相平话五种"除了直接为《三国演义》等章回小说提供故事素材之外,对它们的编创模式、故事形态和思想内涵有何影响?这些问题还是可以讨论的。时至今日,研究者们需要采用一种科学的方法,从本体上对"全相平话五种"进行全面和深入的研究,进而能系统地总结其创作模式,科学地揭示其文本内涵,明确其小说史价值。

意象叙事研究可以从本体把握"全相平话五种"的创作模式和文本内涵,但相关研究处于起步阶段,须不断推进。一方面,"全相平话五种"作为叙事文学作品,表意和叙事是其生命所在,全面深入地总结其叙事机制,可以从本体上把握平话文本特征,进而观照其内涵。另一方面,"全相平话五种"作为早期通俗小说作品,其叙事的意象思维特征颇为明显,各类意象的设计、交互等体现出了一定机巧,能较好地彰显人的内心需求,呈现出一定诗性特征。基于以上两点,笔者以"意象叙事"切入"全相平话五种"本体研究是可行的。目前从叙事学角度入手研究"全相平话五种"的成果不多,且主要关注叙事时空、结构以及技巧等问题,叙事学理论"水土不服"问题亦相对明显,运用"意图叙事"理论或者关注叙事意象的成果几乎为零。所以运用"意图叙事"相关理论研究成果,以意象为抓手,全方位分析"全相平话五种"的叙事,明确其创作模式,探索其文本内涵是完全必要的。另外,通过研究意象叙事,从叙事文本本体层面把握"全相平话五种"的创作模式,亦可相对系统地探索平话对后世小说创作的影响。

综上,在明确了叙事学理论及其发展情况,并确定了"全相平话五种"急需意象叙事研究的事实后，笔者决定对"全相平话五种"的意象叙事进行系统研究，总结其创作模式，探索叙事文本背后的内涵，进而讨论其在中国小说史上的地位和价值。

第二节　研究现状

20世纪60年代，叙事学于法国正式诞生。结构主义语言学理论直接指导叙事学研究，普罗普等人的俄国形式主义分析理论也深刻影响了叙事学理论建设。叙事学发展初期，可称为"经典叙事学"，以语言学思路研究文学，热拉尔·热奈特、罗兰·巴尔特、格雷马斯、托多罗夫、布雷蒙以及海登·怀特等人可谓此时的代表。此时的叙事学研究思路里，叙事即是"一个动词的扩张"①，叙事文本不过是扩展的句子②，叙事学研究便是在分析语法。"据此可以看出，经典叙事学的雄心之一在于倚仗语言学模式总结出一套放之四海而皆准的叙事语法。"③故而此时叙事的概念、范畴、方法等问题得到了开拓性的探索，学者们总结了成千上万个故事背后最为简单的语法规律，从姿态万千的叙事文本中提取出类似"主—谓—宾"一样的标准结构，借助这样的理论成果指导其后学者理解、分析和评价叙事文学。

经典叙事学理论的蓬勃发展，为叙事文学研究提供了一套系统理论，但同时也造就了叙事文学分析的方法藩篱。随着语言学

---

① ［法］热拉尔·热奈特著，王文融译：《叙事话语　新叙事话语》，中国社会科学出版社1990年版，第10页。

② ［法］兹维坦·托多罗夫：《从〈十日谈〉看叙事作品语法》，张寅德编选：《叙述学研究》，中国社会科学出版社1989年版，第177页。

③ 傅修延：《从西方叙事学到中国叙事学》，《中国比较文学》2014年第4期，第3页。

理论的更新迭代,叙事学出现了发展瓶颈,詹姆斯、曼弗雷德·雅安、西摩·查特曼、玛丽-劳勒·莱恩等学者顺应学术发展的时代潮流,推动了叙事学的新变,使叙事学如语法学一样,理论更为系统。然而,叙事学最大的问题随之显现,叙事研究局限于文本内部,叙事与外部,尤其是与叙事行为中人的联系一直是被切断的。人作为叙事行为的发出者却无法成为叙事学研究所关注的因素,这种矛盾意味着叙事学理论存在巨大的完善空间。然而,叙事学继续完善却面临两大难题。一者,语言学(主要是语法学)的模式将研究的视野严格局限于文本内部,不可能关注叙事行为主体。二者,结构主义语言学和形式主义分析专注于"动词"研究,即专门研究叙事文本的谓语,隔离了叙事的主语和宾语。诚然,动词是语法中最变化多端的词类,其形态对句法结构影响巨大,但不能因此而轻视名词的意义,叙事学借鉴语法学理论时亦需要注意此点。在经典叙事学理论未被完全突破前,涉及叙事发出者的研究主要为叙事的人称、视角研究,这实为叙事行为研究的附庸,行为发出者因此一直游离于叙事学研究视野之外。以语言学思路审视文学,其中的感性因素极易因理性思维而被遮蔽掉,文学研究虽以语言学研究为理论之源,但文学理论却不能局限于语言学理论。就叙事学发展而言,突破语言学尤其是语法学理论的束缚,关注文本外部世界,尤其是在研究时重视叙事行为主体是极为必要的。20世纪中后期,随着语言学理论的创新,结构主义的影响减弱,叙事学也从"经典叙事学"转向"后经典叙事学",专注于叙事"谓语"的研究模式被打破了。

比起之前的理论,"后经典叙事学"有两大新变。一者,叙事学吸收了语言学之外的多种理论。随着20世纪后期世界范围内多种理论思潮的勃兴,解构主义、精神分析学、对话理论、读者反应理论、女性主义、电影理论、心理语言学理论和格式塔心理学等众多理论学说与文学理论出现交叉，叙事学也因此得以与这些理论结合。此时，叙事学发展出现大卫·赫尔曼所说的局面："一门'叙事学'（narratology）实际上已经裂变为多家'叙事学'（narratologies）。"①大卫·赫尔曼、米克·巴尔、施洛米丝·雷蒙-凯南、希利斯·米勒、韦恩·布思、苏珊·S. 兰瑟、布赖恩·理查森、华莱士·马丁、马克·柯里、詹姆斯·费伦、梅尔巴·卡迪-基恩、卢波米尔·道勒齐尔、莫妮卡·弗卢德尼克、杰拉德·普林斯、大卫·里克特、沃尔夫·施密德、梅厄·斯滕伯格等学者可以说是诸家叙事学的代表，他们皆有自成一家的理论。二者，已有部分"叙事学"流派将研究视野扩展至文本外部。叙事的发出者——人被许多叙事学者重新发现，成为其叙事学研究的要素。关注人与叙事文本之间的关系，叙事学开始触及文本叙事的灵魂所在。"最近的研究突出了经典叙事学未能涉及或有意回避的叙事的话语方面"②，"话语"（discourse）不同于"语言"（language），是人们具体说出或写下的语言，由语言到话语，起作用的是人的因素，故而赫尔曼此语表明叙事主体进入了叙事学的研究视野。话语是语言在运用过程中产生的概念，话语的形态受到人以及人际关系的影响。叙事研究突出话语方面，原有的受语法学指导的理论将叙事文本与叙事行为发出者隔离的思路被舍弃，叙事研究不再只关注"动词"，叙述者、人物和叙述接受者等叙事要素逐渐得到了详细研究。

　　在理论新变的影响下，新的叙事学理论取得了两大重要成就。其一，拓展了叙事学研究的问题视域。"叙事学与结构主义脱钩，意味着森严的门户壁垒就此被打破，人们不必固守'结构''语法'

①　[美]戴卫·赫尔曼主编，马海良译：《新叙事学·引言》，北京大学出版社2002 年版，第 1 页。

②　[美]戴卫·赫尔曼主编，马海良译：《新叙事学·引言》，北京大学出版社2002 年版，第 2 页。

之类的研究对象,也无须拘泥于语言学模式这一种研究方法。"①
不必固守,自然能发现诸多新问题和真问题。"叙事的指代问题,
即叙事使用的诸多符号如何产生意义,故事是怎样讲述出来的,讲
述时发送的信息真实性如何,虚构人物与虚构世界如何在讲述时
生成,它们与人们体验到的真实人物和世界有何区别与联系,等
等。"②这些问题在"经典叙事学"中均未被触及,却是研究文学叙
事必须面对的,"后经典叙事学"理论投入相关实践,推进了各民族
叙事文学作品研究的发展进程。其二,启动并加速叙事行为参与
者的相关研究。韦恩·布思提出"隐含作者"概念,许多后经典叙
事学研究者紧随其后,"将'隐含作者'视为文本意思的一部分,而
不是叙事交流中的一个主体"③,学者们发现了作者、叙述者乃至
接受者等叙事行为的参与者对叙事意义的直接影响,叙事行为参
与者的精神意志、社会身份等元素便不应与叙事研究切断联系,反
而是叙事研究需要重点关注的。如米克·巴尔指出叙述中"行为
者始终是一个重要的因素"④,她研究行为者(包括叙述者和人
物),发现叙事中意图的意义:"故事成分间一种目的论的关系:行
为者具有一种意图,渴望奔向一个目标。"⑤叙事行为中,意图能塑
造叙事的形态。马克·柯里认为"对小说中的视角的分析是对作

---

① ② 傅修延:《从西方叙事学到中国叙事学》,《中国比较文学》2014 年第 4
期,第 8 页。

③ 申丹:《叙事、文体与潜文本——重读英美经典短篇小说》,北京大学出版
社 2009 年版,第 39 页。

④ [荷]米克·巴尔著,谭君强译:《叙述学:叙事理论导论》,中国社会科学出
版社 1995 年版,第 27 页。

⑤ [荷]米克·巴尔著,谭君强译:《叙述学:叙事理论导论》,中国社会科学出
版社 1995 年版,第 28 页。

者控制的揭示"①,作者的意图在控制叙事,这种控制体现在叙述
技巧之中。詹姆斯·费伦认为:"意义产生于隐含作者的能动性、
文本现象和读者反应之间的反馈循环。"②作者、叙述者、人物乃至
叙述的接受者之于叙事的意义均得到了研究。此时的学者,如米
克·巴尔等重视行为者的个性特征,这便涉及对人的自然及社会
属性之叙事意义的探讨,叙事理论得到了充分拓展。

由"经典叙事学"到"后经典叙事学",叙事行为主体——人的
因素被纳入研究视野,诸多问题因此被陆续发现,并得到探索。目
前,这一过程还在推进之中,许多问题仍需要不断发现并研究。

20 世纪 80 年代,叙事学传入我国后,许多学者投入叙事学研
究之中。相关研究主要有两种模式:一为运用西方叙事学理论研
究中国文学的叙事作品和现象;一为探索"中国叙事学"理论并指
导中国文学研究。

介绍和运用西方叙事学理论,指导中国文学研究的工作率先
起步。西方叙事学的传入使中国文学研究得到了一次视野的突破
和方法的拓展。研究不仅造就了大量的理论和实践成果,也为日
后叙事学本土化打下了坚实基础。

首先,西方叙事学理论著作的译介和推广工作起步最早。20
世纪 80 年代开始,袁可嘉、张隆溪、李幼蒸、张寅德、赵毅衡、余杰、
格非、申丹、谭君强、唐伟胜、尚必武等学者大量翻译叙事学名著,
促使叙事学在中国学界迅速风靡,为中国的叙事学发展奠定了良
好基础。

其次,中国的叙事学研究迅速发展,成果众多。伴随着大量叙

---

① [英]马克·柯里著,宁一中译:《后现代叙事理论》,北京大学出版社 2003
年版,第 22 页。
② 申丹:《叙事、文体与潜文本——重读英美经典短篇小说》,北京大学出版
社 2005 年版,第 44 页。

事学著作的翻译和推介工作完成,中国学者便开始了大规模的叙事学研究,运用叙事学理论解答了许多中国文学问题,并形成了众多次生理论。引入西方叙事学理论是为了帮助解决中国文学研究的问题,而非生搬硬套。学者们以叙事学理论分析中国文学文本,在研究过程中思考了叙事学理论与中国文学文本的适用性问题,逐渐形成了许多适用于中国文学的叙事学研究路径,为叙事学理论趋向完善做出了贡献。具体成就有如下方面:一者,大部分学者选择将中西文学叙事同等地置于叙事学研究视域内进行研究,从而使叙事理论存在的一些偏颇问题得到了解决。如赵毅衡开拓"广义叙述学",车槿山探索"比较叙事学",将中西文学作品共同作为观照对象进行研究,总结出普遍规律,徐岱《小说叙事学》则综合古今中外的优秀小说作品为例,总结小说的普遍叙事模式。这一类研究一般"应用比较研究的方法在叙事学的框架内发展我国的叙事学研究"①。其中谭君强的"比较叙事学"实践极具代表性,他开拓"审美文化叙事学"理论,具有适用于众多艺术形式叙事研究的优势,对中西叙事作品的共性形成探索。二者,一部分学者解决了一些叙事学研究的重要问题,为叙事学发展贡献了中国力量。如龙迪勇以中国文学的特性为抓手,探索了叙事的空间机制问题,其"空间叙事学"可谓重要的叙事学创新。再如赵毅衡一定程度上探索了文化研究与叙事学研究的结合问题,申丹探索了叙述与文体的关系问题等。由于中国学者善于引入中国文学作品作为材料,故而形成了独特优势,填补了诸多叙事学研究空白。此外还有尚必武、傅修延、罗钢、胡亚敏、周宪、王丽亚、江守义、张世君、董晓英、金人健、殷企平、陈锡麟、黄秋耘、王泰来、王富仁、张阂、王诺、

① 谭君强:《比较叙事学:"中国叙事学"研究之一途》,《江西社会科学》2010年第3期,第37页。

吴效刚、赵一凡、黄子平、高小弘、李伟忠、罗小东、王爱松、伍茂国、曲春景、耿占春、吴敏、孙基林、王阳、黄卫星、徐丽芳、杨建国、张丽、唐晓云、张开焱、马大康、赵红红等学者积极进行理论创新，探索叙事学与中国文学研究的有效结合方式，丰富了叙事学理论体系。

　　总体来看，叙事学传入后已经成为中国文学乃至中国艺术研究的重要方法论，成就与问题皆很明显。一方面，叙事学理论得到了极为充分的运用，各类叙事学问题也得到了深入探索。从上古神话到现当代小说，从诸子散文到民间说唱，无论是抒情文学还是叙事文学，无论是雅文学还是俗文学，无论是韵文还是散文，在中国各类型文学的研究中，叙事学均已成为重要的理论和方法。甚至在绘画、雕塑、舞蹈、音乐、影视等非文学艺术形式的研究中，在历史学、新闻学等学科的研究里，叙事学理论也被我国的学者们所运用。叙事学理论中常见的时空问题、人称问题、视角问题以及叙述接受问题等也都得到了中国学者们的充分探索。另一方面，中国学者介绍并运用叙事学理论的工作也留下了一定空间。一者，理论存在一定滞后性。国内学者对后经典叙事学理论的推广和运用工作起步较晚，还有许多工作有待推进。其中对于叙述主体意识的研究尚需推进。二者，许多中国叙事文学的特殊问题在叙事学研究中涉及不深，中国关于叙事的文论也有待系统整理。西方叙事学理论与中国文学研究还存在不适应的情况，针对叙事学，学界需要进行"中国化"的创新工作。

　　"中国叙事学"的理论探索与研究实践业已开始，体系化的理论尚未完全成形。在 20 世纪 80 年代末，杨义首先进行了"中国叙事学"理论的研究，这标志着"中国叙事学"理论的建设工作正式起步。杨先生以中国小说叙事为切入点，研究了中国古代小说中的叙事时间、视角、意象和评点等问题，总结了中国叙事行为迥异于西方的特征,提出了"返回中国叙事本身"的"中国叙事学"观点①。杨先生以西方叙事学理论为参考,立足中国的叙事作品,探索了中国叙事诸多特有元素,"从理论上揭示了不同于西方、对于西方学者甚为陌生的中国叙事学世界,初步建立了我国自己的叙事学原理"②。值得注意的是,"意象"已经被杨先生纳入"中国叙事学"研究理论体系,他说"严格意义上的意象不可能成为叙事的主体,它充其量只是形象、情节和议论的点化或装饰"③。杨先生一定程度上发现并探究了"意象"的叙事功能,但也留下了一定的再探空间。杨先生"第一次建立了具有中国特色的、与西方体系可以对峙互补的叙事学体系"④,在他的引领下,一大批中国学者陆续投入"中国叙事学"理论探索和实践工作中,形成了可观的研究成果。

首先,具体的文体和叙事作品的中国叙事学研究成果众多。其一,发展最为充分的是中国小说叙事学研究。研究不仅充分总结了中国小说的诸多叙事规律;许多中国经典小说的叙事也得到了相对详尽的研究。如杨义、刘勇强、方正耀等学者以中国叙事学为视角研究中国小说史;夏志清、石昌渝、陈洪、宁宗一、欧阳代发、陈美林、石育良、谭邦和、傅承洲、孟昭连等学者则在小说史研究中专门梳理了中国小说叙事艺术的流变;陈平原、吴建勤等学者专门研究小说叙事模式的生成和异变,探讨了许多中国小说叙事技法问题;赵毅衡、王平、鲁德才等学者研究中国小说叙事形态及其文化内涵。又有浦安迪、黄霖、王平、高小康、周次吉、王昕、王昊、邱江宁等学者研究具体小说类型的叙事模式,探索了叙事对小说文

① 杨义:《中国叙事学(图文版)》,人民出版社2009年版,第10页。
② 杨义:《中国叙事学(图文版)》,人民出版社2009年版,第455页。
③ 杨义:《中国叙事学(图文版)》,人民出版社2009年版,第290—291页。
④ 杨义:《中国叙事学(图文版)》,人民出版社2009年版,第456页。

体的塑造；周振甫、陈果安、张世君、陈国军、王彬、刘春生、郑铁生等学者研究具体小说作品的叙事形态和技巧，审视其文化、思想和艺术价值，对《红楼梦》《三国演义》《金瓶梅》等经典小说均有涉及。其二，其他文学类型的中国叙事学研究亦有规模。中国诗歌和散文叙事学有董乃斌、廖可斌、程相占、王荣、邓全明、潘万木、刘宁、丁琴海等学者进行研究，总结诗文叙事模式。中国戏曲叙事学研究则有郭英德和谭帆等学者进行探索，形成了戏曲叙事理论，着重探讨戏曲文体对叙事形态的影响。董上德一定程度上突破了文体限制，研究戏曲、小说和史书的互文叙事，透视中国叙事的文化内涵。学者们以小见大，从具体的文体和作品切入，总结中国叙事文学的规律，他们的成果为中国叙事学的理论建设打好了基础。

其次，中国叙事学思想研究也有了相对充分的发展。学者们从中国叙事文学作品、文学理论和批评著作、文人文集、评点文字中提取信息，甚至从文人的别集编撰、作品选编思路中发现问题，总结并审视了中国的叙事思想。具体来看，相关研究涵盖了如下问题。其一，中国叙事思想的源流、生成与发展、流变。探索源流有傅修延的"中国叙事学"研究，从甲骨文文献开始，到先秦散文，总结了中国叙事思想从萌芽到初步形成的过程。归纳中国叙事思想传统则有董乃斌和陈平原的研究。董乃斌指出叙事和抒情为中国文学两大传统，"它们本是同根生、一起长的兄弟"①，表明中国文学一直重视叙事。陈平原则具体说明"史传"和"诗骚"是中国叙事的两大传统。叙事思想流变研究则有赵炎秋和徐岱的探索，梳理了中国叙事思想史。其二，中国具体领域的叙事思想研究。如史传叙事思想研究：王靖宇、丁琴海等学者总结了史传叙事的传统；赵毅衡、王平认为史传是中国叙事思想的源泉，对史官的模拟

---

① 董乃斌：《中国文学叙事传统研究》，中华书局2012年版，第3页。

使中国叙事形成了固定的传统,史官的价值观启发着中国叙事思想的形成;潘万木、刘宁等学者则研究了《左传》《史记》等具体史书,总结了史学对文学叙事思想的启发。再如诗歌叙事思想传统研究:邓全明、程相占、王荣等学者研究中国的叙事诗,总结诗歌叙事思想;李万钧的研究则关注诗歌普遍存在的叙事传统;石昌渝、陈平原则研究叙事文本借助诗词叙事的传统,探索部分小说的诗化叙事倾向。还有更为具体的研究,如蒋述卓研究佛经叙事思想,探索了中国叙事中的宗教元素。其三,中国叙事思想的具体内容研究。如李桂奎、宁稼雨、万晴川和苗怀明等学者着重研究中国文学叙事的"人本"思想;罗书华则重视中国叙事的"事体"思想研究;墨白强调中国叙事文学的"求真"思想研究等。相关研究遍及中国叙事思想的诸多侧面,梳理了中国叙事思想的发展脉络。

复次,中国叙事学理论的建构工作方兴未艾,有许多探索空间。杨义之后,董乃斌、傅修延、张开焱等学者均致力于探索"中国叙事学"的系统性理论,他们综合归纳中国叙事思想,结合中国叙事文本分析的成果进行研究,探索中国叙事的普遍性规律,确定中国的叙事传统,进而完成理论建构。中国叙事的形象思维模式、时空一体化设计和圆形结构等问题得到了他们的探索。还有学者如宁稼雨、王齐洲和陈维昭等,进一步细化叙事理论,形成中国的"叙事文化学",探析中国叙事的民族性问题。张世君、刘亚律、龙迪勇、胡亚敏、吴文薇、熊沐清、傅建舟、施定、谢龙新、邓绍基、韩晓等学者探讨中国叙事学的具体范畴,丰富了"中国叙事学"理论体系。相关研究成果与前两项工作比起来少了许多,系统的中国叙事学理论还在探索中。

其中值得注意的是,从叙事主体入手探索中国叙事学理论的工作刚刚起步。近年来,有中国学者开始重视人及其内在心理需求对叙事的意义,将其作为重要元素引入"中国叙事学"理论建设之中。如齐海英注意到中国文学具有主观情感与客观事物融合一体的表意方式,因而探索了中国文学的意境叙述;许建平则率先提出"意图叙事"理论,探索叙述行为的心理动因,以意图为切入点分析叙事文学结构,从而揭示中国叙事学的普遍规律;石峰雁则进一步运用"意图叙事学"理论,以"意象"为抓手对叙事作品进行分析,全面研究了《金瓶梅》的叙事意象结构,重新发现了这部经典小说的文化内涵。这些创新性尝试拓展出了"中国叙事学"研究的新空间,也为中国叙事研究初步探索了一套新方法。这样的研究成果还不多,相关工作有待进一步展开。

　　总体而言,处于"未完成时态"①的"中国叙事学"理论仍有待学者们对其进行系统化建构。叙事学虽起源于西方,但叙事行为却是全人类所共有的,突破文化限制,建构适用于全人类叙事研究的理论,这项事业仍将长期进行。

　　平话是宋元时期通俗文学的代表形式,亦是明清通俗小说文体的一大源头。作为平话中的代表性作品,"全相平话五种"自1926年被日本学者盐谷温发现于内阁文库后,百余年间得到了学界相对充分的研究。鲁迅于《中国小说史略》最早系统介绍了元平话,对存世元平话的成书、文学性与故事渊源进行全面论述,具有开创性意义,影响深远。游国恩、章培恒、袁行霈和袁世硕等人分别编写《中国文学史》,其中介绍了"全相平话五种"的成书与版本,简评了元平话的艺术性。邓绍基主编《元代文学史》、萧欣桥《话本小说史》、欧阳健《历史小说史》、张兵《宋辽金元小说史》、王古鲁《王古鲁日本访书记》等对"全相平话五种"主题内容和体制形式等的论述更加详细。文学史研究之外,专门的小说研究论著能更详

---

　　①　王瑛:《西方叙事学本土化研究述评(1979—2013)》,《华南农业大学学报(社会科学版)》2014年第3期,第143页。

细地对元平话展开分析,且能具体到各部作品,关注到作品的个性,如胡士莹《话本小说概论》、程毅中《宋元话本》和《宋元小说研究》、罗小东《话本小说叙事研究》、胡小伟《北宋"说三分"起源新考》、章培恒《现存所谓的宋话本》、程毅中《从〈前汉书平话〉到〈东西汉演义〉——略论明代通俗小说发展的累积过程》等都具体分析了"全相平话五种"的体制特征、创作倾向、思想内容、故事形态和地位影响,探讨平话与讲史的关系。还有孙楷第、叶德均、谭正璧、赵景深、韩南、石昌渝、萧相恺、周兆新等学者著作中也论及"全相平话五种"的成书、体制及艺术风貌,这些成果均对"全相平话五种"的专门研究有所启发。目前,专门的"全相平话五种"研究业已起步。研究主要关注如下问题:"全相平话五种"的成书、流传及形式来源考辨;"全相平话五种"的文体性质;"全相平话五种"的审美与艺术价值;"全相平话五种"的文化内涵与文化价值;"全相平话五种"与其他文体及作品的关系;"全相平话五种"语言学研究等。

第一,起步早、探索较为充分的是"全相平话五种"的成书、流传及其形式来源考辨。由于相关文献太少,"全相平话五种"的成书年代与地域、编创方式、刊印时间、版本流传、形式源流等问题均需考证。胡士莹、丁锡根、宁希元、程毅中、李亦辉等学者以"全相平话五种"中的语言习惯、地名、官制以及参照史书版本等为据推断平话成书年代。如刘世德通过文本比较,考证文本中具体词语,确定《三分事略》的刊印早于《三国志平话》将近三十年","它们是同一部书的不同的刊本"①。罗筱玉则通过比勘《三分事略》与《三国志平话》文本,分析二者的异文、正误等,推测《三分事略》的成书

---

① 刘世德:《谈〈三分事略〉:它和〈三国志平话〉的异同和先后》,《文学遗产》1984 年第 4 期,第 111 页。

年代和过程,侧面肯定了刘世德的观点①。罗宗涛分析五种平话的语言特征,对这些平话的故事源流进行了较为细致的研究②。宁希元考证平话中的地名及文化事件,推断平话成书于金朝③。由于文献太少,目前许多考证成果还存在争议,但考证工作已为其他类型研究排除了许多障碍,研究进一步深入,需要注重与本体及文化研究的协调。

第二,"全相平话五种"的文本性质研究方法渐趋多样。学者们关注"全相平话五种"的可读性、演说性、史料价值等问题,体制研究、源流研究、叙事研究和文化研究逐渐协调。此类研究代表性学者有王庆华、楼含松、卢世华等。其中徐大军注重方法创新,着眼元代文人白话著述的发展,提出了"元代的平话文本是以通俗浅易为宗旨的文本编创立场上的历史题材书面作品,而非说话人口讲活动的书录或底本"的观点④。齐心苑则对徐大军的一些探索进行补充,纠正讹误,对平话性质有了相对客观的认识⑤。单纯的文本分析获得的信息毕竟有限,由于缺乏文献旁证,作品文本性质与功用众说纷纭,各具合理性,又都难确证,探索新方法如引入艺术史、版本学、出版学等研究方法很有必要,已有学者开始从元刊"全相平话五种"的插图、排版上入手,研究尚待深入。

第三,"全相平话五种"文学性、艺术性及审美观的研究成果最为丰富。其中纪德君、洪哲雄从形式与故事两个层面分析了"全相

---

① 参见罗筱玉:《也谈〈三分事略〉与〈三国志平话〉的刊刻年代及版式异同》,《文献》2016 年第 3 期。

② 参见罗宗涛:《元建安虞氏新刊五种平话试探》,魏子云主编:《中国文学讲话》第 8 册《辽金元文学》,贵州教育出版社 2014 年版,第 339—361 页。

③ 参见宁希元:《〈三国志平话〉成书于金代考》,《文献》1991 年第 2 期。

④ 徐大军:《元代平话文本的生成》,《文学遗产》2014 年第 2 期,第 79 页。

⑤ 参见齐心苑:《元代平话文本生成辨析——兼与徐大军先生商榷》,《新疆大学学报(哲学·人文社会科学版)》2017 年第 1 期。

平话五种"等平话作品的审美追求,透视其中的民间历史观念与处世智慧①。卢世华从人物、情节等方面阐释"全相平话五种"等元平话作品的民间性审美特征及其影响②。楼含松通过分析"全相平话五种"等平话作品文白混用的语言特征及其文化内涵,探究了平话向主流文学靠近的创作倾向③。余兰兰、朱铁梅、张真等学者对"全相平话五种"中诸葛亮、张飞、刘备等人物形象进行研究,分析作品的创作倾向,考辨明清章回小说部分人物形象的源流④。以叙事学理论指导艺术研究的探索已经起步,如楼含松分析"全相平话五种"等平话故事形态和叙事模式的拟史特征,揭示平话与讲史的关系⑤。与之类似,杜贵晨、李亦辉、李作霖、涂秀虹、李红等学者也从故事形态、叙事技巧与话语模式入手研究"全相平话五种"或其中一篇,研究已开始转向小说本体与文化思维方面。

第四,"全相平话五种"的文化内涵与价值研究方兴未艾。学者们多聚焦于民间文化、史料与史学价值及宗教文化等方面。民间文化研究视角多样。王星琦分析平话作品的民间性创作思想,

① 参见纪德君、洪哲雄:《试论宋元平话的审美文化追求》,《中山大学学报(社会科学版)》1998 年第 5 期。

② 参见卢世华:《野性与率性——论元代平话的审美特色》,《阴山学刊》2006 年第 3 期;卢世华:《早期历史小说的传奇审美——元代平话中的人物故事》,《阜阳师范学院学报(社会科学版)》2008 年第 3 期;卢世华:《论元代平话审美的传奇本色》,《殷都学刊》2008 年第 2 期;卢世华:《元代平话中的奇异方术》,《人文论谭》2015 年刊。

③ 参见楼含松:《论讲史平话的语言特征》,《浙江大学学报(人文社会科学版)》2002 年第 6 期。

④ 参见余兰兰:《"神仙"式的军师——论〈三国志平话〉对诸葛亮形象的神化》,《水浒争鸣》2003 年刊;朱铁梅:《宋元话本与张飞市民英雄形象的定型》,《河北学刊》2008 年第 4 期;张真:《〈三国志平话〉中的刘备形象》,《许昌学院学报》2012 年第 3 期。

⑤ 参见楼含松:《拟史:宋元讲史平话的叙事策略》,《浙江大学学报(人文社会科学版)》2006 年第 5 期。

研究了宋元讲史家民间思想倾向与主流价值观的相互作用①。李亦辉和李秀萍分析《武王伐纣平话》中的各类民间思想②。马新阳、陈德华和丁原仓都研究"全相平话五种"产生的条件及思想倾向，马文从唐宋说唱伎艺发展中寻求答案，陈文则探讨了蒙元民族政策与文化环境对平话的塑造作用③。研究仍不断创新，取得诸多成果。对"全相平话五种"的史料、史学研究则关注作品史料来源、史学价值及史学与平话的关系。周贻白首先开始分析平话史料来源，挖掘了《武王伐纣平话》中故事的史料渊源④。邓锐和舒焚都分析"全相平话五种"等平话作品的历史叙事模式，指出了元平话对普及历史知识的作用与局限⑤。楼含松分析宋代史学对讲史的影响，认为"讲史的兴盛和宋代史学的通俗化、普及化有着密切的关系，史籍的流布和历史知识的普及，为讲史提供了广泛的群众基础，也为讲史艺人提供了丰富的素材和可资借鉴的叙事技巧，并随之产生了有关讲史的评价尺度"⑥。敖鹏惠归纳了三种平话故事来源，即"复述或照抄史书等典籍""据史书等典籍中的零星记

　　①　王星琦：《宋元平话的文化意义》，《南京师大学报(社会科学版)》1992年第2期。

　　②　参见李亦辉、李秀萍：《民间思想的多维呈现：论〈武王伐纣平话〉的文化意蕴》，《学术交流》2012年第12辑；李亦辉：《怪力乱神的多源汇聚——论〈武王伐纣平话〉的整体艺术构思及其民间叙事特征》，《温州大学学报(社会科学版)》2011年第6期。

　　③　参见马新阳：《宋代讲史平话兴盛的原因》，《扬州师院学报(社会科学版)》1993年第2期；陈德华、丁原仓：《元代平话的社会环境》，《临沂师专学报》1995年第3期。

　　④　参见周贻白：《〈武王伐纣平话〉的历史依据》，《小说月报》1941年第13期。

　　⑤　参见邓锐：《宋元讲史平话的史学史研究价值》，《江淮论坛》2008年第4期；舒焚：《两宋说话人讲史的史学意义》，《历史研究》1987年第4期。

　　⑥　楼含松：《史学的新变和讲史的兴盛》，《浙江大学学报(人文社会科学版)》2000年第1期，第71页。

载敷衍铺叙而成""无据可征,虚构而成"及其运用方法,从民间史观和宗教角度全面分析了平话历史观并评价其史学价值①。宗教文化研究关注到宗教文化对"全相平话五种"文本形态、思想倾向的影响。如李宜涯分析了道教对"全相平话五种"故事形态的影响②;余兰兰分析了"全相平话五种"中具体作品蕴含的宗教思想,揭示了元代宗教文化的民间生态③;张同胜则探讨了刘备形象描写中的佛教渊源,研究了平话中佛教思想对政治书写的影响④。

第五,"全相平话五种"与其他类型文学关系研究渐趋丰富。主要有两类:"全相平话五种"与其他文学类型关系研究、题材相似文本的比较研究。第一类通过比较研究揭示"全相平话五种"在小说乃至文学史发展中的地位与价值。李宜涯分析了咏史诗对"全相平话五种"等平话作品结构、历史观及叙事模式的影响⑤。韩洪波、崔常俊从中国叙事文学的诗骚传统入手,研究了平话的诗性结构,揭示了平话引用诗词的文化动因⑥。第二类则比较研究题材相似的不同文本,揭示文本差异背后的文化内涵。纪德君指出了同为历史题材的平话和演义在价值取向与艺术追求上的差异,揭

---

① 参见敖鹏惠:《元刊"全相平话五种"的史料研究》,吉林大学 2005 年硕士学位论文。

② 参见李宜涯:《〈元刊五种平话〉中的道教色彩》,《成大宗教与文化学报》2001 年第 1 期。

③ 参见余兰兰:《论〈三国志平话〉的宗教文化思想》,《华中师范大学研究生学报》2011 年第 2 期。

④ 参见张同胜:《〈三国志平话〉中刘备的身体政治书写》,《中国古代小说戏剧研究》2015 年第 1 辑。

⑤ 参见李宜涯:《晚唐咏史诗与平话演义之关系》,文史哲出版社 2002 年版。

⑥ 参见韩洪波、崔常俊:《融诗于史——宋元讲史平话引用诗词韵语考察》,《河池学院学报》2012 年第 6 期。

示了通俗小说文人化过程及案头化的具体表现①。王以兴、李小红等则从人物、情节入手,研究平话故事流变及其历史文化动因②。高万鹏研究《武王伐纣平话》与《封神演义》的思想内涵与审美倾向差异,揭示了时代文人与商业活动等对故事形态的塑造③。陈曦则全面比较《三国志平话》和《三国演义》的故事情节、人物形象、文化意蕴和美学特征,探索二者关系,并对《三国志平话》的文学艺术价值和文学史地位进行重估④。此外,还有叶楚炎和黄小菊等学者进行过相关探索。目前,对不同文本互文性的研究已逐渐成为比较研究的主流。

第六,语言学研究成果较多。元刊"全相平话五种"时代信息丰富,具有重要的语言学研究价值,作为研究元代汉语的第一手资料,对其中词汇、句法、用字的研究成果颇多,高育花、赵熊、周文等人的研究可为代表。研究虽属语言学范畴,但也对平话考证提供了帮助。

第七,综合性研究开拓了深广的研究空间。早在"全相平话五种"发现时,郑振铎(西谛)便综合分析评价了五种平话⑤。之后,孙楷第、祝松柏等人也对"全相平话五种"进行了全方位的研究。目前,已有许多学位论文或专著系统全面地研究了"全相平话五

① 参见纪德君:《宋元平话与明清历史演义小说析异》,《学术研究》2001 年第 12 期。

② 参见王以兴:《三顾茅庐情节的演变——从〈三国志平话〉到〈三国志通俗演义〉》,《滨州学院学报》2013 年第 2 期;李小红:《一峰独秀与诸峰并立——谈〈全相平话三国志〉与〈三国志通俗演义〉中张飞形象塑造的差异》,《伊犁师范学院学报(社会科学版)》2008 年第 1 期。

③ 参见高万鹏:《从历史到神史——〈武王伐纣平话〉与〈封神演义〉之比较》,天津师范大学 2013 年硕士学位论文。

④ 参见陈曦:《〈三国志演义〉与〈三国志平话〉比较研究》,哈尔滨师范大学2020 年博士学位论文。

⑤ 参见西谛:《论元刊全相平话五种》,《北斗》1931 年第 1 期。

种"及其中具体作品。李宜涯重点考察作品体制与主题的关系及作品的宗教性①,白彩霞系统把握了作品的成书背景、体制、思想意识、艺术特点及影响②。两人注重作品的总体把握,系统全面。王敏全面探索"全相平话五种"等平话作品与其两大故事来源的关系,总结归纳平话的艺术价值与影响③。罗筱玉、卢世华和李红都详细考述"全相平话五种"等元平话作品的生成与流变,考察了元平话的体制、故事性、艺术性、成就及地位,罗筱玉详细论述了具体作品的成书与刊印,卢世华全面分析了《新编五代史平话》和"全相平话五种"的思想与体制特征,李红则以平话为最贴近传统说话艺术的文本作品,对平话进行了全面的文献、文学和艺术研究,三人的研究形成了系统、全面的模式④。

综合来看,"全相平话五种"的研究发展相对全面,但在叙事学方面尚存一定研究空间。一者,系统的平话叙事学或者"全相平话五种"叙事学研究尚有待推进。二者,从意图叙事、意象叙事的角度研究平话和"全相平话五种"的工作还有待开展。总之"全相平话五种"的叙事研究还有很多问题需要解决,系统化的研究也尚未完全形成,研究空间不小。

---

① 参见李宜涯:《元至治新刊全相平话五种研究》,台北文化大学 1978 年硕士学位论文。

② 参见白彩霞:《元刊〈全相平话五种〉研究》,内蒙古师范大学 2014 年硕士学位论文。

③ 参见王敏:《话历史沧桑,写细民之心——宋元平话研究》,苏州大学 2006 年硕士学位论文。

④ 参见罗筱玉:《宋元讲史话本研究》,复旦大学 2005 年博士学位论文;罗筱玉:《宋元平话文献考辨与研究》,浙江大学出版社 2019 年版;卢世华:《元代平话研究——原生态的通俗小说》,中华书局 2009 年版;李红:《中国传统说话视域下的元刊平话研究》,东北师范大学 2020 年博士学位论文。

第三节　价值意义

通过梳理国内外叙事学研究及"全相平话五种"研究的现状，笔者发现从叙述的本质——人的心理欲求入手，研究"全相平话五种"的文本本体是大有可为的。本书在已有的叙事学理论基础上，将叔本华等人的意志论哲学元素引入，建构以"意象"研究为中心的叙事学理论，并以此观照"全相平话五种"的叙事模式、结构，讨论平话叙事形态的成因，分析平话叙事者的用意，重新审视"全相平话五种"的内涵，总结其小说史价值。一方面，本书研究可以突破经典叙事学"杜绝任何影响作者心理、作品产生和阅读的社会历史条件的介入"①的固有观念。在研究平话这种极富中国特色的叙事文学类型时，打开新思路，不仅关注叙事的产品——叙事文本本身，还关注叙事的动机——人的心理欲求，综合分析叙事行为的整体过程。"全相平话五种"叙述者在"讲史"时选取历史故事有何考量，什么样的历史故事进入了平话，又因何被叙述出了平话故事这般不同于真实历史的样貌？"由意欲产生动机，由动机产生活动"②，上述问题实际上均指向代替作者进行叙事的叙述者的叙事动机问题，这是需要在叙事学研究中加以解决的。运用经典叙事学理论去解答叙事动机问题是困难重重的，本书运用意象叙事的方法，能探索叙事行为中人的心理欲求，故而能形成一定新认识。另一方面，本书研究可推动"中国化"的叙事理论在小说研究领域全面运用的进程。国内"意图叙事"理论的兴起，一定程度上突破

---

① 张寅德编选：《叙述学研究·编选者序》，中国社会科学出版社 1989 年版，第 5 页。

② 〔德〕叔本华著，张尚德译：《人生的智慧》，黑龙江人民出版社 1987 年版，第 80 页。

了经典叙事学的理论困境,而检验新理论的最佳途径便是实践。本书以意象为切入点,分析"全相平话五种"叙事过程中众多行为(包括叙述者和人物的一切行为)的产生原因——意图,进而通过总结意图的发展过程和意图间的关系,分析平话叙事的结构,明确平话叙事的规律。以意象为抓手,以意图为叙事研究的关键,本书因而可以从全新的角度明确平话叙事中各类事件走向的内在原因,从而总结出平话叙事文本形态的形成过程,并在一定程度上剖析平话叙事的思想文化内涵。本书的意象叙事研究能观照叙事学所必须关注的众多元素,深入分析叙事文本本体,可以说是叙事学理论创新后的一次全方位的深入运用,促使新理论的探索落到实处,使意象叙事理论发挥其实际研究价值。

具体来看,本书研究"全相平话五种"意象叙事时,在以下方面实现了创新。

第一,本书重视叙事文学中的"意象",明确其在文本结构中的重要意义。首先,笔者探索了从人的心理欲求入手研究叙事的新思路。叔本华等人的"唯意志论哲学"给予了笔者启示,笔者因而关注到文本叙事的现象与人内心活动的关联。叙事作为一种行为,是人践行意志的产物。为了推进和实现他们内心的某种意图,叙述者或者人物才从事某种行为,他们外在的行为过程,是其内在意图推进和实现过程的体现,叙事中事件的发展对应的是叙事中人的内在心理欲求的演变过程。基于此,笔者对叙事学的分析法进行了创新,将米克·巴尔等人的叙事学理论原理运用于行为动机分析中,全面分析人物和叙述者的意图及其推进和实现过程,探索了叙事文学的心理结构。如此,笔者有了对"全相平话五种"等小说进行本体研究的新路径。其次,笔者选择"意象"作为探索文学叙事中意图的切入点。中国文学中的意象是主观情意和客观事物的统一体,意图亦是人的一种情意,在中国文学中亦可寄寓于意象之中。中国叙事文学也富含意象,这些意象不仅体现人物的意图,还会因为意图的原因影响人物的内心活动,从而影响叙事中的行为。由此可见,中国叙事文本中的意象可参与叙事。故而笔者突破学界固有认知,将"意象"作为叙事的主要载体和结构单位进行研究,而非仅将其作为叙事辅助元素加以观照。

第二,通过意象叙事分析,本书可明确"全相平话五种"的双重意图结构。从寄寓人物意图的最小单位意象开始,笔者梳理"全相平话五种"结构整个文本的过程,明确平话支撑故事文本的深层意图结构。首先,本书对"全相平话五种"中意象的种类、组合方式及其结构叙事的模式进行系统总结。与以往叙事文本结构体系研究不同,本书进行意象叙事结构体系分析时立足意图,更切近叙事文本建构的深层逻辑。结合"全相平话五种"的实际,笔者对平话叙事的意象类型进行区分,明确平话依靠物意象和事意象两大基础类型意象结构叙事的模式。笔者初步探索平话叙事的结构规律,即"物意象激发或点明意图,事意象实践并推进意图","以事意象为基础结构叙事,事意象由单元组合成组,由组组合成群,体现意图由生成到持续推进,直至收获一定结果的过程","事意象群进一步串联形成众多以人物为枢纽的意象叙事序列,这些序列各自延伸又相互作用,共同组成了意象叙事的主体结构",这是一个环环相扣的结构。经过如此分析,笔者可以明确"全相平话五种"中众多人物意图发展的真实情况,展现人物意图间复杂的关系,审视它们相互作用的方式与结果,形成更贴近叙事实际的结构分析。其次,本书揭示了"全相平话五种"意象叙事互相照应的双重结构。本书分析的叙事结构不仅包括靠人物意图发展序列及其相互关系作用建构而成的表层意图结构,还包括由叙述者叙事意图构成的深层意图结构。双重结构的叙事存在对应关系,表意可以互补,使得全书意象叙事结构更加完善。以此为基础,笔者可进一步明确叙述者的意图,分析叙述者(代表作者)对社会和人生的认知,为平话叙事艺术的思想文化内涵研究打好基础。

第三,借助意象叙事理论,本书可对"全相平话五种"的文本内涵形成全新的认识。以"意象叙事"的理论创新为手段,笔者研究的一大目的是为了明确"全相平话五种"的思想文化内涵。"全相平话五种"名为讲史,而其中的故事却体现出与真实历史的巨大差异。对于涉及的五段历史,平话选取的视角,聚焦的主要人物和事件,对历史细节的具体叙述等均有着依傍历史却疏离史实的特征。受平话的作者(或编创者)的把控,叙述者如此"讲史"意欲何为,这是个亟须解决的问题。本书从叙事学角度探索这一问题,这种本体研究更容易触及问题的实质。"意象叙事"分析法又关注叙述行为的内在原因,关注叙事的心理动机,借此研究平话叙述意图,得出的结论更具说服力。可以说,本书的方法创新造就了研究平话叙事动机的优势,有利于研究形成新发现。通过意象叙事分析,"全相平话五种"中各个主要人物、重要人物的人生长期意图及其推进和实现情况可以被总结归纳出来,对此进行进一步分析,叙述者的叙事意图亦可推知,平话叙事的用意便能得以揭示,这有助于对平话的思想文化内涵形成全新的认识。

第四,通过意象叙事分析法,本书可对"全相平话五种"叙事艺术的得失形成全面的认识,立足新视角,运用新方法探索平话在小说发展史上的意义价值。以意象为切入点,本书能够详细、具体地总结"全相平话五种"的小说叙事模式,分析其作为早期中长篇通俗历史小说在叙事上形成的有益探索,审视其存在的不足,从而明确其为后世小说创作提供的经验和教训,全面研究平话叙事对后世小说的影响。在方法创新的基础上,本书可对学界一直关注的中国通俗小说起源和发展问题进行全新探索,这也是本书最为深远的创新价值。

　　总之,通过深入探索意象叙事理论,本书可对"全相平话五种"的意象体系、结构及其体现的小说思想内涵、艺术成就等进行分析,对叙事学理论的中国化形成新探索,同时也可更为深入地研究元代平话的叙事,为中国通俗小说创作模式的生成、发展和流变研究贡献新成果,在叙事学理论探索和小说史研究等方面具有创新价值。

第四节　方法路径

　　本书立足文本细读,以理论分析为主,文献考证为辅。意象叙事为本书最主要的文本分析法,笔者又结合史料文献论证,对"全相平话五种"的文本创作模式、叙事结构体系、叙事思想内涵及其风格、地位、影响进行全方位研究。

　　首先,以文本细读为基础的叙事学分析法为全书的核心研究方法。本书研究以读透文本为基础,运用意象叙事的分析法,总结平话叙事文本的层次、结构,结合哲学理论,明确平话叙事表意的真实内涵。笔者吸收叔本华等人的哲学理论,借以弥补叙事学忽视人的欲求的缺陷,又参考现有中国叙事学理论,使意象叙事理论更加完善。在意象叙事理论指引下,笔者不仅细读五部平话作品,还参考阅读大量的中国叙事文学文本,对叙事学中国化进行探索,总结意象叙事的基础规律,并明确平话意象叙事的特色。笔者归纳出适用平话的叙事文学意象结构形式,如从物意象开始,建构起事意象,之后再组合成事意象组、群,最终形成意象叙事序列并借以结构叙事的模式等。总结出平话从意象出发最终构成文本的规律,"全相平话五种"每部平话的实际意象叙事结构便得到了总结归纳,进一步审视结构,叙事者和作者的用意则可得以明确,平话叙事的深层次思想内涵便可被挖掘出来。结合中国叙事文学文本进行分析,平话叙事的风格、影响和文学史意义等均可得以明确。

其次,本书从文献出发,用实证说话。为总结"全相平话五种"叙事的影响,界定相关具体的中国叙事学概念,笔者查阅了大量文献,力求做到言必有据。一者,本书以文献实证为基础进行推论,没有文献支持,绝不妄下论断。二者,本书虽以新理论和新方法为特色,但以实证为一切创新的基础。在广泛查阅了古代文学理论和批评著作,全面参考了各类文化史、风俗史和思想史原典后,笔者才会系统、全面地运用新的意象叙事理论进行研究,才能总结出"全相平话五种"的叙事内涵和风格。只有诉诸史料,充分实证,才能使研究避免以偏概全的问题出现。大量的文献阅读和查证,有效保证了笔者研究的客观性和切实性。

最后,综合文献实证考辨和意象叙事分析的结果,本书能进一步演绎推理,得出结论。借助演绎法和归纳法,笔者对分析"全相平话五种"意象结构的所得结论进行整合,总结平话叙事在艺术和思想等层面的典范性,进而重新审视元平话的文学史价值和思想、文化价值。

此外,本书注重在研究时实现学科交叉。本书的研究虽以文学研究为主,且集中于文本叙事研究,但多处论述涉及民俗和历史等领域,笔者也对相关学科的理论、方法进行借鉴,使本书体现出鲜明的跨学科研究倾向。这样的做法能使其他学科领域的优秀成果支援本书研究,也有利于本书研究拓展视野,避免偏颇情况的出现,使本书的研究有更坚实的基础和更广泛的学术意义。

第一章　取材篇：文学叙事的讲史意象建构

　　意象是中国文学的一大重要概念，无论是抒情文学还是叙事文学，意象均为参与文本建构的重要元素之一。作为出现最早的中长篇通俗小说作品之一，"全相平话五种"是如何选取叙事基础材料的？又是如何依托材料建构文学意象用于叙事的？本章笔者将主要对这些问题进行详细的分析。

第一节　意象与材料

一、意象概论

　　作为中国文学的一个重要概念，"意象"有着丰富的内涵和宽广的外延。要明确文学叙事中的"意象"概念，须正本清源，从其本义出发，并逐步拓展理论视野，横向观照广阔的文化场域，纵向观照概念的历时演变，进而明确"意象"概念的方方面面，并在叙事研究视域内，对其形成明确认知。

　　"意象"一词，由"意"和"象"两部分组成，这便构成了其本义的两大元素。首先，"意"的字义指向人的意志。《说文解字》云："意，志也。从心。察言而知意也。"①又云："志，意也。从心，之

---

　　① ［汉］许慎撰：《说文解字(附检字)》，中华书局1963年版，第217页。

声。"①《说文》中"意""志"义同,指心中之事,且要借助语言表达出来,为人所察知。《玉篇》则云:"意,思也。"②《增韵》称:"意,心所向也。"③从这些字义解释看,人借由语言表达出来,为他人觉察和知晓的心声、心事、思想、志向是"意"字的主要含义。发自内心,向外表达,被人感知的内心所想即为"意"。其次,"象"是形象的意思。"象"字本义为动物名,由此而有了引申义。《说文解字注》云:"按,古书多假象为'像'。人部曰:'像者,似也。似者,像也。'像从人,象声。许书'一曰指事,二曰象形',当作'像形'。全书凡言'象某形'者,其字皆当作'像',而今本皆从省作'象'。"④又云:"《韩非》曰:'人希见生象,而案其图以想其生,故诸人之所以意想者,皆谓之象。'"⑤李善云:"象,形象也。"⑥"象"字即"像"字之省,指万物的形象。基于此观照"意象"一词,被人感知的心中所想和万物形象即是组成其含义的两大部分。

结合两大组成部分的含义看,"意象"是内在思想活动与外在事物形象融合之产物。《辞海》如此定义"意象"一词:"指主观情意和外在物象相融合的心象。"⑦由此可知,"意象"一词中,"象"的字义为其中心义,"意"的含义起到修饰作用。"意象"是一种形象,只是这个形象有其特殊性,能寄寓人内心活动。人的内在主观心理活动投射于外在事物形象上,形成的有丰富含义的新形象即是"意

---

① [汉]许慎撰:《说文解字(附检字)》,中华书局1963年版,第217页。

② [梁]顾野王:《大广益会玉篇》,中华书局1987年版,第41页。

③ [宋]毛晃增注:《增修互注礼部韵略》,北京图书馆出版社2005年版,第2003页。

④⑤ [汉]许慎撰,[清]段玉裁注,许惟贤整理:《说文解字注》,凤凰出版社2007年版,第801页。

⑥ (南朝梁)萧统辑,(唐)李善注:《宋尤袤刻本文选》(第5册),国家图书馆出版社2017年版,第35页。

⑦ 夏征农:《辞海》缩印本(音序)4,上海辞书出版社1999年版,第2541页。

象"。而且结合"意""象"二字含义去理解，"意象"作为一种形象，它融合的"心意"是可以被他人觉察感知的，可见"意象"成了一种寄寓并传达心意的、具有中介作用的形象，它将主观表达和客观接受关联在一起。

"意象"作为一种形象由来已久，人们不断用它来传达内心意志，使其逐渐成为一种重要的文学形象。

首先，起源最早的是"意象"思维。人们以主观视角观察世界，以主观思想认知客观万物的思维模式是很容易产生的。叔本华即有"世界是我的表象"的唯意志论哲学思想①，在对世界客观存在的认知过程中，人的主观意志一直发挥重要作用。人感知并描述的客观世界已无法保持客观，其中已融合了人的主观认识。主观认识融于客观世界中的万事万物，"意象"就有了产生的基础。随着认知的深入，主观意志与客观事物的关系愈发紧密。对此，费肖尔和立普斯等西方学者提出了"移情说"理论，即人有向外在事物转移自身内在情意的思维习惯，人们认识、理解、欣赏外在事物也是在转移内在情意之后才可能达成的②。亦如中国学者所言之"物色之动，心亦摇焉"③。人们对于这种"移情"作用具有一种喜欢或者依赖之情。"这种向我们周围的对象灌注生命的活动之所以可能发生，正是因为我们生性喜欢把亲身经历的东西，把我们自身的感觉、情感和生命移置到对象中去，从而使对象更接近我们，使对象显得更加亲切和容易理解。"④如此，融合了主观情感意志

---

① ［德］叔本华著，石冲白译：《作为意志和表象的世界》，商务印书馆 2018 年版，第 25 页。

② 参见［德］里普斯著，朱光潜译：《论移情作用》，马奇主编：《西方美学史资料选编》（下卷），上海人民出版社 1987 年版，第 847 页。

③ ［梁］刘勰：《文心雕龙》卷十《物色》，商务印书馆 1937 年版，第 62 页。

④ 岳介先：《立普斯的移情说美学》，《江淮论坛》1994 年第 4 期，第 26 页。

的客观事物,其形象也就成为"意象"。可见,即使"意象"一词没有诞生,"意象"思维也早已存在。

其次,以"象"表"意"的行为亦由来已久。早期人类文明多有壁画、岩画,源于图画的象形文字亦历史悠久。这些画和文字皆可视为图案形象,都是人用以表意的,具有以"象"表"意"的典型特征。而表意文字中即有汉字,从甲骨文出现至今,中国人民以"象"表"意"的行为已有三千余年历史。再如《周易》,以"卦象"表意,这也是典型的以"象"表"意"行为。先秦诸子如庄子、荀子也曾论述借助"形象"表达"情意"行为的优点。可见制造"意象"的行为也是源远流长的。

再次,经历漫长的发展历程,"意象"概念逐步完善,成为重要的文化及文学概念。在我国,《周易·系辞》中最早有了"意象"概念的滥觞:"子曰:书不尽言,言不尽意。然则圣人之意,其不可见乎?子曰:圣人立象以尽意,设卦以尽情伪,系辞焉以尽其言。"[1]"立象以尽意"说明了以"象"表"意"的独特价值,"意象"一词呼之欲出。到东汉,"意象"一词正式出现。班固《汉书》有"意象愠怒"[2]。王充《论衡》中有:"夫画布为熊麋之象,名布为侯,礼贵意象,示义取名也。"[3]此处的意象已经指代具有表意功能的形象。到南北朝时期,"意象"被引入文学艺术领域,为文论和批评研究所采用。刘勰《文心雕龙·神思》云:"独照之匠,窥意象而运斤。此盖驭文之首术,谋篇之大端。"[4]此处"意象"为心中的形象,是心意和形象结合的产物。以此为标志,"意象"成为文学、艺术领域的概念。隋唐到明清,文学艺术批评中多讨论"意象",释皎然、司空图、

---

① 黄寿祺、张善文:《周易译注》,上海古籍出版社 2001 年版,第 563 页。
② [汉]班固:《汉书》卷五十四《李广传》,中华书局 1962 年版,第 2448 页。
③ 黄晖:《论衡校释》卷十六《乱龙篇》,中华书局 2018 年版,第 615 页。
④ [梁]刘勰:《文心雕龙》卷六《神思》,商务印书馆 1937 年版,第 38 页。

欧阳修、严羽、李东阳、何景明、王世贞、许学夷、王夫之、叶燮、王士祯、王国维的文论中均重视"意象"对于诗文抒情达意的重要乃至核心作用。"意象"表意的文学书写成为以诗文为代表的中国文学的一大重要特色。其中胡应麟云："古诗之妙，专求意象。"①将近千年的"意象"文论进行了最为言简意赅的概括。"意象"之所以成为古代文论重视的概念，是因为它是文学彰显美感的重要载体。以"象"表"意"的模式含蓄巧妙，体现着重要的美学原理。"意象是经过艺术家心灵的改造，被艺术地反映到了文艺作品中的物象。"②"一种理性观念的最完美的感性形象显现。"③这种理性和感性的互动具有重要的审美价值。如童庆炳所言："审美象征意象是指，以表达哲理观念为目的，以象征性或荒诞性为其基本特征的，在某些理性观念和抽象思维的制导下创造的具有求解性和多义性的达到人类审美理想境界的表意之象。"④"意象"表意达到了人类审美理想境界，因而成为古典美学最基本的范畴之一，彰显了中国古典文学的核心审美品质。

历经多年的发展，如今虽然在不同学者处，"意象"概念尚存差异，但如下含义是可以作为共识的："意象"是人类用形象寄寓和表达情意而造就的新形象，"象"为载体，"意"为内核，二者密切关联，缺一不可；"意象"是文学重要且具有绝佳艺术魅力的表意形式，也是重要的审美概念。此外，西方 image 这一概念亦有助于我们理解"意象"的概念和价值。这一概念一般在国内翻译成"意象"或"审美意象"。康德认为"意象""是想象力的一个加在被给予的概

---

① [明]胡应麟：《诗薮》内编卷一，上海古籍出版社 1979 年版，第 1 页。
② 张少康：《中国古代文学创作论》，北京大学出版社 1983 年版，第 56 页。
③ 朱光潜：《西方美学史》，人民文学出版社 2003 年版，第 391 页。
④ 童庆炳：《文学理论教程》，高等教育出版社 2004 年版，第 236 页。

念上的表象","它使人对一个概念联想到许多不可言说的东西"①,庞德则认为"意象"是"一种在一刹那间表现出来的理性和感情的集合体"②。可见,西方"意象"概念重在强调"意",这与中国的"意象"概念是有差距的,但却揭示了"意象"作为审美范畴的重要特点,即"意"是"意象"的灵魂。正是人有着丰富的内在情意,才发现了万物形象的千姿百态,因而与之融合,造就了"意象",确立了其在表意和审美上的独特价值。

二、叙事中的意象

"意象"在中国古代文学作品中发挥独有的"表意"功能,它是遍布于各类文学作品的。"意象"对于抒情的意义相对容易理解,"情"即是内心情意,抒情也是内在情意向外表达的过程,"意象"自可以发挥作用。与之相比,"意象"之于叙事的意义则相对不易理解。叙事文学中无论是叙述者还是人物,其心中之"意"皆要借助叙事文本向外传达,因此,"意象"是可以参与叙事的。杨义有言:"中国叙事文学是一种高文化浓度的文学,这种文化浓度不仅存在于它的结构、时间意识和视角形态之中,而且更具体而真切地容纳在它的意象之中。"③在笔者看来,"意象"对于叙事起到的作用还至关重要。叙事行为存在发出者,且"在事件的选择以及序列的形成中,行为者始终是一个重要的因素"④。作为行为发出者,必然

---

① [德]康德著,李秋零译注:《判断力批判》,中国人民大学出版社 2011 年版,第 140 页。
② 陈绍伟:《诗歌词典》,花城出版社 1986 年版,第 7 页。
③ 杨义:《中国叙事学(图文版)》,人民出版社 2009 年版,第 277 页。
④ [荷]米克·巴尔著,谭君强译:《叙述学:叙事理论导论》,中国社会科学出版社 1995 年版,第 27 页。

先有行为的动机，方会付诸行动，即"每一个别活动都有一个目的"①。而所谓目的、动机，抑或是行为意图，皆属于人之心事，是源于人的意志的。因为意志是"一个欲求什么东西的意志"②，"有它欲求的一个目标"③。因为人的意志使人有欲求，而欲求是有指向性的，为实现欲求目标，故而人有了行为动机，从而产生了行为。叙事行为亦是如此，其中的行为发出者，即"行为者具有一种意图，渴望奔向一个目标。这种渴望是某种令人赞同或喜欢的事物的实现，或者对某些不赞同或讨厌的东西的逃避"④。叙事行为的发出者存在源于其意志的行为动机——"意图"，即"表示人心中萌生的想要达到的某种生活图景，想要实现的某种人生欲望，是人的一切行为的动机和动力"⑤。"意图"作为行为主体内在之"意"，自然需要向外表达，文学中以"象"表"意"的审美化表达方式自然可以被叙事行为主体所选用，而且往往会成为其选用的最主要方式，借以实现文学表意的含蓄之美。因此，叙事文学中也富含"意象"，而且"意象"常常成为文学叙事的主要成分。

中国古代小说中，"意象"便含量颇高，体现出杨义所言的高文化浓度。基于"意象"在表意方面的重要且独特的作用，中国古代小说为其赋予了多重文本功能。

首先，"意象"表意的基础功能对于小说叙事意义重大。小说叙事中，人物也需要抒情，也需要表达对客观世界的认识，人物的

---

① ［德］叔本华著，石冲白译：《作为意志和表象的世界》，商务印书馆 2018 年版，第 234 页。

②③ ［德］叔本华著，石冲白译：《作为意志和表象的世界》，商务印书馆 2018 年版，第 232 页。

④ ［荷］米克·巴尔著，谭君强译：《叙述学：叙事理论导论》，中国社会科学出版社 1995 年版，第 28 页。

⑤ 许建平：《意图叙事论——以明清小说为分析中心》，人民出版社 2014 年版，第 16 页。

情感、思想和志向等内心情意皆是要在叙事中进行展露的。叙述者叙事的意图、思想观念、价值取向等需要在叙事中体现。基于独特的"表意"功能,"意象"便成为小说叙事中人物、叙述者表达内在思想情志的形象载体。例如《三国演义》中的"赤兔马"意象,叙述者借助这个意象寄寓了对吕布、关羽两个人物精神品质的认识和评价。赤兔跟随关羽后,随其征战,立下汗马功劳,最终主人兵败被杀后,它也能不食草料而死。一匹忠烈之马,暗含了叙述者对其主人关羽忠义勇烈品质的称赞,同时也反衬并狠狠鞭挞了它前主人吕布见利忘义的卑劣品质。叙述者借意象寓褒贬,意蕴悠长。赤兔令吕布萌生大丈夫久居人下的苦闷之情,在赤兔马遇到关羽时,关羽报效汉室,建功立业的意愿也得到衬托,人物情志借助一匹马的意象体现了出来。再如《红楼梦》中有"妙玉下贺帖"的意象。贾宝玉过生日,妙玉下帖,书曰:"槛外人妙玉恭肃遥叩芳辰。"①小小事件,意蕴无穷。在人物层面,妙玉对贾宝玉朦胧而羞怯的好感,贾宝玉对妙玉不合时宜且不近人情做法的手足无措之情皆在这个"意象"中体现得淋漓尽致。在叙述者层面,揭露妙玉"僧不僧,俗不俗,女不女,男不男"的畸形人格②,暗示后文妙玉和贾宝玉的纠葛等意图亦于此"意象"中体现出来。在小说叙事文本中,"意象"凭借其审美层面的优势,承担起审美化的表意功能:"借助于某个独特的表象蕴涵着独到的意义,成为形象叙述过程中的闪光的质点。但它对意义的表达,又不是借助议论,而是借助有意味的表象的选择,在暗示和联想中把意义蕴涵其间。"③通过"意

---

① [清]曹雪芹:《脂砚斋重评石头记(庚辰本)》第六十三回《寿怡红群芳开夜宴 死金丹独艳理亲丧》,人民文学出版社 1975 年版,第 1503 页。

② [清]曹雪芹:《脂砚斋重评石头记(庚辰本)》第六十三回《寿怡红群芳开夜宴 死金丹独艳理亲丧》,人民文学出版社 1975 年版,第 1505 页。

③ 杨义:《中国叙事学(图文版)》,人民出版社 2009 年版,第 291 页。

象"表意，小说文本可成就其文学品格，故而"意象"表意功能在小说中能大放异彩。

其次，小说中的"意象"还存在叙事功能。叙述者和人物的意图是指导其行为的："每人也经常有目的和动机，他按目的和动机指导他的行为；无论什么时候，他都能为自己的个别行动提出理由。"①"意象"所表之意为人物或叙述者的行为意图，那么往往会引发或者影响其在之后的叙事行为，这样一来，"意象"也参与了叙事。例如《十五贯戏言成巧祸》中的"十五贯钱"意象，它激发并推进了众多人物以"谋财"为主的行为意图。于是，他们付诸行动，制造了众多事件。叙述者也借助这十五贯钱，关联起众多人物的意图，有条不紊地推进叙事。又如《水浒传》中的"赛唐猊"宝甲意象。它承载着梁山英雄赚取徐宁助阵，击破呼延灼连环马阵的意图，也寄寓着徐宁守护传家宝的意图，因而引发了梁山时迁盗甲，徐宁寻甲的叙事。叙述者借助铠甲推进叙事意图，促使徐宁上山，梁山击破呼延灼，达成三山聚义的阶段目标。叙事行为中的主体，以及文本中的人物行为皆受意志的指引，"意象"与指导行为的意图相关，便自然影响文本中的事件，从而在叙事中起到作用。以"意象"影响行为，从而推进叙事，这种方式婉曲而有趣味，故而小说也往往喜欢借助"意象"来推进叙事。作为叙事文学，"叙事"是小说的灵魂，"意象"的叙事功能也使之有机会成为小说文本的一大主要成分。

从以上论述可知，小说中"意象"的叙事功能是在其表意功能基础上形成的独具特色的功能，表意与叙事密切关联，相辅相成，"意象"亦可称为参与小说叙事的主要成分。

---

① ［德］叔本华著，石冲白译：《作为意志和表象的世界》，商务印书馆 2018 年版，第 233 页。

三、文史材料意象化的条件

"意象"一词是偏正结构,这揭示出了"意象"形成的两大关键环节。"意象"首先必须是一种"形象"。"象"是这一词的中心成分,限定了意象的存在形式。"意象"又必须是与人的情志意欲关联的象,"意"作为修饰成分,界定了作为"意象"的形象之范围。对于"意象"来说,"象"犹如人的肉体,"意"则是灵魂,诚如张丽所言:"意象指的是文本中能够表现或暗示出某种只可意会不可言传的体验或感情的形象;它是融入了作者一定思想感情的形象,是用具体的形象来表现人类在情感、心智等方面的经验和体会。"①无"意"之"象"便与"意象"无关,而无"象","意象"概念便根本无法存在。由此观照各类文史材料,它们本非意象,却有成为建构意象材料的充分条件。从"象"的层面看,作为文本,文史材料有内容,可以传达意义,它们的直接表意可视为一种表层结构,即由语言文字建构起的特殊"形象"。从"意"的层面,文史材料有作者,也有接受者,他们可以借助这些材料内容传达多重意义,尤其是表层意义之外的深层意义。以表层结构之表意为"象",以深层结构之意义为"意",这些材料也可以形成"意象"的结构,转化为意象。例如,《淮南子》载"塞翁失马"事,表达"故福之为祸,祸之为福,化不可极,深不可测也"的意义②。《淮南子》本身便以事件为"象"表意,"塞翁失马"一事便被建构成了意象。后世文人多用此典,如"士师分鹿真是梦,塞翁失马犹为福。君不见野老八十无完衣,岁晚北风

---

① 张丽:《西方文学中的叙事意象探析》,《江西师范大学学报(哲学社会科学版)》2013年第5期,第93页。

② [汉]刘安著,[汉]许慎注,陈广忠校点:《淮南子》卷十八《人间训》,上海古籍出版社2016年版,第455页。

吹破屋"①，以之来寄寓和传达各自内心的情意，《淮南子》的此条材料便得以被进一步运用，建构成意蕴丰富的"意象"。从此例中也可看出，文史材料或议论以明观点，或抒情以言情志，或叙述以记事件，终究不难形成表意之表层结构，亦即"意象"之"象"，而其寄寓深层之"意"的能力才是文史材料能否成为文学"意象"的关键。

　　聚焦小说叙事，具备以下两大主要条件的文史材料，便可能被其吸收，参与"意象"建构。首先，能寄寓"新意"，彰显叙事文学思想内涵的文史材料，可成为小说叙事的"意象"原料。如黄永武论述的"意象"的形成过程，作者观察和审思外界之物，将其意识与之交会，经过美的酿造，造就了有意境的景象，即意象②。文史材料也可以被作者观察和审思，并被其"拿去"与自己的意识交会，从而进行酿造，造就出"意象"。笔者所言"新意"便是小说叙事赋予文史材料的意义，它并非文史材料原有之意义。这种"新意"终究来自小说的作者，但从叙事层面看，文史材料参与建构的"意象"寄寓的"新意"可以是人物的，也可以是叙述者的。例如《旧唐书》有以下材料：

　　　　是日，因从猎于榆窠，遇王世充领步骑数万来战。世充骁将单雄信领骑直趋太宗，敬德跃马大呼，横刺雄信坠马。贼徒稍却，敬德翼太宗以出贼围，更率骑兵与世充交战，数合，其众大溃，擒伪将陈智略，获排矟兵六千人。③

---

　　①　[宋]陆游著，钱仲联、马亚中主编：《陆游全集校注》第4册《剑南诗稿校注》卷十五《长安道》，浙江古籍出版社2015年版，第39页。

　　②　参见黄永武：《中国诗学·设计篇》，新世界出版社2012年版，第1页。

　　③　[后晋]刘昫等：《旧唐书》卷六十八《尉迟敬德传》，中华书局1975年版，第2496页。

这是尉迟恭辅佐李世民征讨洛阳王世充,击败单雄信奇袭的事件。
这条史料被后世小说采用,如《隋唐两朝志传》《唐书志传通俗演
义》《大唐秦王词话》《隋史遗文》《隋唐演义》《说唐》等,这些小说或
照搬,或化用,建构出著名的"单鞭夺槊"意象。究其原因,在于这
条史料可以彰显小说中李世民、尉迟恭、单雄信和王世充等多人的
意图。以《说唐》为例,尉迟恭击败单雄信一事,最集中体现二人意
图:尉迟恭初降唐,感秦王李世民厚恩,急于立功,拼命救驾的意
图;单雄信亲见仇家李世民,急于报仇,拼命要杀李世民的意图。
这些人物意图来源于小说叙事,是原始材料乃至历史真实中没有
的,正是此条史料内容能被小说叙事用来寄寓全新的人物意图,所
以被化用进小说,并成就了一个经典意象。再如中国小说多引用
文人诗词,用这些诗词作为其中叙述者表态的"论据"。基于理解
偏差,叙述者的心意与诗词原意或多或少存在距离。《三国演义》
叙述晋灭吴之战时,引用了刘禹锡的《西塞山怀古》一诗,诗人原诗
抚今追昔,意蕴深远,叙述者却以之寄寓对孙吴灭亡的哀叹之意,
显然与诗人原意有一定距离。这些古人诗词进入小说叙事便被叙
述者赋予了"新意",因而也成为意象。文史材料被小说叙事采用,
彰显全新的意蕴,寄寓叙事中人物和叙述者的意图,完成了意象化
的转变。

其次,文史材料基于其原有之意,有效参与叙事,也可形成小
说叙事"意象"。"意象是一种独特的审美复合体,既是有意义的表
象,又是有表象的意义。"[1]意义与表象在"意象"中浑然一体。文
史材料进入小说中,亦可以"有意义的表象"形态出现,无须注入新
意便形成意象,而出现如此情况的前提是,文史材料本身的意义与
小说叙事的表意一致。有时,文史材料体现的原意便符合小说叙

---

[1] 杨义:《中国叙事学(图文版)》,人民出版社 2009 年版,第 275 页。

事中的人物意图。如《三国演义》第三十八回，几乎照搬《三国志·蜀书·诸葛亮传》，形成了精彩意象"隆中对"，其原因在于小说此处刘备、诸葛亮、关羽、张飞等人的意图就与正史极度接近。在刘备求贤、诸葛亮思遇明主、关张不忿恼怒等情意上小说和正史达到高度一致，故而小说用此材料时仅仅作了细节的修改。此处材料的原意较好地承接了小说中刘备、诸葛亮等人物的意图，也能与后文叙事中诸多人物意图的发展顺畅衔接，故而较为直接地转化成"隆中对"意象。有时，文史材料的原意恰好为叙述者所用，推进了其叙事意图。如《三国演义》第九十一回、九十七回，较为完整地引入《前出师表》和《后出师表》，形成了两处"武侯上表"的意象。其实，小说中两道表文诞生的时间和历史节点，甚至是其作者的设定皆未必符合史实，但作者对二表的运用却恰到好处。小说叙述者巧借表文揭示了叙事世界中的天下形势，较为有效地影响了刘禅及蜀汉众多臣僚的意欲，有效地将叙事推进至一出祁山、二出祁山阶段，并且为诸葛亮六出祁山的叙事积蓄了重要势能。两道表文并未被小说赋予过多新意，但较好地为叙述者所用，推进了叙事，因而也成了重要的叙事意象。即使不被寄寓新意，也能较好融入叙事文学的表意叙事体系，文史材料内容也能被转化为叙事意象。

　　基于以上论述，文史材料内容是具备被建构成文学叙事意象的基础条件的，以小说为代表的叙事文学可以巧妙借助文史材料为其表意，推进叙事，从而借助史料造就丰富的叙事意象。以此观照"全相平话五种"，其意象叙事便是积极从各类文史材料中取材并建构意象的，笔者将在下文对此进行详细分析。

第二节　经史典籍材料的文学意象化

　　"全相平话五种"以历史兴废故事为主要内容，其中虽多有虚构,但整体故事框架基本符合史实,其中重要历史事件较少虚构,不见于史的内容并不影响历史走向。由于以史实为主干,"全相平话五种"运用了大量史传材料。需要说明的是,"全相平话五种"广泛取材,不局限于官修史传,还从儒家经典、诸子散文、诗词文赋处取材,有"六经皆史""文史交叉"的意味,因此本章除史传以外,还将"全相平话五种"引用的儒家典籍、诸子百家、诗词文赋等情况一并加以研究,统称为经史材料,引用的文人笔记小说、传奇及佛道宗教文献情况将在以后章节论述。

"全相平话五种"选材有道,运用有法。史传文献或被全盘照搬,或被稍作改动,又或被改头换面,甚至史料里只言片语也能演变成一个生动故事,这体现出了丰富的叙事智慧。多元的史料被平话选中,它们的历史价值虽然得到了保留,但却不再居于主要地位,其文学价值被刻意突出,最重要的特点在于这些史料被选择和改造后,具备了寄寓广阔文学意义的功能。在平话中,出自经史典籍的材料消解掉了严肃性,突出了故事性和传奇色彩,它们彰显的历史讯息、义理内涵以及学问知识让位于文学意蕴,平话将这些材料当成叙事文学意象的原材料,以之建构文学叙事的历史意象,即讲史意象。

一、"全相平话五种"选用的经史典籍材料

1.《武王伐纣平话》

商周易代,年代久远,涉及这段历史的正史材料相对较少,但平话编创者能够多方取材,吸收了许多诸子散文和文人诗赋。

平话故事题材的最主要源泉便是司马迁《史记》中的《殷本纪》《周本纪》,少数故事源于《尚书》《竹书纪年》《逸周书》《列女传》《宋书》及皇甫谧《帝王世纪》等。《史记》等史书的注疏也成了此书重

要的故事源泉，如裴骃《史记集解》、张守节《史记正义》等。此外，姜尚逃亡故事化用了《史记》《吴越春秋》《越绝书》中的伍子胥故事。

除史书外，儒家典籍如《论语》《周礼》；诸子如《吕氏春秋》及高诱注、《淮南子》；文人诗文著述、批注、配画文字，如刘向《新序》、王符《潜夫论》、班固《幽通赋》注、李翰《蒙求集注》、郦道元《水经注》、马缟《中华古今注》、《瑞应编》、乐史撰《太平寰宇记》以及唐类书《艺文类聚》、宋类书《太平御览》所引佚书等文献中的只言片语也被平话选取化用。

2. 《七国春秋平话》

战国乐毅伐齐故事，多见于史书记载，不仅有《史记》中的《周本纪》《秦本纪》《六国年表》《田敬仲完世家》《燕召公世家》《苏秦列传》《张仪列传》《孙子吴起列传》《春申君列传》《孟尝君列传》《孟子荀卿列传》《乐毅列传》《田单列传》等及《史记》注疏，《战国策》中的《齐策》《燕策》和司马光撰《资治通鉴》中的战国部分等也成为这部平话故事的主要来源。史书之外，经部中的《孟子》部分内容亦被此平话化用。平话有大篇幅仙道斗法故事，不见于史，选用经史典籍不如《武王伐纣平话》多。

3. 《秦并六国平话》

这部平话鲜有神异叙事，引用史籍较多，《史记》中的《周本纪》《秦本纪》《秦始皇本纪》《项羽本纪》《高祖本纪》《六国年表》《田敬仲完世家》《楚世家》《燕召公世家》《郑世家》《赵世家》《魏世家》《韩世家》《白起王翦列传》《廉颇蔺相如列传》《春申君列传》《吕不韦列传》《刺客列传》《李斯列传》《蒙恬列传》《龟策列传》等及《史记》注疏。此外，《战国策》《资治通鉴》等均为其主要故事来源。《国语》、班固《汉书》、张预《十七史百将传》中的李牧、白起、王翦等史料也被化用。平话也引用了一些奏议、诏令以及政论文章，如杜牧《阿房宫赋》、李斯《谏逐客书》被全文吸收,贾谊《过秦论》的一些内容也成了平话部分故事的雏形。

4.《前汉书平话》

平话叙汉初吕后斩韩信、吕后专权与诸吕之乱故事,以《史记》中的《项羽本纪》《高祖本纪》《吕太后本纪》《孝文本纪》《高祖功臣侯者年表》《萧相国世家》《曹相国世家》《留侯世家》《陈丞相世家》《绛侯周勃世家》《屈原贾生列传》《淮阴侯列传》《黥布列传》《魏豹彭越列传》《季布栾布列传》《樊郦滕灌列传》《游侠列传》等及《史记》注疏,《汉书》《资治通鉴》中关于吕后、韩信、周勃等人的相关记载及《十七史百将传》中韩信部分为主要情节依据,辅以荀悦《前汉纪》等史料,引用较多,但史料来源并不庞杂。

5.《三国志平话》

平话叙述魏、蜀汉、吴三国故事,直接故事来源为陈寿《三国志》、范晔《后汉书》及司马光《资治通鉴》,《三国志》的裴松之注、王粲《汉末英雄记》、司马彪《九州春秋》、习凿齿《汉晋春秋》、常璩《华阳国志》、袁宏《后汉纪》、孙盛《晋阳秋》以及《十七史百将传》中魏晋三国名将的传记等也有少量记载为平话所采用。诸葛亮等人的文章被部分采纳,后人诗词、古文中的议论性文字也被利用。此外,胡曾、周昙等人的咏史诗在这组平话作品中多次出现。

总体来看,五种平话最青睐的是《史记》《资治通鉴》等官修史书以及先秦经典。《十七史百将传》等史书针对性强,被平话编创者加以参考。文人著述与诗词文赋多为平话创作的灵感源泉,衍生出一些故事,并被部分引用,用于发表议论,表明平话叙述者的态度。这种选材体现出平话依托经史文献建构文学叙事的历史意象,即讲史意象的策略,既然以讲史为主要内容,平话的文学叙事必须先引入史料,以此为基础建构起文学的叙事世界。

二、传奇历史故事的挖掘与意象的建构

首先，"全相平话五种"选取和化用史料时注意挖掘其传奇色彩。五种平话选取史传、典籍材料的主要原则是确保故事性，对趣味性的追求是平话选材的核心特征，只有如此，文学内涵才有机会与经史材料实现融合，进而基于原始的史料，建构出文学叙事意象。具体来看，平话对待经史材料的策略有二：确保事件的完整性、突出故事的传奇性。

一者，追求事件完整性是确保故事传奇性的内在需要。《秦并六国平话》《前汉书平话》《三国志平话》三部平话均有多部官修史书可参考，根据史书记载，三部平话以时间为线索，依傍史实构建了全书的整体故事框架。在具体叙事单元，平话重视其中事件发展的因果关系，将正史内容有效组织，形成了完整的故事事件。在这一过程中，史书中趣味性不强且不影响故事框架完整和事件发展的材料被剔除，官修史书记载不明确之处得到了其他史书或文学作品的补充，形成了完整的故事事件。如《秦并六国平话》中的"高渐离扑秦王"一段，《战国策》《史记》里的记载相对简单，《战国策·燕策》：

> 其后荆轲客高渐离以击筑见秦皇帝，而以筑击秦皇帝，为燕报仇，不中而死。①

平话中则将《史记》等史料中"荆轲刺秦王"的部分情节，如秦始皇忘记拔剑等，加入这个故事中：

---

① ［汉］刘向辑录：《战国策》，上海古籍出版社 1985 年版，第 1142 页。

忽一日,高渐离将刀置筑中,进帝边击之。四近少有近臣,便举筑朴秦皇。秦皇便闪走,高渐离赶朴,秦皇奔走绛绡宫。有内侍见秦皇奔走,高渐离后追,内侍呼:"陛下将剑砍之!"秦皇每负剑,遂忘了;遂得左右呼言,帝遂拔剑,以击高渐离。高渐离跌倒,左右近臣缚住。秦王令诛高渐离身死。①

平话中不少段落照搬史书,虽毫无趣味性,但为确保平话中历史事件的完整性,这些文字必不可少。如《秦并六国平话》中写秦始皇灭六国后统一度量衡、收兵器、聚豪杰一段:

收天下兵器,聚咸阳,销以为钟镰,铸金人十二,鹿头龙身,神兽也。钟鼓之跗,以猛兽为饰,重各十石,置宫庭中。一法度衡石丈尺。徙天下豪杰于咸阳,约十二万户。诸庙及章台上林,皆在渭南,宫室作之咸阳之北阪上,南临渭,自雍门以东至泾、渭,殿屋复道,楼阁相属,所得诸侯美人、钟鼓,以充入之。②

与《史记》《资治通鉴》原文几乎一致,《资治通鉴》卷七原文如下:

收天下兵聚咸阳,销以为钟镰、金人十二,重各千石,置宫庭中。一法度、衡、石、丈尺。徙天下豪杰于咸阳十二万户。
诸庙及章台、上林皆在渭南。每破诸侯,写放其宫室,作之咸阳北阪上,南临渭,自雍门以东至泾、渭,殿屋、复道、周阁

---

① 钟兆华:《元刊全相平话五种校注》,巴蜀书社1990年版,第256页。
② 钟兆华:《元刊全相平话五种校注》,巴蜀书社1990年版,第258页。

相属,所得诸侯美人、钟鼓以充入之。①

大段照搬史传,并非精彩的故事,却将秦始皇统一后的一系列措施
交代清楚,这样全书故事框架便完整了。这些无故事性的内容如
果略去不表或者一句话带过也未尝不可,但保留下来便体现出了
秦始皇并六国行动的彻底性,并展现出中央集权大帝国的应有气
象,有了这个交代,秦并六国、一统寰宇的大事件才算完整。因此,
在此照搬史传,既节省了笔墨,又确保了事件的完整。《武王伐纣
平话》《七国春秋平话》中出于正史的材料较少,依据《史记》《竹书
纪年》《资治通鉴》等史书的有限记载,平话确定了武王伐纣、乐毅
图齐两段历史故事的框架,基本符合史实。两部平话的可贵之处
在于多处取材,从史籍之外的文献中吸纳了许多故事,不仅使故事
框架完整,还尽量不留时间空白,因此虽然以先秦故事为内容,故
事内容的丰富程度、事件的详细程度并不逊色于其他平话。如《武
王伐纣平话》依据《尚书大传》《史记》等的零星记载,扩展出了狐狸
精魅惑纣王的丰富故事。如《史记·殷本纪》:

　　西伯之臣闳夭之徒,求美女奇物善马以献纣,纣乃赦
西伯。②

《尚书大传》《六韬》等书中也有类似记载,并提到了白狐、青狐。平
话吸收了闳夭为纣王进献美女的故事,引出了狐狸精进宫惑主的
情节。叙事完整,经史材料中的历史细节之来龙去脉便得以明确,

① [宋]司马光编著,[元]胡三省音注:《资治通鉴》,中华书局1956年版,第
236—237页。
② [汉]司马迁:《史记》卷三《殷本纪》,中华书局1959年版,第106页。

具备了初步的文学故事特征。只有如此,进一步寄寓文学意蕴才有可能,事件完整确保有效表意,故事的传奇趣味性才能随之而起。

二者,追求故事传奇性初步体现了平话叙事文学之品格。"全相平话五种"并非传统经书、诸子散文、史传、文人著述那样的严肃著作,作为通俗文学作品,其选用的经史材料必须与通俗性相适应。确定故事框架完整后,编创者对具体故事的厚度非常重视,富有传奇色彩的历史事件备受青睐。编创者选材时以主要历史人物和重要历史事件为中心,将缺少主要人物参与但影响历史进程及故事完整性的历史事件一笔带过,对于多有主要人物参与的重要历史事件则详加书写;编创者多方取材,灵活改写,创造了生动有趣、跌宕起伏的故事;注重运用已有史料调节叙事节奏,穿插主要人物轶事,对主要人物发迹故事不吝笔墨,塑造了相对丰满的历史人物形象。这种做法缺少了史传的严谨,却凸显了民间趣味性和传奇故事性。历史在这些故事中不能缺席,却是重要但次要的元素,它们必须让位于文学性,让位于故事的传奇特征。《资治通鉴》等编年体史书的历史框架多为编创者采用,《史记》《汉书》《十七史百将传》等纪传体史书则为具体人物故事的源泉,儒家典籍、诸子散文以及文人史论则是人物轶事的来源。如《武王伐纣平话》中以纣王、姜尚、文王、武王为中心人物,以纣王失道和武王伐纣为主要故事,《史记》《竹书纪年》的记载构成主要故事框架,先秦典籍、史书注疏乃至文人诗文也被采纳写进了具体人物故事中,如对纣王之荒淫、姜尚之奇才、牧野之战的迅速与惨烈等的叙述综合各种史料,颇有堆砌之感,但确保了故事的生动性。《尚书》中有文:

> 今商王受,弗敬上天,降灾下民。沉湎冒色,敢行暴虐,罪人以族,官人以世,惟宫室、台榭、陂池、侈服,以残害于尔万

姓。焚炙忠良，刳剔孕妇。①

今商王受，狎侮五常，荒怠弗敬。自绝于天，结怨于民。斩朝涉之胫，剖贤人之心，作威杀戮，毒痛四海。崇信奸回，放黜师保，屏弃典刑，囚奴正士，郊社不修，宗庙不享，作奇技淫巧以悦妇人。②

《吕氏春秋》又有：

> 亡国之主一贯。天时虽异，其事虽殊，所以亡同者，乐不适也，乐不适则不可以存。糟丘酒池，肉圃为格，雕柱而桔诸侯，不适也。刑鬼侯之女而取其环，截涉者胫而视其髓，杀梅伯而遗文王其醢，不适也。文王貌受，以告诸侯。作为琁室，筑为顷宫，剖孕妇而观其化，杀比干而视其心，不适也。③

平话中选取了这些故事，并加以扩写，将纣王的残暴表现得淋漓尽致：

> 有一日，妲己奏曰："子童辨认得孕妇腹中是男是女。"王曰："如何知之？"妲己曰："恐王不信，试将数个孕身妇人，臣妾辨之。"王曰："依卿所奏。"便宣到百个孕妇人至殿下。纣王问妲己曰："那个是男，那个是女？"妲己曰遂叫过一妇女来，令坐

---

① [汉]孔安国传，[唐]孔颖达疏：《尚书正义》，北京大学出版社1999年版，第271页。

② [汉]孔安国传，[唐]孔颖达疏：《尚书正义》，北京大学出版社1999年版，第279页。

③ [秦]吕不韦编，许维遹集释，梁运华整理：《吕氏春秋集释》，中华书局2009年版，第630—632页。

复起,妲己奏曰:"坐中先抬左足者是男,先抬右足者是女。"纣王曰:"如何得知?"妲己奏曰:"恐王不信,剖腹验之。"纣王曰:"依卿所奏。"令教左右剖腹验之,果然如此。每日可废百人之命,妲己精神越好。此人是妖精之神也。民间嗟怨,客旅哀哉,悲啼不止,无不伤心。……

当日纣王共妲己游西鹿台,前有一河,号曰野水河。妲己共纣王登台上而坐,望见河岸上冬月凌冰。二人欲下水,有一年少者怕冷,不敢下水,数次上岸。老者不怕冷而撩衣便过。王问妲己曰:"此二人年少却惧冷,年老不惧冷□□何哉?"妲己奏曰:"年少者是老生之子,髓不满其胫,阳气衰弱怕冷,不敢涉水。年老者是少生之子,髓满其胫,傲寒耐冷;虽是肌毛枯乏,阳气太盛,故不怕冷,便涉河而过。"纣王曰:"如何见得?"妲己奏曰:"恐我王不信,教捉取二人敲胫看之。"纣王曰:"依卿所奏。"令左右捉取二人来,斫胫看之,果然如此。纣王大喜,告妲己曰:"卿煞知好事。"如此损害人命,后来不敢来河上过往。纣王令左右去到处捉人,来于河中试之,每日害数十人命。①

《前汉书平话》《三国志平话》等对大量史料取舍得当,不仅综合各家史料,对吕后斩韩信、荡平诸吕、三足鼎立、诸葛北伐等历史事件叙述详尽。平话精选了吕后、韩信、刘泽、刘备、张飞、诸葛亮、曹操等人物的故事,确保主要人物故事丰富生动,并注意人物品性的前后一致,而且有意突出人物的部分特征,弱化其他特点,使人物成为某些内在意志的化身。为此,平话舍弃了与人物一贯思想倾向相悖、不利于彰显人物典型品质的史料。如《三国志》中有关于刘备狠毒一面的记载:

---

① 钟兆华:《元刊全相平话五种校注》,巴蜀书社1990年版,第40—41页。

先主尝衔其不逊,加忿其漏言,乃显裕谏争汉中不验,下狱,将诛之。诸葛亮表请其罪,先主答曰:"芳兰生门,不得不锄。"裕遂弃市。[①]

因张裕恃才放旷,曾和刘备比胡须,嘲笑刘备,还曾预言刘备汉中必败,刘备得胜归来后,将其杀掉。刘备此时不听诸葛亮进谏,独断专行,体现出了阴鸷狠辣的一面。平话对这类记载全部剔除,并加入了刘备摔阿斗等情节,保证了文中刘备仁厚的形象前后一致,并逐步将其凸显出来。从故事的设计到人物的塑造,均体现出超越史实而突出文学之传奇性的特点,历史成为底色,文学性得以强化,历史材料就寄寓并突出了文学意蕴。如此一来,这些经过别出心裁的选取和加工的新内容能使接受者产生兴趣,获得愉悦,超越了作为经史材料原本的价值,而产生了浓厚的文学价值,形成了平话之文学品格。

将经史材料转化为文学材料,"全相平话五种"之文学叙事便有了基础,意象有了建构的条件。故事趣味高于历史真实的追求使得平话选用之材料形成了不同于史料的故事空间,其核心价值就在于故事之趣味上。趣味可使人感到愉快,引起兴趣,接受者从这些内容中获取的便不只是史实或者经史知识本身,还会有额外的体验,例如审美、娱乐等,更进一步的学习、教化和劝惩亦可以寄寓这些内容之中。因此成为故事后,这些经史内容已经借由原有之信息,进一步寄寓了文学性的信息。经过加工,经史材料包含着文学意蕴,这已符合意象的特征:在这个意象结构里,故事中的历史事件或经史知识为"象",文学意蕴内涵其中,意象建构初成。从

---

① [晋]陈寿:《三国志》卷四十二《蜀书·周群传》,中华书局 1959 年版,第1021 页。

这个角度看,平话对经史材料进行选取并加工,在文本层面形成了具有极强文学趣味的历史故事,在叙事层面,有了叙事文学意象特征。

其次,"全相平话五种"善于建构传奇性意象,形成了独到的改造经史材料的方法。平话对史料的具体运用方法有三种类型:复述、改写和嫁接。借此将单纯的经史材料转化为历史故事,建构起特殊的讲史叙事文学意象。

一者,复述指对史传、儒家经典、诸子散文等史料原文的照搬或转述。对趣味性不强却比较重要的历史事件,平话一般复述史料原文,借以确保历史故事的因果完整,兼顾故事内部时间与叙事内在逻辑,使平话区别于松散的历史故事汇编,形成了故事系统。如《孟子》中孟子与梁惠王的问对:

> 齐宣王问曰:"齐桓、晋文之事可得闻乎?"孟子对曰:"仲尼之徒无道桓、文之事者,是以后世无传焉。臣未之闻也。无以,则王乎?"曰:"德何如,则可以王矣?"曰:"保民而王,莫之能御也。"曰:"若寡人者,可以保民乎哉?"曰:"可。"①
>
> 五亩之宅,树之以桑,五十者可以衣帛矣;鸡豚狗彘之畜,无失其时,七十者可以食肉矣;百亩之田,勿夺其时,八口之家可以无饥矣;谨庠序之教,申之以孝悌之义,颁白者不负戴于道路矣。老者衣帛食肉,黎民不饥不寒,然而不王者,未之有也。②

这是故事中齐宣王走上明君之路的重大节点,《七国春秋平话》照

---

① 杨伯峻:《孟子译注》,中华书局 1960 年版,第 14 页。
② 杨伯峻:《孟子译注》,中华书局 1960 年版,第 17 页。

搬时凸显了齐宣王礼贤下士的态度与虚心好学的为政理念，巧妙运用了《孟子》原典，表现了齐宣王杰出的政治才能与广阔心胸：

> 一日登殿设班之次，忽有阁门大使奏曰："今有一贤士，称是邹国人氏，姓孟名轲，字子车，特来见王。"齐王大喜，宣到殿下。礼毕，遂宣孟子上殿，赐绣墩而坐。王问孟子曰："谢卿远来。闻卿治儒术之道，齐桓、晋文之事，可得闻欤？"孟子对曰："仲尼之徒，无道桓、文之事者。臣未之闻也。无已则王乎？"王曰："德何如则可以王矣？"曰："保民而王，莫之能御也。"王曰："若寡人者，可以保民乎哉？"孟子曰："五亩之宅，树之以桑，五十者可以衣帛矣。鸡豚狗彘之畜，无失其时，七十者可以食肉矣。百亩之田，勿夺其时，八口之家，可以无饥矣；谨庠序之教，申之以孝悌之义，颁白者不负戴于道路矣。老者衣帛食肉，黎民不饥不寒，然而不王者，未之有也。"遂封孟子为上卿。齐国大治。①

整体框架合乎史实，照搬史传便是构成框架的一种方法。这种运用材料的方式体现出了平话拟史性的特征。虽为叙事文学作品，但平话创作必须依托史实书写，平话叙事须顾及历史真实，故而这种加工、雕饰最少的方法是必不可少的。拟史性特征与平话娱乐性、趣味性并不矛盾，反而相辅相成。从表层的文学书写角度看，拟史并不代表历史真实，而是一种写法，这种写法让平话选取的众多材料和全新的创造有了整合的可能性，进而能够建构起全新的讲史故事系统，形成新文本、新结构。从深层叙事的角度看，依托复述史料形成的意象是叙事意象中最简单和基础的一类，蕴含的

---

① 钟兆华：《元刊全相平话五种校注》，巴蜀书社 1990 年版，第 99 页。

文学意蕴虽相对简单但却为必不可少的功能意蕴,此类意象能促使平话众多意象完成组合,进而形成叙事结构①。正史原文或转述架构起了平话的脊柱与骨架,这有利于平话故事趣味性、传奇性的发挥,确保平话完成意象建构,形成意象叙事结构。与拟史性对比鲜明又相得益彰的是平话复述史传的灵活性。平话并不严谨引用史料,复述时也会有字句的变动。如《三国志平话》:

> 江吴上大夫鲁肃引万军过江,使人将书请关公赴单刀会。②

《三国志》原文则是:

> 肃邀羽相见,各驻兵马百步上,但请将军单刀俱会。③

单刀俱会成了单刀会。这种运用史料的粗糙程度透露出编创者的文化局限,而其灵活性恰恰得益于这种对待史传材料不求甚解的粗犷特征。据史演事,文本层面主要追求的还是故事趣味,是故事的娱乐价值,叙事层面则追求文学意蕴的兴寄和叙事意图的达成。具体故事单元中,趣味高于史实,意象建构的有效高于历史信息的真实,平话处理经史材料虽灵活粗犷,但却成全了意象建构。上例中"单刀会"的误读,反而成就了一个很好的叙事文学意象,这个意象甚至超越了叙事作品界限,成为流传数百年的经典。

二者,改写史料是"全相平话五种"主要的故事生成途径之一,

---

① 关于具体的意象组合和结构问题,笔者将在本书意象篇、结构篇论述,此处不进行过多解释。

② 钟兆华:《元刊全相平话五种校注》,巴蜀书社 1990 年版,第 467 页。

③ [晋]陈寿:《三国志》卷五十四《吴书·鲁肃传》,中华书局 1959 年版,第 1272 页。

亦是最主要的意象建构之法。史书的只言片语在平话中可扩展成意蕴丰富的故事，这样的故事虽于史有征，但仍多为虚构。改写基于已有史实，不如原创故事自由，但却超越了史实，大放异彩，形成趣味横生的传奇故事，为寄寓丰富的文学意蕴提供了可能。改写故事中含有大胆的想象虚构，既有合情合理之处，又有怪诞离奇之言，历史故事并不肃杀、枯燥，故事风格平易近人，体现出可读性与趣味性，亦为文学意蕴的融入创造了巨大的便利。改写中最常见的是扩写。最精彩的故事当属《三国志平话》中的赤壁之战，前后连续数页，篇幅很大。平话把握住了这次战争在历史上的关键作用，尤其是对刘备集团的意义，扩写对塑造刘备集团人物品性、丰富刘备集团发迹故事都大有裨益。而史传如《三国志》《资治通鉴》中都只有寥寥数语，如《三国志·周瑜传》：

　　　　时刘备为曹公所破，欲引南渡江，与鲁肃遇于当阳，遂共图计，因进住夏口，遣诸葛亮诣权。权遂遣瑜及程普等与备并力逆曹公，遇于赤壁。时曹公军众已有疾病，初一交战，公军败退，引次江北。瑜等在南岸。瑜部将黄盖曰："今寇众我寡，难与持久。然观操军船舰，首尾相接，可烧而走也。"乃取蒙冲斗舰数十艘，实以薪草，膏油灌其中，裹以帷幕，上建牙旗，先书报曹公，欺以欲降。又豫备走舸，各系大船后，因引次俱前。曹公军吏士皆延颈观望，指言盖降。盖放诸船，同时发火。时风盛猛，悉延烧岸上营落。顷之，烟炎张天，人马烧溺死者甚众，军遂败退，还保南郡。备与瑜等复共追。曹公留曹仁等守江陵城，径自北归。①

---

① 　［晋］陈寿：《三国志》卷五十四《吴书·周瑜传》，中华书局1959年版，第1262—1263页。

扩写之后,形成了刘备抗曹、舌战群儒、草船借箭、群英会、黄盖诈降、火烧战船等诸多故事单元,每个单元的篇幅都与上文仿佛。扩写过程中,刘备集团故事的中心地位得到巩固,调整了叙事节奏与故事结构,故事丰富有趣,全书叙事焦点与思想焦点都更加精确。又如《武王伐纣平话》中对牧野之战的扩写,具体展示了战争因果、过程,使书中政权兴衰、外交博弈和军事斗争三类故事元素分布平衡,生动鲜活,不再如《史记》一般,只简要叙述战争时间、地点和结果。改写方式还有脱离原貌的改编,《七国春秋平话》中最多,平话依据正史,以乐毅伐齐的多次战争为主要内容,但具体战争过程与史实迥异,加入了怪诞离奇的仙道斗法故事,例如田单准备火牛阵故事,《十七史百将传》为:

> 田单乃收城中,得千余牛,为绛缯画以五彩龙纹,束兵刃于其角,而灌脂束苇于其尾。①

平话中田单、田文听说燕兵来,立刻卜卦,解字而知角上用火。

> 用上等剑客霍道真,即时于即墨城里拘刷上等庄家好牛,得一千余只。于角上施枪,腿上安刃;尾上扎火把,膏油灌于其上。②

通过改写,田单、田文表现出了仙风道骨。先秦战争鲜见于记载,改写既丰富了战争故事,又避免了明显的历史错误,增强了故事趣味性与传奇性,舒缓了叙事节奏。这种改写策略颇有机巧,表现出

---

① 《十七史百将传》,《中国兵书集成》第9册,解放军出版社、辽沈书社1991年版,第63页。
② 钟兆华:《元刊全相平话五种校注》,巴蜀书社1990年版,第138页。

对历史事件的神秘化理解和对英雄人物的神化崇拜，具有将抽象概念具体化的倾向，蕴含故事智慧，也体现出文学故事与历史的差别，文学意蕴得到了突出。少数历史事件在"全相平话五种"中被简写了，如《前汉书平话》中的荡平诸吕、《三国志平话》中的三分归晋与刘渊建国等都被一笔带过。这种情况一般出现在开头、结尾，交代背景与余波，涉及主要人物少，平话对此惜字如金，用语极简。如简写项羽自刎、刘邦建汉引出吕后、韩信故事，斩韩信、吕后亡，则简写平诸吕，收束全书；简写黄巾之乱引出刘备、曹操，诸葛亮死，则简写三分归晋，结束全篇。简写节省了篇幅，把主要篇幅留给了主要人物故事，在叙事层面，凸显意蕴深厚的意象，利于叙事表意。

三者，所谓嫁接，是一种特殊的改写，即"移花接木"和"李代桃僵"。所谓"移花接木"即改变历史故事发生的时间、地点，有时也改变人物。"全相平话五种"中多有这种"嫁接"情况，有的故事来自平话叙述的历史时期之外，有的则是本时期历史事件的时间与地点发生改变。例如，《武王伐纣平话》中的离娄、师旷故事与薛延陀相关事件均来自后世；《七国春秋平话》改变了齐宣王之死、孟尝君归国的时间；《三国志平话》将十常侍被杀改写到了鞭督邮之后；等等。这些巧妙的改动配合了主要故事发展，增强了事件的起伏，加深了故事的传奇色彩，拓展了平话叙事空间。所谓"李代桃僵"即将其他历史人物的故事嫁接到主要人物身上，有的故事还来自其他历史时期。《武王伐纣平话》中写了多个纣王无道的故事，许多本不属于纣王，姜子牙用兵也吸收了后世名将事迹；《秦并六国平话》将灭六国的事迹都归于王翦父子；《前汉书平话》将荡平诸吕的历史事件主角换成了宗室刘泽；《三国志平话》将鞭督邮的人由刘备改为刘、关、张三人；等等。如秦灭韩，《史记·秦始皇本纪》原文为：

> 十七年,内史腾攻韩,得韩王安,尽纳其地,以其地为郡,命曰颍川。①

《秦并六国平话》则将"内史腾攻韩"改为"王翦灭韩",并虚构了几次战役,突出了王翦的军事才能。改动不突破历史框架,使人物性格与形象更加丰满,同时也提高了平话对史料的利用效率。敖鹏惠曾指出平话运用史料具有"坚持牵史就文,以顺人物的原则"②,此言非虚,"牵史就文"并不改写历史进程,却对人物塑造大有裨益,这体现了平话活用史料以配合人物塑造与故事设计的创作倾向。嫁接历史故事,以"移花接木""李代桃僵"为两种主要方式,前者重故事,后者重人物,二者相辅相成,严谨了叙事结构、塑造了故事形态。这样情节更紧凑、人物更丰满的历史故事,文学意蕴更丰富,意象建构更佳。

从上文分析来看,通过改写和嫁接,平话的文本层面出现了由历史书写到文学书写的重心转移,这一过程对应着叙事层面意象的生成。经史材料被改写成故事,原材料中所重视的史实、史评及相关知识、义理被消解掉,历史事件中的人物品性、人际关系、环境、情势等成为文本的核心元素。这一点在嫁接方法上体现得最为明显,"移花接木"和"李代桃僵"均以牺牲事件真实性为代价,事件中的人物、时代都能替换。如此一来,事件所折射出的因果关系、人情世故便成了故事最核心的元素。平话最看重者并非事件的真实而是事件体现出的超越时代的人事、人情逻辑,因此,具体的事件经过嫁接成为一种类型事件,类型事件突出的是事件内在逻辑,主要展现其中的人事、人情细节。由历史改写成传奇故事,

---

① [汉]司马迁:《史记》卷六《秦始皇本纪》,中华书局1959年版,第232页。
② 敖鹏惠:《元刊"全相平话五种"的史料研究》,吉林大学2005年硕士论文,第39页。

细节被不断展开,文本空间中广阔的人物世界建立起来,文本与现实两个世界形成照应。如此一来,移情效应有了产生的环境,故事文本能和创作者、接受者形成主客一体的情感照应结构,这便促成了叙事层面的意象生成。还以嫁接为例,嫁接的历史事件本身变成了蕴含某些信息的符号,有需要时便可引入推动叙事,这种事件本身已有意象表意结构,初具意象性质。平话以改写为主要方法处理经史等典籍材料,必然建构起大量意象,因而能够进一步实现意象叙事。

总之,"全相平话五种"选用史料时注重挖掘和建构历史文本中的文学内涵,体现出建构文学叙事中的历史意象,即讲史意象的意图。不同于严肃的经史著述,在平话中,史料被灵活运用,服务于故事建构与人物性格塑造,形成了广阔的故事空间和复杂的人物社会。全新的文本具备了移情效应的生成条件,能够寄寓广阔和深厚的意蕴。经过这种处理,经史材料成为文学材料,叙事层面的意象依托这些材料得以生成,平话的一大部分讲史叙事意象就是如此诞生的。

第三节 文人小说材料的讲史意象化

一、"全相平话五种"化用的文人小说

"全相平话五种"追求趣味性,偏爱传奇故事。经史之外,子部小说家中的文人笔记、传奇小说对历史人物、历史事件也有涉及,一些富有趣味性的故事便为"全相平话五种"所用,成为其情节元素,深化了平话故事的趣味性。

1.《武王伐纣平话》

平话多涉及神怪故事,对志怪小说多有援引。《太平广记》是

其最大故事来源,《太平广记》所征引的《集仙录》《玄中记》等部分
小说故事如除妖剑、青狐成精等被化用,刘向《说苑》、张华《博物
志》、干宝《搜神记》、王嘉《拾遗记》中也有部分关于狐精、龙女的故
事被化用。

2.《七国春秋平话》

平话涉仙道故事,却与神怪故事有所区别,多涉及宗教文献。
《太平广记》中有关鬼谷子的故事在此被化用。

3.《秦并六国平话》

平话叙述秦王统一的故事,荆轲刺秦一事也在其中,《燕丹子》
成了平话的主要素材来源之一,虽然相关情节篇幅不及《燕丹子》,
但相关情节的主体框架和荆轲、太子丹的人物形象等明显吸收自
《燕丹子》。此外,《太平广记》中徐福求仙、十二金人、湘君水神等
仙道故事亦可见于平话。

4.《前汉书平话》

《西京杂记》载戚夫人故事,《太平广记》也引《西京杂记》戚夫
人故事,二者略有差异,平话中则改写了戚夫人唱歌的故事。

5.《三国志平话》

平话涉及魏晋人物,刘义庆编《世说新语》、殷芸集《殷芸小
说》、王嘉《拾遗记》中曹操父子等魏晋人物的轶事被化用。《太平
广记》所引《独异志》等小说亦被采用。文人小说中蜀汉人物内容
不多,引用相对有限。

"全相平话五种"从文人小说中取材的故事远不如经史、诸子
多,这与平话的故事形态和叙事模式关系密切。文人小说具有轶
事的性质,多为史传所不收,无关历史进程的史书"边角料",其叙
事聚焦于历史时空中的一点,重在以历史细节或者轻度虚构彰显
人物形象。显然,文人小说虽然叙述历史人物轶事,但却迥异于史
传。文人小说文本之零散性,故事之碎片化,叙事之散点性,与平

话讲史的长篇历史故事文本及其深层的连续长线型历史叙事不合。一方面，从平话文本表层结构看，文人小说不适应平话故事的完整性。平话在文本及故事层面，除了具体故事元素富含趣味性，还保持着故事单元间的连贯与总体结构的完整。文人小说注重表现历史人物生活细节，如《世说新语》等写汉魏六朝人物轶事，不同故事间相对独立。如此一来，这种互相独立的轶事型文本显得无处安置，也没有被引入的必要性，处置不当还极易造成画蛇添足的窘境，被选用的内容自然要少。另一方面，文人小说多写人物轶事，不适应平话叙事的连贯性。在叙事层面，平话力求每个依托历史故事而形成的意象具有意蕴丰富性，但也重视维持意象之间的密切关联性，力求形成与历史线相对一致且符合人物意图发展的意象组群结构。故而平话虽以故事的传奇性来确保叙事意象的有效构建，但却要求整个文本中的故事形成有机联系，与历史发展的时间顺序、因果关系相适应。因此，为了意象能够建构得精妙，平话每个人物化用一两个故事，足够表现人物性格，造就足够的意蕴深度即可，过多化用会影响叙事结构，损害故事形态。基于以上两大方面原因，文人小说的传奇性本高于经史材料，却没有被平话广泛选用成为其意象建构的材料。此外，文人小说流播广度比不上史传、经书。《太平广记》作为小说总集，由北宋官方主持编修发行，在宋元流播甚广，因此平话化用较多。还有，文人杂记多源于"街谈巷语""道听途说"①，很多故事与通俗文学同构，平话中的相关故事更接近通俗文学作品中的故事，便也不必吸收文人笔记内容了。基于以上原因，文人小说被平话选用的频率相对较低。

---

① 参见[汉]班固：《汉书》卷三十《艺文志》，中华书局 1962 年版，第 1745 页。

二、以奇事讲史的意象建构之法

"全相平话五种"从文人小说中取材数量有限,类型单一。文人小说多为人物轶事和神怪故事,化用的故事一般不直接影响平话叙事走向,但服务于人物品性的描画,从而助力平话意象叙事。

经过选择和化用,文人小说材料成为讲史意象的建构原料,具备了推进历史叙事的功能。从故事层面看,文人小说故事被引入平话后,能够为人物在历史故事中的行为张本,增强人物在历史故事中产生作用的合理性,进而间接推动历史故事的进程;从叙事层面看,彰显人物行为和历史作用合理性的事件能较好地寄寓人物意图,成为叙事意象,有效参与叙事。从表层到深层,文人小说材料经过整合,在平话中不再是原先游离于历史线之外的事件,而成为平话讲史叙事主线上的一个环节。例如《三国志平话》化用《世说新语》等六朝志人小说故事,将其穿插于重大历史事件之间,以丰富曹操等主要人物性格,从而为曹操挟天子以令诸侯等一系列的重要人物历史行为提供合理性,推动历史故事发展;与之对应,从叙事层面观照这些内容,它们是彰显人物意图、被叙事者用于推进讲史叙事的意象,是平话叙事整体意象群组结构中不可或缺的一环。再如《武王伐纣平话》化用《太平广记》辑录的玄怪故事,用以渲染妲己的妖术、姜尚的法术。《太平广记》引《瑞应编》记载的青狐故事便被化用于体现妲己妖媚惑主的形象:

> 周文王拘羑里,散宜生诣涂山得青狐以献纣,免西伯之难。①

---

① [宋]李昉等:《太平广记》,中华书局1981年版,第3653页。

献狐故事荒诞不经，为正史所不取。引入平话后，这个传奇故事成为妲己迷惑纣王，使纣王成为荒淫无道之君的原因，此事也具备了彰显妲己魅惑君王意图、激发纣王荒淫统治意图的功能，这些意图则是平话中商周易代、历史发展的重要推力。此例中，青狐故事进入平话后，成为建构意象的原料，形成意象后有效参与历史叙事。对于经史材料，平话编创者善于"牵史就文，以顺人物"，对于文人小说则是"以文富史，充实人物"。平话编创者善于发现并利用文人小说故事的趣味性和人物形象鲜活、丰满的特征，通过化用，既丰富了人物形象，提升了故事趣味，又建构起平话中的新历史故事，使历史边角料成为文学叙事的重要意象，跃居叙事结构的重要位置，参与意象叙事。

平话编创者从文人小说中选材非常注意取舍，可谓百里挑一。文人小说中涉及历史人物的故事多如牛毛，如果过多选用会损害平话故事结构，影响叙事意图推进，削弱其文学性和叙事性。平话选材没有出现这样的失误，选取人物故事时，以主要人物为重心，注重同一人物故事的取舍，兼顾了趣味性和叙事性。

首先，文人小说材料多为彰显主要人物意图的意象原料，因而有效推动平话的历史叙事。平话编创者明确了主要人物，引入了文人小说中的相关故事，对于次要人物的故事则较少采用，甚至"移花接木"用到主要人物身上。例如《三国志平话》对《搜神记》《世说新语》等小说故事的选取多围绕曹操等主要人物，而文人小说中关于孔融、嵇康、糜竺以及司马家族、东吴陆氏的故事生动丰富，却未见采用。又如《武王伐纣平话》吸收了《搜神记》《玄怪录》等小说中的姜尚、纣王故事。还将狐妖故事化用到妲己身上，充分利用文人小说，创造新的妖魔故事，深化了"红颜祸水"的妖邪形象，进一步推动殷纣王毁败江山的事件发展。这种选用模式，使得平话叙事围绕着主要人物的意图形成了丰富的意象，因而能完整且充分地彰显和推进主要人物意图,达成历史叙事。

其次,精选主要人物故事,形成丰富而不过剩的意象。对于历史人物的轶事,平话不过多堆砌,也不敷衍了事。许多人物如曹操父子、纣王、姬昌父子等在文人笔记中多有出现,"全相平话五种"积极从这些故事中取材,选取少数故事,避免故事的重复与叙事节奏的迟缓,没有损害叙事结构。平话选取的故事比较精彩,富有传奇色彩,丰富了平话叙事趣味,同时不蔓不枝,时刻成全主线历史叙事。如《武王伐纣平话》中纣王残暴故事,各有侧重,凸显了纣王残暴的性格,因而引出纣王失民心,说明吕望兴周的必然性,以奇特的历史故事推动情节发展。剖孕妇、敲骨髓、制炮烙、造虿盆等故事化为彰显纣王暴虐意图、激发姜尚等人反抗意图的意象,推动助周灭纣的历史事件发展,使纣王、姜尚等人的意图均有了结果,历史叙事得以有效完成。再如用狐妖借人躯壳危害人间的故事,突出了妲己的奸邪、纣王的荒淫、武王的正义和姜尚的忠义等人物特征,有利于彰显他们的意图,成为推动武王伐纣叙事的意象。这些源于文人小说的故事,在平话中完成了蜕变,成为推动平话长线历史叙事的重要元素,建构起了一大批文学叙事的讲史意象。

平话一般不直接照搬文人小说,而是进行扩写、移位换形,使故事更富传奇色彩,能较好地承担叙事意象的角色。例如《搜神记》卷四"灌坛令"一则:

> 文王以太公望为灌坛令,期年,风不鸣条。文王梦一妇人,甚丽,当道而哭。问其故。曰:"吾泰山之女,嫁为东海妇,欲归,今为灌坛令当道有德,废我行;我行,必有大风疾雨,大风疾雨,是毁其德也。"文王觉,召太公问之。是日果有疾雨暴

风,从太公邑外而过。文王乃拜太公为大司马。①

《武王伐纣平话》据此改编出"文王夜梦龙女"的故事:

> 有文王夜寝,至三更作一梦,梦见一美人从外而来,见恒檀公大哭,言:"我是东海龙王之女,嫁与西海龙王之子为妻。今为舅姑严恶,请假去觑双亲,到恒檀公境内,我是龙身,去处有狂风骤雨,雹打田禾,风吹稼穑,以此悦我心中。今到恒檀公之境内,不敢降雹注雨,故以此悲啼。"文王大惊,忽然觉来。文王心内思惟,恒檀公定是大贤能才智慧之人。至明,宣文武百官设朝。文王说梦与众文武,咸皆大喜。②

又如《太平广记》所引《玄中记》《瑞应编》只言狐仙修成人形,纣王时散宜生曾得狐仙,平话则将狐妖化人的过程描写得极为神异:

> 只有一只九尾金毛狐子,遂入大驿中。见佳人浓睡,去女子鼻中吸了三魂七魄和气,一身骨髓,尽皆吸了;只有女子空形,皮肌大瘦。吹气一口,入却去女子躯壳之中,遂换了女子之灵魂,变为妖媚之形。③

文人小说具有较强的故事性、趣味性,平话编创者能对这些材料进行进一步改写,使故事更加生动具体。这一过程中,文人小说中的故事与史传故事、民间故事及原创故事形成了近似的风格,均有了更丰富的表意空间,能够被建构成意蕴丰富的讲史叙事意象。

---

① [晋]干宝:《搜神记》,中华书局1979年版,第44页。
② 钟兆华:《元刊全相平话五种校注》,巴蜀书社1990年版,第75页。
③ 钟兆华:《元刊全相平话五种校注》,巴蜀书社1990年版,第4—5页。

综上,"全相平话五种"化用文人小说时调和了趣味性和拟史性,以之为原料建构讲史叙事意象。与经史不同,文人小说是更纯粹的文学作品,具有独立的文学品格,平话的改编使得这些内容的文学表意与讲史叙事浑然一体。平话取材化用时,尽可能地丰富、完善故事的趣味性,并与主要人物意图结合得更紧密,因而这些文人小说材料进入平话后,能被转化为意象,参与讲史叙事。

第四节　与通俗文学同构互补的意象建构

宋元时期是说唱、戏曲的兴盛期,有文人编写剧本,还有人写了与说话伎艺相关的小说,如话本等,这些文本都属于通俗文学范畴。通俗文学的生成与流行过程贴近民间,表现出与传统文人士大夫文学迥然有别的特征,但通俗文学经过了文人的初步创作,又不同于纯粹的民间文学。"全相平话五种"成书、流行的过程与杂剧、话本有着许多共同点。书会组织、勾栏瓦舍的文化氛围是这些作品产生及流行的环境,不同形式的文艺作品在这种民间文艺环境中互相影响。《东京梦华录》中"京瓦伎艺"一条记载瓦舍中的伎艺便有枝头傀儡、讲史、小说、小儿相扑、杂剧、掉刀、蛮牌、影戏、诸宫调、说"三分"等①。《梦粱录》《武林旧事》等史料记载亦与此类似。戏曲、说话均属瓦舍伎艺,有着同样的文化环境,元平话与说话伎艺关系密切,也受瓦舍环境和其他伎艺影响。历史英雄故事为民间津津乐道,同为平话和话本、杂剧、南戏的常见题材,来源虽不尽相同,但关系密切。许多杂剧、话本作品与"全相平话五种"题材一致,选材的来源类似。根据《元曲选》《元曲选外编》《古典戏曲存目汇考》《全元戏曲》等书中的杂剧剧目,与"全相平话五种"演相

---

① 参见[宋]孟元老:《东京梦华录》,中华书局 1982 年版,第 132—133 页。

同或相似故事的剧目有 70 余种,有 23 种现存杂剧与平话故事题材相关,还有《季布变文》等敦煌变文作品的内容与平话相似。

一、与"全相平话五种"选材相同或
相似的通俗文学作品

1.《武王伐纣平话》

赵文殷有《武王伐纣》杂剧、鲍天佑有《谏纣恶比干剖腹》,剧本散佚,内容不详,但可知平话故事也见于杂剧。

2.《七国春秋平话》

元杂剧《后七国乐毅图齐》与平话情节相似,或同源、或相互取法,但杂剧较少涉及仙道故事,不同于平话。有《庞涓夜走马陵道》演孙膑斩庞涓故事,与平话情节一致,平话叙述较简略。又有屈恭之《纵火牛田单复齐》《燕孙膑用智捉袁达》未见剧本,应演平话中相关故事。

3.《秦并六国平话》

杂剧中有王廷秀《秦始皇坑儒焚典》、白朴《高祖泽中斩白蛇》、郑光祖《秦赵高指鹿为马》、无名氏《斩蛇起义》,剧本散佚,但涉及了平话故事。

4.《前汉书平话》

元杂剧中韩信、蒯通、随何、季布等人物故事丰富,多见于平话,如《随何赚风魔蒯通》。平话中韩信之死、蒯通反叛等故事民间色彩浓重,不见于史,与杂剧相近,风格也类似。还有张国宾《歌大风高祖还乡》、高文秀《病樊哙打吕胥》、马致远《吕太后人彘戚夫人》、郑廷玉《汉高祖哭韩信》、王仲文《吕太后探韩信》、李寿卿《吕太后使计斩韩信》《吕太后夜锁鉴湖亭》《吕太后祭浐水》、石君宝《吕太后醢彭越》、于伯渊《吕太后饿刘友》、张时起《霸王垓下别

姬》、钟嗣成《汉高祖诈游云梦》、无名氏《周勃太尉》《淮阴记》《斩蛇起义》《打陈平》等剧本散佚，从题目上看与平话选材相似。敦煌《季布变文》《汉将王陵变》等作品也涉及相关故事，与平话有一定相似之处。可见类似题材的故事在通俗文学中相对丰富。

5.《三国志平话》

三国题材的元杂剧数量众多。关汉卿《关大王独赴单刀会》《关张双赴西蜀梦》、高文秀《刘玄德独赴襄阳会》、郑德辉《虎牢关三战吕布》《醉思乡王粲登楼》以及无名氏《刘玄德醉走黄鹤楼》《诸葛亮博望烧屯》《锦云堂美女连环计》《关云长千里独行》《两军师隔江斗智》《曹操夜走陈仓路》《阳平关五马破曹》《走凤雏庞略四郡》《周公瑾得志娶小乔》《张翼德大破杏林庄》《张翼德三出小沛》《张翼德单战吕布》《莽张飞大闹石榴园》《刘关张桃园三结义》《关云长单刀劈四寇》《寿亭侯怒斩关平》等剧剧本尚存，故事或完整地见于平话，或部分情节见于平话，或只言片语见于平话。此外，王仲文《诸葛亮军屯五丈原》、花李郎《相府曹公勘吉平》、高文秀《周瑜谒鲁肃》、武汉臣《虎牢关三战吕布》等仅存残曲，又有关汉卿《终南山管宁割席》、花李郎《莽张飞大闹相府院》、王实甫《曹子建七步成章》《作宾客陆绩怀橘》、王仲文《七星坛诸葛祭风》、李寿卿《司马昭复夺受禅台》、于伯渊《白门斩吕布》、金仁杰《蔡琰还汉》、赵善庆《烧樊城糜竺收资》、李进取《司马昭复夺受禅台》、王晔《卧龙岗》以及无名氏《斩蔡阳》《三气张飞》《蔡琰还朝》《米伯通衣锦还乡》《诸葛亮挂印气张飞》《关云长古城聚义》《寿亭侯五关斩将》《关大王月下斩貂蝉》《老陶谦三让徐州》等剧目，剧本散佚，难以确定是否有相似故事在平话中出现，但从剧名来看，杂剧与平话选取的题材一致。

"全相平话五种"有许多故事不见于正史，还有的虽于史有征，但具体细节则与正史迥异。不少故事与元杂剧类似，还有的相互衔接。但许多杂剧存目、剧本以及残曲无法确定其产生的具体时间，"全相平话五种"刊印的至治年间也是个时间段，且刊印时间又不同于文本生成时间。因此，目前尚无法完全确定平话是否是从元杂剧中直接取材的，只能说平话和杂剧等通俗文学作品中许多故事是同源的。根据这种故事题材的同源特征，有学者推测当时民间流传着一些历史故事，不同形式的通俗文学都从中取材，造就了不同文本故事的互文性和同构性。

二、同构互补与意象结构

"全相平话五种"的不少故事见于其他通俗文学作品，内容基本相似，只有细微差异，即故事具有同构性。平话与杂剧同构的故事最多。但并非所有相关通俗文学故事都见于"全相平话五种"。首先，一般见于平话的故事多关涉主要人物与主要历史事件。如元杂剧有管宁割席、王粲登楼等故事，离平话核心故事太远，不见于平话；而涉及张飞、刘备、曹操、诸葛亮的杂剧故事，多见于平话。这些故事有助于平话人物形象的塑造，使故事具有丰富的细节。如平话中张飞是勇武的化身、三国第一猛将，表现他神勇、豪放、武艺超群的故事非常丰富，许多故事不见于史，却见于元杂剧。张飞大闹杏林庄，大破黄巾贼张宝、张表与史实矛盾，却与杂剧一致。无名氏杂剧《张翼德大破杏林庄》中，张飞单枪匹马大破杏林庄：

> （正末到黄巾营寨，云）小偻罗报复去，道有使命到此也。（小偻罗云）理会的。喏，报的太仆得知：有使命到此也。（张角云）有使命到此，不知有何事也。道有请。（小偻罗云）理会的。有请。（正末见科）（张角云）早知使命来到，只合远接；接待不着，勿令见罪也。（正末云）兀那贼将，你不认得某？则某

便是姓张名飞字翼德。奉圣人的命,特来招安您归降。及早受了降者! (唱)【红绣鞋】奉君命招安归路,你若是顺明朝免您遭诛。认得这张翼德手中黑缨矗:举手处,无回顾;马到处,辨赢输。您若是但违条,枉受苦。(张表云)张飞你好大胆也,直来到俺这营里来! 你也是看的俺没了人物了。我又不信。来时由你,去时由我。……(正末云)颇奈这逆贼无礼也! 着这厮吃某一顿者。(正末做打张表、张宝科)(唱)【剔银灯】这厮他来我行施威用武,举手处急难回顾。受招安免您添忧虑,我将这莽拳头胜似刚矗。不由我轻挪步脚去蹴,量着你如羊斗虎。【蔓菁菜】怎敢来和咱做,不由我用机术。直恁般嚣虚,凭着我冠式英雄有谁如? (带云)着拳! (做打倒张表、张宝科)(唱)教这厮跌倒在尘埃处。①

平话中也写张飞独闯贼营:

> 张飞一人一骑便出。至杏林庄上,有把门军卒遮当不住,直至中军帐下,立马横枪。帐上坐着五十余人,中间坐着张表,帐下五百余人鞍枪。张表等众人皆惊。张表问:"甚人? 莫非探马?"张飞曰:"我不是探马。我是汉元帅手下先锋军内一卒。我不为私来,我有皇帝圣旨并诏赦,若有谋反大逆,杀天子命官,尽皆赦免。若投汉者,取其黄巾,打国家旗号,荫子封妻,高官重赏;如不投者,尽皆诛戮。"张表闻言大怒,呼左右即下手□□□齐向前来刺张飞。张飞不望,用丈八长枪撺梢儿把定轮转动,众军不能向前,打折贼军枪杆勿知其数。寨中贼兵发喊,惊恐自开。张飞一骑马,于贼军中纵横来往,无人

---

① 王季思主编:《全元戏曲》第七卷,人民文学出版社 1999 年版,第 511 页。

敢当。①

两种作品故事是极为相似的，只是平话与杂剧表现形式不同，形成了文本的一定差异。这种不见于史的故事不直接影响历史事件的发展走向，但将人物的神勇表现得淋漓尽致，为平话故事的推进提供动力。类似的还有张飞单战吕布、张飞三出小沛、古城聚义等故事，杂剧与平话故事相似，对张飞形象的塑造很有帮助。元杂剧中的孙坚具有嫉贤妒能的恶劣品性，多次刁难刘备兄弟，这也同平话一致。

其次，平话注重凸显主要人物中的典型人物形象，因此不同人物相关的通俗文学故事出现于平话中的数量有着明显不同。同为武将，关羽、赵云、吕布等人物故事少于张飞，成为表现张飞勇猛的陪衬性人物，通俗文学中张飞故事大量见于平话，其他人物丰富的通俗文学故事则多未入平话。例如，杂剧中关羽故事非常丰富，走单骑、斩蔡阳、单刀会等都非常精彩，但平话中关羽故事相对简单，远少于张飞。杂剧单刀劈四寇、斩关平、月下斩貂蝉等故事未被全盘纳入平话，人物形象不如杂剧丰满。赵云的形象则更加单薄。平话善于发现典型人物，张飞性如烈火、刚直粗犷的性格特征更符合大众对猛将的认识，编创者便将张飞作为猛将的代表凸显了出来，性格相对稳重的关羽、赵云便黯然失色了。

此外，杂剧和民间说话中有许多荆轲、韩信、关羽、诸葛亮死后成神的故事，如羊角哀死战荆轲、关羽魂斩番将、关羽大战蚩尤等，这些故事平话一般不用，采用的神怪故事一般服务于政权更替故事，这是有助于平话推进历史故事叙述的，如离娄、师旷的千里眼、顺风耳，黄伯杨与鬼谷子斗法，司马仲相断狱等。这些故事的参与

---

① 钟兆华：《元刊全相平话五种校注》，巴蜀书社 1990 年版，第 380 页。

构成了平话故事脉络、叙事结构及故事线索。通俗文学作品中所包含的民间故事对平话叙事意象建构影响深远。

平话与其他通俗文学作品在故事上存在同构互补的关系,其叙事意象的建构因此获益。

从平话和其他通俗文学作品中的历史故事同构互补的状态来看,宋元时代应有一套体系化的历史故事流传,它已经初步影响了时人对历史事件的认知。剧本与平话之间的相似性集中表现在内容方面,不仅有诸多故事同构,还有些故事竟能形成情节的互补关系,即平话中有一些故事缺乏完整性,缺失的内容元素却见于其他作品。例如《三国志平话》有周瑜追刘备车驾一事:

> 夫人笑,令人搭起帘儿,使周瑜再觑车中。周瑜叫一声,金疮血如涌泉。[1]

不知为何气得金疮复发。杂剧《两军师隔江斗智》则有所交代,原来是被张飞戏弄:

> (张飞做揭帘子科,云)兀那周瑜,你认的我老三么?好一个赚将之计,亏你不羞。我老三若不看你在车前这一跪面上,我就一枪在你这匹夫胸脯上戳个透明窟窿。(周瑜做气科,云)原来是张飞在翠鸾车上坐着,我枉跪了他这一场,兀的不气杀我也!(做气到科)(甘宁云)三将军,俺元帅箭疮发了也。[2]

---

① 钟兆华:《元刊全相平话五种校注》,巴蜀书社1990年版,第443页。
② 王季思主编:《全元戏曲》第六卷,人民文学出版社1999年版,第468页。

又如杂剧《莽张飞大闹石榴园》可承接《三国志平话》中的杀吕布、戡吉平等故事，并引出关公斩车胄故事。这种现象并非文学史所常见。杂剧与平话只表现完整故事的某一细节，其余内容成了潜在常识，如果完整故事不为人熟知，这些故事叙述便略显奇怪。限于本身特点，不同形式的作品选取的故事细节各有侧重，平话偏好政治军事斗争，选材要彰显英雄人物的军功和政治才能，如张飞大闹杏林庄、古城聚义、隔江斗智等。平话较少涉及主要人物发迹前的故事和生活轶事，而杂剧却对此津津乐道。由于篇幅较短，杂剧更注重表现具体事件的细节；单篇杂剧不可能展示人物生平全貌，所以有些人物出世、结局等见于平话，却不见于杂剧，这也是一种互补。受成体系的通俗历史故事影响，时人已将许多历史人物的传奇故事牢记于心。如提起张飞，人们能很快联想到单战吕布、拒水断桥等，"或谑张飞胡，或笑邓艾吃"①的诗句已然揭示了这种现象。在这个环境里，各类通俗文艺形式中的故事便无须对人物的所有事迹进行事无巨细的交代，只选择具体侧面即可，这丝毫不影响接受者对人物和整体历史故事的理解。

这种故事同源，文本同构互补的特点使得通俗历史故事具备了成为叙事意象的基础性特点。由于同处一个大的民间历史故事体系之中，不同历史故事、同一故事的不同细节便非孤立存在，内容之间相互联系和照应。在这种互文性的影响下，平话所用历史故事的意蕴便得以超越文本内容本身。如前例周瑜金疮复发一事，将平话叙事的简单内容置于广阔的通俗文学历史故事视野中去理解，张飞气周瑜这一不见于文本的信息便可快速地被推断出来，如此张飞、周瑜争斗的人物意图，叙述者展现周瑜智谋不足、气

① ［唐］李商隐：《娇儿诗》，［清］彭定求等编：《全唐诗》卷五百四十一，中华书局1960年版，第6245页。

量狭小的叙事意图得以寄寓其中。再如"张飞大闹杏林庄",平话叙述简略,却仍能彰显张飞的英雄气概,这也得益于通俗历史故事里这一内容的广泛流传,故而叙述者展现张飞个性,推动叙事的意图得以实现。从这个角度看,基于与通俗文学作品在内容上的互文特征,"全相平话五种"的一部分故事具有了超越文本内容本身的更为深层次的丰富意蕴。而且在这个大的通俗历史故事体系下,许多人物故事成了时人津津乐道、近乎常识的内容,时人可以举一反三。如此一来,故事具备了寄寓超越字面意义的更多意蕴的功能,接近常识的背景故事又促使故事文本与文本之外的意蕴紧密关联,形成了难以拆分的主客一体性特征。从叙事层面看,这些故事已具备深层的意象结构,可作叙事意象分析。以周瑜金疮复发、张飞大闹杏林庄为例,从意象叙事的层面看,它们不仅表达了文本本身的意思,还蕴含着不必明言就能被接受者联想到的事件前因后果,促使叙述者实现推动叙事发展的意图,暗示了张飞、周瑜的人物意图,它们也可以被视为经典的意象了。不仅如此,在这种同构互补特征的影响下,平话创作者不用对周瑜、张飞等人物特征进行过多着墨,他们在接受者心里已有丰满的形象特征,这些人物也有了超越文本内容本身的特征,这也具备了叙事层面的意象结构,可作为意象之观照。

从这些论述可知,平话内容与其他通俗文学作品故事的互文性极大丰富了历史故事和历史人物的内涵,使它们形成了超越文本内容本身的巨大表意空间,具备了叙事意象结构。平话文学叙事的一批讲史意象跃然纸上,这些意象极富"韵外之致",是"全相平话五种"叙事的优良意象。

第五节　宗教信仰元素与叙事意象的拓展

"全相平话五种"涉及宗教信仰的元素很多，将历史变迁、军事斗争与神仙道化故事结合，将宗教神祇写成历史人物，这些做法丰富了平话历史叙事的趣味，使其叙事表意空间进一步扩展。

一、"全相平话五种"中的宗教信仰元素

1.《武王伐纣平话》

平话中现成的历史故事不多，为丰富内容，宗教故事被穿插其间，增加了人物，丰富了故事细节。如"九尾狐借妲己躯壳迷人""百（伯）邑考抚琴""姜尚传授武吉禳解之法"都涉及佛教故事和佛教仪式。

"姬昌卜卦""云中子故事""许文素进剑除妖""薛延沱等封大小耗神""离娄师旷千里眼顺风耳""六丁六甲""紫微大帝"等故事、人物以及术语皆源自道教，云中子、大耗神、小耗神、千里眼、顺风耳、紫微大帝都是道教人物或神祇。另有道教故事模式被引入，如《历世真仙体道通鉴》中的"妖怪摄人魂魄""徐启玄除妖剑"等故事被改写成了妲己、许文素的故事。此外，平话中蕴含各种民间信仰的神祇故事和仪式描写，如险道神方相、三尸神等。

2.《七国春秋平话》

平话把孙膑、鬼谷子、黄伯杨等人物加进乐毅图齐故事中，用仙道斗法丰富了燕齐战争故事，整部平话神秘气息浓重。

"毗沙门托塔李天王"在平话中多次出现，虽非平话人物，但却是神勇的代名词，源出佛教密宗，其他斗法、征战故事也参考了佛教仪式描写。

鬼谷子在道教中具有较高地位,平话中的鬼谷子故事并未脱离道教元素。受鬼谷子影响,乐毅、孙膑、田单等虽非道教人物,但与他们相关的斗法故事具有道教色彩,孙膑、乐毅的军事斗争也夹杂了符咒、变化等道教法术。黄伯杨鲜见于历史记载,平话中他是仙道人物,精通符咒、变化等道教法术。平话人物性情、装扮描写也借鉴了道教。

3.《秦并六国平话》

平话中的秦始皇求仙故事,涉及徐甲这一道教人物,他枯骨化身,有长生术,与平话始皇求长生不老的故事相通,见于《太平广记》引葛洪《神仙传》。

4.《前汉书平话》

汉初佛教未入中土,但周勃排蛟龙混海阵对战陈豨大鹏金翅阵,运用了佛经中大鹏与龙蛇为敌的典故。另外,平话将韩信的军事才能夸张、神化,"信有万变之术,鬼神不测之机"[①],这涉及道教变化之术。

5.《三国志平话》

魏晋时,佛教已传入我国,道教兴盛,教派分化,这部平话涉及的宗教人物故事较多。

"司马仲相断狱"总起全文,其转世、报应等思想有佛教渊源,地狱、阴山背后、报冤殿、阎罗天子等也借鉴了佛教概念,其中的地狱将中国原有的阴司、地府概念与佛教地狱融合。司马仲相阴司断案,教韩、彭、英三人转世瓜分刘氏天下,故事模式借鉴了佛教转世、果报故事。该故事奠定全书因果线索和思想基础,因此全书故事结构也含有佛教思想和故事模式渊源。此外,平话中医术、相术描写也有佛教渊源,如刘备的帝王之貌,"面如满月""耳垂过肩"

---

① 钟兆华:《元刊全相平话五种校注》,巴蜀书社1990年版,第303页。

"双手过膝"近似佛的样貌。

　　三国纷争始于"黄巾之乱"，这是道教史上的大事件。张角创立太平道，传教并借教众起事。太平道虽于兵败后销匿，却对历史影响深远。三国时期道教人物众多，张宝、左慈、于吉、张修、张鲁、华佗均为此时风云人物，留下丰富的仙道事迹，《三国志平话》对道教故事引用也很多：有太平道"黄巾军"张角、张宝事迹；有天师道第三代天师张鲁故事等。道教法术、称谓、什物也常见于平话：孙学究探洞得祥瑞与其行医故事涉及符咒之术；诸葛亮、庞统、蒋干、徐庶等军师形象具有仙道人物的外貌、神态、语气和称谓，他们精通道术，以此排兵布阵，使世俗战争宗教化；白虎、青龙、偃月、天书、黄婆、祈禳、禁咒、观星、变化等道教概念与平话武功、兵器、计策、阵法、战术及旗号融合，英雄人物和战争的道教色彩鲜明，如关羽用青龙偃月刀、庞统以犬化身、张角天书传教等。诸葛亮形象具有复杂的道教原型，集合了诸多道教素材。他有道教法术、道士装扮及称谓、神仙身份等，平话又写他身穿七星袍，提剑祈禳祭风，南征掌控水温，八阵图破敌，遇黄婆归天，五丈原禳星等，将其政治斗争与军事决策宗教化，连他和蜀汉的命运都暗合生克之道，形成了诸多诡奇的故事元素。仅从诸葛亮祈禳之术来看，便暗含道术，用黄衣、剑、黑鸡子、灯以及蓬头跣足、叩牙等细节精确展示了祈禳、占星、符咒等法术特征。鲁迅评价《三国演义》"状诸葛多智而近妖"[①]，其实元平话中便已如此。

　　总之，"全相平话五种"故事中蕴含宗教元素，宗教典故、人物、法术、什物、典章参与了平话故事建构，影响着平话的意象叙事。

---

① 　鲁迅：《中国小说史略》，人民文学出版社 2022 年版，第 134—135 页。

二、仙道神佛与世俗历史互为表里

"全相平话五种"有众多宗教元素,但这些元素与纯粹的宗教事物还有区别,是一种世俗化了的宗教元素。平话中的宗教信仰内容包孕着讲史叙事内涵,世俗讲史叙事又结合着宗教信仰思维,这也使宗教信仰元素成为平话讲史叙事建构意象的一大重要原材料,进一步丰富了平话的叙事意象。具体来看,平话中的宗教信仰元素有如下特征,体现出参与文学叙事的意象特质。

第一,"全相平话五种"的宗教事物有神秘化、仪式化的特征。神秘化与仪式化是一个过程的两个侧面。平话善于利用宗教元素崇高性与现实生活世俗性的差异,借助这种超出常人认知范围的内容实现叙事意图,达成或者消解人物意图,从而影响叙事。在这一过程中,以宗教信仰元素推进讲史叙事,信仰元素因此具备了包孕世俗历史内涵的意象层次。从讲史叙事角度看,宗教信仰元素参与其中,颇具神秘色彩;从宗教信仰的角度看,神秘内容实为历史和人物命运发展服务,更近乎一种仪式。例如《三国志平话》中诸葛亮领导的几次战争,运用占卜、符箓、变化之术,但只交代诸葛亮仗剑做法、掐指一算、嗅一嗅风中的气味等,道术极为简单、神秘。再如《七国春秋平话》孙膑和乐毅斗阵、田单布火牛阵、鬼谷子破黄伯杨等叙事中,道术描写极简,这些人物举手投足便翻云覆雨、掌控生死,犹如进行仪式,其原理虽不可知,但有这些动作便能引发超乎寻常的变化,这样表面化的写法使道术显得玄之又玄。黄伯杨困孙膑,运用了道教变化术和符咒术,但却看不出施法过程,摇旗便生神异:

> 孙子急回,却被伯杨把旗轮动,黑风乱起。当时,孙子、袁

达遭伯杨之计，阴雾间，只见无头妇人带血污厮打。①

神秘化的表现方式缺乏宗教理论基础，经不住推敲，但却有效发挥
了叙事表意功能，成为有效推进叙事的意象。

　　第二，"全相平话五种"以宗教外衣包含世俗内容，宗教元素具
有世俗化特征。平话中的佛法、道术虽高深玄妙，但实际上的宗教
知识含量并不高，宗教内容成了外在形式，实际表现的还是世俗内
容，具体表现有多种。首先是宗教概念具象化、宗教人物世俗化，
宗教故事是世俗内容的意象化表现。例如《武王伐纣平话》中有羊
刃劫寨之事，羊刃是恶煞，并非具体人物，在古代占卜、道教中均有
相关描述，但平话化抽象为具体，将羊刃写成武将。又写彭举、彭
矫、彭执三将，死后封三尸神。其实道教概念里，三尸是人体的三
虫，可见于《天皇至道太清玉册》等书：

　　　　上尸彭琚，名青姑，伐人目，居人头，令人多欲，好车马；
　　　　中尸彭质，名白姑，伐人五脏，居人腹，令人好食，轻恚怒；
　　　　下尸彭蹻，名血姑，伐人胃命，居人足，令人好色，喜杀。②

还有太岁、青龙、白虎、游魂等概念也成了世俗人物，用"封神"解释
宗教神祇或抽象概念的来源，方相、赵公明、殷郊、薛延沱、蔚迟桓、
离娄、师旷、蝦吼、佶留留、许文素等人物成了众神"前身"，这些神
祇源于宗教信仰，但平话用他们叙世俗之事，表世俗之意。再如
《三国志平话》中的郎中张角利用行医蛊惑民众造反：

---

　　①　钟兆华：《元刊全相平话五种校注》，巴蜀书社 1990 年版，第 159 页。
　　②　张继禹主编：《中华道藏》第 28 册《天皇至道太清玉册》，华夏出版社 2004
年版，第 751 页。

　　　　内有一人,姓张名角,当日告辞师父,"奈家中有一老母年
　　迈,乞假侍母。"学究曰:"你去时,与你名方一卷,不来也不
　　妨。"学究分付张角名方,"医治天下患疾,并休要人钱货。依
　　我言语者!"……张角言:"如医可者,少壮男子跟我为徒弟,老
　　者休要。"张角游四方,度徒弟约十万有余,写其名姓、乡贯、年
　　甲、月日、生时,"若我要你用度,有文字到时,火速前来。但有
　　徒弟,都依省会:如文字到,有不来者,绝死;如不随我者,祸事
　　临身。"①

平话贬斥张角、张宝和太平道,将黄巾起义写成招摇撞骗的叛乱,
借以反衬刘备等人平定叛乱的正义性。

　　其次是将世俗人物宗教化、将世俗故事宗教化。如《三国志平
话》中诸葛亮、庞统、周瑜、徐庶、蒋干、司马懿等人非道教人物,但
他们的衣着、物什、称谓都类似道士,并且会道术:

　　　　诸葛本是一神仙,自小学业。时至中年,无书不览,达天
　　地之机,神鬼难度之志;呼风唤雨,撒豆成兵,挥剑成河。②

这些军师型人物类似神仙、术士,他们参加的战争与斗法相似。如
诸葛祭风:

　　　　却说诸葛披着黄衣,披头跣足,叩牙作法,其风大发。③

叩牙作法便是运用道教法术,见《无上玄元三天玉堂大法》中记载:

---

　　①　钟兆华:《元刊全相平话五种校注》,巴蜀书社 1990 年版,第 376 页。
　　②　钟兆华:《元刊全相平话五种校注》,巴蜀书社 1990 年版,第 426 页。
　　③　钟兆华:《元刊全相平话五种校注》,巴蜀书社 1990 年版,第 437 页。

　　师曰：叩齿者，集身中之阳神也，然亦所用各异。凡祈真叩圣，通天感地，则谓之鸣法鼓。法鼓乃当门四齿，合下共八齿。三叩，共二十四通。所谓左齿，则名金钟；右齿，则名玉磬。当知其妙。吾身无疾，是谓真人。叩鸣法鼓，集我阳神。上通玉阙，朝奉高尊。万魔束首，永得长生。①

再如《七国春秋平话》将孙膑、乐毅、田单等人术士化，乐毅伐齐成了道教斗法，战争故事反成陪衬。尤其是火牛阵：

　　有公子田文言曰：“此事易矣。纸上□写二个卦。上卦☲☲，乃离卦，离为火；下卦☷☵解卦，解字乃牛角上安刀。此是火牛阵也。可用火牛阵破燕兵。”②

史上著名计策被写成了占卜之术。再如迷魂阵：

　　乐毅至张秋景德镇，向燕阵列八足马四匹；怀胎妇人各用七个，取胎埋于七处；四角头埋四面日月七星旗。阴阳不辨，南北不分，此为迷魂阵。③

战场变成了法台。平话为人物和故事披上宗教外衣，将军师型人物描写得高深莫测，把战争故事写得神奇有趣。但平话故事终究不是宗教故事，宗教元素是为世俗人物故事服务的。如此一来，平话宗教信仰外衣下，藏着的是历史故事的发生和发展，宗教行为实

---

①　张继禹主编：《中华道藏》第30册《无上玄元三天玉堂大法》，华夏出版社2004年版，第503页。
②　钟兆华：《元刊全相平话五种校注》，巴蜀书社1990年版，第138页。
③　钟兆华：《元刊全相平话五种校注》，巴蜀书社1990年版，第158—159页。

为平话人物推动历史故事发展所做出的一切难以确切描述的行为及其逻辑的一种简单化和具象化的表述,这正体现出鲜明的叙事意象结构。

此外,"全相平话五种"中不同宗教的界限模糊不清,与民间信仰混同,这也体现出意象叙事的表意特色。平话中佛、道等不同宗教事物同时出现,形成了佛教、道教、民间信仰、民俗故事等的"大杂烩"。例如《武王伐纣平话》中的姜尚精通符咒、变化之术,身穿道服,称为先生,他传授武吉禳解之法中又含有佛教法事的程式:

> 放公次到家中,置粳米饭一盘,令食不尽者,拈七七四十九个粳米饭在口中,至南屋东山头,头南脚北。头边用水一盘,明镜一面;竹竿一条,长一丈二尺,一通其节,令添水满,顿在头边。用蓬蒿覆身。但过当日午时三刻,汝已得活,不妨也。①

平话封神、造神,其中既有道教神祇,又有民间信仰中的神仙,如青龙、白虎二神源出道教,游魂神、方相为民间信仰的神仙,羊刃则是民间信仰和道教中均可见的一种恶煞概念,没有信仰界限。《七国春秋平话》中鬼谷子等道教人物斗法,又有毗沙门天王等佛教概念,场面如:

> 小将觑黑气起处,取了迷魂之物,念解迷魂咒曰:
> 天灵灵 地灵灵
> 新草生 解迷魂

---

① 钟兆华:《元刊全相平话五种校注》,巴蜀书社1990年版,第57页。

一气念七遍,黑气消散,天晴日朗,困军各各都醒。①

叙事中尚有巫术色彩。平话中道教法术和佛教仪式元素也比较含混,《三国志平话》中的司马断狱运用了佛教轮回故事:

> 仲相抬头,觑见红漆牌上书着簸箕来大四个金字:"报冤之殿。"②
>
> 交汉高祖生许昌为献帝,吕后为伏皇后。③

地狱、阎罗、报冤、转世等概念均有佛教渊源,紫微大帝、玉帝却是道教神仙,金甲神人则源自民间信仰。黄巾故事又把道教与民间方术、医术混同。宗教信仰、民间信仰、神话故事、天文星象等元素缺乏界限,没有明确概念,共同为平话中的世俗讲史叙事服务。引入宗教信仰内容,用相对奇幻传神的方式,并借助超自然的元素,有效且直接地落实人物意图,促使叙事意图更高效并顺利地实现。这些宗教元素实际上服务于平话叙事,宗教信仰外壳之下,仍然是讲史叙事。如此一来,神佛仙道自然不必细分,大部分内容在叙事层面被建构成平话叙事神秘化、传奇性强的意象,彼此和谐共存。

　　总之,宗教为"全相平话五种"提供了不少养分,宗教故事、宗教人物、宗教法术、宗教术语及宗教仪式都是平话叙事的材料源泉,平话的讲史叙事依托它们建构起了众多意象。平话中的宗教元素与纯粹的佛教、道教等宗教内容不同,具有神秘化、世俗化的特征,以宗教神秘表象,寄寓讲史叙事内涵。平话叙事在推进历史

---

① 钟兆华:《元刊全相平话五种校注》,巴蜀书社1990年版,第167页。
② 钟兆华:《元刊全相平话五种校注》,巴蜀书社1990年版,第372页。
③ 钟兆华:《元刊全相平话五种校注》,巴蜀书社1990年版,第374页。

事件,寄寓人物意图时,在适当的节点,引入神秘化内容,建构起意象,直接快速地落实叙述者和人物的意图,使叙事意象更加全面、丰富且有奇趣。

小 结

"全相平话五种"以讲史为主要内容,故而在广阔的史书典籍、四部文献中选取与历史相关的故事材料,并从文人小说、通俗文学等处吸收历史故事,以之为基础建构叙事意象。

平话拉近典籍材料和文人小说的距离,意在建构文学化的历史意象。一方面,典籍材料进入平话后被突出了传奇性、故事性,具有了寄寓文学叙事意蕴的意象结构。另一方面,文人小说故事被选入平话后,亦兼顾了文学趣味的彰显和历史叙事的推进,亦具有了以文学文本寄寓历史信息的意象结构。有了这种意象结构,平话初步实现了历史故事表层结构与文学深层框架的紧密结合。故事材料经过筛选和改造,形成的新文本内容既接近历史走向,又区别于史实真相,既成为富有奇趣的文学故事,又未破坏历史故事总体的真实性。因此,平话中历史事件的发展虽大致符合真实历史的进程,但能体现出丰富的人性和社会细节,历史故事文本和社会人生义涵形成照应。以历史叙事蕴藉文学内涵,以文学叙事推进历史故事发展,平话中的历史故事有了多层次的表意空间,能借助移情作用寄寓文学创作和接受主体的意欲,历史故事与文学叙事表意形成了主客一体的结构,初步的叙事意象便借此建构了起来。为区别于真正的历史叙事,笔者称平话意象叙事为讲史叙事。

"全相平话五种"还注意吸收通俗文学、民间文化元素,促使讲史叙事意象表意丰富,姿态万千。首先,大量与通俗文学故事互文的内容构成了讲史叙事表意极为丰富的意象。平话以点带面,选取通俗文学中最具代表性且与历史发展结合最紧密的故事，以其他未选故事作为背景，因此这些选入的故事作为意象，往往具有丰富的韵外之致。未入选的故事成为许多叙事意象潜在的表意元素，充分拓展了平话叙事意象的表意空间，使其讲史具有深刻广远的意蕴，造就了平话讲史叙事的优势。其次，世俗化的宗教信仰元素被引入平话，成为讲史叙事借以推进意图的一类特殊意象。这一类意象以宗教信仰为外衣，包融世俗内容，能快速、直接推进叙事，且能造就平话叙事的神秘化趣味。平话充分挖掘民间文化的价值，为讲史叙事的意象建构增添了丰富元素，为叙事文本增添了亮点。

总之，"全相平话五种"挖掘各类典籍、文学作品中的历史故事，建构出了蕴含深刻文学内涵的意象，形成了讲史叙事意象表意结构。建构起来的讲史叙事意象有何具体特点，它们之间是如何有机组合的，平话又是如何实现有效意象叙事的，对于这些问题，本书将在接下来的章节中逐一探讨。

第二章　意象篇:"物""事"一体的讲史意象表意叙事体系

第一节　"全相平话五种"叙事意象的构成

一、"全相平话五种"中意象的两大类型

　　"意象"的形成是以"意"为基础的,因此"意"是对意象形态和类型至关重要的因素。德国美学家里普斯以"移情说"来审视人类审美活动,并说:"审美的快感是对于一种对象的欣赏,这对象就其为欣赏的对象来说,却不是一个对象而是我自己。"①即人们把自身的情感转移到自己所观察到的审美对象(客观事物)身上,因此形成了审美活动,人们看似在观察和欣赏审美对象,其实是在审视和欣赏自身赋予对象的情感。中国古代文学艺术理论亦有类似认知,刘勰有"情以物兴"和"物以情观"的学说②,解释了中国文学等艺术形式中的经典抒情方式:人们将外在事物与内在情感合二为一,从而能够观景而知情,见景则生情,借景以抒情。从这些理论

---

① ［德］里普斯著,朱光潜译:《论移情作用》,马奇主编:《西方美学史资料选编》(下卷),上海人民出版社1987年版,第847页。

② 参见［梁］刘勰:《文心雕龙》卷二《诠赋》,商务印书馆1937年版,第12页。

可知,作为审美概念,"意象"的形成源于内在的"意",没有"意",无论多么有特点的客观事物也无法成为审美对象,因此便无所谓"意象"。里普斯进一步分析说:"如果我看到一块石头,软硬这类观念就和这一知觉发生了联想。"①"石头"原本具备硬和软的特征,但基于这种特征而引发的联想则非客观存在,而源于审美主体内心。审美主体"移情"于客体,新形成的事物便具备了许多客体原本没有的新意义。中国文学"意象"的形成较"移情"过程更为复杂,达到了更进一步的"主客一体性",但"意"与"象"之间的相互作用亦以"移情"作用开始,故也可以"移情"的模式进行观照。例如,在中国文学艺术中,风是一种意蕴丰富的存在。所谓"风虎云龙",风时常是与神秘、未知乃至危险、变乱等相联系的,人们见风乍起,便有天气转变、危险将近的预感。《水浒传》中,武松景阳冈打虎时,一阵风过,预示着"吊睛白额大虫"的到来;《三国演义》中,煮酒论英雄时,风起后,刘备预感到了身处曹营的步步杀机。赤壁战前,风吹折旗杆,曹操的兵败也已得到暗示;"全相平话五种"中,"一阵风起"后,主人公都能预感到敌方劫寨或行刺等行为。这些叙事中,风已非一种自然现象,而是化为意象。其实自然之风本身并没有任何神秘意义,危险、变乱也与风无必然联系,是人根据风的特征,将对未知和危机的感受赋予了它。"我们都有一种自然倾向或愿望,要把类似的事物放在同一个观点下去解释。这个观点总是由我们最接近的东西来决定的。"②因为人们心中有一定心事,便取一个可以比附的外在事物进行同样的解释,这个事物的本质特征让位于它与人们内在心事的"可比附性"。可见,"意象"中"意"起

---

① [德]里普斯著,朱光潜译:《论移情作用》,马奇主编:《西方美学史资料选编》(下卷),上海人民出版社 1987 年版,第 857 页。

② [德]里普斯著,朱光潜译:《论移情作用》,马奇主编:《西方美学史资料选编》(下卷),上海人民出版社 1987 年版,第 841 页。

着决定作用,内在的情意不同,象就不同。同样是风,武松打虎时就是危险将至的信号,李白斗酒赋诗时则可以是"扶摇直上九万里"达成理想的助力,在冯延巳眼中又是一种闲适之情的代表。不同类型的情感意志会衍生出意义不同的意象,也会形成不同类别的意象。

"象"虽非决定性因素,但也一定程度影响"意象"的内涵和形态。不同事物形态的差异促使人们"移情"不同的心意。如前述,"风"被寄寓了人们对未知的恐惧,"艳阳"便不会被寄寓类似的情感,这其实是"风"和"艳阳"外在形态差异造就的。客观事物的多样性造就了"意象"类型的复杂性。能够寄寓和传达情意的外在事物多种多样。客观存在的事物,如自然景观、人工建筑等,还有一些文字、图画、影像等,以上直观可感的实物形象与人们不同心意结合,在文学作品中都可以成为意象。此外还有一些并非现实存在,而是人们虚拟的形象,如卦象、太极等,这些由人后天营造的形象也可以成为"意象"。世间万物在进入诗词、戏曲、小说等文学作品中,融合了与之形态、性质等类似的人的某种思想或情感后,便具备了超越形象原始意义的内涵,姿态万千的意象就生成了。在中国文学中,意象的形态甚至超越了实物和图像,有一些意象以事件为"象"而形成。事件虽无固定的物质形态,但也是真实可感的客观存在,故而以此为基础也会形成"意象"。例如"煮酒论英雄""火并王伦""醉卧芍药裀""梦斩泾河龙"等事件也被寄寓了情意,具备表达意蕴的功能,亦是典型的意象。从这些论述可知,不同形态的客观事物均具备寄寓情感意志成为"意象"的可能,但他们的形态差异也在影响形成后的意象的形态和性质,这也影响到了"意象"的分类。

基于"意""象"两大元素对"意象"形态的影响,"意象"便成了不同的种类。在不同文学类型中,"意象"的表意有差异,起到的作用也不一样。许建平将中国文学意象分为九类:"情物象、欲物象、道物象;情事象、欲事象、道事象;情境象、欲境象、道境象。"①这九类意象中,情物象、道物象、情境象、道境象四类主要起抒情写意作用,情事象、欲事象、道事象三类则起到叙事写意作用,欲物象、欲境象兼具抒情写意和叙事写意作用②。总体看这一分类,按照它们在文学中起到的作用进行区别,意象大致上形成了两大类别,即抒情意象和叙事意象。着眼于中国文学,在诗歌等抒情文学中,意象参与抒情主人公的表意抒情,是诗歌批评中最常见的概念之一;在以戏曲和小说为代表的叙事文学中,意象同样起到重要作用,不仅在文本中发挥表意功能,而且参与叙事,故而称为叙事意象。本文专注于探讨叙事意象,故而此处讨论的意象分类亦指代狭义的叙事意象分类。石峰雁《〈金瓶梅〉意象叙事研究》一文进一步整合许建平的意象分类,紧密联系中国叙事文学的实际,详细探索了叙事意象的分类:

> 基于"意象"的形态和表意功能的差异,本文将"意象"分为"物象""人象""事象"和"物事象"四大类。物象侧重静态象的潜在意表达;人象,借助人的体态表象表达人的内在形象,是物象通往事象的桥梁。事象侧重动态场景情事之意的综合表达;物事象是物的叙事化与叙事的物象化,兼有物象与事象的功能,处于物象和事象的中间状态。③

值得指出的是,此文着眼于整个中国古代叙事文学,尤其是元明清

①② 许建平:《意图叙事论——以明清小说为分析中心》,人民出版社 2014 年版,第 43 页。
③ 石峰雁:《〈金瓶梅〉意象叙事研究》,上海交通大学 2019 年博士学位论文,第 33 页。

以来的戏曲、小说,分类涵盖的意象齐全,且反映出了在通俗的戏曲、小说发展成熟后,其叙事意象的情况。"全相平话五种"作为中国古代通俗小说的早期作品,其叙事水平有限,叙事意象体系发展尚不完备。参照石峰雁一文的意象分类体系,"全相平话五种"中的意象类型虽不全面,但体现出了中国通俗小说意象体系发展初期的基本特征。

"全相平话五种"中的"意象"可分为"物意象"和"事意象"两大类别。从表意功能来看,叙事文学中的意象无非分为"表意型"和"叙事型"两大类,中国文学的"表意型"意象常常以具体事物的形式出现,"叙事型"则以事件形态出现较多,故而"物意象""事意象"两大类别可以涵盖大部分的叙事意象。平话叙事艺术相对粗犷,故而由表意到叙事的推进衔接相对生硬,因此缺少中间态的意象,故而笔者没有分"人象""物事象"等类别。

物意象以客观事物、图像或虚拟形象为"象",表达内心的情感、意志。基于"移情作用",人们建立了物体、图像等与内在情感意志的对应关系,将人情移置于具有类似特征的物身上;又经过复杂的文化发展作用,物与情之间形成了紧密的关联。"我们将这种通过静态的自然形象及其组合表达心意的象,称为'物象'。"①例如柳、雪、风、月、梅、兰、竹、菊等,这些客观存在的物体是它们的"象",经过历代文艺活动的浸染,人们将特定的情意移置于这些"象"中,形成了诸多约定俗成的经典意象。柳因其与"留"音近,再加上其万条垂下、晚烟憔悴的姿态,与送别、追忆等情意紧密联系;雪因其洁白晶莹之形态,与冰清玉洁、傲岸崇高、纯良清净之情融合;月因其圆缺变换,从而寄寓了人们的离思,象征着从聚散到团圆的过程;等等,这些都是文学中最为常见的意象,在抒情文学中

---

① 许建平:《明清文学论稿》,河南人民出版社 2017 年版,第 619 页。

表意丰富,使主人公饱满抒情,在叙事文学中同样寄寓和表达丰富涵义,进而参与叙事。"任何艺术创作都不可能完全是客观生活的原本照搬和如实再现,艺术家总是需要在艺术形象中表现自己一定的情感,寄托自己对生活的一定情感、认识与见解,因而在艺术形象中总会或多或少地包容着象与意这两个方面,并使之在不同程度上融合起来。"①在描摹客观物体或虚拟形象的过程中,人们的情感借助这种描摹表达出来,主观情意和客观物象因此浑然一体,达到了你中有我,我中有你的程度,这是文学化的表意方式,也造就了别样的文学艺术化的万物或形象。具体到"全相平话五种"中,充分融合了人们内在情意的物意象亦是参与叙事的主要元素。如《七国春秋平话》中"黄金台"寄寓了君主招贤纳士的迫切心情,《三国志平话》中"赤兔马"寄寓了英雄的勇烈情怀,多部平话均有的"凌烟阁"寄寓了建功立业的英雄壮志,等等。物意象以表意为主,常见于平话叙事文本中,为平话进一步叙事打好表意基础。

事意象以在某个意图指导下具有一定时间长度的行为过程为"象",表达人的情意且体现人进行一定行为的意图。里普斯有言:"我们总是按照在我们自己身上发生的事件的类比,即按照我们切身经验的类比,去看待在我们身外发生的事件。"②人们不仅向客观存在的物体和形象"移情",还向事件"移情",这一过程中,"身外事件"成为包含人们内在情意的存在,亦即"意象"。王充《论衡》中已出现"事象"一词,初步建立事件与形象的联系③,《说文解字》则有班固对"象事""象意"文字的相关看法,这两种文字指的是用符

---

①　魏家骏:《论小说意象》,《西南民族学院学报(哲学社会科学版)》1988年第1期,第114页。

②　[德]里普斯著,朱光潜译:《论移情作用》,马奇主编:《西方美学史资料选编》(下卷),上海人民出版社1987年版,第841页。

③　参见黄晖:《论衡校释》卷二十八《书解篇》,中华书局2018年版,第1011页。

号化的图像来指代动作行为的会意字和指事字①。一直以来寄寓和表达情意均可以"事"为象,"这些由多个象形符号组合而成的表示行为的具有事因素的象,我们称之为'事象'"②。因而就有了"事意象"这一大类。事意象的"象"具备一定的行为长度,包含事件的因果和发展过程,是一个基本完整的动作行为单元。在一个事意象中,一个行为事件的缘起、经过、结果等会得以体现。杨志卖刀、孙悟空三借芭蕉扇、智激周瑜、黛玉葬花、严监生之死、制台见洋人、罗成叫关、哪吒闹海等,这些都是事意象。人物内心萌生意图并实践意图,因而形成行为,造就了事意象。从这个角度看,外在事件实际上是人物推进事件所进行的心理活动的结果或表现,事意象就是以事件为外在形式,寄寓和传达人的情意(以行为意图为最主要的情意),并以此影响之后的人物行为,推进叙事。具体到"全相平话五种",事意象亦是最主要的叙事意象。《武王伐纣平话》中"纣王进香""纣王玉女之会""纣王选妃"便以事件为"象"勾勒出了纣王挑选美女放纵情欲意图的萌生、推进和发展,并最终有了结果的过程。《前汉书平话》中"薄夫人相面""薄夫人嫁刘邦""薄夫人生怪胎""刘恒居代""谋立刘恒""刘恒即位",以六个事件为象,揭示薄夫人着力抚养刘恒、汉功臣谋立刘恒为帝的两大意图的产生、推进和结果,完成了刘恒即位的叙事。事意象不仅揭示意图,还是意图实践过程的体现,可谓叙事最主要的构成意象。

二、"全相平话五种"中物意象的具体形态类别

物意象以具体的物质或形象为"象",不同类型的"象"因其形

---

① 参见[汉]许慎著,[清]段玉裁注:《说文解字注》,上海古籍出版社1988年版,第755页。

② 许建平:《明清文学论稿》,河南人民出版社2017年版,第619—620页。

态差异而影响物意象表意。基于此，物意象形成了更为复杂的形态类别。在具体的叙事文本中，物意象包罗万象，天地之间的生灵、神祇可以化为意象，无生命的器物、建筑亦可作为意象，无法直接感知的抽象事物，如时空、节气等也可以构成意象。由于成象的原材料不同，形成的意象便有显著差异。在具体的叙事过程中，生物会有自己的行为和情态，有的具有自我意识，人们寻求它们的行为意识与人的相似之处就容易一些，因此它们有很大概率与叙事表意相联系，转化为与人的内在情意交融的意象；非生物便缺乏行为和意识，它们能成为意象，靠的是人对其施加行为，赋予它们人的情感意识，使其与人内在情意交融，实现叙事表意。因此，是否具有生命便造就了两类不同的物意象，即生物意象与非生物意象，石峰雁概论物意象时便对其如此分类，这是符合实际情况的①。他还进一步对两类物意象进行细分，总结了中国叙事文学物意象全面而详细的形态类别。“全相平话五种”作为中国早期通俗小说作品，叙事极不成熟，意象亦是如此，其体现了中国通俗小说叙事物意象形成过程中的一些信息。具体来看，“全相平话五种”中的生物意象可分为“植物意象”“动物意象”和“人物意象”，非生物意象则有“实物意象”“景物意象”及“场景意象”。不同形态类别的物意象的表意叙事各具特色。

首先看生物意象。第一种是植物意象。植物能在文学中成为意象是由于其生长形态特征能与人的内在情感意志产生关联，从而发生移情作用，最终达成主客体的融合。在中国诗文意象体系中，植物意象丰富，如松树、柳枝、桃李、梅花、菊花等均与人的特定的情感意志结合，成为经典意象。植物形态特征被文人寄寓了独

---

① 参见石峰雁:《〈金瓶梅〉意象叙事研究》,上海交通大学 2019 年博士学位论文,第 34 页。

特内涵,人的各类思想品质、精神状态和意识活动体现在了不同的植物身上,这种意象化表达成为中国文学的一大特色。在诗文中,松柏四季常青,体现出顽强生命力;梅花凌寒傲雪,独自开放;竹子挺拔有节,性直本固。这几种植物便能与人高洁傲岸、坚守节操、坚忍不拔的品质相对应。柳枝因其萧瑟之情态,与"留"相近的读音,它的出现往往意味着离别;菊花秋季开放,清幽淡雅,被人赋予了隐逸的色彩,诸如此类,不胜枚举。以上例子又体现植物意象形成的内在逻辑。一方面,人们善于捕捉植物特性与人的情意之间的关联,以具体的植物形象体现人抽象的精神世界:上例中为表述人的气节,文人选择具象化方式,将其类比为竹子笔直生长和分节的结构;另一方面,中华文化源远流长,文人们也基于后天文化活动赋予植物新的含义:上例中为表述送别的情感,文人们巧妙地利用柳与"留"音近的特征,造就了折柳送别中经典的"柳"意象。"咏物诗对所咏的物,有一种特别的看法,这看法像是充分自由的,诗人可以任意挥写,其实诗人的每一种看法,无不以庞大的民族文化为其背景,这文化往往显示出千百年来此一民族共通的理念,形成普遍易解的比喻类型。"①总体而言,植物意象完美地体现了中国文学意象独特的"主客一体性",植物本身特征与文化意义经过相互作用,完美统一,最终形成了具有历史穿透力的意象。在中国文学中,植物出现的大多数情况均揭示人的情感意志,植物作为"象",自然体现"意",这些情意更能进一步归纳出深层的意蕴,即"韵外之致"。所谓"羚羊挂角,无迹可求"②,不着一字,尽得风流,植物成为意象后,对文学的意象化表达起到了重要作用,不论是抒情之诗文,还是叙事文学,均是如此。《红楼梦》中"花"便是非常典

---

① 黄永武:《中国诗学·思想篇》,新世界出版社 2012 年版,第 14 页。
② [宋]严羽著,张健校笺:《沧浪诗话校笺》,上海古籍出版社 2022 年版,第157 页。

型的植物意象,借助花这一意象,林黛玉、史湘云、妙玉等红楼女儿的万般情思被叙述者揭示得淋漓尽致。作为成书较早的通俗小说,"全相平话五种"中亦不缺植物意象,但平话里的植物意象寄寓的意蕴却相对单调。明清成熟的章回小说中,植物意象表意丰富且颇具美感,平话中的植物很少有此风韵,至于抒情文学中风雅优美的植物意象则极少见于"全相平话五种"。平话中的植物往往用于揭露人物意图,甚至形成了许多固定的套路,例如密林一定预示着埋伏,竹笋多用于表述军马众多等。最典型的例证,如《秦并六国平话》:"项梁先差李仲、韩员领兵二千,去退十五里大树林下,埋伏左右畔,等候杀秦兵人马。"①余者《三国志平话》中树林亦意味着遭遇战等预料之外的军事行动。平话利用林子幽深浓密的特征,以之来体现一种未知的危险,因此树林意象便多与军事联系,成为寄寓人物埋伏杀伤敌兵意图的意象。再如《三国志平话》从史书中选取了刘备家乡桑树如盖的记载,而桑树这一植物便成了揭示刘备非凡政治生命的意象,暗示刘备未来能成就一番大事。植物意象在平话中出现不多,却能起到重要的表意叙事作用,对平话叙述的政治、军事事件多有提示。这样的植物意象少了抒情文学和成熟叙事文学中的美感,却具有神秘色彩,与平话叙述的历史事件结合紧密。平话中的植物意象,体现出它作为早期叙事文学所具有的不成熟特征。作为中国文学最为经典的一类意象,植物是最能体现文学意蕴的。平话的叙事没有充分利用植物意象表意,仅仅将其作为叙述军事、政治实践的一种辅助意象,无疑牺牲了很大的文学趣味。但这种特征也说明了平话叙述者在能力有限的情况下善于抓主要矛盾的优点。其植物意象具备鲜明的历史叙事特征,确保平话意象叙事不会脱离讲史这一核心任务。虽然出现了

---

① 钟兆华:《元刊全相平话五种校注》,巴蜀书社1990年版,第186页。

文学意蕴差的叙事效果,但平话植物意象的独特性也体现出一定的叙事智慧,这种做法避免了因表意丰富而影响叙事节奏、模糊叙事焦点的问题,体现出一定的巧思。这是早期通俗小说叙事,尤其是讲史叙事的一种有益的探索和尝试。

第二种是动物意象。动物不同于植物,它们还有自己的行为和意识,人的情感意志就借助这些动物的行为意识加以表达,动物意象因此而成。如果说植物靠其生长之情态动人,动物则直接靠自己的行为或意识活动激发人的情意,在这种人与动物的情感互动中,丰富的意蕴逐渐形成。从这个角度看,动物意象的"意"随着动物的意识活动而变化、丰富,因此比起植物意象更具体和复杂。黄永武有言:"诗文中,动物意象所寄寓和表达的情意往往包含着人对生命的思考。如龙代表事业、凤代表爱情、麟代表德行、龟代表寿命、蝉蝶寓意四季,禽兽隐喻恶行等等。"①这种意象以动物的生命活动观照人生的发展,形成妙趣横生的表意。具体到叙事文本中,动物意象不仅因其情态而寄寓和表达人的情意,也通过其活动刺激人的活动,从而推动叙事。"全相平话五种"中以"马"为代表的坐骑是最常见的动物意象。马匹是英雄们武力的一大象征,坐骑由于暗合主人品质,能体现主人各种军事意图,为叙事提供助力。如《秦并六国平话》:"副先锋景耀龙,身穿黄金锁子甲,体挂皂罗袍;头上铁幞头,燕尾交加,黑雾缠身罩体;坐下跨一抱月乌骓,肩担一条清风利枪,腕悬一百二十斤竹节钢鞭,出阵与秦将打话。"②抱月乌骓以名马的姿态出现,在此处暗指副先锋景耀龙是一个英雄,武力不可小觑。然而对于景耀龙这种昙花一现的人物来说,描述其英武实为激发主要人物战胜这类英雄的意图,故而名

① 参见黄永武:《中国诗学·思想篇》,新世界出版社 2012 年版,第 61—101 页。
② 钟兆华:《元刊全相平话五种校注》,巴蜀书社 1990 年版,第 182 页。

马作为一种意象,实际上暗示着景耀龙这类人物会在日后与更主要的人物交战,主要人物会挫败他,从而实现自己建功立业的意图,名马意象便是如此间接推动了叙事的。类似于植物意象,平话中的动物意象的运用手段相对单一,多提示人物特征,或者单纯地作为激发人物一时意图、直接引发某些事件的导火索。《武王伐纣平话》中"鹰雕"作为一种动物意象,仅仅起到扑伤妲己、激发纣王滥杀无辜意图的作用,后再不出现,也缺少更丰富的意蕴。这种特点也说明平话叙事尚有很明显的不成熟特点。

　　第三种是人物意象。人物既是叙事文学中叙事行为的实施者,即叙事主体,亦可成为叙事的文本依托——意象。具体来看,人物意象又有两种类型。其一,符号化人物意象。在中国,许多人物家喻户晓,因其特征具有特定的文化意义,他们成为一种文化符号,一出现便具有足够深度的文化含义,这便是一类人物意象,在文学中有自己的固定用法。"全相平话五种"中多有一些符号化的人物,他们颇有神秘色彩,代表了高深莫测的能力和令人生畏的未知技艺,这些人物意象的出现预示着将有未知的挑战来临,激发主要人物的备战意图,应对未知。《七国春秋平话》中的鬼谷子这一人物在出场之前一直是个典型的人物意象。他时不时地出现在文本中,作为一种符号,成为神通广大的代名词。叙述者欲揭示他的徒弟孙子、师弟黄伯杨的高超法术时,便强调他们与鬼谷子的关系。由于知道孙子是鬼谷子弟子,乐毅一方面激发了欲与孙子一争高下的意图,一方面也产生了重视对手、积极备战的意图;由于知道黄伯杨是鬼谷子师弟,孙子在与燕军对战时也有了看重对手,既欲一争高下,又要仔细对待的复杂意图。再有一种人物意象相对特殊,即神祇类人物意象,这类意象一般用于揭示人物特点,符号化特征最为明显。如平话中出现过"毗沙门天王",借用西方佛教神话中的人物,揭示平话人物的杰出能力。如"独孤角横刀撞出阵来，却有燕将石丙、石助、石凯、石宾四员大将并战独孤角。独孤角独战四将，五匹马混战，如黑杀神真武贤圣斗毗沙门托塔李天王。"①写四员战将的勇武，用的是神话人物。这种意象并不直接揭露人物意图，而是通过表意提示人物的一些特点，从而影响一系列人物意图。四将之勇武借助毗沙门天王的意象揭示出来，独孤角奋力战斗的意图便体现了出来。其二，描摹具体人物特征时可以形成具体的人物意象。如"伯杨时年一百二十岁""车中有一百八十岁鬼谷先生"②，这种人物年龄便可成为意象，揭示黄伯杨、鬼谷子具有超越常人的能力，后文二人的斗法叙事便得到了提示。人物意象借助人的一些特征如个人能力、长相、年龄等表意，直接透露人的内在情感和意志，平话借此较为直观地揭示了人物意图，间接推进了叙事。

其次来看非生物意象。第一种是实物意象。这一类物意象包含的内容极广，是以不具备生命的器物为外在形象所建构起的意象，这一类物意象出现在叙事文本中，大多数情况下都用以寄寓和彰显人物实施行为的动机，即行为意图。小到纽扣、弹丸，大到亭台、车船，都可以成为实物意象，由于具有激发、维持和体现人物行为意图的功能，这一类物意象往往在推动叙事的过程中发挥重要作用。例如戏曲《庆顶珠》中，围绕着珍宝"庆顶珠"，萧恩萌生献珠报仇意图，吕子秋和丁自燮等起了贪珠作恶等意图，一颗珠子成了众人意图萌生和推进的焦点，造就了完美的叙事意象。再如《红楼梦》中的"绣春囊"亦是经典实物意象，傻大姐拿到的这个物什激起了邢夫人要挟王夫人、王夫人护短、王熙凤替姑母消灾等一系列人物意图，最终引发"抄检大观园"这一大事件，晴雯、司棋等一众人

---

① 钟兆华：《元刊全相平话五种校注》，巴蜀书社1990年版，第162页。
② 钟兆华：《元刊全相平话五种校注》，巴蜀书社1990年版，第163页。

物的命运由此改变。中国叙事文学中这样的意象还有许多,《窦娥冤》中的"毒羹"、《十五贯》中的"十五贯钱"、《一捧雪》中的"一捧雪"、《荆钗记》中的"荆钗"、《桃花扇》中的"桃花扇"、《水浒传》中的"林冲宝刀"、《蒋兴哥重会珍珠衫》中的"珍珠衫"、《杜十娘怒沉百宝箱》中的"百宝箱"、《红楼梦》中的"通灵宝玉""金麒麟""风月宝鉴""九龙佩"、《封神演义》中的"封神榜"等。"全相平话五种"中实物意象发挥着巨大叙事作用。具体来看,有许多实物意象提示政治、军事事件,是历史人物推进行为之意图的体现。《武王伐纣平话》从史料中引入了众多实物,成为揭示纣王实施暴政意图和诸侯反商意图的意象,如玩月台、摘星楼、东西鹿台揭示纣王纵情享乐的意图,激发姬昌等进谏的意图;酒池肉林、虿盆、炮烙刑具等意象寄寓纣王虐杀忠良的行为意图,激发了黄飞虎、姬昌等诸侯的反商意图。再如几部平话中经常出现"凌烟阁"这一意象,激发众多人物报国建功意图,凌烟阁本是唐朝修建用以表彰功臣的建筑,但平话中各个时代的人物皆知"凌烟阁",显然这个意象已经成为英雄建立功业的符号,用来推进历史叙事。实物意象在平话中相对常见,将人物抽象的意图具象化为具有鲜明特征的物品,使接受者获得直观感受,由对物品的印象联想到人物品质,从而切近人物内心世界,明确其情感、意图,接受其后续的相关叙事。这种意象叙事法既直观,又意蕴丰富,体现着叙事文学的机巧。

　　第二种是景物意象。所谓"一切景语皆情语",景物在中国文学中历来被用于表情达意。这种表情之景,亦具备意象结构,是一类典型的物意象。与中国的诗歌传统类似,叙事文学写景亦多有表意功能。景物意象由景内外的人观察得到,人的主观情感,尤其是观景的实时情绪和情感体验便体现在了描绘之景中,人物受情感影响产生行为意图,景物意象因此在叙事中发挥作用。如《水浒传》喜写雪景,林冲杀陆谦之前是雪景,潘金莲勾引武松前是雪景,梁山擒索超前亦是雪景,这些都预示着人物命运的陡然转变,陆谦、潘金莲和索超的人物意图都因"雪"而落空,林冲、武松和宋江等人就在这几场雪后萌生了新的行为意图,开启了新的命运图景,"雪"意象在叙事过程中大放异彩。《金瓶梅》《西游记》《红楼梦》等小说中,风、月、雪、雨、山峰、星空、江河、原野等均作为经典意象,构成了重要的叙事意象类型。"全相平话五种"亦多有景物描写,在这些景物中,蕴藏着人物意图发展、命运变化的玄机。例如《秦并六国平话》,写李牧战匈奴,有如此景物:"青毡笠子千千处,荷叶初舒;白雪皮球万万朵,梨花才放。"①这一景物描写体现出边地特色,但却蕴含着中原或江南,亦即汉地景物的特征。这一意象一方面体现出环境利于匈奴这种边疆民族的特征,体现李牧守代地的艰难;但又在明快的江南特色中,预示着李牧能够克服困难,取得胜利。这一景物意象将李牧抗击匈奴的意图不断坚定的过程且最终一定会战胜匈奴的结果预示出来,间接推动叙事的功能明显。在景物的描绘中彰显人物意志,提示叙事,景物成为意象后,无人参与的景色却时刻提示着景外人物的心境和命运,体现着文学叙事的意蕴。

第三种是场景意象。场景超越了具体的物体,是一个综合空间、景物于一身的概念。依托场景形成的意象,在象的层面上它展示出特定的空间,具有具体的结构,内部还有景物、陈设等。通过营造环境展示人物情感意志,揭示人物和叙述者的意图,场景意象因此参与叙事,因其外在形象构成复杂,所以意蕴丰富。《水浒传》有经典场景意象"牢城营",阴暗恶劣、恐怖肃杀的环境在展示林冲、武松和宋江等人物脱罪意图时可谓水到渠成,官营、差拨、施恩、戴宗等人榨取囚犯钱财的意图也无须明言,令人一见此场景

---

① 钟兆华:《元刊全相平话五种校注》,巴蜀书社 1990 年版,第 197 页。

便了然于胸,场景将各类人物意图揭示得极其明确,风雪山神庙、罪打蒋门神和浔阳楼题反诗的叙事便随之而来,一蹴而就。与之类似,讲史小说如《三国演义》《隋唐演义》《东周列国志》等多有"战场"意象,英雄传奇小说如《水浒传》《说唐》《杨家将演义》等多见"擂台"意象,《红楼梦》《金瓶梅》《醒世姻缘传》则多有"庭院"意象等,多少人物情感寄寓其中,行为意图酝酿其内,推动了相关叙事进程。在"全相平话五种"中,为了将历史事件的发展叙述得更为直观,许多与政治、军事相关的场景在平话中大放异彩,如朝堂、战场、军营等。然而这些政治、军事情景与民众的日常生活相距太远,民众是不容易理解这些场景的,叙述得真实却未必能引发接受者的共鸣。对于这一点,平话叙述者采取了一种极为朴素却又有着一定巧思的策略,采用"阵法"的场景意象来叙述战场,以一种神秘但直观的意象,揭示各方政治、军事势力的交锋。如《秦并六国平话》"百胜长蛇阵":"亚枪来时,刀作尾叠;铠角如鳞,旌旗红耀。目中剑戟,排成口内齿;使马军盘牙,昂首纵步,人展玉舒腰。枪排布密,亘教蒋武不能当;弓弩齐施,便若高皇难闪避。阵排吞象势,马号化龙驹。"①战场很少有人亲历,叙述者以一种类似卦象的结构,建构起了一个大阵的场景,各方势力犬牙交错的形势得以揭示,各个将军的各类军事行动意图的产生和实践便有了基础,因此推进了叙事。实物意象直接提示人物意图,景物意象映照人物心意,场景意象则促使人物酝酿意图,三种非生物意象相辅相成,平话的意象叙事得以有效进行。

以上两大类六小类"意象"为"全相平话五种"中"物意象"的主要类型。作为早期长篇通俗小说,"全相平话五种"叙事并没有完全展现中国叙事文学所有的"物意象"类型,石峰雁概括"物意象"

---

① 钟兆华:《元刊全相平话五种校注》,巴蜀书社 1990 年版,第 185 页。

有两大类七小类,其中极具叙事巧思的时间型物意象"节令意象"便在"全相平话五种"中缺少运用。然而,文本虽然尚显稚嫩,但平话已经能巧妙运用动物、植物和人类等生物和各类物品、风景等叙事表意,且能将空间意象化,寄寓和表达丰富的意蕴,这样的"物意象"类型已经非常难得了。各种"物"已经超越了原有的形象与意义,形成多层次的表意空间,承担起叙事功能,可以说平话已经初步探索了中长篇通俗小说"物意象"叙事的门径,意义重大。

三、"全相平话五种"中事意象的组合方式

事件的实质是人的行为。在一定的时间跨度中,一个行为或多个行为构成事件;该行为可以是一个人也可以是多个人发出。事件的产生基于人的行为动机,体现行为目的,蕴含着相关心理活动,如对行为的谋划、布局和把控等,在叙事文本中,一旦事件得到叙述,事件包含的这些信息可以一定程度地得到彰显,如此事意象便出现了。事意象构成形式复杂,但其组合和模式存在规律。

事意象由小及大可以划分出事意象单元、事意象组和事意象群三个单位。

事意象单元是事意象最小、最基础的单位。事件的简单、复杂程度不同。人物因某种意图而实施一种简单行为,获得结果,这一过程就可以构成事件,可见事件是有最小的单元的,事意象亦是如此。"人物的行为长度包括意图的生成、确定;意图付诸实践;意图行为的结果三个阶段"①,三个阶段完整,即是具有足够长度的事件。据此,叙述者或人物在最小目的性意图指导下的具有时间长

---

① 许建平:《意图叙事论——以明清小说为分析中心》,人民出版社 2014 年版,第 66 页。

度的行为过程所形成的事意象即构成了最小单位——事意象单元。

事意象组是由事意象单元构成的下一级单位。具体来看,事意象单元有两种形式组合成"事意象组"。其一,在一个时间长度内,不同人物基于相关的意图而进行有交集的行为,依托这些行为形成的事意象单元有充分机会组合,因此组成了事意象组。其二,单个人物或叙述者基于某种意图,实施了若干个行为,基于此形成的事意象单元亦组合成事意象组。亦即是说,事意象组可分为横向和纵向的两种形成方式:不同人物的相关意图行为形成的事意象单元组成横向事意象组,同一人物基于意图的发展所形成的多个事意象单元组成纵向事意象组。

事意象群由若干个事意象组组成,在事意象群中,单个或多个意图会具备由生成到逐渐变化,最终得到一个收束性结果并不再新变的全过程。横向组合而成的事意象组里不同人物相关的意图行为相互作用,他们各自的意图随之发展推进;纵向组合而成的事意象组里单个人物或叙述者的意图不断推进变化。总体来说,不同的事意象组之间也具有意图的相互作用,这些事意象组便具有足够的关联性,它们便可组合形成更高层次的事意象单位,即事意象群。事意象群中,内层的"意",即各种人的各个意图有着明确且完整的因果,经历由萌生到取得一定结果的全过程,外层的"象",即事件也有着相对完整的始末。

若分析具体的例证,"全相平话五种"中事意象由最小单元逐渐组合形成最大单位的过程即可一目了然。如《武王伐纣平话》中纣王堕入荒淫这一过程的叙事。缘起处:

　　　　纣王忽有一日去后宫,有正宫皇后来迎王驾入后宫。礼毕,置酒侍宴,有众宫监妆完备来迎。姜皇后传令,来日去玉女观行香,各令香汤沐浴了,安排玉辇来,诊天子去与否。纣辛闻之,问皇后何往,答曰:"臣妾来日诣玉女观行香去。此玉女是古贞洁净办炼行之人,今为神女,它受香烟净水之供。臣妾每遇月旦有望日,行香祈祝。"纣王曰:"寡人何不也去玉女观。"①

首先,这是围绕姜皇后意图的一个事意象单元。这段体现的是姜皇后邀请纣王同行去玉女观进香的意图从萌生到结果的过程:姜皇后欲去进香,但需要和大王同行,因此意图萌生;她邀请纣王,意图得到实践;纣王欣然同往,意图行为落实,取得了结果。其次,这个事意象同样是纣王意图从萌生到结果的全过程:皇后邀请,纣王萌生询问皇后行程的意图;与皇后对话说明情况,实践意图;决定随行,意图行为有了结果。无论是姜皇后还是纣王,在这个事意象中体现的意图均为最基本、最单纯的意图,不可进一步拆分,是一个基本单位,即意象单元。

纣王随行之后,见玉女美色,之后又有了连续三天只看玉女不回朝的行为。费仲察觉纣王心意,建议纣王夜间观玉女。纣王听从,夜见玉女被拒绝。之后费仲又建议纣王静候玉女。纣王采纳费仲建议,静候玉女百日终未得见。这一系列事意象单元即从横纵方向上组合成了事意象组。费仲建言一节是围绕费仲意图的一个事意象单元:费仲察觉纣王心意遂萌生逢迎纣王的意图,他提出建议践行意图,纣王采纳,意图行为有了结果。这一围绕费仲的事意象单元与纣王之前见玉女的事意象关联:纣王与费仲意图是接近且相互成全的,二人行为同向,形成组合关系。围绕纣王,"纣王见玉女""纣王思见玉女不朝""纣王夜见玉女被拒绝""纣王静候玉

---

① 钟兆华:《元刊全相平话五种校注》,巴蜀书社 1990 年版,第2—3页。

女未果"这一系列事意象单元又紧密关联,将纣王见玉女而萌生的与玉女求欢意图的发展全过程体现出来,他见玉女而萌生淫欲,淫欲逐渐炽烈却几次遭遇玉女冷落,最终有了结果,思念落空。横向纵向均有关联,这一系列事意象单元组合成了事意象组。

纣王的淫欲未减,进而又有了寻找美女的意图,费仲察觉这一意图,又建议纣王遍寻民女,又有了一众事意象单元。围绕着选美女形成了可以概括为"纣王选美"的事意象组。进而又使周围大臣如费仲等发展出新的意图,出现了闵夭建议纣王选公卿之女,纣王勒令官员献女,苏护讨好纣王献女等一众事意象单元组成的"苏护献女"事意象组。献女过程中又引发九尾狐妖吸人精气、夺人身体的意图,九尾狐妖践行意图,取了妲己身体,之后入侍纣王,唆使纣王拆玉女庙专宠自己,又成了一个事意象组。这几个事意象组又体现出了纣王、狐妖等人物的意图不断发展并出现调整、新变,最终取得结果,意图重新进入平衡和冷静状态,叙事归于平静的过程:纣王思淫欲的意图因玉女而起,最初只想与玉女相会,之后发展为遍寻民间美女,又进一步发展为选取全天下各阶层的美女;费仲等佞臣迎合圣意的意图不断发展,由帮助纣王见玉女到帮助纣王选美,逐步推进;九尾狐的意图则从吸妲己精气发展为借用妲己身体,后又发展为入侍君王享福,最后达到毁灭玉女庙,专享君王恩宠,独占富贵的意图。这三大意图相关,相互成全,最终均达到目的,有了结果。到此,这些人的相关意图告一段落,叙事暂归平静。如此,这一系列事意象组就构成了事意象群,可概括为"纣王选美得妲己"。

从这个例子便可看出"全相平话五种"中的事意象是如何组合,从小到大,完成一个来龙去脉完备的故事单元叙事的。我们再看另一个例子,从中可以明确组成事意象组的事意象单元与建构起事意象群的事意象组之间究竟有何关联。《秦并六国平话》中有

"荆轲刺秦王"这一事意象群。平话的叙事脉络与史实大体相同，秦灭六国势不可挡，太子丹决计以除去秦国国君的方式达到阻止秦军灭六国的目的，故而养士得到荆轲，使荆轲作为刺客行刺秦始皇，最终失败。

叙事中的多个事意象单元，如果体现一个人物的意图，且能揭示此人意图的不断发展、调整、推进和初步结果，便能纵向产生关联，组成事意象组。此例中"太子丹定计抗秦""太子丹和秦始皇旧怨""太子丹谋刺秦王"这三大单元揭示了太子丹"除去秦王"这一意图由萌生到逐渐炽烈，最后定计刺秦并有了一个方案的过程。太子丹的意图落实为行动，可以说有了一个初步的结果，如此便可以组成"太子丹定计刺秦王"的事意象组。

叙事中寄寓多人意图的叙事单元间具有一定的联系，即这些人的意图能产生相互作用，共同指向一个目标，便能横向产生关联，组成事意象组。太子丹的刺秦意图、田光帮助太子丹的意图、荆轲建功报答田光恩情的意图同向。太子丹刺秦需要刺客，田光帮助太子丹所以要推荐荆轲当刺客，荆轲要报恩也得替田光帮助太子丹，这便共同促成了太子丹和荆轲的合作。"荆轲做游侠""田光善待荆轲""鞠武荐田光""田光荐荆轲""田光自杀激荆轲""荆轲见燕丹"这一系列事意象单元便有了横向组合的基础，构成了"太子丹养士得荆轲"的事意象组。

事意象单元的纵向组合落实人物意图的生成、发展、推进、调整和结果，事意象单元的横向组合则使众人的意图能相互配合。这两种组合方式均形成事意象组，以人物为枢纽，两种组合方式就能进一步关联起来，例如以太子丹为枢纽，两种组合方式相互配合，不同人物的意图发展过程便交织于一处，从横向和纵向两个维度将事意象组聚集于一处，"太子丹定计刺秦王"和"太子丹养士得荆轲"两个事意象组就紧密关联了。这样以人物为枢纽不断关联事意象组,就能形成纵横交错的事意象群。事意象群中,每个人的意图都有始有终,彼此之间也相互作用。此例中,"太子丹定计刺秦王""太子丹养士得荆轲""荆轲进行刺秦准备""太子丹催促荆轲入秦""荆轲入秦行刺未遂"这一系列事意象组将太子丹谋刺秦王、荆轲报答太子丹、樊於期等人复仇、田光报国以及鞠武、高渐离、秦舞阳和徐夫人等人助太子丹杀秦王等意图互相支持,它们不断发展、调整和最终破灭的过程体现出来;与之对应的是,秦王、夏无且阻止刺秦意图被引出,其产生、维持和最终成功的全过程也得以展现。这一系列事意象组便能够组成"荆轲刺秦王"的事意象群。众多事意象组错落交织,造就事意象群,精彩宏大的刺秦故事得以叙述出来。

总之,事意象单元构成最小的事意象单位;基于人物意图的关联双向组合,造就事意象组;以人物为枢纽,纵横双向组合而成的事意象组形成有机联系,形成事意象群。这种事意象组合方式既能较好地寄寓和揭示众多人物意图的生成、发展、调整和取得结果的过程,又体现出多个人物的多个意图的相互作用,如穿针引线一般将这些意图关联起来,从而将一个事件的来龙去脉叙述清楚。"事意象群"就成为意象叙事的一个相对完整的板块,进一步对这些"事意象群"进行结构,叙事文本便能建构起来了。

第二节　"全相平话五种"物意象的表意与叙事

一、"全相平话五种"中物意象的表意

物意象的主要任务是表意。在叙事文本中,意象的表意能将人物内心意志揭示出来,人物进行某种行为的意图便借此展现。物意象表意要靠其自身特征及其文化意义实现。抒情文学中的物意象

能将抒情主人公内在情意体现得淋漓尽致,形成抒情文本绝佳的意境。例如,月亮皎洁澄明,与人高洁傲岸的品质相映照,抒情主人公欲表达自己洁身自好的品质,便可引入月意象,因此便有了"明月松间照,清泉石上流""鸡声茅店月,人迹板桥霜"等名句;菊花秋日独放,与人卓尔不群、远离尘俗的品质类似,因此有了"采菊东篱下,悠然见南山""耐寒唯有东篱菊,金粟初开晓更清"等经典意象表达。这就是最简单的物意象表意。意象表意并非抒情文学独有,物意象在中国叙事文学中也发挥表意作用,尤其是小说,借助妙趣横生的物意象,造就丰富的表意层次,韵味悠长。"全相平话五种"作为早期通俗小说,其中的物意象表意方式已较为全面。石峰雁全面分析了中国叙事文学中的物意象,总结出"在叙事文学作品中,物象是通过指示、预示、隐喻、象征四种方式进行表意的"①这一规律。"全相平话五种"中的物意象虽不丰富,但其表意却已完整涵盖了这四种方式。

首先是指示,即直接通过意象自身特征表意。在中国文学中,基于物意象的特征,许多外物与内情形成了相对稳定的搭配,这便造就了物意象特定的指示性。如山巍峨高大,便与人地位高、成就高形成稳定的关联;水澄澈明净,与人的品质纯洁、个性清静形成稳固的联系等。这就是物意象的指示性。中国神魔小说中的许多妖精意象便是基于指示性表意的典型。如《西游记》《封神演义》中蝎子精因蝎子尾部的奇毒而与人物狠辣歹毒的品性相关等。以动物的习性、特征直接指示这些妖异人物的性格和品质,甚至不必详细叙述,接受者已然能够了解妖怪的习性,如女儿国蝎子精的狠毒等。指示是物意象最基本的表意法,"全相平话五种"中自然不乏

① 石峰雁:《〈金瓶梅〉意象叙事研究》,上海交通大学 2019 年博士学位论文,第 70 页。

物意象如此表意的情况,如妲己是"九尾狐"幻化这种设定在《武王伐纣平话》中已然出现,这一意象将妲己祸国殃民、狐媚惑主的特点指示了出来,她撺掇纣王做的一系列恶事便都有了原始动机。再如《前汉书平话》中"螃蟹"意象亦用了指示法表意:

> 此时正是仲夏暑热,英布于扬子江中放船。使命至,就于江上见英布。英布接诏,拜毕,使曰:"帝王前者宣天下诸侯尽赴宴,惟有大王不至,今遣小人特来送羹。"布谢毕,对使食之。食讫,问使曰:"此羹甚肉?"使曰:"乃大梁王彭越肉也。"英布急将手指于口内探出食物,吐之江中,尽化为螃蟹。①

螃蟹因其"蟛蜞"等名字,与彭越音近,多地对小螃蟹的称呼含混而演变为彭越,平话即利用此点,以螃蟹意象指示彭越的遭遇,因而对后来英布造反的意图有所激发。指示利用物意象的基本特征表意,如果叙事需要更为丰富的表意形态,欲形成深厚的意蕴,就须借助预示、隐喻、象征等更为巧妙的手法。

其次是预示,即通过意象的特征对小说中人物未来的行为和命运进行提前揭露,提示后来事意象的出现,间接推动叙事。中国古典小说喜欢借助预示表意,彰显故事的神秘性。《水浒传》用天书暗示宋江和梁山的主要行动和命运;《封神演义》用断裂的笔头预示黄天化等人的命运;《红楼梦》最为典型,用金陵十二钗正册、副册和又副册预示红楼女儿的人生经历和命运;《金瓶梅》用卦辞预示人物人生意图的发展;等等。"全相平话五种"中以在叙事时通过物意象预示后文叙事,为叙事的推进积累势能,间接推进叙事。如《秦并六国平话》中,在秦灭六国战争叙事正式开始前,反过

---

① 钟兆华:《元刊全相平话五种校注》,巴蜀书社 1990 年版,第 331 页。

来叙述诸国攻秦,此时一个物意象出现:"既是楚王不肯献上一十八郡经图,克日兴兵,并成荒草之地,悔之已晚!"①以"一十八郡经图"代指六国土地,秦王索要这种重要的地图,预示着日后他要吞并六国,秦王有此吞并天下的意图,接下来马上要开始的平话主体叙事,即秦灭六国战争也就积累了势能。此外,还有《三国志平话》中的桑树意象对刘备建功立业叙事的预示,《武王伐纣平话》紫气意象对周武王灭商兴周叙事的预示等。在叙事中穿插物意象,对后来的叙事进行预告,为叙事的开展增加势能,平话对物意象的使用虽然尚显粗糙,但这种预示的运用意义不小,已经呈现了一定的巧思。

　　复次是隐喻,这是借助特殊的比喻手法来表意的方法。隐喻把喻体和本体通过文化上的关联融合到一起,不直接使用喻词。亚里士多德有言:"隐喻字是属于别的事物的字,借来作隐喻。"②借他物的特点表现本物特征的手法即是隐喻。隐喻实现的前提是两物具有极其相似的特征,物意象与人的情意有着相似之处,基于此进行表意,叙事文本可以意蕴深厚。隐喻表意中,物意象的"象"融本体和喻体为一,接受者需要通过联想来发现喻体,表意相对婉曲。如《红楼梦》中"黛玉葬花"所葬之花即为黛玉自己的薄命。通过隐喻,花与风中摇摇欲坠的红颜命运交融,造就了深远的表意空间。隐喻之法的运用使得小说表意更加深厚,增加了小说叙事的婉曲性。"全相平话五种"处于通俗长篇小说发展的初级阶段,其叙事中运用这一类婉曲巧妙之法的尝试还很少,但偶尔出现,也体现出丰富的文学意蕴。如《秦并六国平话》中将《史记》等书中的"东门黄犬"意象引入叙事,李斯为赵高构陷,获刑临死时与儿子言

---

① 钟兆华:《元刊全相平话五种校注》,巴蜀书社 1990 年版,第 186 页。
② [古希腊]亚里士多德、[古罗马]贺拉斯:《诗学·诗艺》,人民文学出版社 1962 年版,第 73 页。

道：“吾欲与若复牵黄犬，俱出上蔡东门逐狡兔，岂可得乎？”①史书中有此记载，体现李斯对过往过错的追悔，体现英雄末路之悲哀。平话叙事引入这一意象，东门黄犬其实隐喻其建立功业、追逐名利的人生，这一日常生活场景的幻灭，隐喻了李斯人格之缺陷对他的毁灭打击。用喻体以委婉含蓄的方式，揭示丰富意蕴，平话叙事中隐喻的物意象虽少，但也算精彩。

最后是象征，即用具体的物意象来表述抽象意义的方法。对于抽象之意蕴，小说叙述者若直接现身进行解释，表意会索然无味，小说就失去了文学品格。对此，叙述者往往喜欢借助具体事物解释抽象道理，象征的表意法应运而生。“对一种不可言说的东西的类推，是一种语言成份的表述构成，它超越现实关系及话语的局限，体现并提供情感和思想的一种统一体。”②面对抽象的意义，人们本就喜欢通过特征去类比引入具体的事物形象来进行表达。人们常说的“书山有路勤为径，学海无涯苦作舟”，将抽象的学习之路以山、海这种具体的事物来表达，揭示学习过程的漫长、艰辛。又有“一寸光阴一寸金，寸金难买寸光阴”，也是以金子这种具体的事物形象来表述抽象的时间，揭示其宝贵。以上都是象征。挖掘具体可见的现实事物与抽象的状态或意义之间的共性，对二者进行关联，现实事物便成为抽象意义直观、明晰的表达载体。在我国小说中，象征法在物意象表意中亦很常见。《西游记》里关于孙悟空的筋斗云意象即是以象征表意，突破时空限制的本领是看不见摸不着的，以一个云朵的形态寄寓此种技能，即是象征之法。“全相平话五种”中物意象亦有用象征法表意之例，如《秦并六国平话》：

---

① 钟兆华：《元刊全相平话五种校注》，巴蜀书社 1990 年版，第 268 页。
② [美]廷德尔：《文学符号》，《外国美学》第 14 期，商务印书馆 1997 年版，第 361 页。

"话说张车在齐国俟候三日,齐王不肯与兵解围,张车只得奔回。来到中途,闻得赵王不肯发救,严仲子撞阶而死。张车思之无救兵,回邦性命难保,不如挈出太阿宝剑,在中途亦自刎而死。"①此处叙事需要彰显大臣的节操,平话叙述者引入太阿宝剑这一物意象,象征大臣的气节,彰显宁死不屈的操守。余者,平话中时常出现的"摘星楼""凌烟阁"等物意象亦以象征法表意,将骄奢淫逸、建功立业这种概念性的意蕴,以直观的方式表达了出来。借助一个物意象,彰显抽象的意蕴,表意深远。

有了以上方法,物意象得以在文本中较好地发挥其表意功能,因而构成了意象叙事的基础单位。"全相平话五种"中物意象虽不多,但其表意形式齐全,较好地完成了意象叙事的铺垫工作。

二、"全相平话五种"中物意象的叙事

物意象并不直接参与叙事,而是对事意象的叙事进行间接支持。物意象作为意象并非动态,不会发出直接推进叙事进程的意图力。然而全面考量意象叙事的全过程,我们可以发现物意象是事意象孕育的发端。"由意志产生意欲,由意欲产生动机,由动机产生活动"②,人萌生意欲,逐步酝酿出行为动机,这一过程需要一个契机,也就是需要某种事物激发人物行为意图,才有可能产生行为。物意象即可发挥引发人物意图的作用,进而使人物有了进行某种行为的动机并付诸实践,启动意图叙事。例如,《水浒传》中宋江一直对落草为寇心有不甘,招安入官的意欲在内心潜滋暗长,正于此时,宋江避难还道村,得九天玄女授予的三卷天书。此书的内

---

① 钟兆华:《元刊全相平话五种校注》,巴蜀书社1990年版,第193页。
② [德]叔本华著,文良文化编译:《人性的得失与智慧》,华文出版社2004年版,第183页。

容一下子激发了宋江招安的意图,他自诩为上天下凡的星主,肩负聚集四方豪杰到梁山,然后统领他们接受招安,为朝廷建功立业的使命。此后,他回到梁山便开始践行招安意图,梁山聚义、全伙儿招安、征四寇等事意象逐渐开展。"全相平话五种"中的物意象亦是如此,《三国志平话》中有"衣带诏"意象:

> 董承将到宅内,与夫人说话。夫人见国舅汗流胸背,衣湿数重。夫人再问:"如何流汗?"国舅曰:"汉天下指日危也。"夫人曰:"为何?"曰:"曹公。内里宫监、阉宦,皆为操之耳目。帝赐带与我,曹公怎知?"夫人将过带,见一红绒头,用金铧儿挑之,上有诏书。国舅夫人大惊曰:"倘若内门前曹操搜出,一门家小都休。"①

董承、刘备等人面对曹操擅权,均心怀愤恨,反抗意欲必然潜滋暗长地酝酿着,此时寄寓着汉献帝除掉权臣曹操意图的衣带诏意象出现,董承、刘备的反抗意欲一下子得到了支持,增强为发动政变的意图,二者进一步践行意图,"衣带诏事件"叙事启动。物意象就是如此在事意象形成前间接激发意图、推进叙事的。

具体到叙事中,物意象间接发挥作用时有两种情况。物意象表意时以可见和可想见两种姿态出现,体现出表意上的区别。因为物意象是人将主观情意寄寓客观形象之中形成的,人对于这些形象的获取和利用模式便影响物意象表意。以自身主观视角观察获得和通过获取的客观信息去想象,物意象便有了两种表意形式。例如《水浒传》中,宋江这个人物亦可作为一个人物意象出现,是仗义疏财的化身,俨然是江湖儿女中"义气"的代名词是一个人物符

---

① 钟兆华:《元刊全相平话五种校注》,巴蜀书社 1990 年版,第 414 页。

号。在李逵这一人物的视角中,就有两个姿态的宋江意象。在没见到宋江本人时,他依据江湖传言进行想象,萌生追随宋江的意图。在见到宋江本人时,与他设想有别,竟不认识,反而萌生了轻视宋江的意图。从这个例子看,物意象具备两种存在形式,一种是直接可感的,一种则是无法直接感知,而需借助一些信息来想象获得,这便是二者的区别,能造就不小的叙事张力。具体在"全相平话五种"中,可见和可想见两种物意象表意模式也在激发叙事意图时起到不同的效果,造就叙事的丰富趣味。

首先,直接可感的物意象直接激发人物意图,意图往往坚定,变化较少。叙述者或人物直接观察物意象,内在意欲与之迅速融合,产生意图,有了从事某行为的最初想法。这种物意象表意相对直接,推动叙事也较迅速。《三国志平话》中:

> 话分两说。约离地穴有一山庄,乃是孙大公庄。大公生二子:长子为农;次子读书,将为孙学究。忽患癞疾,有发皆落,遍身脓血不止,重触父母。以此,于庄后百十步,盖一茅庵独居,妻子每日送饭。当日早晨,有妻子送饭,时春三月间,到于庵门,见学究疾病,不忍见之,用手掩口鼻,斜身与学究饭吃。学究叹曰:"妻子活时同室,死后同椁。妻儿生自嫌我,何况他人! 我活得一日,待如何?"道罢,妻子去讫。学究寻思,不如寻个死处。取那常挂的病拐,脚跌脓血之鞋,离庵正北约数十步,见地穴,放下病拐,脱下鞋,望着地穴便跳。①

孙学究病入膏肓,家人恩义全无,寻死意图逐渐酝酿,此时一个地穴出现,直接激发寻死意图。地穴意象所展现的人物意图很直接,

---

① 钟兆华:《元刊全相平话五种校注》,巴蜀书社1990年版,第375页。

就是跳入其中求死，在此处并未体现出其他意图。之后孙学究未死，探究地穴，已是另一个单元的叙事了。如果意图发生了改变或出现了别的意图，一般就要靠其他意象发挥作用了，例如地穴中有白玉拄杖，激发了孙学究探究地穴的意图。

其次，联想建构出的物意象，激发的人物意图便不坚定，存在转变的契机。人物一般基于外界的一些间接信息进行想象，心中建构起某物的大致形象。一方面，这种经历过人物想象建构的物意象可以直接激发人物意图。另一方面，想象建构过的物意象一旦直接现身，往往会引起人物意图的调整变化。想象和现实毕竟不同，落差难免出现，多种叙事效果应运而生。或是意料之中，或是略有差异，或是感到风马牛不相及，接下来的人物意图难免与之前出现不同。"全相平话五种"中即有这种物意象叙事巧思，例如《七国春秋平话》中，乐毅作为黄伯杨的徒弟，对师伯鬼谷子及其徒弟孙子一直有所耳闻，充满想象，便激发了他欲与师兄孙子一较高下的意图。因而有了乐毅伐齐的叙事。此时孙子便作为一种联想建构出的人物意象出现，对于乐毅伐齐的意图之形成意义重大。后来乐毅见到孙子，觉得其貌不扬，坚定了自己伐齐的意图。然而交手之后，落差出现，乐毅自觉难以对敌，意图便受到冲击，逐渐减弱，最终调整为寻求师父黄伯杨帮助。孙子作为意象造就了巨大的叙事张力，促使平话围绕乐毅意图展开了丰富的叙事。

总之，物意象犹如一个叙事的开关或阀门，人物内心的意图会因之而激发、增减和调整，随之而形成事意象，建构起意象叙事文本。"全相平话五种"的意象叙事虽然体现出发展初期的特征，利用物意象叙事的尝试尚显生涩，但平话为数不多的物意象已造就了不小的叙事张力，为叙事积累势能，为事意象的形成，意象叙事文本的结构打下了坚实基础，造就了颇具风致的叙事文本。

三、"全相平话五种"物意象表意叙事的讲史特色

"全相平话五种"以武王伐纣、乐毅伐齐、秦灭六国、诸吕之乱和三国纷争这五段历史为叙述对象,因此其物意象也体现出鲜明的讲史特征。平话集中围绕着与历史变迁相关的政治、军事和外交等活动选取物意象,探索了历史题材小说物意象表意叙事的模式。具体来看,平话中的物意象内涵丰富,表意多样,但在三种内容上呈现出一定聚焦态势。这三种内容是表现人物政治属性、表现人物性格和表现人物超人能力。换言之,平话丰富的物意象中有很大一部分的表意集中在这三点,体现出了平话探索讲史意象叙事的具体思路。

首先,看物意象对人物政治属性的集中表现。所谓政治属性,主要指人物的政治地位、身份和与其他政治人物的关系等。米克·巴尔在对组成素材诸成分之一的行为者进行分析时,认为"人们自身之间以及人们与世界之间的关系在素材中通常总是重要的。"①她还表示"这种关系是心理的,或意识形态的,或两者同时兼备的关系"②。在叙事作品中,这种关系要通过人物的身份和地位来体现。人际关系,或者具体到人的身份和地位,这是影响人物立场、视角和思维方式的重要因素,对行为意图能产生至关重要的影响。具体到"全相平话五种"的讲史叙事中,历史变迁以政治和军事斗争为内核,政治又是军事的指导,故而平话的历史叙事以政治斗争为主要着眼点。平话能利用物意象揭示出人物的身份和地位,这是影响人物对待其他人和事的态度以及他个人许多意图产

①② [荷]米克·巴尔著,谭君强译:《叙述学:叙事理论导论》,中国社会科学出版社 1995 年版,第 40 页。

生和发展的重要因素,平话物意象表意聚焦于此,可谓抓住了重点。表现人物政治属性的物意象主要有以下几类:

一者,衣服、冠冕等物意象。正所谓"非其人不得服其服",人们日常服饰的款式、色彩及材质都须依照礼制,对于着装的严格规范是礼法的重要表现①。《明史》记载:"五年令民间妇人礼服惟紫绝,不用金绣,袍衫止紫、绿、桃红及诸浅淡颜色,不许用大红、鸦青、黄色,带用蓝绢布。"②正因如此,以服饰体现身份便符合古人的一贯思维,小说叙事恰能利用此点,以服饰意象造就丰富的表意空间。如《三国志平话》:

先主取书与袁绍。袁绍看书毕,遂问众诸侯:"此事如何?"帐上一将,振威而叫曰:"诸侯会合虎牢关下,克日斩贼臣董卓、吕布。"众官觑是长沙太守孙坚。宋文举曰:"关前诛董卓,何用绿衣郎!"众官听道,皆喜。冀王又问,众官皆不语。③

此处便利用绿衣意象来暗示刘备身份低下,显然这是依照平话产生时的礼制来彰显人物身份的做法。身份低下的刘备渴望建功立业,而他的这种身份招致诸侯的轻蔑。借助绿衣揭示出此时刘备在诸侯联军中的地位和政治身份,刘备日后的大展拳脚、建功立业在此时已经积累了意图,而诸侯日后与刘备的冲突在所难免,此时的绿衣已经彰显了他们对刘备的恶劣态度,日后的一系列政治打压也都有了原始动机。再如《七国春秋平话》燕将石丁身着"绛袍",这种深红色袍服为武士、官吏、仪卫的着装,如:"先是,其军并

① [宋]范晔撰,[唐]李贤等注:《后汉书》志二十九《舆服上》,中华书局1965年版,第3640页。
② [清]张廷玉等:《明史》卷六十七《舆服三》,中华书局1974年版,第1650页。
③ 钟兆华:《元刊全相平话五种校注》,巴蜀书社1990年版,第390页。

着绛袍,袍里皆碧,至是悉反之。"①以这一意象指代石丁燕国重要将领的身份,袁达迅速杀石丁,则能体现燕国军力的衰落,此后燕人闭门不战、齐军嚣张搦战的意图便得到了提示。

二者,人物的发饰意象。"身体发肤,受之父母,不敢毁伤,孝之始也"②,古人极为重视头发,于是发饰成为古人重要的生活用品。人人皆佩戴发饰,这也有了借以彰显人物身份、地位乃至官职的可能。平话中,金钗、玉簪、发髻等成为重要历史人物出场时的标配,该人物的地位高低、彼时他的处境等借助这一类意象得以体现,间接影响他们的意图。例如《武王伐纣平话》:

> 纣王见了女子,大悦,赐女子金冠裙佩凤钗,教左右宫人取之,与此人妆饰。妆饰了,再见天子,一似玉女之容貌。纣王大悦,令妲己交去受仙宫内;敕令苏护为尚父之位,赐宅一所,皇丈受天子之富贵。③

此处以"凤钗"意象,暗示妲己的身份即将发生重大变化。民间以龙凤搭配,比喻帝王夫妇,纣王赐妲己凤钗,已然流露出宠爱之意。此处一个意象体现出了妲己此时受宠荣身的处境,日后妲己狐媚惑主,纣王倒行逆施、废黜皇后等人物行为意图也得到了预示,纣王无道的历史叙事借此积累了充足的势能。通过服装、冠冕、饰品等人物身边的小物品提示人物的身份、地位和政治处境,为其日后在政治上的作为张本,提示政治行为动机,积累历史叙事的势能。

---

① [唐]李延寿:《南史》卷五十一《临川靖惠王宏传》,中华书局 1975 年版,第 1281 页。

② [清]皮锡瑞撰,吴仰湘点校:《孝经郑注疏》卷上《开宗明义章》,中华书局 2016 年版,第 13 页。

③ 钟兆华:《元刊全相平话五种校注》,巴蜀书社 1990 年版,第 5 页。

这一类物意象在平话中较好地承担起了间接推进讲史叙事的任务,因而造就物意象表意的一大焦点。具有如此表意功能的物意象与讲史叙事可以有效结合,造就了讲史意象叙事的一道风景。

其次,看物意象对人物性格的彰显。既然意象是内在情意与外在表象交融形成的,那么对人物内在情意影响深远的性格因素亦能体现于意象中,许多物意象便能反映人物的性格特质。叙事中,人物的行为及其原因、方式和结果是受人物个性影响的。叔本华认为"人也有他的性格,而动机又以必然性而从这性格中导出行为"①。许建平也以性格为人物推进意图,进而实施行为的一种稳定的心理特征:"性格是指表现在人对现实的态度和相应的行为方式中的比较稳定的、具有核心意义的个性心理特征,是人的遗传基因和生活习性密切相联系的个体性本质,是一个人的志向与实现志向的自我化的稳定性内涵。"②也就是说,"性格决定怎么做"③。面对同样的处境,不同性格的人物反应不同,因而萌生不同的行为意图,之后的行为便天差地别,即使怀有同样的意欲,不同性格的人物的推进方式也不一样,行为意图仍然有差别,行为自然不同。借助物意象提示人物性格,之后人物萌生何等意图,如何行为,便有了铺垫,叙述推进会相对顺利。"全相平话五种"中多借助人物喜好的物品或者他们随身装备、携带的物什来彰显这一点。

第一种,平话借助人物喜爱的物品提示人物性格,间接推进叙事。如《武王伐纣平话》:

> 若说三皇五帝,皆不似纣王天秉聪明,口念百家之书,目

---

① [德]叔本华著,石冲白译:《作为意志和表象的世界》,商务印书馆 2018 年版,第 392 页。

②③ 许建平:《意图叙事论——以明清小说为分析中心》,人民出版社 2014 年版,第 165 页。

> 数群羊无错;力敌万人,抚梁易柱,叱咤声如钟音;书写入八
> 分,酒饮千钟;会拽□弓,能骑劣马。①

借助百家之书、酒、弓、劣马等物意象彰显纣王恃才放荡、聪明乖张的性情。这些物意象有两大特征:一方面,能驾驭得了这些东西需要聪明才智、刻苦勤奋和精湛技艺;另一方面,这些东西又能使人玩物丧志、沉迷享乐。这些物意象结合在一处,纣王聪明、好学、勇武、颖悟等特征得以彰显,同时其好声色犬马的性格缺陷也被揭示出来。此后面对妲己惑主,面对天下大乱,纣王的这种个性均影响其决策。因而这些意象提示了纣王的行为意图,预示了其行为逻辑,为以后的叙事积累了势能。

第二种,借助个人的装备、坐骑等揭示人物性格,暗示叙事走向。平话中多有对武将盔甲、兵器和坐骑的描写,形成丰富的意象。这些意象与人物性格相映衬,表意丰富,提示叙事。如《七国春秋平话》:

> 须臾,两阵俱圆,撞出一员猛将,怎生打扮? 黄金盔上,偏置烂漫红缨;白锦袍中,最称光明铜铠。手搭宣花月斧,腰悬打将铁鞭。乃齐将袁达,厉声高叫索战。②

一身装备明快英武,黄金盔甲,大白袍子,光彩夺目,暗示人物技艺超群。宣花斧、打铁鞭突出人物勇猛,也说明其性格刚烈。用这一身武将装备揭示出齐将袁达刚烈火爆的脾气、卓尔不凡的气度以及超尘拔俗的能力,甫一出场就体现出与众不同的气势,日后的叙

---

① 钟兆华:《元刊全相平话五种校注》,巴蜀书社 1990 年版,第 1 页。
② 钟兆华:《元刊全相平话五种校注》,巴蜀书社 1990 年版,第 100 页。

事也证明,袁达为此书中最杰出的武将。再如《秦并六国平话》：

> 王翦打扮,耀日银盔盖顶,身穿蜀锦战袍,肩担一百二十斤三尖刀,四十八环掉刀,跨一匹赤色马出阵。张晃出阵打话,二骑相交,惹起四野愁云,震起满天杀气；人似南山虎,马若北海龙。①

耀日银盔、蜀锦战袍展现出耀眼夺目的光彩,彰显王翦杰出军事统帅的特质。银盔体现其武功卓著,锦袍揭示其腹有锦绣,可见王翦不仅勇武刚烈,还英明聪慧,不仅是一员武将,还是颇具智慧的军事家。之后,王翦面对各类战争便能巧妙迎战,百战百胜,这为他日后平灭诸国叙事积累了势能。挖掘历史人物周围的物意象,用其揭示人物的个性,从而对其在历史进程中的所作所为进行提示,推动讲史叙事。借助这些彰显性格的物意象,平话将叙事聚焦于历史人物,以人物性格为逻辑,解释历史进程,较好地完成了讲史意象叙事。

最后,看物意象如何表现人物超人能力。平话将叙事聚焦于历史人物,通过意象表意揭示人物社会地位、职务、处境及其性格、能力,借此给予历史人物行为动机,使其在历史发展中造就各类事件,从而推进叙事。然而以这种意象叙事方式讲史,显然带有很强的朴素思想,历史发展进程的深层道理是难以单纯通过人物行为逻辑来阐释的。围绕历史人物行为意图进行表意,不能完美解释平话叙事所关涉的真实历史发展逻辑。具体来说,"全相平话五种"叙述的五段历史故事因为对应着真实历史事件,叙事的大致走向已经确定；真实历史发展之所以呈现出世人所见的脉络,原因是

---

① 钟兆华：《元刊全相平话五种校注》,巴蜀书社 1990 年版,第 182 页。

复杂的,而平话叙事无法反映,也没有意图去展现历史发展的所有细节;基于叙事的篇幅和主要思路限制,平话以主要人物意图为动力推进叙事,这种相对简单朴素的模式造就的叙事很难保证其结果不会违背史实;为了使叙事的结果基本符合史实,平话叙事亟须采取一些措施。面对历史发展的复杂性,平话引入了一些叙事意象,将历史神秘化,借此将复杂的历史事件简化为主要历史人物单一行为的推进过程,从而使平话意象叙事的走向与历史发展趋于一致。平话中一些物意象能揭示主要人物具备的超人能力,这些物意象一出现,人物便可迅速将其面临的历史难题解决,从而将自身意图顺利推进。

平话中,阵法意象成为一道风景线,它能彰显历史人物超人的军事能力,为人物化解军事难题、顺利推进行动意图提供助力。如《七国春秋平话》中乐毅、孙子进行了长期的军事对战,而战场胜败不仅充满偶然性,作战用兵也极为复杂,叙述起来繁杂而乏味。叙述者便引入阵法意象,一方"是混天一气阵,尽是黑旗";另一方"九天玄女阵。身白旗,近里青旗,中心黑旗,四面八方皂旗。中间一发九面绣旗各一处,是九天玄女"①。双方对战过程其实很复杂,细节也很难表现,平话便以神秘的阵法,通过颜色相对、五行生克、阴阳调和等直观的道理,将胜负的玄机象征性地展现出来。乐毅伐齐,他一路凯歌,最后齐国又一路反击。借助这些阵法神秘化的表意,叙事中乐毅、田单以及孙子等人得以推进作战意图,平话借以完成乐毅和孙子军前斗法的叙事。再如《秦并六国平话》中阵法意象更是一大亮点,全书出现的阵法意象有二龙争珠阵、半天撒网阵、四门斗底阵、百胜长蛇阵、五方阵、五虎离山阵、四海洪波阵、鳄鱼玩水阵、方字阵、圆字阵、天罗地网阵、一字阵、长山靠石阵、

---

① 钟兆华:《元刊全相平话五种校注》,巴蜀书社1990年版,第144页。

九曜阵、二十八宿阵、五龙混海阵等数十种，王翦、王贲、李信等将军灭六国的复杂军事行动就借助这些阵法意象得到了相对简单且有趣的叙述，人物的军事意图不断推进，秦灭六国叙事也顺利完成。

与之类似，还有各种卦象、武器（如除妖剑、太阿剑、古铜剑）、旗帜等物意象以神秘化为主要特征，为人物实现政治、军事行动意图助力，间接推进叙事。借助这些物意象，人物形成了超人的能力，因此能顺利推进自己的政治、军事意图，平话相关叙事便简单、顺利又有趣味。

总而言之，"全相平话五种"叙事中的物意象发挥了重要作用。在中国叙事文学中，平话的物意象并不出彩，五部作品利用物意象表意叙事的总体情况并不多，但使用有限的物意象不仅以多种方式表意，还能在关键节点刺激人物意图的形成、发展和调整，可谓发挥了重要的表意、叙事功能。具有特色的是，平话中的物意象以彰显人物性格、能力、政治地位等为表意聚焦之处，体现出平话讲史以历史人物为核心、以人物行为串联历史事件来完成历史叙事的思路，探索出了一种小说处理讲史题材的典型叙事策略。平话一定程度上将人物行为发展线和历史演进线协调统一，在一些难以调和之处，采取了神秘化的物意象，将复杂的历史叙事简单化，虽然体现出历史叙事的粗疏和幼稚，但也不失为一种讲史意象叙事的经验积累。物意象于关键处表意，有效提示意图，刺激叙事，平话中最为普遍的意象——事意象便有了更充分的推进意图的势能，之后便能有效发挥叙事功能，进而建构叙事文本了。

第三节　"全相平话五种"事意象的表意与叙事

一、"全相平话五种"中事意象的表意

事意象的"象"是一个事件的过程,事意象是通过展示有行为长度的事件表意。与事意象的构成单位和组合模式对应,事意象表意也要依照其单位从小到大组合、融汇,逐步从片面到全面,由单一到多重,由部分到完整地完成表意。抒情文学中,多个物意象结构出一个场景画面,多个场景画面交融成一个意境。反观以小说为代表的叙事文学,事意象亦是逐步建构起来的,最小的事意象单元组合形成事意象组,由事意象组进一步组合形成事意象群,叙述者借此建构起一个相对完整的叙事板块。事意象群能表达一个相对复杂且完整的意思,但是这个意思从事意象单元开始便有所表述,从最开始表现出的简单、不完整的意义元素,逐渐增多,关联结合,最终走向完整。随着事意象组合建构,表意不断推进。小说叙事中,最为核心之表意即为人物意图的揭示,"目标只是如同虚设;占有一物便使一物失去刺激:于是愿望、需求又在新的姿态下卷土重来"①。意图源源不断产生,逐步翻新升级,从一时的不完整的小意图,到一段时间的相对稳定的意图,再到人生长期的意图,如此意图也形成了一个完整的发展过程,与之对应的事意象群便逐步形成,建构起表意完整的叙事单元。事意象表意即经历了如此过程:由事意象单元组合形成事意象组,再进一步建构成事意象群。在此过程中,散碎、片面的意义组合成相对完整但简单的意

---

① [德]叔本华著,石冲白译:《作为意志和表象的世界》,商务印书馆 2018 年版,第 427 页。

义,再进一步整合形成一个整体的复杂意义。在横向、纵向多重组合方式配合的事意象群中,其复杂意义又是交叉关联的,共同组成更为全面、立体的意义。

"全相平话五种"的事意象表意能够循序渐进,形成表意完整、具有一定叙事张力的事意象群。平话文本虽相对粗疏,但其事意象能按部就班地不断组合、关联和交叉,事意象表意一般能形成完整的过程,建构起多个完整事意象群,从而可以进一步结构成书。以《武王伐纣平话》为例。纣王调戏黄飞虎之妻未遂,怒而杀之,将其肉赐给黄飞虎。黄飞虎见肉愤怒,"黄飞虎接妻肉"的事意象揭示出他失去至亲的愤怒,可知复仇意图已经萌生。黄飞虎随即起兵,这一事意象体现黄飞虎意志之坚决,不惜成为叛国之臣,之前萌生的复仇意图得到了深化。两个关于黄飞虎为妻子复仇的事意象单元共同组成一个事意象组将黄飞虎苦大仇深的状态揭示出来,其为妻子复仇的内在欲求被全部展现,这个意图趋于稳定。起兵后,黄飞虎又有斩子的事意象,这又彰显出黄飞虎治军之严格,体现其反抗商纣王意志之坚决,之后又有黄飞虎力战五将、七将等事意象,进一步彰显黄飞虎报仇之果决,其复仇意图之不断深化。以上事意象又组成一事意象组,体现黄飞虎起兵复仇之坚决,这组事意象均主要揭露黄飞虎本人的复仇意图,体现纵向的人物意图发展过程。之后又有纣王悬赏捉飞虎、羊刃计骗黄飞虎、姜尚释放飞虎等事意象组,它们体现其他人对黄飞虎复仇意图的阻碍、干扰和帮助,体现不同人物意图横向的关系。这些事意象组揭示在外部环境影响下,黄飞虎复仇意图虽历经阻碍,却能不断深化,得到帮助后,克服阻力向前推进的过程。经过这些事意象组的关联,黄飞虎复仇意图更加坚定,且有了新的实践思路,从独自造反演变为与诸侯共同伐纣。以上所有事意象组共同组成"黄飞虎造反"事意象群,体现了黄飞虎坚决果敢、勇烈刚毅和快意恩仇的品质,其中展现的黄飞虎复仇的意图完整而坚定。从复仇意图的激发,到立志起兵,再到坚决执行,黄飞虎复仇的意图不断深化,且在与外界其他人物意图发生碰撞后,其意图更加复杂。事意象群形成后,黄飞虎的复仇意图具备了深度和厚度,从单纯的起兵复仇意图演变为助周灭纣以报仇的复杂意图,这个意图伴随其一生。黄飞虎从此成为周朝阵营的军将,人物命运由此改变。由此例可知,平话的事意象纵横交叉,形成的事意象群在纵向上能立体地展现出一个人物的人生长期意图,同时也能在横向上体现不同人物意图复杂的相互作用,从而实现一个叙事单元模块全面完整的表意。

　　事意象群能表达相对完整的意义,此时人物的意图明晰且体现出稳定性,借此,叙述者的意图得到一定程度的彰显,因而也能对作者意图有所透露。因为作者意图总揽小说叙事中的一切意图,一旦人物稳定的意图被揭示出来,作者的用意便能一定程度得以体现。徐岱《小说叙事学》对叙事中作者的权威性有如下论述:

　　　　从这个意义上讲,"全知全能"的叙述结构是"终身制的"。无论小说家们如何谦逊地加以否认,也无论一些现代小说作者对此如何憎恨,并在他们的反传统实践中果断地宣布实行自我限制,事实上就像萨克雷在小说《名利场》中借用一个作品人物之口所说:"写小说的人是无所不知的。"说到底,这是读者赋予作者的一种权力。①

作者创作小说,因而总体上必然有对小说文本的支配权;小说作者引入叙述者代替他叙事,以此为实现自己的意图服务,故而具有一定独立性的叙述者,在意图上终究为作者意图所统摄;叙述者又制

――――――――――

　　① 徐岱:《小说叙事学》,商务印书馆 2010 年版,第 114 页。

约人物意图，只能在其总体把握下，发挥自己的能动性。许建平有言："人物的意图体现着或小于叙述者的意图，而叙述者的意图又体现着或小于作者的意图，即作者的意图是借助于叙述者意图、人物意图而得以体现的。"①这一论断有一定道理，作者统摄叙述者和人物，叙述者统摄人物，三者的意图存在层次关联。小说中，事意象的表意序列逐渐形成并关联交叉后，涉及作者、叙述者和人物多方的复杂层次的意图便逐渐浮出水面。"全相平话五种"中的事意象群就体现出作者、叙述者和人物意图的相互作用。如《七国春秋平话》中，"鬼谷子下山救徒"事意象群中，齐国苏代等人的意图是请鬼谷子下山搭救受困的孙子，而鬼谷子竟与徒弟置气，认为孙子不听师命，欲见死不救，体现出与仙道截然相反的世俗习气。这其实是叙述者意图的彰显，借助鬼谷子见死不救的意图，叙述者实现其给孙子等人推进意图制造困难的意图。而这种制造困难的叙事行为则体现作者的用意，意在批判孙子争胜斗气行为，体现出鲜明的止战意图。人物意图体现得越明显，叙述者的用意才能展现得更清晰，作者的意图才能更好地推进。作者意图指导叙述者意图，借助叙述者驾驭人物意图；作者可以为人物设计意图，借助叙述者落实这一设计，所以人物的意图可以反映叙述者意图，从而透露作者用意。平话叙事中，人物的意图不断推进，互相碰撞，叙事便形成链条，但这个链条的实际形状其实由作者设计。叙述者代替作者影响人物意图的生成、发展、转变和结果。通常，事意象表意即通过人物行为意图来串演事件，反之事件亦反映人物意图。

---

① 许建平、郑方晓：《意图力：小说叙事的内驱动力——以明清两代小说文本为案例》，《求是学刊》2011 年第 6 期，第 113 页。相关研究表明，人物意图之于叙述者意图，叙述者意图之于作者意图，均存在一定的超越和疏离，绝对的"人物意图小于叙述者意图，叙述者意图小于作者意图"的情况较少，对此笔者在后文将作详细论述。

然而有时事意象中的人物没有明确意图,具备行为盲目性,这其实是叙述者有意的设计,这种事意象直接反映叙述者意图,体现作者用意。如《前汉书平话》中,英布食彭越肉,这是一个人物没有明确意欲、误打误撞的行为。然而叙述者让英布吃了彭越肉,意欲引出后文英布吐蟹、英布起兵造反的事意象。此时"英布食彭越肉"的事意象便是体现作者用意、直接为叙述者意图所掌控的事意象。

事意象的表意具有双向性。一方面,人物的意图推进叙事开展,叙述者通过掌控人物意图的生、灭和发展来表达自身的叙事意图。另一方面,叙述者对文本叙事的把握也在揭示人物意图的来龙去脉。例如《三国志平话》虚拟了史上不存在的"汉朝廷杀十常侍招安刘备"的事意象。这意象一方面通过虚拟史实强行促使刘备此时匡正朝廷风气的意图达成,从而揭示叙述者意欲惩恶扬善,推进刘备实现人生理想的意图,彰显作者提倡忠孝仁义的用意。另一方面,该意象也揭示了刘备匡扶汉室、扫除汉贼意图的来龙去脉,为刘备扫奸除恶的一系列行为提供了原始的意图。

意象实现完整表意,叙述者便有了进一步结构叙事的基础。事意象表意逐渐发展、调整和关联,使外在的事件实现由点到线,由线到面的不断伸展,叙事得以全面展开。叙事作品生成的一切基础正是表意,事意象表意序列的不断建构和关联,叙事的上层建筑便可逐级建成了。

二、"全相平话五种"事意象表意的讲史化层次设计

基于事意象的组合,其表意亦体现出层次性。与事意象单元、事意象组和事意象群的组合层次对应,事意象表意层次亦分为时刻意图、时段意图和长期意图。叔本华认为:"人类彻头彻尾是欲

望和需求的化身，是无数欲求的凝集。"①人生有着大大小小的欲求，这些欲求的实现过程集合在一起，就是人生。这些欲求促使人形成各色意图，指导人实施众多行为，造就了一系列事件。以之观照叙事，文本世界亦可视作各类行为和事件的排列组合。布雷蒙认为："行动和事件组成序列后，产生一个故事。"②许建平据此进一步阐释："主要人物的人生意图也是若干故事组成系列，即由若干个相关联的事件意图一起构成人物的人生意图。"③叙事中，各个意图造就众多事意象，事意象合成组群，最终依据意图串联，结构成文本。结合意象中反映的人物意图层次，笔者将小说叙事中的事意象层次进一步划分为"时刻意图事意象单元→时段意图事意象组→长期意图事意象群"。从人物某一时间点的实时意图出发，众多时刻的意图组合形成一个时段的相对稳定的意图，再进一步关联，形成人生长期的意图。

　　具体看"全相平话五种"，其人物的意欲体现鲜明的历史政治特色，事意象表意反映历史人物的实时政治意图、稳定政治战略和长期历史使命的三大层次。在平话的意象群中，历史人物由实时政治意图出发，形成稳定的政治战略，进而践行自己人生长期的历史使命。例如，《三国志平话》"赤壁之战"这一事意象群，此处叙事的对象是文学史乃至历史上都可谓经典的故事，平话叙事者就在此处的表意中逐层揭示"报国兴汉"这一历史使命下的刘备人物意图的发展。首先，"刘备遇鲁肃"这一事意象揭示抗曹失败，南逃的

---

①　[德]叔本华著，文良文化编译：《人性的得失与智慧》，华文出版社 2004 年版，第 5 页。

②　[法]克洛德·布雷蒙：《叙述可能之逻辑》，张寅德编：《叙述学研究》，中国社会科学出版社 1989 年版，第 154 页。

③　许建平：《意图叙事论——以明清小说为分析中心》，人民出版社 2014 年版，第 120 页。

刘备遇到了鲁肃,于是萌生了与孙权联合的实时政治意图,这个事意象便构成了时刻意图事意象单元。其次,刘备遇鲁肃后便推进意图,努力实现与孙权的联合,于是有了"诸葛亮见孙权""吴人劝降孙权""诸葛亮舌战群儒"等事意象单元,与"刘备遇鲁肃"的事意象单元共同构成"刘备遣使诸葛亮联吴抗曹"的事意象组,说明此时刘备已经坚定践行联合孙权的政治意图,"联吴抗曹"成为刘备这一时期稳定的政治战略,这便是时段意图事意象组的建构。最后,又有"智稳孙权""智激周瑜""蒋干盗书""黄盖诈降""诸葛祭风""火烧赤壁"等一系列事意象组,共同组成了"赤壁之战"的事意象群,展示了赤壁之战波澜壮阔的历史故事,这一系列事意象组之于刘备这一人物则能揭示他最为稳定、终其一生都在坚持的长期意图,联吴仅仅是手段,目的是抗曹,而抗曹的原因是要除掉汉贼、光复汉室,刘备"报国兴汉"的历史使命借助此事意象群揭示出来。而这一段气势磅礴的叙事也是基于这一意图不断推进的,这便是长期意图事意象群的建构过程。"报国兴汉"的历史使命指导刘备制定"联吴抗曹"的政治战略,政治战略影响刘备在具体时刻政治意图的萌生,因此,刘备遇到鲁肃时能抓住机会,联合孙权。平话叙事中,事意象的组合成群由小到大地将人物由一瞬到一生的意图展现出来。这些意图的演进不仅反映人物命运,同时也能观照历史进程,叙述者便借此表达对社会、人生和历史的认识,反映作者对这些问题的深入思考,表意颇有层次。从人物实时政治意图出发,形成事意象单元;以人物行为的发展揭示意图的推进和演变,体现时段意图形态,即在一定历史时段内人物的政治战略,合成事意象组;再进一步关联各个时段的意图,建构起事意象群,体现人物的整体人生规划,即历史人物为自身安排的历史使命。对此进行逐层考察,平话各层次的事意象表意亦颇具特色。

首先看时刻意图事意象单元。时刻意图事意象单元是通过发生在某个时间点上相对完整的事件寄寓单纯的实时意图所形成的事意象表意单位。这种事意象单元在"象"的层面是发生于一个短暂时间内的事件,"意"的层面则是人物一瞬间的意图。例如《武王伐纣平话》:

> 有一日,妲己奏曰:"我王教天下若有奇珍异宝,进来装饰宫室,臣妾看玩之,王意若何?"纣王闻奏,即日敕令出榜于内门外,教天下人若有奇珍异宝,皆来呈进,不得隐匿。①

对于纣王这个主要人物,他具有完整的人生长期意图,即借助强权来放纵享乐。这一人物各个时期的政治战略以及每一个时刻的政治意图均受这个长期意图指导。在这个事意象单元中,因妲己谗言,纣王瞬间萌生搜罗宝物的实时政治意图。这个事意象揭示出的便是纣王在这一个时间点萌生的"搜宝"意图,这个意图是符合纣王某个时期意图和长期意图的,但在这个事意象单元中的表意仅为实时意图。这便是时刻意图事意象单元。再如《七国春秋平话》中,乐毅曾赴齐国,遭到冷遇,形成"乐毅赴齐结仇"的事意象单元。乐毅学艺初成,想要投奔有道帝王,施展全身本领,争胜斗气,击败天下英雄,成为天下最有实力的军事统帅是其一生的意图,即历史使命。在其遭到齐国打压时,践行自身历史使命的脚步受到阻抑,因而萌生了"报复齐国"的实时意图,这一意图在未来逐渐发展,形成了"助燕图齐"的政治战略,亦即时段意图,是其历史使命在一个特定时段内的具体表现。聚焦于这个事意象单元,"报复齐国"的人物瞬间意图是其表意核心,更为稳定的意图则需要进一步建构意象组才能完整呈现。充分展现人物在某个时间点上的政治

---

① 钟兆华:《元刊全相平话五种校注》,巴蜀书社1990年版,第5—6页。

意图,平话时刻意图事意象单元便建构完成了。

其次看时段意图事意象组。随着时刻意图事意象单元的组合,人物的意图推进,形成了足够的长度,这样的意图具有稳定性,且成为一个时间段人物的主要行为指导思想,时段意图事意象组即形成了。如《秦并六国平话》"吕不韦谋尊位"事意象组,包含了"吕不韦奇货可居""子楚发迹""吕不韦进赵姬""子楚归秦""赵政即位尊不韦"五个事意象单元,将吕不韦"谋取秦国相权"的战略形成过程揭示了出来。吕不韦遇到秦国质子子楚时萌生了资助子楚以投机政治的意图,之后付诸实践,将子楚推上王位,吕不韦的意图便发展为"谋取秦国相位"的稳定意图,指导着其一时间段内的政治行为。平话"吕不韦谋尊位"的时段意图事意象组便成功完成建构。时段意图事意象组须从纵向和横向两个维度去分析。从纵向维度看,事意象组展现人物意图的流动过程,即人物基于实时政治意图的推进,形成政治战略的过程。时段意图事意象组围绕一个人物进行组合,体现该人物在一个时段内意图的推进和调整转变。"吕不韦谋尊位"的时段意图即体现吕不韦政治意图的发展:初见子楚,只觉奇货可居,可以借其谋取政治利益;之后进一步挖掘子楚的潜力,发现了他继承王位的可能性;再进一步借助赵姬套牢子楚,并将自己的儿子送入秦宫;子楚即位后,更进一步将自己儿子赵政推向至高无上的王位,自己因此获取了相权。吕不韦在这个过程中形成了稳定的政治战略,即"借助子楚和赵政为自己谋权位",因而这一事意象组的表意指向的是政治战略,而非简单的政治意图,体现了一个人物有着足够长度、呈现出流动性的相对稳定的时段意图。从横向角度看,事意象组揭示人物意图的相互作用,即体现政治战略形成的外因。多个人物在一个时段内意图的推进和调整转变出现在一个事意象组中。"吕不韦谋尊位"这一事意象组便可进行横向分析,吕不韦、子楚和赵姬的意图纠缠交织,共同推进。吕不韦制定了"借助子楚和赵政为自己谋权位"这一战略也是由于子楚给予了他机会,同时子楚完成继承王位的政治战略、赵姬成为太后,也均离不开吕不韦的作用。这几个人物在此时段内意图的推进和调整便均借助这一个时段意图事意象组完成了表意。一般的事意象组很难单纯寄寓一个人物的时段意图,故而均能从纵横双向入手分析,这也符合历史叙事的特色,体现复杂的政治博弈。

最后是长期意图事意象群。长期意图事意象群反映人物自始而终稳定的人生意图。人物不同时间段的意图处于流动动态,但不偏离人物的人生长期意图。在一个大意图的指导下,事意象在组合过程中形成了贯穿人物生命始终的线索。长期意图是位于叙事文本顶层的总指导意图,体现人物的毕生理想。在平话中则是集人生价值和社会价值于一身的历史使命。而这个总指导意图是时刻伴随人物的,在人物的各个人生大事上有所体现,因而能造就多个事意象群。如《前汉书平话》中吕后秉持着"专权"的长期意图,这亦是其最为核心的政治抱负、历史使命,这一意图便在"吕后杀韩信"这一个事意象群中得到了明确体现:

武士押信至未央宫下建法场,信问曰:"谁为监斩官?"刽子答曰:"萧何为监斩官。"请萧何不来,别委监官到来,言曰:"大王知罪三件么?"信曰:"不知三罪。"监官曰:"前南梁盗官马,一也;隐藏钟离昧,二也;教唆陈豨反,三罪也。"韩信懊悔,言道:"我不听蒯通之言,钟离昧之语,误我落在贱人之手。"吕后传令教疾忙下手,赐韩信而死。后有胡曾诗二首为证:

可惜淮阴侯　曾分高祖忧
三秦如席卷　燕赵刻时收
夜堰沙囊水　舒斩逆臣头

高祖无后幸　吕后斩诸侯①

吕后此时实时的意图就是立即处死韩信,在这一时期则有替刘邦分忧的时段意图,但"高祖无后幸,吕后斩诸侯"一句便点明,吕后此举终究是为了自己服务,后文关于吕后窃取权位的叙事便在此时已经奠定基础。"吕后杀韩信"便是揭示吕后"专权"历史使命的长期意图事意象群。长期意图事意象群是事意象发展的最高级阶段。一方面,从纵向角度看,长期意图事意象群寄寓的人物意图最稳定,体现其人生核心的欲求,在平话中即是人物不变的历史使命。如《前汉书平话》中"吕后杀韩信"后又有"吕后谗言杀彭越""吕后谗言害英布""吕后杀赵王、戚夫人""吕后吓死惠帝"等一系列事意象群,吕后"专权"的长期意图是这一系列事意象群完成建构的指导,也是这些事意象群叙事推进的动力来源。另一方面,从横向视角看,长期意图事意象群体现出人物之间最本质的关系和相互作用。如"吕后谗言杀彭越"这一个事意象群中,吕后专权、刘邦集权与彭越异姓称王对皇权的挑战形成了两两冲突的关系,因此才有了刘邦、吕后暂时联合,残杀彭越,消解掉彭越的意图,吕后、刘邦推进各自的意图,日后二人还有联合、冲突的情况。如果将长期意图事意象群进一步串联起来,叙事文本的整体结构便有可能建构起来。与事意象群、事意象组一样,结构中有人物人生长期意图的实践历程,也有社会关系网中各个人物人生长期意图的纠缠。

　　总之,"全相平话五种"建构起由时刻意图事意象单元到时段意图事意象组,再由时段意图事意象组到长期意图事意象群的事意象表意体系,揭示出了历史人物由实时政治意图开始,形成政治

---

　　①　钟兆华:《元刊全相平话五种校注》,巴蜀书社 1990 年版,第 312 页。

战略,最终实践个人历史使命,制造历史事件的过程。这个表意体系以人物意图为核心枢纽组织统筹事意象,编排叙事文本中的历史事件,寄寓和表达历史人物的意图。在此基础之上,"全相平话五种"可以进一步结构文本,实现以叙事传达思想的目的。

三、"全相平话五种"中事意象的叙事

从意象角度看,叙事文本中承担最主要叙事任务且能发挥关键作用的意象就是事意象。在人物意图的生成、发展和结果的全过程中,事意象可以在各个节点发挥作用,影响人物行为。具体来看,"全相平话五种"叙事在各个阶段均能使事意象发挥作用,笔者总结归纳后,发现平话中事意象叙事功能有以下五种:

第一,激发人物意图,使叙事启动。人物心中的欲求演变为行为意图是需要刺激的,某物的出现会提示人物,使其酝酿意图,而某事的出现会使其坚定信念,意图最终形成,活动由此产生。一个事意象激发人物某种意图,从而使其实施行动,造就另一个事意象,叙事就这样开始并推进了。"典型的故事总是以四平八稳的局势开始,接着是某一种力量打破了这种平衡,由此产生了不平衡的局面;另一种力量进行反作用,又恢复了平衡。"①事件刺激人物萌生出强烈的意图,或者坚定其有所酝酿而不敢落实的意图,因而必须实践意图,四平八稳的局面就打破了,叙事便开始了,事意象就是如此启动叙事的。例如《武王伐纣平话》,纣王即位,承平日久。姜后突然欲履行国母职责,去玉女庙进乡,却又心血来潮,邀纣王同往。纣王见到玉女塑像激发了猎取美色的意图,开始了约会玉

---

① [法]兹维坦·托多罗夫:《从〈十日谈〉看叙事作品语法》,张寅德编:《叙述学研究》,中国社会科学出版社1989年版,第180页。

女、全国选美、宠幸妲己等一系列事件。玉女庙进香的事意象打破了叙事文本原本的平衡,激发出纣王意图,因而开启了叙事。从纣王的意图来看,他之所以成为一代暴君,起因在于见色起意,在此处事意象中,纣王见玉女美色的反应,揭示出了纣王人性中的阴暗一面,日后一系列关于纣王作恶的事意象便有了意图的原始出处,叙事水到渠成,意蕴绵长。

第二,改变人物意图,使叙事转向。启动后的叙事不会永远直线推进,此时事意象便发挥作用,促使人物调整意图,调整叙事方向。叙事出现转向是因为叙述者意图与人物意图的差异和错位,叙述者按照叙事意图来影响人物调整意图,促使叙事意图顺利推进时,事意象是其最常加以利用的意象元素。叙述者会安排各类意外事件作为外在因素来促使人物调整意图,这些事意象较好地推动了叙事转向。如《秦并六国平话》中,秦始皇灭六国一统天下后志得意满,产生封禅泰山意图,此时叙述者引入史实内容,造就了"秦始皇登山遇雨"事意象。这一意象改变了秦始皇直接登山封禅的意图,其意图暂时转变为避雨躲灾,叙事出现转向,因而有了"封五大夫松"的事意象,而并未直接引出"秦始皇封禅成功"的事意象。另外,"意图的实践过程通常不是一帆风顺的,一个人在其意图实现的过程中势必要受到他人意图实现的干扰"①。许建平总结他人意图干扰作用主要是从同向、反向和侧向三个方向上产生的②。来自侧向、反向的意图干扰均会促使人物意图发生转向。其他人物实现意图的活动便可成为一种能改变人物原有意图、促使叙事转向的事意象。如《七国春秋平话》中,黄伯杨的意图是潜

---

① 许建平、郑方晓:《意图力:小说叙事的内驱动力——以明清两代小说文本为案例》,《求是学刊》2011年第6期,第115页。
② 参见许建平:《明清文学论稿》,河南人民出版社2017年版,第718—719页。

心修道,羽化升仙。此时"乐毅求救师父"事意象出现,乐毅求助黄伯杨帮忙战胜孙子的意图强烈,促使黄伯杨原有的意图中止,转变为帮乐毅战胜孙子,因而叙事陡然转向,黄伯杨出场,逆转了战局。值得说明的是,一些事意象的出现促使人物意图改变,叙事因而有了玄机,然而这不代表人物原本意图就此消解,事意象可以促成叙事多次转向,人物的原始意图仍有机会在这种作用下实现。前例中,秦始皇封禅泰山的意图虽然暂时调整成避灾,然而随着"封五大夫松"等意象的出现,秦始皇的意图又发生转变,回到了继续登山封禅的方向,最终达成目的。但就这样一个波折,反而造就了极强的叙事张力,作品充满了趣味性。平话利用事意象叙事的巧思便体现在其中。

第三,强化人物意图,直接推进叙事。某些事件的出现可以坚定人物意志,叙事便直线推进了。"往往在同一事件中会涉及不同的人物,这些人物的意图是否能够各自实现,那就要看他们意图力之间的'联合'与'斗争'。"[1]其他人物意图可以是妨碍本人物意图的因素,但也可以成为助力,人物间的意图也可能有一致性而实现联合,此时他人实现意图的行为所形成的事意象便是叙事的重要助推因素,发挥强化人物意图作用。推而广之,叙述者和人物之间的意图也可以实现联合,叙述者叙事行为也可以造就强化人物意图的事意象。例如《武王伐纣平话》中,黄飞虎报仇的意图最初是盲目的,他一家起兵造反,实难成功。之后出现了姜子牙助黄飞虎的意象,从此,黄飞虎不仅有了姜子牙帮助,其复仇意图更加明确坚定,而且姜子牙将其引向周朝,最终黄飞虎随武王伐纣,意图实现,叙事顺利发展下来。"姜子牙助飞虎"这一事意象出现改变了

---

① 许建平、郑方晓:《意图力:小说叙事的内驱动力——以明清两代小说文本为案例》,《求是学刊》2011 年第 6 期,第 115 页。

黄飞虎在遭遇纣王讨伐时意图游移不定的状态,使其归于坚定,因而黄飞虎能更执着且更有章法地推进报仇行为。帮助黄飞虎推进意图的不仅是姜子牙,还是叙述者,人物和叙述者意图实现联合,叙事有效推进到武王伐纣的环节。再如,《前汉书平话》中,刘邦宠幸戚夫人,立刘盈为储君的意图受到戚夫人干扰而渐趋消解,此时"四皓劝立刘盈"事意象出现。刘邦问计于"商山四皓","商山四皓"这种刘邦都驾驭不了的贤者却支持刘盈,因而刘邦立刘盈为储君的意图转而变得坚定。这一事意象将人物即将打消的意图重新坚定,叙事在稍有波折后,又进入了预想轨道,颇具张力。

第四,阻抑人物意图,制造迂回叙事。人物意图之间若处于"斗争"状态,对于一个人物意图来说,来自反向的其他人物意图是可以阻止其意图实现,甚至消解掉其意图的。意图如此"斗争",事件发展有可能就此中止或暂停,叙事的迂回曲折情况便出现了。两组对立人物意图出现了交锋,人物原有意图因此受阻,受阻意图未来有时能战胜阻力最终实现,有时会因交锋的落败而就此消解。例如《秦并六国平话》"荆轲刺秦王"的事意象组中,荆轲刺杀秦始皇的意图最终是失败消解掉了的。阻抑荆轲意图者最重要的人物是夏无且,"夏无且药箱击荆轲"事意象直接使荆轲刺杀秦王意图受阻,之后再未战胜阻力而最终消解。人物意图行为功败垂成,荡气回肠的意蕴油然而生。与之相对,前例《前汉书平话》中"戚夫人进谗言"事意象阻抑了刘邦立刘盈为储君的意图,但这个意图最终还是实现,叙事仅仅出现了延宕而已。

第五,"临门一脚"式作用。事意象有时会在促成人物意图时起到关键作用。意志"有它欲求的一个目标"①,具体的意图更有

① [德]叔本华著,石冲白译:《作为意志和表象的世界》,商务印书馆2018年版,第232页。

明确指向性,是有始有终的。有一类事意象就出现在意图的推进临近终点时,在促成人物意图最终实现时发挥关键作用,类似于足球比赛中的"临门一脚"。一者,有的事意象在关键环节发挥四两拨千斤的作用,促成意图实现。例如《三国志平话》中,"孙权谋取荆州"事意象群中,"关羽得罪刘封"事意象便起到至关重要的作用。袭取荆州困难重重,孙权意图推进缓慢,此时关羽因刘备立储的事开罪了刘封,刘封拒绝配合和搭救关羽,孙权得以顺利夺取荆州并杀掉关羽,没有遇到除关羽之外的任何阻力。"关羽得罪刘封"成了孙权夺取荆州意图实现的重要力量。二者,还有的事意象在人物意图推进至尾声时,加速其意图实现。《三国志平话》中,"曹操下邳灭吕布"事意象群中,"侯成盗马"事意象便起到了"临门一脚"之奇效。曹操围困下邳,吕布败亡在即,此时曹操擒杀吕布的意图就此达成,叙事便过于平静,"侯成盗马"事意象适时地发挥作用。此事一击致命,吕布死守意图瞬间失去了与曹操擒杀吕布意图对抗的能力,曹操意图立刻达成。虽然不引入这一类事意象,人物意图也即将实现,但如此处理,叙事文本可以妙趣横生,且能保持合理叙事节奏,可谓匠心独运。

综上所述,"全相平话五种"事意象在叙事功能上有激发人物意图,开启叙事;改变人物意图,使叙事转向;强化人物意图,直接推进叙事;阻抑人物意图实现,制造迂回叙事;在促成人物意图时起关键作用五大类。事意象既能使叙述者基本达成其叙事意图,辅助其制造叙事回环往复的趣味,合理把控叙事节奏,又能通过这些功能深化表意,保证"全相平话五种"这一组叙事文学作品的文学性,使其形成独特的文学品格。

四、"全相平话五种"事意象叙事的讲史化推进形式

文本叙事的过程是叙事主体意图的推进过程。"全相平话五种"事意象揭示出了讲史叙事中历史人物的多层次意图,而这系统意图的动态实践过程便对应着讲史意象叙事进程。意图只有推进才有意义,静态的事意象表意只有支持了流动的讲史意象叙事才有价值。推进意图过程中,意图力起到重要作用。"人物实践意图的能力,称之为意图力"①,西方叙事学中有"能力"这一概念,将其引入具体的意象叙事中,实现意图的能力即可成为"意图力"②,这是叙事主体能否实施行为的先决条件。事意象的表意不仅体现人物意图从无到有、从小到大的形成过程,也反映了不同人物意图之间的关系,即意图力之间的相互作用。不同人物,或人物与叙述者之间的意图力可以同向互助、反向对抗或侧向牵制。意图力支持意图实践的过程,"这是一个改善或恶化的过程"③。外在的意图力会影响人物意图的实现形态,或促成,或妨碍,或阻止。意图力发挥作用的过程便是事意象实现上文所述五种叙事功能的过程,具体来看,"全相平话五种"中事意象叙事意图力及其意图实现形态有四种类型,体现出平话讲史叙事的设计匠心。

第一种,对抗型。以一个人物为基准,与其意图相反的他人(包括叙述者)意图力是反意图力:"包括与人物意图相对抗的反意

---

① 许建平:《意图叙事论——以明清小说为分析中心》,人民出版社 2014 年版,第 104 页。

② 参见[荷]米克·巴尔著,谭君强译:《叙述学:叙事理论导论》,中国社会科学出版社 1995 年版,第 42 页;[法]格雷马斯:《行动元·角色和形象》,张寅德编选:《叙述学研究》,中国社会科学出版社 1989 年版,第 123 页。

③ 参见[荷]米克·巴尔著,谭君强译:《叙述学:叙事理论导论》,中国社会科学出版社 1995 年版,第 23 页。

图力和与人物意图不一致的侧面撞击力。"①米克·巴尔分析叙事"行动元"时有"对抗者"概念②,对抗者对本人物的意图有着重要作用力,即反意图力。在反意图力的作用下意图的实现形态即"对抗型"。石峰雁在分析《金瓶梅》叙事时称其为"拨乱离间型"③,"全相平话五种"中的叙事尚没有那么复杂,故而称为"对抗型"更合适。与本人物意图不一致的其他人物,或单打独斗,或借助具有更强意图实现能力的人物之意图力,与自身意图力形成合力,与本人物意图力之间对立冲突,因而阻抑本人物意图的实现。以这种意图力及其意图实现形态为内核的叙事波折性强,人物意图实践失败情况较多,多具有悲剧意味。这种意图力实践形态是很适应讲史叙事的,政治、军事斗争叙事多采取这种策略,中国历史叙事忠奸斗争的悲壮意味也常寄寓其中。《七国春秋平话》乐毅推进其"争胜斗气"意图迎来的多为对抗型意图力:田单"光复齐国"的意图力、孙子"助齐复国"的意图力以及鬼谷子"帮助徒弟孙子"的意图力等。乐毅的意图力为此受阻,又多次复振,并引入同向的意图力助阵,但最终还是因"对抗者"太强大而失败。但每一次失败、复振都造就了巨大的叙事张力,这些波折造就了叙事的趣味,也颇有悲剧意蕴。乐毅意图首次受阻于孙子和田单,造就了"乐毅诋燕""火牛阵破敌"的精彩叙事,复振便引来"孙子下山"的精彩斗法叙事,再次受阻引来"黄伯杨下山"的叙事,复振后"阵困孙膑"的叙事到达高潮,最后意图失败于"鬼谷下山",却有了"鬼谷斗伯杨"的精

---

① 许建平:《意图叙事论——以明清小说为分析中心》,人民出版社 2014 年版,第 104 页。

② 参见[荷]米克·巴尔著,谭君强译:《叙述学:叙事理论导论》,中国社会科学出版社 1995 年版,第 28—35 页。

③ 参见石峰雁:《〈金瓶梅〉意象叙事研究》,上海交通大学 2019 年博士学位论文,第 122 页。

彩叙事。乐毅百折不挠,不仅颇具英雄的悲壮色彩,也体现出浓浓的反抗意蕴。正因为有了对抗,人物意图的实现过程多次延宕,故事才有了足够的空间,意蕴才能够不断丰富。"各种不同的对立常常与心理或意识形态对立相联系。"①如《三国志平话》中刘备、诸葛亮意图与曹操、司马懿等意图的对抗便体现政治立场的尖锐对立。刘备集团以报国兴汉为历史使命,而曹操、司马懿则意欲推翻汉室,平话中刘备、诸葛亮的历史使命没能实现,这便将忠臣义士实践忠孝仁义之艰难以及正道多沧桑的悲壮意蕴体现了出来。最后叙述者又安排了"刘渊兴汉巩皇图"的事意象群,结尾为"汉王遂灭晋国,即汉皇帝位,遂朝汉高祖庙,又汉文帝庙、汉光武庙、汉昭烈皇帝庙、汉怀帝刘禅庙而祭之,大赦天下"②。故事一波三折,意蕴绵长。对抗型是平话叙事中最常见的一种意图力实现形态。讲史叙事场域中,人物众多,因而意图错综复杂,交叉和对立在所难免。意图对立且反意图力强大,人物意图实践受阻,影响叙事的走向,从而造就了丰富的历史故事。

第二种,巧合型。"叙述者采用了误会、错认、巧合、弄假成真等手法组织情节"③,叙述者以及人物的意图恰巧发生了意外关联,迅速增减了本人物的意图力,因巧合的出现,叙事也骤然提速或减缓,甚至出现转向的情况。"全相平话五种"借助巧合关联人物或叙述者意图,增强了讲史叙事的趣味性,使讲史叙事形成了有别于历史叙事的诙谐特征。如《三国志平话》中的"孙学究探地穴":

---

① [荷]米克·巴尔著,谭君强译:《叙述学:叙事理论导论》,中国社会科学出版社1995年版,第41页。

② 钟兆华:《元刊全相平话五种校注》,巴蜀书社1990年版,第485页。

③ 许建平:《意图叙事论——以明清小说为中心》,人民出版社2014年版,第252页。

学究寻思,不如寻个死处。取那常挂的病拐,脚跌脓血之鞋,离庵正北约数十步,见地穴,放下病拐,脱下鞋,望着地穴便跳。穴中便似有人托着,倒于地下,昏迷不省。多时忽醒,开目望,直上见一点儿青天。学究道:"当时待觅个死来,谁知不死。"①

孙学究本来的意图是寻死,却无意中进入暗藏玄机的地穴,这一意外促使其寻死意图消解:"学究用手揭起匣盖,见有文书一卷,取出看罢,即是医治四百四病之书,不用神农八般八草,也不修合炮炼,也不为丸散,也不用引子送下,每一面上有治法,诸般症候,咒水一盏,吃了便可。"②不仅沉疴痊愈,还"自后,不论远近,皆来求医,无不愈者。送献钱物约二万余贯,度徒弟约迭五百人"③。人物意图迅速逆转,成了教徒甚众的教主,因而引来张角入教,触发了"黄巾起义"。叙述者利用这一场意外遭遇,促使孙学究人物意图转向,孙学究此时的意图力便和叙述者同向了,帮助叙述者将叙事推进到了"黄巾起义"上。一个重大历史事件的叙述,平话却以"巧合"切入,这种趣味性超越了历史本身,形成了讲史叙事的优势。叙述者或人物意图因巧合被"给予附带的帮助"④,因而恰好达成。人物意图因为巧合而转向或消解,这其实是巧合给予叙述者意图"附带的帮助"的结果。例如《武王伐纣平话》安排了九尾狐与妲己的意外相遇,这一巧合对于苏护、苏颜和妲己的意图并无帮助,但这一巧合形成的叙事张力,与叙述者、妲己以及纣王的意图力同向,

① 钟兆华:《元刊全相平话五种校注》,巴蜀书社 1990 年版,第 375 页。
② 钟兆华:《元刊全相平话五种校注》,巴蜀书社 1990 年版,第 375—376 页。
③ 钟兆华:《元刊全相平话五种校注》,巴蜀书社 1990 年版,第 376 页。
④ [荷]米克·巴尔著,谭君强译:《叙述学:叙事理论导论》,中国社会科学出版社 1995 年版,第 33 页。

成为帮助力量,故而迅速推进了叙事,纣王得到了美人,九尾狐谋得了美好生活,叙述者也成功开启了纣王荒淫无道的叙事。人物意图与其他方面的关系是无法预知的,各方的意图本看不出关联,却因一些意外因素而骤然关联起来,这种作用能迅速产生叙事张力,成为叙述者意图力的帮助,推进叙事,形成意蕴。

第三种,天命型。叙事的推进受到非主观意图的影响,从而导致人物意图的实现或改变,这便是意图力实现形态的"天命型"。许建平论述了文学叙事中的"意图力服从于命运的天命规则":"人的命运不完全由人来做主,即人的意图力对人的意图实现的影响仅在有限的范围之内,同时存在着人力所不及的地方——上天对人的命运的操控。"①中国叙事文学中,人物意图的实践离不开上天的作用力,这种上天影响人物发挥意图力作用,塑造意图力实现形态的类型因而称为"天命型"。这种类型尤其适应讲史叙事,历史发展和政治、军事斗争中的天命、正统等观念均可借此寄寓和表达。例如《前汉书平话》中"三王践位失败"的叙事:

> 三王入长安来,万民皆喜,鼓乐讴歌,悦之甚也。三王入朝,聚集班寮文武,内有周勃,请三王登位。三王各持礼不受。众大臣曰:"从于尊者登位。"刘肥上殿。闻空中喝一声,似雷之鸣:"不可!"刘泽上殿,只见柱脚倒折,不能坐稳。三王刘长上殿,护龙举爪来吞,大殿摧其一角。三王急速下阶。三个大王都无天下之分。②

历史上汉文帝即位是一个很复杂的过程,其余诸王称帝未果实为

---

① 许建平:《意图叙事论——以明清小说为中心》,人民出版社 2014 年版,第174 页。
② 钟兆华:《元刊全相平话五种校注》,巴蜀书社 1990 年版,第 360 页。

政治斗争的结果。平话则使用"天命型"意图力实现形态来处理这一段叙事,渲染其余诸王缺乏成为皇帝的"天命",使他们称帝的意图力于此处天然不足,促成汉文帝刘恒即位的叙事,彰显了刘恒的天命。复杂的政治博弈是小说一类文学叙事难以展现的,而这些内容显然也不是讲史叙事所热衷的,平话的策略便体现出了叙事的优势:用人物意图力实践,亦即人物践行历史使命的奋斗过程取代政治斗争的实际博弈过程,使讲史叙事区别于历史,具备文学性、思想性和趣味性。当然,"天命型"意图力实现形态其实是体现作者写作意图的方式。例如《三国志平话》:

> 诸葛引军三千,数员名将,下街亭私行。姜维道:"何意?"军师附耳低言,说与姜维言:"我太岁大小运并。"军师引手下三千军,离街亭约百里,有一大树,西见一庄。令人唤出一娘娘当面,问:"此处属那里?"娘娘言:"岐山岐州凤翔府北,乃是黄婆店。"又问:"今岁好大雨?"娘娘言:"卧龙升天,岂无大雨!"娘娘又言:"官人勿罪。岂不闻君亡白帝,臣死黄婆?"军师思,果有此言。又问:"西高山甚名?"娘娘言:"秋风五丈原也。"言毕,娘娘化风而去,不知所在。[1]

此处便以天命来解释诸葛亮"忠君报国"长期意图,即历史使命难以实现的道理。历史上诸葛亮北伐以失败告终,平话作者赞赏诸葛亮"兴复汉室"的理想,却也不得不遵循历史,叙述诸葛亮"出师未捷身先死"的结局。如此一来,作者称赞的"忠君报国"历史使命便显得无比苍白,此时平话选用了"天命型"意图力实现形态,较好地处理了这一矛盾。用天命说明诸葛亮历史使命之可贵,是天命

----

[1]　钟兆华:《元刊全相平话五种校注》,巴蜀书社 1990 年版,第 482 页。

中这一使命并非由他来完成,因此这个人物才以北伐失败为最终悲壮的结局,虽然是悲剧,却不会动摇这一理想的"正义性",并最终为刘渊兴汉做好了铺垫。此处,引入"天命"明显体现了作者的巧妙安排,面对历史上诸葛亮无奈的失败结局,作者用天命来弥补缺憾,避免了真实历史悲剧对"兴复汉室"理想正义性的动摇。"天命型"意图力实现形态促使作者在讲史叙事文本中掌握了对历史的解释权,因而使历史故事能服务于作者写作意图,彰显其思想。

第四种,超能型。人物凭借较强的能力和智慧促成自身意图实现的形态在叙事中相对常见,石峰雁将这种类型称为"智能型"①。米克·巴尔认为:"素材过程可以被视为一个计划的实施,我们就可以断言,每一步实施都是以主体得以实施的可能性为先决条件的,主体行动的这一可能性即能力。"②没有能力就不能实施计划,意图就永远是空想,可见意图与能力是密不可分的叙事概念。格雷马斯亦论述能力,但又引入了知识概念③。其实知识可以算是能力的一种具象化表现。许建平将"意图力"具体分为意志力、胸襟与胆识、心理素质、品德、智慧、知识与技能、性格、精细度和交往能力等九个方面④,石峰雁将其称为"智能"⑤。然而"全相平话五种"喜欢将历史人物"超人化",将其智慧、能力简单处理为超人的技能:平话对历史人物日常行为的叙述缺乏铺垫,难以有效展示其超凡能力,在有需要时以超自然的形式揭示人物智能之高,

---

①⑤　参见石峰雁:《〈金瓶梅〉意象叙事研究》,上海交通大学 2019 年博士学位论文,第 130 页。

②　[荷]米克·巴尔著,谭君强译:《叙述学:叙事理论导论》,中国社会科学出版社 1995 年版,第 42 页。

③　参见[法]格雷马斯:《行动元·角色和形象》,张寅德编选:《叙述学研究》,中国社会科学出版社 1989 年版,第 123 页。

④　参见许建平:《意图叙事论——以明清小说为分析中心》,人民出版社 2014 年版,第 160—168 页。

使人物一定程度"超人化",甚至"神化"。笔者因此根据平话的特色提出"超能型"意图力实现形态,揭示平话讲史叙事的特色。人物基于其"超能",许多意图实现得一蹴而就。如《三国志平话》:

> 当夜,军师扶着一军,左手把印,右手提剑,披头,点一盏灯,用水一盆,黑鸡子一个,下在盆中,压住将星。武侯归天。姜维挂起先君神,斩了魏延。①

诸葛亮去世,蜀军动荡,经历复杂的政治安抚和军事善后,蜀军才得以顺利退回汉中。这些内容与平话作者写作意图、叙述者叙事意图关涉不大,为了快速促成蜀军的全身而退,体现诸葛亮对身后事的妥善处理,不影响后续人物继续实践"兴复汉室"历史使命,此处平话便采用了"超能型"意图实现形态,令诸葛亮以个人"超能"料理了后事,促使叙事迅速推进到下一阶段。再如《秦并六国平话》:

> 王贲当晚军中坐定,忽然一阵风过,王贲把风一嗅,言:"今夜有人来劫寨。"传下钧令,教诸军提备。②

平话人物嗅风而知军变是一个常见的技能,王翦、姜尚、孙膑、诸葛亮均是如此。军事家的复杂且严密的军事推理不具备讲史叙事趣味,"超能"成了叙述相关历史事件的一大策略,保持叙事的有效推进。

总体而言,"全相平话五种"中事意象叙事意图力及其意图实

---

① 钟兆华:《元刊全相平话五种校注》,巴蜀书社 1990 年版,第 482—483 页。
② 钟兆华:《元刊全相平话五种校注》,巴蜀书社 1990 年版,第 254 页。

现的四种类型体现出了讲史叙事叙述历史事件的主要策略,彰显讲史叙事区别于历史的文学品格。平话以主要人物人生长期意图(历史使命)的推进和不同人物意图之间的交锋为讲史叙事的逻辑,故而"对抗型"成为意图力实现的主要形态,平话叙事的推进过程大致为主要人物意图迎着对抗意图不断前进的历程。人物意图显然难以完美解释历史故事全部信息,"巧合""天命""超能"三种意图力实现形态便被引入,成为平话弥合主要人物意图和历史发展逻辑缝隙的必备元素。平话讲史叙事的趣味性、文学性和思想性也在这种以人物意图取代历史发展逻辑的叙事推进策略中得以寄寓。

第四节 "全相平话五种"物、事意象
表意叙事的一体性建构

在意象叙事的体系中,物意象以意义深度为核心价值,在叙事文本中主要发挥表意功能;事意象则以叙事的长度为核心价值,重在展示事件、行为的来龙去脉,是叙事功能的主要承担者。如石峰雁所言:"在叙事文学作品的综合坐标图中,物象就如 Y 轴,事象就如 X 轴。两者共同作用,相互构架,支撑起了整个叙事文学艺术作品,使文本中的形象丰满灵动,让读者的体验更加真实立体。"①叙事中物意象和事意象是相辅相成的,二者缺一不可,共同推进叙事。缺少事意象,叙事文本就无从建构,缺少有长度的事件何谈叙事;缺少物意象,虽然叙事文本仍能建构,但这种叙事模式僵化,文本缺乏文学性。所以,文学叙事既离不开物意象,也不可

①　石峰雁:《〈金瓶梅〉意象叙事研究》,上海交通大学 2019 年博士学位论文,第 90 页。

缺少事意象，两大类意象需要浑然一体，文学叙事才有机会走向成功。"全相平话五种"是典型的叙事文学作品，故而其中物、事意象俱全，且能相互配合。但值得注意的是，叙事文学强调一个"事"字，所叙之事件是文本内容的主体，故而事意象须占据叙事文学主导地位，物意象则居于辅助地位，平话叙事自然如此。然而物意象同样重要，它是体现叙事作品文学品格和叙事艺术性的重要元素，不可或缺。

一、"全相平话五种"以事意象为主体的意象叙事体系

事意象是意象叙事的主体构成元素。"常识告诉我们，事件只有在发生以后才能被人叙述。"[①]即叙述不可能脱离事件而凭空创造，对于已有事件或者设想中已有的事件进行讲述，便有了叙事。以之观照叙事作品，"事"自然是其中最为重要的元素，这也导致意象叙事中"事意象"居于主导地位。叙事的推进需要叙述者将事意象不断组合结构，形成连续流畅的叙事链条，事意象因此成了叙事意象主体。物意象则发挥其意蕴丰富的功能优势，引入它们则能使意象叙事意蕴无穷。从这个角度看，若将物意象排除在叙事之外，是不直接影响叙事推进的。比如"全相平话五种"中的《武王伐纣平话》，去掉金冠、凤钗、玩月台、平天冠、玉衣等物意象，叙事的整体走向和进度不会发生明显的变化；但如果将苏护献女、姬昌囚羑里、文王访贤、姜尚拜将、起兵伐纣等事意象去掉，整个叙事便会陷入瘫痪，叙事结果也许就变了。因此，事意象是叙事文本中必不可少，保证意象叙事成立的必需元素，"全相平话五种"文本相对粗

---

① ［以色列］里蒙·凯南著，姚锦清等译：《叙事虚构作品》，生活·读书·新知三联书店1989年版，第161页。

糙,其中事意象最为出彩便是这个道理。物意象是作为修饰成分出现的,增强表意深度和美感,借以保证叙事文本的文学性,故而"全相平话五种"粗疏的叙事便有物意象不够丰富的弱点,但虽少而有,也可见物意象对保持作品文学性的重要价值。石峰雁说:"形象的说,事象为叙事文本的骨骼,物象则为叙事文本的血肉。"①这是极为恰当的。

事意象的主体地位亦利于平话"讲史叙事"形成自己的特色。物意象不能喧宾夺主,妨碍平话叙事的核心内容——"讲史"。以《秦并六国平话》为例,平话叙事以历史上"秦王扫六合"的历史事件为主要叙述对象,讲史叙事能大力挖掘历史中的趣味故事,依托史实进行文学叙述。在这个作品中,平话以斗阵作为拓展趣味的一种方式,以五花八门的阵法来展现王翦等人物军事水平的高超。各类军阵作为物意象丰富了平话叙事的意蕴,但这些阵法是辅助平话叙述秦灭六国战争而设计的物意象,因而对于它们叙述者多点到为止,指出阵名,稍作渲染便进入两军对战的事意象建构。以军事战斗的事意象为主的意象叙事确保该作品叙事没有脱离"秦王扫六合"的历史主线,在此基础上追求思想性、文学性,平话的"讲史"叙事便基本成形。否则叙事脱离了历史事件,便无从"讲史"了。

二、"全相平话五种"对物意象叙事价值的有益探索

物意象不直接推进叙事,但对意象叙事效果的达成意义重大。杨义认为中国叙事文学的"高文化浓度"体现于意象中,此言便是

---

① 石峰雁:《〈金瓶梅〉意象叙事研究》,上海交通大学 2019 年博士学位论文,第 91 页。

针对物意象而说的。有了物意象，叙事才更逼真生动，也才更具意义深度和广度，才能更高效且多元地向接受者传达信息。物意象对叙事推进的主线会产生间接的影响，人物行为意图、事件的性质等均有赖于物意象的揭示，故而确保叙事不会沦为"流水账"。因此，"全相平话五种"叙事文本极为简单粗犷，但仍然含有一定数量的物意象，甚至每每有物意象在关键处发挥重要表意作用并间接影响叙事走向的情况出现。如《武王伐纣平话》：

> 一日，近臣奏曰："臣启陛下，今有一贤人来进宝贝，见在内门。"纣王闻奏，令宣入来见帝。万岁了，纣王问曰："卿何姓？"贤人曰："臣姓许，名文素。臣出家住于终南山白水洞。"王曰："尔进何宝？"文素曰："臣收一口宝剑，特来上与我王。"王曰："此剑非宝，何用？"文素曰："臣启我王，此剑能断天下人间一切妖精鬼怪，鬼怪若见此剑，咸皆惊怖，无所逃遁。"王曰："寡人宫中有何妖怪？"文素曰："臣见大王宫中，有妖气上冲牛斗。大王把此剑去深宫之内壁上挂之，人见不怕；如妖怪见之，失声叫走，便是妖精。我王用此剑斩之，可以镇大王六宫三院永无妖怪。臣见纣王宫中女人之内，有一妖媚。陛下信小臣之言，留下此剑，除妖灭怪；陛下不信小臣之言，臣将此剑往山中去。"纣王不阻，留了宝剑，将入后宫。①

正因为有了"除妖剑"，妲己的狐妖身份在其他人物面前得到了初步展现，才进一步引出妲己陷害皇后、比干等人的叙事。可以说这个意象虽然可以删去，换为对妲己狐妖身份的平铺直叙，但这种叙事便毫无意蕴。用一把剑在关键处揭示妲己狐妖身份，间接推进

---

① 　钟兆华：《元刊全相平话五种校注》，巴蜀书社1990年版，第6页。

叙事,平话文本有了叙事的张力,体现出一定的文学价值。

平话"讲史"叙事适当运用物意象,可增加其文学趣味。还以阵法物意象为例分析此点。对于两军对垒,靠军事实力定胜负的战斗叙事缺乏波折,叙述者也未必经历过战场,故而难以叙述出精彩的对战场景。引入阵法意象,军事斗争便有了玄妙意蕴,具备了文学趣味。如《七国春秋平话》:

> 齐帅邹文简领兵,排下青龙出水阵,燕帅乐毅排下靠山白虎阵。①

以形象的阵名来提示阵法的玄妙,文学性有所提升。引入物意象,平话叙事便有别于纯历史叙事,形成了讲史的独特风味。

三、"全相平话五种"中物、事意象的有机结合

叙事需要物意象和事意象实现关联,二者关联的枢纽是意图。"全相平话五种"能较好地在事意象中加入关键物意象,二者相得益彰,促成这一良好局面形成的关键因素是对人物意图的准确把握。从物意象提示人物意图开始,事意象便开始建构,在人物意图的线性流动过程中,事意象便逐渐形成,这一过程也可以视为物、事意象之间的相互转换过程。物意象刺激人物产生意图或提示人物意图的萌生,事意象将萌生的意图落实,形成行为,推动叙事。如《武王伐纣平话》中的"文王访贤":

> 却说西伯侯夜作一梦,梦见从外飞熊一只,飞来至殿下。

---

① 钟兆华:《元刊全相平话五种校注》,巴蜀书社1990年版,第114页。

文王惊而觉，至明，宣文武至殿，具说此梦。有周公旦善能圆
梦，周公曰："此梦合注天下将相大贤出世也。梦见熊，更能飞
者，谁敢当也。合注从南方贤人来也。大王今合行香南巡，寻
贤去也。贤不可以伐。"周公说梦，深解其意，"昔日有轩辕黄
帝梦见大风而得风后先生，为特灭于蚩尤，在涿鹿之野。轩辕
皇帝又梦见上天，后至百日，果然升天。又有尧王梦见升天得
帝王，有汤王梦见用手托天得帝位。大王梦见飞熊，必得
贤也。"①

"飞熊"这一物意象刺激文王探究自己的梦境，周公解梦，揭示出
"飞熊"意象蕴含的"求贤"意图，文王求贤的意图就此萌生了。因
而就进一步有了"文王初访贤""文王再访贤""姜尚入朝"的事意
象，叙事推进，由姜尚逃离朝歌过渡到姜尚拜将、武王伐纣的阶段。
平话通过历史人物的意图，促使物意象和事意象实现桥接。这是
叙事意象间的良性互动，是为讲史叙事注入文学趣味，又确保讲史
平话不脱离史实框架的优秀意象叙事探索。

　　"全相平话五种"还初步建构了少量仅仅发挥物意象表意作
用，而不直接参与叙事的事意象，作为促成物、事意象实现有机结
合的重要举措。少量事意象发挥表意的指示、预示、隐喻和象征功
能。如：

　　　　孔夫子是□□世儒道的宗师，要扶持这三纲五常。因见
　　那时王纲颓坏，为君底失为君之道；侯国强勇，为臣底失为臣
　　之礼，怕天下后世乱臣贼子，争效这般模样，便使三纲沦而九
　　法斁，不成世界。不免将那直笔，把那时一十二公，共有二百

---

①　钟兆华：《元刊全相平话五种校注》，巴蜀书社 1990 年版，第 57 页。

四十二年的事迹,著一部史书,唤做《春秋》。从平王时事为头,有善事底褒奖它,使人知劝;有恶事底贬责它,使人知怕。怎知世变推迁,春秋五伯之后,又有战国七雄。天下龙争虎战,干戈涂炭,未肯休歇。①

《秦并六国平话》中"孔子著《春秋》"这一事意象并不推动叙事,而是提示战国末期天下七国纷争,王纲颓坏,君失君道、臣失臣礼的历史状态,预示天下有必将归于一统的趋势,发挥着重要的表意作用。这类事意象在平话中出现较少,多为典故,虽为事意象,但主要发挥物意象的功能。平话采用典故作为意象,使物、事意象交融,是讲史小说意象叙事体系建构的一次重要尝试。这样浑融一体的意象既体现平话文学意蕴,又时刻提示平话内容的讲史性质,文学叙事中处处含有政治、军事斗争的特色,如"孔子著《春秋》""繻葛之战"这些典故提示了周代末年礼崩乐坏的现实,不仅使平话的表意过程更具故事性,还紧紧贴合平话讲史叙事的性质。以历史典故揭示历史大势,表意丰富,体现出了物、事意象的有机结合,共同发挥表意作用,推进叙事。

物意象的丰富程度是叙事文学艺术水平成熟度的体现。叙事文学物意象的浓度随着叙事手段的提高和精粹度的提升而增加。作者、叙述者和人物常常通过物意象这种表意功能为上的意象表达情感,加深文本意蕴。物意象并不直接参与叙事,甚至可直接删去,但叙事文本中少了这一类意象便失去了文本的生气。"只列物意象不见人,物意象便是死象;有人而无事,人便是木人,难以鲜活起来。有了事意象,才能串演物意象、激活物意象;有了流动的时间方能赋予物意象以活的心意和灵魂,方能激发出更具体、飞动具

① 钟兆华:《元刊全相平话五种校注》,巴蜀书社1990年版,第176—177页。

有张力的想象和联想。"①总之,物意象和事意象达到浑融状态,才
会形成好的叙事作品。平话文学艺术是欠成熟的,但其意象叙事
却勇于去探索叙事的意蕴和美感,尝试叙事各类意象的有机结合,
为意象叙事发展指明了基本方向。

小　结

　　"全相平话五种"叙事中的意象分为物意象和事意象两大类。
其中物意象以表意为核心功能,事意象则以叙事为核心价值,因此
平话文本叙事形成了以事意象为主体,以物意象为辅助的意象叙
事体系。物意象与事意象相辅相成,表意成就叙事,叙事兼顾表
意,平话叙事文本才有了进一步结构的基础,也具备了寄寓和传达
深厚思想内涵的条件。

　　事意象的外在形式是具有一定时间长度的行为过程,其寄寓
的内在含义则是人在内在思想情意指导下形成的行为意图。事意
象最小的单位是事意象单元,体现人物某一时刻的单纯意图;基于
人物意图的关联双向组合,造就事意象组,体现人物一个时段相对
稳定的意图,以及时段内不同人物意图的关系与作用;以人物为枢
纽,纵横双向组合而成的事意象组建立有机联系,形成事意象群,
彰显人物长期稳定的意图,以及多个人物长期的意图关系和作用。
从纵向角度看,"全相平话五种"事意象通过组合,体现出了人物意
图生成、发展、实践和取得结果的过程:从某一时刻的政治意图开
始,逐渐形成政治战略,最终实践个人历史使命,制造历史事件。
从横向角度看,"全相平话五种"体现出了不同人物历史使命之间

　　①　许建平:《意象叙事论——从甲骨文的意象思维说起》,《"文艺学新问题与
教学改革"学术研讨会论文集》,北京师范大学 2011 年 10 月 21 日,第 343 页。

错综复杂的相互作用,从实时政治意图的互动,到政治战略的博弈,再到历史使命的纠缠。在这种纵向的关联和横向的交叉作用下,平话由体现人物时刻政治意图的事意象单元开始,逐步建构起了能够参与平话意象叙事文本结构的完整版块——彰显人物历史使命的事意象群。之后便可以组合这些版块形成意象叙事序列,进而交叉关联完成意象叙事结构,体现人物历史使命的生成、发展及取得结果的全貌,明确不同人物历史使命之间的关系和相互作用过程。

物意象的外在形式是客观事物、图像或虚拟形象,其寄寓的内在含义则是人物的情感、意志。"全相平话五种"中的物意象有多种形态,包括非生物和生物两大类。在平话叙事中,物意象主要起辅助作用,通过指示、预示、隐喻、象征四种方式进行表意、提示或刺激事意象中人物的意图,从而影响人物的行为,进而帮助事意象完成建构,并进一步实现组合,打好叙事文本的结构基础。平话叙事中,物意象的使用有限,但每当其出现,人物行为意图往往会因之而被激发、增减或转向,体现出一定的叙事文学技巧。

总之,"全相平话五种"初步形成了物意象、事意象一体同构的表意叙事体系,建构出了进一步结构叙事的基本版块,为意象叙事文本整体结构的确立打好基础。平话是如何整合众多事意象群,形成意象叙事体系进而结构文本?笔者将于下一章进行详细探讨。

第三章　结构篇：讲史叙事的意图结构

　　前面章节，笔者剖析了平话意象叙事建构文本基础版块的模式。围绕着人物意图的推进，意象叙事从散点状的物意象逐步建构，先形成体现某一时刻意图的行为事件，构成事意象单元，然后形成体现时段持续意图的事意象组，最终形成体现人生长期意图的事意象群。每一个事意象群就构成了意象叙事文本的一个基础叙事版块，进一步结构这些版块便可将叙事文本整体建构起来了。

　　基于人物意图关联事意象群而形成序列，不同人物的众多序列产生关系，进而交叉关联，叙事文本可以由此建构完成。聚焦于"全相平话五种"，以人物为枢纽，将寄寓人物人生长期意图——即"历史人物"的"历史使命"——的事意象群进一步组合形成序列，并将反映不同人物人生长期意图的序列有机结合，便结构起了五部平话的叙事文本。意象叙事文本结构的灵魂是意图。布雷蒙等叙事学家曾指出叙事文本中的故事存在序列，但并未涉及意图。其实，意图和行为都存在序列，相关的意象也形成序列。认识这一点，其实可以从唯意志论的哲学原理中获得启发。叔本华和尼采等哲学家认为行为的产生源于人的意志，意志使人产生诸多意欲，不断催生人的行为。如叔本华所言："事实上，意志自身在本质上是没有一切目的、一切止境的,它是一个无尽的追求。"①人生不止,意志不休,人不断产生追求,具体的意欲就会源源不断地产生,"所谓人生,就是欲望和它的成就之间的不断流转"②。马斯洛也发现:"人是一种不断需求的动物,除短暂的时间外,极少达到完全满足的状态。一个欲望满足后,另一个迅速出现并取代它的位置,当这个被满足了,又会有一个站到突出位置上来"③。这些学者意在说明一个道理——人的一生在持续萌生和实现欲求。以此观照行为,为了落实欲求,人们不断产生行为意图,进而催生行动,因为意志一直在,意欲一直有,故而行为之后并非意图的消失,而是新意图的萌发,此后继续落实到行动,如此直到死亡。"任何人生彻底都是在欲求和达到欲求之间消逝的"④。以此观照意象叙事,文本世界中的人物也如现实中人一般不断循环往复地向前推进自己的意图,直到从文本中消失。即"意图规定行为的内容与方向,不同的意图形成人物不同的行为类型系列(故事)"⑤。所以,平话叙事文本世界中每个"历史人物"众多意图实现过程结合在一起,便展示出了他的人生轨迹,其人生长期意图(历史使命)从根本上指导着这一系列意图。如此一来,将反映一个人物意图的意象首尾衔接,建构起连续的序列,反映出文本世界中这一人物的人生实践,这已经涵盖了故事的一大侧面了。"而行为者的意图力以及不

① [德]叔本华著,石冲白译:《作为意志和表象的世界》,商务印书馆 2018 年版,第 233 页。

② [德]叔本华著,文良文化编译:《人性的得失与智慧》,华文出版社 2004 年版,第 6 页。

③ [美]亚伯拉罕·马斯洛著,许金声等译:《动机与人格》,中国人民大学出版社 2007 年版,第 8 页。

④ [德]叔本华著,石冲白译:《作为意志和表象的世界》,商务印书馆 2018 年版,第 427 页。

⑤ 石峰雁:《〈金瓶梅〉意象叙事研究》,上海交通大学 2019 年博士学位论文,第 165 页。

同意图力之间的关系（社会与自然环境）决定意图的动向和行为的方向及其发展顺逆直曲的诸种形态。"①基于以上论述可知，"全相平话五种"中不同"历史人物"皆有自己的人生长期意图，因而他们也有自身的独立意图行为线索，基于此组合长期意图事意象群，形成各自的序列；这些序列或同向、或反向、或交叉，发生关系，有机互动，叙事文本的主体结构因此生成。

接下来，本章的论述聚焦于以下两点：第一，众多人物人生长期意图事意象群组合形成的意象叙事序列；第二，意象叙事序列进一步关联交织形成的反映人物意图发展及彼此关系的叙事主体结构。

第一节　"全相平话五种"中主要人物意图与意象叙事结构的主干

主要人物的意图是意象叙事推进的主要动力，明确主要人物的人生长期意图，梳理出关于主要人物的意象叙事序列，便得到了意象叙事结构的主干。作为一个合格的叙事文学人物，因其生命力而存在自己的意志，因而便具备人生行为的意图。从这个角度看，人生长期意图是叙事文学中人物皆有的。然而人生长期意图虽然为众多人物所有，但得到相对全面乃至完整展现的却是少数，因此能总结出相对详细的意象叙事序列的人物不多，这一小部分人物便可算得上是叙事文本中至关重要的人物了。"全相平话五种"作为早期中长篇幅的通俗叙事文学，其叙事水平有限，每部作品能梳理出清晰人生线索者很少，平话牢牢把握住了这少量人物

---

① 石峰雁：《〈金瓶梅〉意象叙事研究》，上海交通大学 2019 年博士学位论文，第 165 页。

的人生长期意图发展过程,建构出清晰的意象叙事序列。具体来看,每部作品中,能总结出相对明确和全面的人生长期意图发展过程者均少于十人,可谓重要人物;而能总结出详细、完整,具有明确发展过程的人生长期意图者,每部作品最多不超过两人,可谓主要人物。五部作品中,作为主要人物的有《武王伐纣平话》中的纣王、姜尚;《七国春秋平话》中的孙子、乐毅;《秦并六国平话》中的秦始皇;《前汉书平话》中的吕后以及《三国志平话》中的刘备、诸葛亮。这些人物的人生长期意图的由生到灭,其发展的全过程便是其所在作品叙事的主线,他们的意象叙事序列构成了平话意象叙事结构的主干。下面笔者便对这一系列作品中的意象叙事结构主干进行全面分析。

一、《武王伐纣平话》主要人物的意象
叙事序列和人生长期意图叙写

《武王伐纣平话》中纣王、姜尚相关叙述占据文本的主体地位。二人各自推进自己的意图,并且出现对抗,这一过程就支撑起了全书的主体。最终姜尚意图力更强,战胜了纣王的意图,导致纣王意图消解,叙事完结。故而笔者本节将对纣王、姜尚两个人物相关的事意象群进行归纳总结,梳理其意象叙事序列,分析两个人物的人生长期意图,从而对本部平话叙事结构的主干形成准确把握。

首先看纣王的意象叙事序列。笔者经过整理归纳,总结出了平话叙事寄寓和体现纣王人生长期意图的十三个事意象群。具体来看。第一,"纣王选妃",这个事意象群包括"纣王进香""纣王玉女之会""纣王得妲己"等事意象组,体现纣王寻求美色的意图。第二,"纣王搜宝",包括"纣王民间搜宝""许文素进除妖剑"等事意象组,体现纣王贪图财宝、放纵妲己的意图。第三,"纣王大兴土木",

包括"纣王修鹿台""修摘星楼、玩月台"等事意象组，体现纣王游猎赏心、宠幸妲己的意图。第四，"纣王害姬昌"，包括"姬昌进谏""纣王杀姬昌未果"等事意象组，体现纣王放纵享乐而欲以强权排除阻力的意图。第五，"纣王害皇后、逼反殷交"，包括"纣王不察妲己、费仲害皇后""纣王助妲己害奶母""纣王不察费仲、妲己害殷交"等事意象组，体现纣王六亲不认、宠溺妲己的意图。第六，"纣王残害百姓"，包括"制虿盆、炮烙""剖孕妇""敲骨髓""杀放鹰雕者"等事意象组，体现纣王杀人取乐、取悦妲己的意图。第七，"纣王杀百邑考"，包括"羑里囚姬昌""百邑考入朝救父""百邑考抚琴被杀""纣王哄骗姬昌食子""纣王放姬昌回国"等事意象组，体现纣王使用强权，借以排除自己享乐阻力的意图。第八，"纣王怠政"，包括"纣王不早朝"事意象组，体现纣王放纵享乐的意图进一步发展。第九，"纣王逼反黄飞虎"，包括"纣王杀黄飞虎妻""纣王赐黄飞虎妻肉""黄飞虎造反"等事意象组，体现纣王贪图美色、滥用强权意图的进一步强化。第十，"纣王害贤臣"，包括"比干遇害剖心""纣王放逐贤臣"等事意象组，体现纣王滥用强权意图的更高级发展。第十一，"纣王遣将战西岐"，包括"调遣离娄、师旷""起用乌文画"等事意象组，体现纣王面对外部权力威胁时维护自身权力的意图。第十二，"纣王亲征迎战姜尚"，包括"纣王派将下五寨""派遣恶来战周军""调遣崇侯虎对战姜尚"等事意象组，体现纣王维护自身权力的意图推进受阻、渐趋消解的过程。第十三，"纣王自杀未遂被处决"，包括"纣王败逃""纣王自焚未遂""纣王被杀"等事意象组，体现纣王维护自身权力意图的失败，追求享乐意图亦随之消解的结局。综合看这些事意象群体现的纣王意图，可以总结出纣王这个人物意图的三个侧面：追求享乐、宠爱妲己和维护强权，而这三个侧面实为一体多面的结构：强权是维持享乐意图的条件，宠爱妲己则是享乐意图的一个具体表现。因此，纣王的人生长期意图相对明显:依托强权追求极致的享乐,亦可以说平话中纣王这个"历史人物"的历史使命就是借助强权以纵欲享乐。在首个事意象群中,纣王这一人生长期意图已经揭露出来:

> 费仲曰:"我王出榜于朝门外,令教在世间应有室女者,尽皆来进。今为阙少正宫宫监,如有可用者,重赐富贵,加赏爵禄。如进来众中,岂无一人似玉女之容? 陛下任意选拣,取王圣意,若何?"①

费仲作为佞臣深知纣王心意,纣王也对费仲的话深以为然,借助费仲的言语,纣王的意图昭然若揭,若能"重赐富贵,加赏爵禄","岂无一人似玉女之容",纣王有王权,攫取美女等易如反掌,只要有王权,他便能放纵享乐。综合来看,与纣王相关这十三个事意象群构成一个序列,呈现纣王借助强权来放纵享乐的意图从萌生到推进、再到深化、最终被消解的全过程。

其次看姜尚的意象叙事序列。笔者整理归纳出了平话叙事体现姜尚人生长期意图的十四个事意象群。具体如下:第一,"姜尚出仕纣王"事意象群,包括"姜尚接榜捉黄飞虎""姜尚割股收羊刃"等事意象组,体现姜尚渴望出仕,辅佐君王治理天下的意图。第二,"姜尚救黄飞虎",包括"姜尚放飞虎""姜母殉难""姜尚被捉脱身""遗衣驻军计"等事意象组,体现姜尚意图的略微转向,发现纣王无道,姜尚转而产生并践行了搭救贤臣、转投明主的意图。第三,"姜尚逃入西岐归隐",包括"高逊渡姜尚""殷交劫姜尚""姜尚西行归隐"等事意象组,体现姜尚萌生投奔西伯姬昌的意图、并开始落实意图的过程。第四,"姜太公钓鱼",包括"渭水垂钓""姜尚

---

① 钟兆华:《元刊全相平话五种校注》,巴蜀书社1990年版,第4页。

放妻""姜尚点拨武吉""文王卜卦遭姜尚戏弄"等事意象组，体现姜尚吸引姬昌注意，落实投奔西伯姬昌的意图。第五，"姜太公拜相"，包括"文王梦飞熊""文王访贤""姜尚拜相"等事意象组，体现姜尚投奔西伯姬昌的意图初步实现。第六，"起兵伐纣"，包括"潼关之战""大战胡雷""杀费孟"等事意象组，体现姜尚得遇明主后，进一步践行辅佐君王治理天下意图的过程，实现此意图的第一步就是除去暴君、奸佞，姜尚因此发起伐纣战争。第七，"击败离娄、师旷"，包括"离娄、师旷阻兵破姜尚""计捉离娄、师旷""离娄、师旷现原形"等事意象组，体现姜尚伐纣受阻，因此排除阻力，向除去暴君、奸佞的目标迈进，也是为辅佐君王治理天下意图消除阻力的过程。第八，"攻占洛阳"，包括"伯夷、叔齐阻兵""洛阳六甲阵""里应外合破洛阳"等事意象组，姜尚伐纣的顺利推进，除去暴君奸佞，匡扶社稷的意图进一步落实。第九，"计败乌文画"，包括"乌文画往事""大战乌文画""计杀乌文画"等事意象组，如同第七个事意象群，伐纣再次受阻，姜尚继续落实意图，消除阻力。第十，"黄河之战"，包括"黄河破五将""药酒破三将""河上杀二将""太公祭河"等事意象组，如第八个事意象群，推进伐纣，深化匡扶社稷的意图。第十一，"对阵纣王"，包括"太公、纣王对阵下寨""殷交一阵杀三将""杀败崇侯虎""斗阵擒飞廉""方相来投""擒杀申屠豹"等事意象组，姜尚获得助力，匡扶社稷的意图顺利推进。第十二，"收黄飞虎击败纣王"，"黄飞虎助周伐纣""擒杀费仲""杀魏岁"等事意象组，姜尚获得了最为重要的助力，伐纣意图即将成功，匡扶社稷的意图得以高歌猛进式推进。第十三，"取朝歌重整朝政"，包括"定计捉纣王""捉妲己""散财杀奸佞""祭拜忠魂"，伐纣意图成功，为落实匡扶社稷的意图推出善政。第十四，"处决纣王、妲己"事意象群，包括"列纣王十罪""诛杀妲己九尾狐"等事意象组，除去暴君奸佞的意图最终落实，辅佐明主匡正天下的意图实现。比起纣王，姜尚虽然在各个具体时段的意图是多有变化的,但这些事意象群体现的人生长期意图却较为单纯,即"辅佐明主,匡扶社稷",他最初拜见纣王,日后投奔西周,最终助周灭纣等均为其人生长期意图的具体表现。如其出场时所体现的:

> 姜尚归宅辞母曰:"念儿子今有皇帝圣旨,令我收黄飞虎去。"母曰:"吾命老矣,我儿佐主不明,再佐明君有道之主。"①

借助姜尚自言,揭示其欲投帝王施展其才,又借助其母之言说明,他想要遇到的必须是明主,这样才能实现意图。姜尚相关十四个事意象群构成了一个序列,体现姜尚为实践"辅佐明主,匡扶社稷"的人生长期意图不断调整行为方向,持续推进,最终实现意图的过程。

纣王和姜尚相关的事意象群串联起两大序列,在两个人物人生长期意图推进的过程中,两个序列相互作用,《武王伐纣平话》意象叙事的结构主干便形成了,平话叙事框架成形,除了一些细节之外,大部分叙事已初成。

二、《七国春秋平话》主要人物的意象 叙事序列和人生长期意图叙写

《七国春秋平话》中以孙子、乐毅相关叙述为文本主体。二人在各自推进意图过程中出现对抗,两大意象叙事序列由此关联,构成平话叙事结构主干。最终孙子意图力更强,战胜了乐毅的意图,使之消解,叙事结束。故而笔者本节将对孙子、乐毅两个人物相关

---

① 钟兆华:《元刊全相平话五种校注》,巴蜀书社1990年版,第51页。

的事意象群进行归纳总结，梳理其意象叙事序列，分析两个人物的人生长期意图，从而对本部平话叙事结构的主干形成准确把握。

首先看孙子的意象叙事序列。平话叙事寄寓和体现孙子人生长期意图的有十三个事意象群。第一，"孙子佩七国帅印"事意象群，包括"孙膑擒庞涓""孙子斩庞涓报仇""孙子挂七国帅印"等事意象组，体现了孙膑"忠君报国"的人生长期意图，这种历史使命在此时即体现为全力辅佐齐王。第二，"孙子破燕"，包括"孙子起兵伐燕""起用袁达破燕军""收降市被破燕""醢子之救孙操""齐兵乱燕""孙子收燕国地图"等事意象组，孙子继续深化忠君报国的人生意图，全力辅佐齐王击败燕国。第三，"孙子被清漳太子陷害"，包括"清漳太子劫孙子寨""孙子救清漳太子""皇后为难孙子""清漳太子杀孙子为皇后报仇未果"等事意象组，体现孙子推进"忠君报国"意图时遭遇挫折，彰显其意图坚定的品质，即使遭到陷害也没有因此损害齐国利益，忠君报国情意深厚。第四，"孙子负气离开齐国"，包括"孙子二谏""袁达救孙子""孙子称病"等事意象组，体现孙子忠君报国意图受到阻抑，面对君王乱政，孙子没有选择助纣为虐，而是继续匡扶社稷，最终因无法取得效果而暂时中止意图。第五，"孙子救齐归隐"，包括"苏代求救孙子""孙子请田忌""苏代、孙子谋救齐""孙子败白起""孙子归隐"等事意象组，体现孙子忠君报国意图并未因中止而消解，反而时刻坚持，在齐国有难时仍然会出山助齐。第六，"孙子再下山救齐"，包括"诸公子请孙子""孙子观星""孙子求计下山""孙子反间计退乐毅"等事意象组，如第五个事意象群，体现孙子忠君报国人生长期意图的深刻持久。第七，"孙子指导田单破燕"，包括"田单求计孙子""田单火牛阵破燕""齐襄王修书请孙子"等事意象组，体现孙子暂时战胜阻力的过程，他继续深化落实忠君报国的人生长期意图，辅佐齐国君臣光复故土。第八，"孙子再出山"，包括"孙子归齐""孙子斗法乐毅""孙子戏弄石丙""孙子宽慰齐王"等事意象组,如第七个事意象群,孙子继续推进忠君报国意图,帮助齐国击退燕军。第九,"孙子乐毅缠斗",包括"孙子乐毅斗阵""孙子乐毅斗法""孙子擒假乐毅""乐毅劫寨遭困""孙子水淹燕军""孙子放乐毅"等事意象组,孙子继续推进忠君报国意图,继续扫清乐毅设置的障碍,促使齐国进一步取胜。第十,"孙子突破乐毅围困",包括"孙子阵捉乐毅""乐毅阵困孙子""乐毅再布阵"等事意象组,体现孙子在践行"忠君报国"人生长期意图时受到阻力,但很快突破的过程,在帮助齐国击退燕国时受困于乐毅,孙子很快脱困,继续推进意图。第十一,"孙子受困黄伯杨",包括"乐毅请师父助战""黄伯杨布迷魂阵""孙子出战受困"等事意象组,此处孙子推进人生长期意图的行为遭遇重大挫折,黄伯杨困住孙子,使其意图难以继续推进,暂时中止。第十二,"孙子获救破燕军",包括"鬼谷子遣七小将破阵""孙子、袁达冲阵""齐兵败燕"等事意象组,体现在外力(即鬼谷子的意图力)作用下,孙子战胜困难,忠君报国的意图力突破了障碍,孙子人生长期意图得以继续推进。第十三,"孙子助鬼谷子破燕",包括"擒白起二子""混战败燕兵""降伏黄伯杨、乐毅师徒"等事意象组,体现孙子在鬼谷子等外在力量帮助下,忠君报国意图最终实现,有了助力,其意图力最终战胜阻力,促使对象的意图消解,自身意图落实。平话中,孙子相关的事意象群体现的人生长期意图较为单一,就是以辅助齐国君王战胜外敌为表象的忠君报国意图。如孙子初见乐毅时所体现的一般:

　　毅观将星昏昧,下山佐诸国,路逢孙子。二人礼毕,孙子问曰:"先生何往?"毅曰:"贫道见燕、齐、韩、魏将星昏昧,无贤佐主。毅今下山,欲佐君王。"孙子曰:"膑初下山来魏国,魏哀王失政,宠庞涓司马,听谗。后于齐,齐威王无德,国舅所杀;

立潸王，宠国姑姨为妃后，不用良谏。今朕私离齐邦。燕不可佐。"言讫，二人各别，孙子往云梦山去了。[①]

此言揭示了孙子归隐的真实意图：齐王无道，其忠君报国的意图无法施展，故而选择离开。不辅佐魏国君主以及现在离开齐潸王皆是因为君主无道，孙子不愿背弃其报国意图，故而为此；既然出仕齐国许久，再遇昏君，也不能背叛齐国而投他国，此为忠君。"忠君报国"是孙子一直践行的历史使命，是本部平话中，孙子的人生长期意图。孙子相关十三个事意象群构成了一个序列，体现孙子为不断践行"忠君报国"的人生长期意图，最终促使其实现的过程。

再看乐毅的意象叙事序列。有十三个事意象群是与乐毅意图相关的。第一，"乐毅下山助燕"事意象群，包括"乐毅学艺""乐毅遇孙子""乐毅赴齐受挫""乐毅佐魏""乐毅入燕拜燕亚卿"等事意象组，体现乐毅学艺下山，欲投明主，遇到孙膑，自负经国治世之才，激发了与孙子一争高下的意图，再加上在齐国遇到挫折，故而转投他国，一者能发挥自己才能报国，再者也能找齐国报仇。第二，"乐毅纠集五国伐齐"，包括"乐毅挂帅、联军伐齐""长驱入齐""齐王亲征抗敌""齐燕斗阵"等事意象组，体现乐毅一展才华，顺利推进了他找齐国报仇的意图。第三，"乐毅破齐"，包括"四国退兵""乐毅败齐""燕军占领齐国"等事意象组，体现乐毅报复齐国意图力之强大，齐国迅速溃败，意图推进极为顺利。第四，"乐毅驻军齐国"，包括"乐毅留齐驻军""乐毅观星""乐毅逐齐王""乐毅搜捕齐王"等事意象组，乐毅顺利地推进了复仇齐国的意图，齐国奄奄一息，齐王四处逃窜，意图即将达成。第五，"乐毅杀齐王"，包括"乐毅勾结淖齿""淖齿捉齐王""乐毅列罪杀齐王"等事意象组，乐毅意

---

① 钟兆华：《元刊全相平话五种校注》，巴蜀书社 1990 年版，第 109—110 页。

图进一步推进,擒杀齐王,只要最后拿下齐国其余城池,复仇齐国的意图就达成了。第六,"乐毅灭齐国未遂",包括"燕军逼死王烛""乐毅征服齐国七十城""固存太子逃入即墨""乐毅观星困即墨""孙子施反间计使乐毅愤怒回燕"等事意象组,体现乐毅复仇齐国的意图由顺利推进到功败垂成的过程,乐毅攻破齐国七十城,只剩莒城和即墨,围困即墨也初有成效,结果孙子出山使用反间计,乐毅被召回国,复仇齐国意图中止,乐毅与孙子斗法的意图也被再次激发,然而目前没有推进此意图的条件。第七,"乐毅再出山",包括"骑劫回国遭罚""燕王再请乐毅""乐毅再兴师""孙子对战乐毅""孙子智激乐毅"等事意象组,体现乐毅中止的复仇齐国的意图和被激发已久的与孙子一争高下的意图又有了实现条件,他再次出兵,推进其意图,但阻力强大,他一定程度上受阻于孙子。第八,"乐毅孙子缠斗",包括"孙子乐毅斗阵""孙子乐毅斗法""孙子擒假乐毅""乐毅劫寨遭困""孙子水淹燕军""孙子放乐毅"等事意象组,体现乐毅艰难推进意图的过程,此时他的意图力与孙子的意图力处于僵持状态,二人势均力敌,且孙子还总会占到便宜,乐毅推进意图过程则阻力重重。第九,"乐毅困孙子未遂",包括"孙子阵捉乐毅""乐毅阵困孙子""乐毅再布阵"等事意象组,乐毅与孙子一争高下的意图继续艰难推进,他与孙子势均力敌。第十,"乐毅请黄伯杨助战",包括"乐毅请师父助战""黄伯杨布迷魂阵""黄伯杨困孙子""乐毅劝降"等事意象组,乐毅终于寻求外力帮助,在黄伯杨助力下,乐毅与孙子一争高下,灭亡齐国的意图终于顺利前进一大步,又即将成功。第十一,"乐毅阻止黄伯杨退兵",包括"鬼谷约见乐毅、黄伯杨""黄伯杨欲退兵""乐毅激将黄伯杨挑衅"等事意象组,体现乐毅与孙子一争高下,灭亡齐国的意图再次功败垂成,受到了来自鬼谷子强大的阻力,面对辅助力量险些消失的窘境,乐毅仍旧坚持推进,没有中止意图,而选择继续艰难推进意图。第十二，"乐毅联合白起"，包括"乐毅定计联白起""乐毅白起合兵""黄伯杨定计"等事意象组，体现乐毅进一步借助白起外力推进意图的过程。第十三，"乐毅认输退兵"事意象群，包括"齐军擒白起二子""齐军混战败燕兵""鬼谷子降服黄伯杨、乐毅师徒"等事意象组，体现乐毅与孙子一争高下，灭亡齐国的意图最终在强大的阻力面前败阵，最终消解的过程。综合看这十三个事意象群，乐毅意图集中体现为两点，一为复仇齐国，二为击败孙子。这两大意图都过于具体，实为他斗气争胜意欲的外在表现，这从其出场的表现便可推知：

> 乐毅自言，孙子自夸，会被庞涓刖足。乐毅非一日，至齐国内，前令阁门入内奏帝："阁门外有一贤士特来见帝。"宣毅礼毕，帝问："卿何来？"乐毅曰："臣闻齐国无贤，特来扶佐。"潘王曰："我托先君圣德，立齐为上国。今太平，何用征夫？ 尔退。"乐毅出朝，遥指齐君失政，可知孙子私往。若他国安身，领兵先来破齐国。①

乐毅对孙子不服，在齐国又没有得到应有待遇，故而觉得一身本领遭遇冷眼，心生怨怼，此后他在平话中的一切行为均要与孙子、齐国作对，可见斗气争胜实为平话中乐毅这一人物的人生长期意图，其相关十三个事意象群构成了一个叙事序列，体现其不断推进其斗气争胜意图而终致失败的过程。

《七国春秋平话》就是借助孙子与乐毅推进各自意图的行为串联起两大序列，它们相互作用，形成了意象叙事的结构主干，平话大部分叙事已然成形。

---

① 钟兆华：《元刊全相平话五种校注》，巴蜀书社 1990 年版，第 110 页。

三、《秦并六国平话》主要人物的意象 叙事序列和人生长期意图叙写

《秦并六国平话》有副标题"秦始皇传",可见秦始皇为本部平话的唯一"主角",平话中以秦始皇相关叙述为文本主体。秦始皇推进意图过程中遇到了大大小小的反向意图,他的意图力强大,战胜了这些阻力,初步实现意图,之后又进一步深化意图,最终意图在阻力重重的作用下消解。故而笔者本节将对秦始皇这个人物相关的事意象群进行归纳总结,梳理其意象叙事序列,分析其人生长期意图,从而对本部平话叙事结构的主干形成准确把握。

平话叙事寄寓和体现秦始皇人生长期意图的有二十二个事象群。第一,"秦始皇招降六国"事意象群,包括"秦皇计划灭六国""司马欣提议、少官请命招降六国""六国接秦始皇招降书"等事意象组,体现秦始皇确立了"扫灭六国,统一天下,建立集权"的历史使命,为了达成意图,他首先选择简单的方式,下书招降。第二,"诸国联军伐秦",包括"楚王合纵伐秦""六国出兵""比武定先锋""王翦迎敌""联军困王翦""王翦败联军""联军败秦军""秦国休养生息"等事意象组,体现秦始皇面对的阻力颇大,招降未果,引来巨大阻抑力量,其意图受挫,暂时中止。第三,"秦始皇清算吕不韦",包括"始皇贬不韦出太后""吕不韦自杀""始皇下诏灭六国"等事意象组,秦始皇在国内加强集权,将影响自己权力的因素排除,这是秦始皇扫清障碍,为推进意图做准备的过程。第四,"秦始皇灭韩",包括"王翦攻韩""王翦、冯亭鏖战""韩国求救""王翦灭韩"等事意象组,借助王翦的意图力,秦始皇顺利推进意图,迈出了统一天下的第一步。第五,"秦始皇灭赵",包括"王翦伐赵""王翦鏖战李牧""谗言杀李牧""王翦灭赵"等事意象组,如第四个事意象群,

秦始皇进一步践行意图,统一天下的意图又前进一步。第六,"荆轲刺秦王",包括"燕丹定计刺秦王""燕丹得荆轲""刺秦王准备""荆轲入秦""荆轲刺秦王未遂"等事意象组,秦始皇推进意图的行为第一次大规模受阻,秦始皇惊险地化解这次阻抑行为,对方意图消解,秦始皇得以进一步推进统一天下的意图。第七,"秦始皇伐燕",包括"王翦伐燕""秦燕鏖战""东辽助燕"等事意象组,秦始皇统一天下的意图遇到了意图力相当的反向联合意图,秦始皇减慢了推进意图的速度。第八,"秦始皇杀燕丹",包括"强迫燕王杀太子""燕国献假燕丹首级""王翦攻燕""燕丹自杀"等事意象组,秦始皇开始按部就班地推进意图,不再急于求成,先消解掉了燕丹这个阻力发出者,使意图的实现更加容易。第九,"魏楚合纵抗秦",包括"魏王决定抗秦""楚王合纵御秦""秦始皇定计伐魏、楚"等事意象组,与秦始皇意图冲突的力量实现联合,秦始皇推进意图的阻力增强。第十,"秦始皇灭魏",包括"王贲伐魏""秦魏鏖战""王贲灭魏"等事意象组,面对强大的阻力,秦始皇选择正面对抗,顺利战胜了部分阻力,推进了意图。第十一,"秦始皇伐楚失利",包括"定计伐楚,李信代王翦""项梁迎敌""李信战项梁""项梁败李信""李信求援请罪"等事意象组,秦始皇意图受阻,叙事出现波折。第十二,"秦始皇灭楚",包括"王翦索财出征""王翦鏖战项梁""项梁突围求救""蒙恬破楚、血洗楚宫""王翦灭楚"等事意象组,体现秦始皇寻求更强大助力,利用王翦的意图力,战胜阻力,进一步推进灭六国意图。第十三,"秦始皇灭燕",包括"王贲伐燕""燕王奔辽东""王贲双战辽东""击败辽东兵""燕王自杀"等事意象组,秦始皇进一步推进灭六国意图。第十四,"秦始皇灭齐称帝",包括"秦始皇命王贲伐齐""秦齐鏖战""齐国投降""秦始皇称帝"等事意象组,秦始皇扫除最后一国,灭六国的意图达成。第十五,"高渐离刺秦王",包括"庸保击筑""秦始皇收留高渐离""高渐离刺秦被杀",扫灭六国的意图实现,但集权还有欠缺,秦始皇继续推进建立集权的意图,受到了第一次阻抑作用,秦始皇消灭阻力,继续推进意图。第十六,"秦始皇得李斯",包括"李斯上《谏逐客书》""李斯助秦始皇定郡县等大一统政策""李斯收兵器铸金人"等事意象,体现秦始皇得到李斯助力,顺利推进"实现大一统,建立集权"的意图。第十七,"秦始皇东游",包括"秦始皇东行""秦始皇立石峄山""秦始皇封五大夫松""秦始皇成功封禅泰山"等事意象组,体现秦始皇继续推进意图,企图建立至高无上的集权的过程。第十八,"秦始皇寻仙",包括"秦始皇得建议寻仙药""徐甲劝始皇帝赴湘山祠""徐福东渡""始皇遇仙""山鬼献白璧"等事意象组,秦始皇进一步深化建立至高无上的集权的意图,且发展到追求长生的程度。第十九,"秦始皇遇刺回京",包括"张良刺杀秦始皇""秦始皇回京"等事意象组,体现秦始皇集权遭遇巨大反向力量冲击,意图暂时受到阻抑。第二十,"北伐匈奴",包括"秦始皇再东游""卢生得谶语""北伐匈奴筑长城"等事意象组,体现秦始皇意图巩固统一集权的现状,扫除潜在威胁的努力,这是对实现集权意图的进一步行动。第二十一,"秦始皇施暴政",包括"秦始皇焚书""秦始皇建阿房宫""秦始皇坑儒""扶苏进谏遭贬"等事意象组,体现秦始皇建立集权的意图发展到极致,造成了巨大影响,引来了强大的反向意图力的阻抑。第二十二,"秦始皇之死",包括"秦始皇再出游""出巡歌功颂德""秦始皇传命扶苏未果""赵高立胡亥"等事意象组,体现秦始皇深化意图,不断加强集权,成为滥用强权、实施暴政之人,最终其意图瞬间消解。《秦并六国平话》中的秦始皇人生长期意图比较明显,即"统一天下,建立集权":

　　话说秦六年,始皇帝登殿集大臣。文武至殿下,分两班,山呼万岁毕,始皇向君臣道:"寡人登极之后,今已六年,有那

齐、燕、魏、赵、韩、楚六国，未肯伏。我欲削平六国，使天下为
一统。卿等有何计策？"①

秦始皇自始至终都在不断深化这个意图，当六国平灭后，他便进一
步在文化、政治领域建立集权，扫灭一切隐患，促使其权力欲渐趋
失控，最终因此崩溃消解。因此，平话中与秦始皇相关的二十二个
事意象群构成了一个序列，体现秦始皇践行"统一天下，建立集权"
的人生长期意图（历史使命），使其初步实现却最终消解的过程。
这一序列建构完成，平话大部分故事已经叙述出来，这个序列便是
平话叙事的主干，本部平话的副标题"秦始皇传"可谓贴切。

四、《前汉书平话》主要人物的意象叙事 序列和人生长期意图叙写

　　与《秦并六国平话》类似，《前汉书平话》亦有副标题"吕后斩韩
信"，吕后、韩信似为此书的"主角"。具体看平话内容，关于韩信的
内容不多，关于吕后的内容则是最多的，吕后是本书的主要人物。
与秦始皇类似，吕后最初也能战胜阻力，但后来反向意图力渐趋
强大，吕后意图力落于下风，最终消解。笔者本节将对吕后这个
人物相关的事意象群进行归纳总结，梳理其意象叙事序列，具体
分析其人生长期意图，从而对本部平话叙事结构的主干形成准
确把握。
　　平话叙事寄寓和体现吕后人生长期意图的有十五个事意象
群。第一，"吕后、刘邦密谋除韩信"事意象群，包括"吕后领命杀韩
信""刘邦出征嘱咐吕后"等事意象组，刘邦疑心韩信，有杀韩信的

---

①　钟兆华：《元刊全相平话五种校注》，巴蜀书社 1990 年版，第 178 页。

意图,吕后察觉了这一点,萌生了帮助刘邦杀韩信、为自己专权扫平障碍的意图。第二,"吕后杀韩信",包括"吕后逼迫萧何献计""萧何骗韩信""吕后擒杀韩信"等事意象组,体现吕后推进意图,借助萧何力量,成功实现杀韩信的意图,同时也给自己招致了许多反向意图,为日后这些意图阻抑她意图实现埋下伏笔。第三,"韩信旧将报仇",包括"韩信旧将谋反""逼反蒯通""逼杀假吕后""六将自刎"等事意象组,体现吕后遭到了反向意图力的阻抑并历经波折、排除阻力的过程。第四,"吕后谗言杀彭越",包括"吕后向刘邦进彭越谗言""吕后醢彭越""陆贾预测吕后乱汉""栾布收葬彭越"等事意象组,体现吕后进一步推进专权意图,扫灭第二个巨大障碍——彭越,也进一步招致许多反向意图力。第五,"吕后谗言逼反英布",包括"吕后建议召英布""英布呕肉""英布造反、箭射高祖"等事意象组,如第四个事意象群,吕后进一步推进意图。第六,"戚夫人、高祖密谋易储未果",包括"戚夫人劝高祖易储""商山四皓助刘盈""刘如意封赵王""惠帝即位"等事意象组,体现吕后专权意图遭到阻抑,借助外力将其排除,最后得以继续推进的过程。第七,"吕后杀刘肥未果",包括"吕后图谋杀刘肥""刘肥进京""刘盈破坏吕后图谋""刘肥归国"等事意象组,体现吕后扫除专权障碍未果,推进专权意图受到阻抑,暂时稍作转向的过程。第八,"吕后杀刘长未果",包括"刘长入京坐龙床""吕后宴请刘长""刘长杀审存""刘长遇赦""太后截杀刘长失败"等事意象组,如第七个事意象群,吕后意图再遭阻抑,暂时又稍作方向上的调整。第九,"吕后虐杀戚夫人、赵王",包括"吕后虐待戚夫人""戚夫人怨言""吕后除周昌""吕后骗赵王进京""刘盈救赵王""吕后毒杀赵王""吕后残杀戚夫人"等事意象组,揭示吕后为推进专权意图,扫除目前最大障碍——戚夫人、赵王母子的行动,吕后虽遭刘盈阻抑,但还是排除困难,推进了意图。第十,"吕后夺权",包括"刘盈收葬戚夫人、赵王""刘盈愤懑而死""立假太子即位""吕后杀常山王"等事意象组，吕后在刘盈去世后，失去了重要阻力，顺利推进意图，初步实现了集权的意图。第十一，"吕后杀刘友"，包括"吕后命令十王娶吕氏女""刘友藏妃""吕后囚杀刘友"等事意象组，吕后进一步巩固权力，确保集权意图完全实现，此时遇到刘友对其强权表现出阳奉阴违的态度，为防微杜渐，吕后清除了这个潜在的阻抑力量。第十二，"吕后封诸吕为王"，包括"田子春设计使吕后封吕氏三王""吕后、王陵争辩吕氏封王事""陈平妥协""吕后封三王"等事意象组，吕后为集权，进一步推进意图，封吕姓亲属为王。第十三，"吕后中计给刘泽兵权"，包括"田子春设计使吕后增封刘氏三王军权""吕后问计陈平""刘泽得兵"等事意象组，体现吕后集权意图遇到阻力，其意图力被初步削弱的过程。第十四，"吕后威逼群臣"，包括"吕后问罪张石庆""吕后迎战刘泽""吕后设宴逼迫群臣""杀吕超""吕后推卸罪责"等事意象组，体现面对阻力，吕后维护意图，与阻力对抗失败，意图濒临消解的处境。第十五，"吕后遇妖异归天"，包括"韩信墓出大蛇""地现肉块骂吕后""吕后祭拜河神""韩信魂射吕后""吕后夜梦鹰犬后归天"等事意象组，体现众多反对力量同时发难，面对强大的反向意图力，吕后最终不敌，随着其去世，意图消解。平话中，吕后的意图也相对简单，从最开始帮助刘邦杀功臣，到后来的杀诸王，均是为了夺取汉朝最高统治权而进行的，可以说平话中"专权"是吕后伴随一生的历史使命，是其人生长期意图。借助吕后临死时的怪梦，平话揭露了她的意图：

　　高祖举手而骂："贱人，您姊妹二人信谗言，损害忠良，所谋俺刘氏江山，封吕氏为王，皆是贱婢。"骂讫数句，韩信道："我王免怒。"信张弓兜箭，拽满射中，鬼箭正中吕后左乳上当。吕后倒于河边死讫。有诗为证：

一心谋取刘天下　岂拟时衰祸患来①

谋夺刘氏江山,即是说吕后窃取皇权。以上十五个事意象群共同体现吕后"专权"的人生长期意图推进、初步实现并最终消解的过程,构成了一个序列。随着吕后的死,平话叙事很快收束,这个序列占据了平话叙事的主干。

五、《三国志平话》主要人物的意象叙事 序列和人生长期意图叙写

《三国志平话》主要内容可分为两大部分,前以刘备相关事件叙述为主,刘备死后,便集中叙述诸葛亮相关的历史事件,刘备和诸葛亮为此书的两大"主角"。刘备、诸葛亮意图同向,二人前后相继,推进意图,二人的意图在生前皆未实现,最后平话叙事完结处,安排了一个相对次要的人物刘渊延续了二人的意图推进过程,最终促成其实现。笔者本节将对刘备、诸葛亮两个人物相关的事意象群进行归纳总结,梳理其意象叙事序列,具体分析其人生长期意图,从而对本部平话叙事结构的主干形成准确把握。

首先看刘备的意象叙事序列。平话与刘备相关的体现人物人生长期意图的事意象群有二十二个。第一,"桃园结义"事意象群,包括"刘备立志求学""刘备织席贩履,结交关、张""桃园结义"等事意象组,体现刘备少年有志报国,遇到意图同向的关羽、张飞,故而结交并引为帮手。第二,"刘备起兵",包括"刘备投军""刘备兴兵保境安民""刘备演武""刘备投皇甫嵩任先锋"等事意象组,体现刘备开启行动,践行其报国兴汉的意图。第三,"大战杏林庄",包括

---

①　钟兆华:《元刊全相平话五种校注》,巴蜀书社1990年版,第357页。

"议取杏林庄""张飞独战杏林庄""刘备兵占杏林庄""刘备攻兖州""击破张表"等事意象组，体现刘备推进"报国兴汉"的意图初有进展。第四，"大破张角"，包括"议取广宁郡""击破张角""皇甫嵩庆功宴奏捷"等事意象组，体现刘备推进"报国兴汉"意图初期的顺境。第五，"鞭督邮落草"，包括"十常侍索贿刘备""董国舅助刘备获封安喜县尉""杀定州太守""刘关张鞭死督邮落草太行山""朝廷杀十常侍招安刘备为平原县丞"等事意象组，顺境过后便是阻力，十常侍是刘备推进意图过程中最先出现的阻力，刘备意图力相对强大，虽然遇到波折，但能排除阻力，继续推进。第六，"刘备兴兵讨董"，包括"曹操过平原邀刘备讨董""刘备出兵遭冷遇""三英战吕布"等事意象组，体现刘备遇到的第二个阻力——董卓，刘备亦初步化解了这个阻力。第七，"刘备、吕布夺徐州"，包括"三让徐州""吕布投刘备""吕布图徐州""袁术讨伐徐州""吕布夺徐州""吕布辕门射戟"等事意象组，体现刘备遇到了来自吕布的阻力，这次对方意图力较强大，刘备意图稍受阻抑。第八，"刘备助曹操灭吕布"，包括"刘备劫吕布财宝""借兵曹操""曹公发兵战吕布""曹操偷袭徐州""吕布困守下邳""下邳城破擒吕布""刘备建议曹操杀吕布"等事意象组，体现刘备面对巨大的反向意图力，借助外力将其消解，扫除阻碍的过程。第九，"刘备反曹"，包括"刘备观衣带诏""煮酒论英雄""刘备夺徐州""曹操夺回徐州"等事意象组，此时给予助力的曹操成为阻碍刘备实现意图的存在，刘备开始与曹操进行意图力的对抗，没能成功，受到阻抑的刘备，意图推进方向稍作调整。第十，"刘备助袁绍"，包括"刘备投袁谭""赵云劝刘备投袁绍""袁绍收留刘备""刘备助袁绍攻击曹操""遭猜忌脱离袁绍"等事意象组，体现刘备稍作调整，转而寻求更强大的意图力帮助，借助袁绍力量对抗曹操的意图力，未能成功，袁绍的意图力又转向与之对立，刘备又受到阻抑而调整意图方向，转而向南去投刘表。第十一,"古城会",包括"巩固劫道逢刘备""张飞战赵云""刘备张飞再会""关张大战""斩蔡阳兄弟释疑""古城重聚"等事意象组,表现刘备重整旗鼓、继续推进其"报国兴汉"意图的情况。第十二,"刘备守新野",包括"刘备领新野太守""跃马檀溪""刘备得徐庶""曹操伐新野""徐庶定计败曹仁"等事意象组,体现刘备积蓄力量,获得徐庶助力,避免了来自蔡瑁等人的反向意图力阻抑,在与来自曹操的反向意图力较量时稍占上风,意图得以推进。第十三,"三顾茅庐",包括"徐庶荐贤""一顾茅庐""二顾茅庐""三顾茅庐""诸葛初用兵,智败夏侯惇"等事意象组,揭示刘备推进意图过程中获得了最重要的助力——诸葛亮的意图,意图推进速度加快。第十四,"携民渡江",包括"曹操发兵""刘备南逃""刘备祭拜刘表""携民行军""张飞据桥""赵云单骑救主"等事意象组,体现刘备在顺境中骤然遭遇来自曹操的强大反向意图力阻抑,不得不一定程度上调整方向,意图推进出现波折。第十五,"联吴抗曹",包括"刘备遇鲁肃""舌战群儒""智激周瑜"等事意象组,体现刘备再次遇到意图暂时同向的力量——孙权,与孙权联合以抵抗曹操,借助外力对抗阻抑力量。第十六,"周瑜杀刘备未果",包括"周瑜定计设宴擒刘备""刘备赴宴黄鹤楼""糜竺传纸条""刘备脱逃"等事意象组,又一个阻力出现,刘备凭借自己的意图力和糜竺助力,避免了周瑜意图力的阻抑作用。第十七,"三气周瑜",包括"张飞气周瑜""刘琦气周瑜""周瑜复起夺荆州""刘备封荆王""刘备抵御魏军""周瑜计骗入荆州未果""周瑜设美人计""刘备感化孙夫人""刘备入吴""刘备感化太夫人""孙夫人喝退吴兵""诸葛亮识破假途灭虢之计"等事意象组,体现刘备借助诸葛亮计谋,二人意图合力促使反向意图力消解,排除了实现意图过程中的一大障碍——周瑜。第十八,"刘备下荆南四郡得庞统",包括"庞统过江""庞统遭冷遇、煽动四郡造反""赵云拒婚杀赵范""张飞将计就计杀蒋雄""韩国忠阻击刘备"

"诸葛下书庞统""庞统投诚献武陵""关羽战黄忠""定计杀金族""黄忠降汉"等事意象组,体现刘备推进意图进入顺境,又促使庞统的意图发生转向,使阻力转化为助力。第十九,"刘备图西川",包括"张松劝刘备入川""刘备邀战曹军""刘备入川""刘璋、刘备符江会""刘备起兵图川""庞统遭射杀""糜竺搬兵"等事意象组,体现刘备为推进"报国兴汉"的意图,为自己积蓄力量,这是人物意图力增强的过程,这一过程颇具波折,失去了张松、庞统等人的助力,意图暂时受阻。第二十,"刘备得益州",包括"诸葛入川""收张益""杀刘珍祭庞统""张飞取汉州""张益取绵州""庞统托梦杀张任""夺取金口关""刘备得益州""收马超五虎封将"等事意象组,体现刘备得诸葛亮助力,顺利排除来自刘璋的阻力,推进意图。第二十一,"刘备取汉中",包括"夜败曹操""复夺阳平关""定军山黄忠斩夏侯渊""张飞捉于昶""诸葛亮下书曹操""曹操败归长安""刘备进位汉中王"等事意象组,体现刘备再次遇到最强大的阻力曹操,这次刘备意图力已经增强,刘备凭借强大的意图力并且有诸葛亮助力,这次战胜了曹操,顺利地推进了意图。第二十二,"刘备称帝、伐吴托孤"事意象群,包括"刘备即位""刘备兴兵伐吴""张飞遇害""刘备兵败夷陵""白帝城托孤"等事意象组,体现之前给予助力的孙权一方的意图发生转向,此时成为施加阻力的一方,刘备的意图因此受到阻抑,他也因此身死,意图没能实现。如《三国志平话》刘备出场时所说:

> 有德公见汉朝危如累卵,盗贼蜂起,黎庶荒荒,叹曰:"大丈夫生于世,当如此乎!"时时共议,欲救黎民于涂炭之中,解天子倒悬之急;见奸臣窃命,贼子弄权,常有不平之心。
>
> 　不争龙虎兴仁义　　贼子谗臣睡里惊①

———————————

① 钟兆华:《元刊全相平话五种校注》,巴蜀书社 1990 年版,第 379 页。

刘备甫一出场便说出了自己的历史使命："欲救黎民于涂炭之中，解天子倒悬之急"，救黎民是对国家忠诚，扶助天子是对汉朝忠诚，故而"报国兴汉"为其一直不变的人生长期意图。以上二十二个事意象群体现了刘备屡败屡战，坚持不懈地推进"报国兴汉"意图的过程，这个过程几经波折，最终功败垂成，未能实现。

其次看诸葛亮的意象叙事序列。共有十七个事意象群体现诸葛亮的人生长期意图。具体如下。第一，"诸葛出山"事意象群，包括"一顾茅庐""二顾茅庐""三顾茅庐""诸葛初用兵，智败夏侯惇"等事意象组，体现诸葛亮意图的萌生，刘备屈尊求贤，促使诸葛亮产生了报达刘备知遇之恩、助其报国兴汉的意图，因此出山。第二，"联吴抗曹"，包括"舌战群儒""智激周瑜"等事意象组，体现诸葛亮推进报刘备知遇之恩、助其创业的意图，促成了孙刘联盟。第三，"诸葛祭风"，包括"定火攻计""诸葛献计祭风""黄盖发兵""诸葛借东风""火烧赤壁""华容道放曹操"等事意象组，诸葛亮凭借聪明才智，顺利推进意图，一定程度上削弱了来自曹操的反向意图力阻抑作用，同时也抵御了另一个阻抑力量——来自周瑜的阻力。第四，"诸葛理政"，包括"诸葛诡言斩张飞""诸葛助刘备脱逃"等事意象组，诸葛亮进一步推进意图，辅助刘备脱困。第五，"三气周瑜"，包括"张飞气周瑜""刘琦气周瑜""周瑜复起夺荆州""刘备封荆王""刘备抵御魏军""周瑜计骗入荆州未果""周瑜设美人计""刘备感化孙夫人""刘备入吴""刘备感化太夫人""孙夫人喝退吴兵""诸葛亮识破假途灭虢之计"等事意象组，诸葛亮帮助刘备扫除一大阻抑力量——周瑜，进一步推进其报恩刘备、兴复汉室的意图。第六，"下荆南四郡得庞统"，包括"庞统过江""庞统遭冷遇煽动四郡造反""赵云拒婚杀赵范""张飞将计就计杀蒋雄""韩国忠阻击刘备""诸葛下书庞统""庞统投诚献武陵""关羽战黄忠""定计杀金族""黄忠降汉"等事意象组，体现诸葛亮顺利推进意图，帮助刘备进入创业顺境。第七，"诸葛入川"，包括"诸葛奉命入川""据江夺阿斗""夺取金口关""刘备得益州""收马超五虎封将"等事意象组，体现诸葛亮顺利推进意图，帮助刘备夺取益州，进一步接近报国兴汉的目标。第八，"诸葛击败吴军偷袭"，包括"鲁肃、吕蒙偷袭荆州被击败""诸葛亮击败孙亮""诸葛亮班师入川"等事意象组，孙权与刘备的意图此时已经有了对抗趋势，诸葛亮帮助刘备化解了来自孙权的阻抑，顺利推进了意图。第九，"汉中之战"，包括"夜败曹操""复夺阳平关""定军山黄忠斩夏侯渊""张飞捉于昶""诸葛亮下书曹操""曹操败归长安""刘备进位汉中王"等事意象组，体现诸葛亮帮助刘备暂时排除了来自曹操的巨大阻抑力量，顺利地推进了报恩和报国的意图。第十，"刘备托孤"，包括"刘备即位""刘备兴兵伐吴""张飞遇害""刘备兵败夷陵""白帝城托孤"等事意象组，体现刘备意图遭受巨大阻抑力量，因此受挫而死，诸葛亮面对这个波折采取了继续推进自己报恩刘备的意图，继承刘备的意志，继续为兴复汉室而努力。第十一，"七擒孟获"，包括"刘禅即位""诸葛亮八卦阵退吴兵""诸葛亮南征""杀雍闿""收吕凯""杀王平，逐吕凯，捉杜旗""抚琴冷江""一擒孟获""二擒孟获""三擒孟获""四擒孟获""五擒孟获""六擒孟获""诸葛亮造风轮""孟获降汉"等事意象组，体现诸葛亮遇到的一大阻力，来自南方孟获的意图力，诸葛亮化解了这一阻力，顺利推进意图。第十二，"一出祁山计除孟达"，包括"孟达图川""诸葛亮说反孟达""孟达中计身死"等事意象组，表现诸葛亮继续推进意图，面对来自孟达的阻抑，诸葛亮顺利扫除。第十三，"二出祁山收姜维"，包括"诸葛亮造木牛流马""关平战姜维""智取姜维""授计姜维夺街亭""诸葛亮擒杀黄皓"等事意象组，诸葛亮推进意图时遇到又一个阻抑，但他巧妙地将阻抑力量化为助力，收降姜维，成为其重要助手。第十四，"三出祁山"，包括"诸葛诈败战司马""司马懿战败设计""刘禅中计召回诸葛"等事意象组,体现诸葛亮推进意图时遇到了最大的阻抑力量——来自司马懿的对抗,诸葛亮与之对抗取得上风,但对方借助其他助力,暂时阻抑了诸葛亮的意图,叙事出现波折。第十五,"四出祁山斩马谡、杀张郃",包括"马谡失街亭""诸葛亮送司马懿妇人衣服""斩张郃、复夺街亭""诸葛亮回成都"等事意象组,体现诸葛亮再次推进意图而遭到司马懿阻抑,但他一定程度上化解了这个阻力,自己推进意图的进程也受到影响,进度放缓。第十六,"五出祁山",包括"司马懿仿造木牛流马""诸葛回成都造铁锁渠塘""诸葛亮染病别夫人"等事意象组,体现诸葛亮进一步排除来自司马懿阻力的努力,一定程度上推进了意图,但自己身体出了问题,意图推进节奏放缓。第十七,"诸葛亮之死"事意象群,包括"诸葛亮六出祁山""击败司马懿""五丈原遇黄婆""魏延夺印""诸葛亮令姜维继承遗志""诸葛禳星""斩魏延""死诸葛能走活仲达""武侯归灵""诸葛亮魂摄司马懿"等事意象组,体现诸葛亮因身体原因而意图未能实现,在这个事意象群中诸葛亮进一步削弱了司马懿的意图力,并且将刘备和自己的意志进行了传承,尝试以禳星续命的方式增强自己的意图力而未果,最终没能实现意图,但没有让刘备和自己的意图就此消解,而是留下了有效传承,为日后刘渊实现这一意图打好了基础。纵观这十七个事意象群,诸葛亮有两大意图伴随终身,即辅助刘备和兴复汉室,这两大意图又有着内在关联,因为得刘备知遇之恩,故而终身相报,诸葛亮便将刘备报国兴汉的人生长期意图当成了自己的意图,也可以说,兴复汉室的意图实为诸葛亮报恩刘备的一种具体表现。这十七个事意象群因此可归纳出诸葛亮的人生长期意图:报刘备知遇之恩,助刘备兴复汉室,或者更为精练地概括为"忠君报国"。如平话中所言:

老臣自出茅庐四十余年，与陛下征吴灭魏，使臣寸心万段。①

陛下效学尧、舜、禹、汤，莫学桀纣之辈。倘失天下，万代骂名。②

诸葛亮的意象叙事序列即体现他一生以"忠君报国"为历史使命，不懈推进，终因身体原因未果，却使意图得以延续的过程。刘备、诸葛亮的意图能够产生衔接，由刘备开始，诸葛亮接续，两个意象叙事序列合在一起便构成了《三国志平话》意象叙事的结构主干。

五部平话的意象叙事结构相对简约，主要人物的序列建构好后，叙事结构已完成了绝大部分。主要人物人生意图推进过程或相互对抗，或相互衔接，他们推进意图的全过程囊括了平话大部分内容，而其余人物的序列则一般较短。意象叙事结构如一棵树，主要人物的意象叙事序列构成了大树主干，其余序列则是旁枝，占的比重较小，且主要体现细节。主干的确立将平话结构搭建起来，较短的旁枝序列与主干序列产生关系，平话意象叙事随之鲜活起来。

第二节　"全相平话五种"中重要人物意图与意象叙事结构的枝干

除主要人物之外，能总结出相对明确和全面的人生长期意图发展序列者为重要人物。"全相平话五种"中的重要人物具有明确的历史使命，有的也具备明确的发展过程，能总结出具备一定长度的人生长期意图发展过程。与主要人物相比，这些人物的意象叙

---

① 钟兆华：《元刊全相平话五种校注》，巴蜀书社1990年版，第481页。

② 钟兆华：《元刊全相平话五种校注》，巴蜀书社1990年版，第482页。

事序列较短,详细和完整程度相差很多,故而笔者将他们列为重要人物。这些人物的人生长期意图对主要人物人生长期意图能产生重要作用,其意象叙事序列是与主要人物意象叙事序列产生关联的最重要因素。这些人物序列足以大幅度地影响叙事走向,是与主要人物意象叙事序列交叉最频繁、关联最密切的因素。他们围绕着主要人物的意象叙事序列,犹如树木一般,形成了意象叙事的最粗壮的"枝干",是叙事主体结构不可或缺的元素。下面笔者便详细分析这些人物及其意象叙事序列。

一、《武王伐纣平话》重要人物意图叙写

《武王伐纣平话》中除去纣王、姜尚之外,人生长期意图明确且意图由生成、发展到结果的过程具有足够长度者很少,主要有妲己和姬昌、姬发父子。笔者便将这三个人物的意象叙事序列总结如下:

人物	事意象群	事意象组
妲己	九尾狐替身妲己惑纣王	纣王选妃、苏护献女、九尾狐替身妲己、妲己唆使纣王毁玉女庙
	妲己遭遇除妖剑	纣王搜宝、许文素进宝除妖、妲己诓骗纣王送剑
	妲己唆使纣王大兴土木	妲己唆使纣王建楼台、姬昌进谏、纣王造酒池肉林和虿盆炮烙
	妲己害姬昌	妲己、费仲进谗害姬昌
	妲己害皇后、殷交	妲己和费仲害皇后、妲己害奶母、殷交报仇、费仲和妲己害殷交
	妲己撺掇纣王造血案	纣王剖孕妇、纣王敲骨髓、妲己谗言令纣王杀放鹰雕者、粮食化尘

人物	事意象群	事意象组
妲己	妲己害比干	比干除妖、比干进谏、比干再谏、比干妖狐往事、比干剖心、纣王远贤亲奸佞
	妲己之死	殷交捉妲己、杀妲己九尾狐现形
姬昌	姬昌进谏	八伯进朝歌、姬昌卜卦、姬昌得雷震子、姬昌谏止修楼台
	姬昌再谏遭害	姬昌再谏、纣王杀姬昌未果、姜桓楚救姬昌、姬昌占课、费仲进谗害姬昌
	姬昌囚羑里	姬昌辞母入朝、姬昌进谏、姬昌囚羑里、姬昌得两手托天之梦
	姬昌食子	姬昌食子、姬昌回国、殷交救姬昌脱逃、殷周大战、姬昌西岐施仁政
	姬昌遇子牙	姜尚渭水垂钓、姜尚点拨武吉、文王卜卦遭姜尚戏弄
	姬昌访贤	姬昌梦飞熊、姬昌渭水访贤、姜尚拜相
姬发	姬发拜将姜太公	姬发即位、筑坛拜将、潼关之战、劝降姜显、大战胡雷、殷交归周、杀费孟
	取朝歌重整朝政	姬发合诸侯、雷震子助阵、擒纣王、殷交捉妲己、散财杀奸佞、祭拜忠魂
	处决纣王、妲己	列十罪杀纣王、诛妲己

从表中可知，妲己和姬昌父子相关事意象群数量虽远少于纣王、姜尚，但也有足够长度，形成了较短的叙事序列。

首先看妲己。妲己的叙事序列体现出九尾狐从占据妲己躯壳开始到其被杀的全部历程，能揭示出其相对完整的生命历程。从妲己出场时的事意象来看，其人生长期意图得以一定程度体现：

　　　王甚宠爱妲己。置酒宴乐之次，妲己忽见王系绶带一条，

> 甚好,妲己问王曰:"我王何处得此带?好温润可爱!"王含笑而言曰:"玉女所与寡人。"又具语前共玉女同晤,得此带与朕为信约。妲己闻言,心生妒害:"臣启陛下,今教毁了玉女之神,火烧了庙宇。恐大王久思玉女之貌着邪,误大王之命。此庙无用。"①

从中可见,以九尾狐为原形的妲己具有放纵个人欲望、追逐个人享乐的特点。具体看她的叙事序列,她魅惑纣王、唆使纣王大兴土木并制造血案是为了满足个人享乐欲望,而她害姬昌、殷交和比干,杀放鹰雕者是因为这些人威胁到了她的生命,妨碍了她享乐的意图推进。因此,妲己的人生长期意图就是追求享乐,关于这个人物的意象叙事序列呈现出如下过程:妲己获得了机遇,借以开启她追求享乐的意图,之后巧妙排除阻力,进一步推进享乐意图,以消灭对方生命为手段扫除阻抑力量,最终因反向意图力的强大阻抑作用而意图消解,自己也失去了性命。由表中可见,这个序列里的事意象群多关涉其他人物,可知妲己的序列与主要人物纣王的序列相关性较强,与另一人物姜尚的序列亦有关联,与其余重要人物姬昌等亦相关,还与一些次要的人物如比干、殷交、费仲等产生关联。

再看姬昌、姬发父子。姬昌由出场进谏纣王再到归国施行仁政善终,始终体现出以社稷为重的人物特征。从其辞母入朝歌的事意象中可以看出其最为核心且秉持终生的意图:

> 西伯侯告众臣曰:"吾今东去朝歌见帝去也。吾闻纣王不设朝政,宠着妲己之言,自乱天下。吾若到朝歌,入内亦因命

① 钟兆华:《元刊全相平话五种校注》,巴蜀书社 1990 年版,第 5 页。

必谏。我有七年囚阻，众文武不得来见我，若来见我者，吾身
必与您惹大灾临身。吾身灾退时，方可归国，那时破无道之
君。众文武并吾子皆听吾言者。"①

姬昌起初进谏，到最后选择反商，均因纣王成了"不设朝政"的无道
昏君。换言之，姬昌追求的是统治者"有道"，若君主纳谏，便引导
君主实行王道，若君主不听，则"破无道之君"，自己为王，实行王
道。可见姬昌的人生长期意图即是"推行王道"，其意象叙事序列
即反映姬昌践行自己历史使命、不断推行王道的过程。他先走谏
言纣王的路线，推进意图受阻，因此中止意图，叙事出现波折；他选
择以隐忍的方式化解来自纣王和妲己等人的强大阻抑力量，微调
意图推进的方向。之后为自己引入最重要的助力——姜尚，继续
推进意图，在部分实现（在西岐国内实行王道）后因生命消亡而意
图中止。姬发则作为继承姬昌历史使命的人物出现，在其死后完
全接受了姬昌"传承"的人生长期意图，最终借助姜尚的助力，使反
方向的力量消解，实现了父子两代人的人生长期意图。姬昌、姬发
父子虽为二人，但其意象叙事序列可以前后接续成一个序列，体现
"实行王道"的长期意图突破万难最终实现的过程。姬昌、姬发的
序列中，事意象群组中姜尚等人物多次出现，可见姬昌父子的序列
分布在姜尚意象叙事序列周围，与之关联最为紧密，与纣王、妲己、
费仲、黄飞虎、殷交等人物相关序列亦频繁交互。

　　除这些重要人物外，还有一些人物如殷交、黄飞虎、费仲、恶
来、比干、百邑考等人物在平话中出场次数较多，他们的意图较为
简单，关涉的事意象群较少，很难形成长度可观的意象叙事序列。
纣王、姜尚序列是平话意象叙事主干，妲己、姬昌父子便是最粗壮

---

① 　钟兆华：《元刊全相平话五种校注》，巴蜀书社 1990 年版，第 42 页。

的枝干,而殷交等人物则是更细的旁枝。人物的意图或简单,或复杂,有的人物只有实时或者相对短时间内的具体意图,有的则有长期意图。以"线"作为喻体,这些人物意图或长,或短,或曲,或直,他们共存于平话意象叙事的框架中,相互交织,便能逐步使平话形成完整结构。

二、《七国春秋平话》重要人物意图叙写

《七国春秋平话》中除主要人物孙子和乐毅之外,其余人物意图都相对具体,其中意图由生成、发展到结果的过程具有足够长度者主要为鬼谷子和黄伯杨。笔者便将这两个人物的意象叙事序列总结如下:

人物	事意象群	事意象组
鬼谷子	鬼谷子下山	王傲请鬼谷子、苏代请鬼谷子、鬼谷收独孤角、鬼谷子教独孤角败燕军、鬼谷子到齐国
	鬼谷子怒战黄伯杨	鬼谷子约见乐毅和黄伯杨、乐毅阻止黄伯杨退兵、鬼谷子震慑黄伯杨、黄伯杨挑衅、鬼谷子见齐王
	鬼谷子收伏毕昌	鬼谷子擒毕昌、朱亥乞救毕昌、张奢斗朱亥、收伏毕昌
	鬼谷子扫清敌方援军	鬼谷子败楚太子、独孤角擒项燕、鬼谷子捉楚将
	鬼谷子破阵败燕	鬼谷子布阵、廉颇助阵、诸国小合兵、七小将破阵、齐兵败燕
	鬼谷子击败黄伯杨	鬼谷子起意捉白起、鬼谷子阵法难伯杨、擒白起二子、混战败燕兵、乐毅认输、鬼谷子弥兵

人物	事意象群	事意象组
黄伯杨	黄伯杨下山助乐毅	乐毅请师父助战、黄伯杨布迷魂阵、黄伯杨困孙子、乐毅劝降
	黄伯杨拒绝劝和	王傲劝和、萧古达和张左君破阵未果、王傲请鬼谷子、苏代请鬼谷子、鬼谷收独孤角、鬼谷子教独孤角败燕军、鬼谷子到齐国
	黄伯杨挑衅鬼谷子	鬼谷子约见乐毅和黄伯杨、乐毅阻止黄伯杨退兵、鬼谷子震慑黄伯杨、黄伯杨挑衅、鬼谷子见齐王
	黄伯杨战张晃	张晃来齐、张晃斗黄伯杨、李虎等助战
	鬼谷子破阵败燕	鬼谷子布阵、廉颇助阵、诸国小合兵、七小将破阵、齐兵败燕
	乐毅联合白起	乐毅定计联白起、乐毅白起合兵、黄伯杨定计
	鬼谷子击败黄伯杨	鬼谷子起意捉白起、鬼谷子阵法难伯杨、鬼谷子擒白起二子、混战败燕兵、黄伯杨和乐毅认输、鬼谷子弭兵

　　首先看鬼谷子相关事意象群。综合看六个事意象群,揭示出鬼谷子为救孙子而下山,在解救孙子之后,并未离去,而是进一步击败黄伯杨,使各国退兵后归山。众人请鬼谷子下山搭救孙子时,鬼谷子本不愿意,说"吾是楚国之民,不受齐王水土。不须贫道去,将取这计去,乐毅自退兵去"①。可见鬼谷子不愿参与到诸国纷争之中,表现出对七国争霸斗争的反感。平话结尾处,鬼谷子的深层意图被揭示出来:

———

① 钟兆华:《元刊全相平话五种校注》,巴蜀书社1990年版,第161页。

> 有鬼谷言道:"休,休!有众国将士各还本国去者!"众国将士都谢恩毕,却还本国去了。鬼谷先生道:"众仙各还道庵养性。"众仙依命,都辞了鬼谷先生,各还庵去了。只有鬼谷先生,亦辞齐王,归云梦山去。群臣将士,各归旧职,辅佐朝廷。四边无事,诸国不乱,天下太平。①

由此可见鬼谷子的人生长期意图是消弭诸国斗争,即"弭兵"。六个事意象群联系起来可以呈现出如下过程:因爱徒遭困,鬼谷子"弭兵"意图激发,之后鬼谷子推进意图不断对抗来自黄伯杨和乐毅的阻力。由于鬼谷子意图力更强,最终使得阻力消解,意图实现。六个事意象群可以形成鬼谷子推进"弭兵"意图的序列,这个序列中孙子、乐毅和黄伯杨以及独孤角、白起等人物关涉其中,可见鬼谷子的序列与孙子等人的序列关系紧密。

然后看黄伯杨。七个事意象群体现了黄伯杨由最初下山帮助徒弟,再到与鬼谷子争胜斗气,最终被鬼谷子击败的全过程。基于此,黄伯杨的意图有帮助徒弟和与鬼谷子争高下两大意图,而前者持续较短,黄伯杨的绝大多数的行为是为了与鬼谷子争胜。在黄伯杨与张晃对阵时,平话简要交代了黄伯杨的心意:

> 晃出至阵前高叫:"莫有伯杨否?"须臾,燕阵伯杨出阵,二人相见,礼毕。晃曰:"即今有韩、楚、魏三国兵五十万,助齐破燕,先生肯看张晃面,放了孙子,如何?"伯杨曰:"孙子欺吾,吾心不舍。"晃大怒,飞骑取伯杨首级。②

---

① 钟兆华:《元刊全相平话五种校注》,巴蜀书社 1990 年版,第 170 页。
② 钟兆华:《元刊全相平话五种校注》,巴蜀书社 1990 年版,第 166 页。

"孙子欺吾,吾心不舍"简明扼要地说明了黄伯杨争胜斗气的人物特征,他之所以要帮助乐毅灭齐,主要还是其自负才能,想要与鬼谷子等世外高人一争高下。七个事意象群前后可以衔接起来,体现如下过程：黄伯杨为了意气之争下山,先是顺利推进意图,击败孙子出气,之后遇到鬼谷子略微退缩,经乐毅说服,开始与来自鬼谷子等人的阻力对抗,逐渐落于下风,最后认输,意图消解。七个事意象群可以形成黄伯杨推进自己争胜斗气意图的序列,这个序列与乐毅、鬼谷子和孙子以及袁达、白起、张晃、王傲等人物关系密切。

　　除这鬼谷子和黄伯杨之外,袁达、田单、田忌、苏代、骑劫、白起、淖齿、邹忌、齐湣王等为相对重要的人物,这些人物小规模的意象叙事序列与主要人物、重要人物的序列有机结合,在平话叙事结构的形成过程中共同发挥作用。

三、《秦并六国平话》重要人物意图叙写

　　《秦并六国平话》主要人物为秦始皇,重要的人物则有王翦、王贲父子和项梁,秦始皇推进"统一天下,建立集权"意图的过程中,常与这几个人物的意图相关联。笔者便将这三个人物的意象叙事序列总结如下：

人物	事意象群	事意象组
王翦	王翦诸国联军鏖战	楚王合纵伐秦、六国出兵、比武定先锋、王翦迎敌、联军困王翦、王翦败联军、联军败秦军、秦国休养生息
	王翦灭韩	王翦攻韩、王翦鏖战冯亭、韩国求救、王翦灭韩
	王翦灭赵	王翦伐赵、王翦鏖战李牧、谗言杀李牧、王翦灭赵

人物	事意象群	事意象组
王翦	王翦伐燕	王翦伐燕、秦燕鏖战、东辽助燕、王翦攻燕
	李信代王翦伐楚	李信代王翦、项梁迎敌、李信战项梁、项梁败李信、李信求援请罪
	王翦灭楚	王翦索财出征、王翦鏖战项梁、项梁突围求救、蒙恬破楚血洗楚宫、王翦灭楚
王贲	王贲灭魏	王贲伐魏、秦魏鏖战、王贲灭魏
	王贲灭燕	王贲伐燕、燕王奔辽东、王贲双战辽东、击败辽东兵、燕王自杀
	王贲灭齐	秦始皇命王贲伐齐、秦齐鏖战、齐国投降
项梁	项梁败秦军	楚王合纵伐秦、六国出兵、比武定先锋、王翦迎敌、联军困王翦、王翦败联军、联军败秦军、秦国休养生息
	项梁败李信	李信代王翦、项梁迎敌、李信战项梁、项梁败李信、李信求援请罪
	秦军灭楚	王翦索财出征、王翦鏖战项梁、项梁突围求救、蒙恬破楚血洗楚宫、王翦灭楚
	项梁起兵反秦	项梁藏匿、项羽学艺、杀殷通起兵、章邯败项梁

　　先看王翦和王贲父子。这二人类似于《武王伐纣平话》中的姬昌、姬发父子,二人的意图也很明显,就是辅佐秦始皇统一天下,当这个意图实现,二人的意图叙事序列即宣告结束,两个人物也不再出现于平话叙事中。如王翦出场便申明了他的意图:

　　话说李斯奏始皇帝曰:"陛下,今有荆楚襄王为招讨,合诸国兵马约二十余万,猛将数十员,兵临城下,将至濠前。取王圣旨。"秦始皇大惊曰:"朕谋天下并吞一统,岂期诸邦会兵来侵吾国。"敕问文武官僚:"谁退诸邦兵马?如有功者,必加官赏。"当有王翦出班奏曰:"陛下休虑。虽有诸国二十余万兵将,小臣乞兵二万,令李彪、伊虎为将,臣为主将,退诸国来兵,保王社稷无虞。"①

"保王社稷"即是王翦父子的长期意图,秦始皇欲统一天下,二人保王社稷,即是辅助秦始皇完成统一大业,二人功成身退,在平话中的行动即是落实长期意图,完成历史使命。由于是辅助秦始皇统一天下,所以王翦、王贲父子的两大序列,一共九个事意象群几乎与秦始皇灭六国的事意象群重合。二人持续推进意图,中途偶有波折,如开篇受项梁阻抑,中途受李信影响,但总体上推进顺利,最终实现意图,平话便立即收束了二人的序列。

其次看项梁。四个事意象群体现的人生长期意图也极为明确:阻止和破坏秦始皇一统天下和建立集权的行动,以反秦为一生的使命,如其所言"臣虽无能,不肯出秦之下"②,一生未曾服秦,一切行为皆为对抗秦国。他出场便顺利践行意图,击败王翦领衔的秦军,之后进一步击败秦将李信,之后随着秦灭楚,项梁的意图受到强力阻抑,由反抗秦朝统一转为起事灭秦,最终受到章邯的反向意图力作用而消解。

除王翦父子和项梁外,吕不韦、李斯、李信、蒙恬、李牧、荆轲、燕丹、冯亭、高渐离、赵高、胡亥、张良等人物也在平话叙事中发挥重要作用,这些人物意象叙事序列较短,在重要节点与几大序列中产生各自的影响,形成平话叙事的结构。

---

① 钟兆华:《元刊全相平话五种校注》,巴蜀书社1990年版,第181页。
② 钟兆华:《元刊全相平话五种校注》,巴蜀书社1990年版,第185页。

四、《前汉书平话》重要人物意图叙写

　　《前汉书平话》主要人物为吕后，与吕后关联最深的几个人物在平话叙事中有着数量可观的事意象群，其中刘邦和刘泽最为重要，事意象群丰富程度高于他人。吕后的"专权"意图"由生到灭"均离不开刘邦这个人物。吕后的意图又与刘泽这个重要人物对立，笔者便将这两个人物的意象叙事序列总结如下：

人物	事意象群	事意象组
刘邦	刘邦称帝	五侯争功、招降鲁人、商议封赏、猜忌韩信、韩信徙封、封赏彭越和英布、诸王劝进
	贬韩信淮阴侯	通缉季布和钟离眜、季布降汉、韩信藏匿钟离眜、陈平献计擒韩信、韩信杀钟离眜、韩信被贬、韩信阻止彭越和英布回朝
	刘邦征陈豨受阻	刘邦亲征陈豨、随何劝降、陈豨决战破汉军、汉军增兵、陈豨庆功、汉军休整
	刘邦平陈豨	陈豨再败汉军、陈平献计小会垓、陈豨手下反叛、陈豨哭韩信、陈豨北投番国、刘邦安抚代地
	刘邦问罪蒯通	刘邦回朝悔杀韩信、刘邦寻蒯通、蒯通奉诏入京、刘邦理屈赏蒯通、蒯通归乡、韩信旧将谋反、蒯通智稳诸将、逼杀假吕后、六将自刎、蒯通复职
	刘邦杀彭越	彭越抗命、扈辄阻止彭越杀汉使、彭越中计入见刘邦、彭越遇凶兆、彭越遭擒、扈辄死义、吕后谗言杀彭越、吕后醢彭越
	刘邦平英布之乱	英布呕肉、英布谋反、英布放灌婴、英布箭射高祖、吴芮赚英布、英布头伤高祖
	刘邦谋废太子未果	高祖隐居、戚夫人与高祖易储、商山四皓劝立刘盈、刘如意封赵王、刘邦驾崩惠帝即位

人物	事意象群	事意象组
刘邦	吕后之死	刘邦魂骂吕后、韩信魂射吕后、吕后夜梦鹰犬、吕后归天
刘泽	田子春说服刘泽反吕	田子春劝刘泽起兵、田子春算计张石庆、吕后和王陵争辩吕氏封王事、陈平妥协、吕后封三王
	刘泽起兵	田子春设计使吕后增封刘氏三王军权、吕后给刘泽军权、刘泽起兵、问罪张石庆
	三王起兵	刘肥连结义军、周勃连结三王、三王起兵
	三王入长安	刘章传讯、王陵责问陈平、陈平反间计、樊伉大义灭亲、三王入长安
	刘恒即位	三王践位失败、周勃权国、刘恒即位
	三王离京	刘恒封诸王、三王辞行、刘长聚兵

首先看刘邦的人生长期意图。刘邦甫一出场，便开始忌惮韩信兵权：

> 当日，汉王心中疑虑而密问子房曰："项氏已灭，韩信尚执天下兵权。其信之略，威震四海，天下无敌，吾实畏之。"[1]

据此观照与刘邦相关的九个事意象群，刘邦的行为有明确的逻辑：维护自身皇权。诸王劝进，刘邦称帝，他获得皇权，因此就萌生了维护皇权的意图；之后他先后屈杀韩信和彭越，逼反并平定陈豨和英布，均是因为对方手里有军权，威胁皇权；他又问罪蒯通，因其劝韩信自立，谋废刘盈则是忌惮吕后权势，核心的行为意图还是维持自身皇权稳固；而他以鬼魂的形式控诉吕后罪行，针对的也是对方

---

① 钟兆华：《元刊全相平话五种校注》，巴蜀社 1990 年版，第 301 页。

专权,谋夺刘氏江山。基于此,我们可以初步总结出刘邦意象叙事序列的大致信息:刘邦时刻以维护自身皇权为历史使命,不断扫除皇权威胁,基本实现了自身人生长期意图,最后遗留的吕后问题未能解决,意图未能全部实现,随着他本人去世,意图随之消解。吕后权力源于刘邦,刘盈、刘如意和戚夫人的权力源于刘邦,韩信、彭越、英布、陈豨、蒯通等人物为直接威胁皇权的因素,故而刘邦的意象叙事序列中这些人物多有出现,他们的意象叙事序列与刘邦交互作用明显。

再看刘泽的意象叙事序列。刘泽以吕后对立面的人物形象出场。如:

> 有二大王刘泽执赏,遥望长安,思高祖天下,被吕家权了世界。道罢,仰面放声大哭。①

可见刘泽有意反吕后而行,反对吕后之专权,以维持刘氏天下的统治。以此观照他的六个事意象群,可以发现一个清晰的意图推进轨迹:在田子春等人的辅助下,刘泽反对吕后专权,恢复刘家统治的意图得以激发,这个意图力很强,又集合意图力形成合力,因此这个意图不断推进,最终达成,意图实现之后并未转向,刘泽这个人物随之隐藏进文本叙事的背后,不再出现。从田子春献计,激发了刘泽的意图后,刘泽坚持践行反抗吕后专权、恢复刘家统治的历史使命,因此这个意图是其稳定的人生长期意图。刘泽这个意图直接与吕后对立,故而刘泽与吕后两人的意象叙事序列是直接产生关系的。

此外,刘盈、戚夫人、刘如意、刘长、韩信、蒯通、陈豨、彭越、英

---

① 钟兆华:《元刊全相平话五种校注》,巴蜀书社1990年版,第352页。

布、陈平、周勃、樊侩等人物也在平话叙事中发挥相对重要的作用，这些人物意象叙事序列规模较小，但在重要节点与吕后、刘邦和刘泽等人的序列作用，参与了平话叙事的结构。

五、《三国志平话》重要人物意图叙写

《三国志平话》中围绕着刘备和诸葛亮，相关人物众多，有曹操、司马懿、周瑜、关羽、张飞、吕布、孙权、赵云、黄忠、庞统、董卓、袁绍、刘表、董承、刘璋、鲁肃、张角和十常侍等。本部平话中人物意象叙事序列复杂程度要超过前四部平话，围绕以上人物形成的意象叙事序列均在至关重要的叙事节点上发挥作用。其中与曹操、司马懿、周瑜、关羽、张飞相关的事意象群最多，形成了足够长度的序列，而关羽、张飞二人的意象叙事序列绝大多数情况伴随着主要人物刘备和诸葛亮，故而本小节不再着重分析，现将曹操、司马懿和周瑜的意象叙事序列总结如下表，这三人的序列是平话结构中较为重要者，虽非主干，但作为枝干，也相当重要。

人物	事意象群	事意象组
曹操	曹操起兵讨董邀刘备	曹操领命平乱、曹操邀刘备讨董、董卓弄权、诸侯集结、刘备遭冷遇
	曹操会同刘备灭吕布	曹操拦击吕布、刘备借兵曹操、曹操发兵战吕布、曹操偷袭徐州、吕布困守下邳、下邳城破擒吕布、曹操杀吕布
	刘备反曹	曹操推功刘备、煮酒论英雄、刘备夺徐州、曹操夺回徐州、曹操收关羽
	曹操战袁绍	袁绍起兵、颜良三败夏侯惇、关羽斩颜良、关羽诛文丑

人物	事意象群	事意象组
曹操	曹操失关羽	关羽与嫂嫂别居、挂印封金、关羽出走、关羽挑袍别曹操
	曹操伐新野	曹操伐新野、徐庶智败曹仁、徐庶离刘备
	曹操起兵南征	曹操起兵、孔明智败夏侯惇、曹操进兵、刘备南逃
	赤壁之战	曹操下书、诸葛亮杀曹使节说服孙权、智激周瑜、周瑜借箭、周瑜炮打曹操、蒋干献计、黄盖苦肉计、计杀蒯蔡、曹操中连环计、火烧赤壁、怒杀蒋干、关羽义释曹操
	曹操平西凉	马腾入京、曹操杀马腾、马超兴兵雪恨、割须弃袍、娄子旧献计、曹操退边璋和韩遂、马超投张鲁
	曹操冷遇张松	张鲁图西川、曹操错失张松、张松见刘备、刘备智败曹操
	汉中之战	刘备夜败曹操、刘备复夺阳平关、定军山黄忠斩夏侯渊、张飞捉于昶、诸葛亮下书曹操、杨修之死、曹操败归长安、刘备进位汉中王、曹操杀太子震慑献帝
	曹操之死	水淹七军、关羽战败被杀、曹操之死
司马懿	诸葛亮三出祁山	诸葛诈败战司马、司马懿战败设计、刘禅中计召回诸葛
	诸葛亮四出祁山	马谡失街亭、诸葛亮送司马懿妇人衣服、蜀军斩张郃复夺街亭、诸葛亮回成都
	诸葛亮五出祁山	司马懿仿造木牛流马、诸葛回成都造铁锁渠塘、诸葛亮染病别夫人
	诸葛亮之死	诸葛亮六出祁山、诸葛亮击败司马懿、诸葛亮五丈原遇神仙、魏延夺印、诸葛亮令姜维继承遗志、诸葛禳星、斩魏延、死诸葛能走活仲达、诸葛亮魂摄司马懿

人物	事意象群	事意象组
司马懿	司马代魏	曹爽弄权、司马懿诛杀曹爽、废曹芳、司马代魏
周瑜	刘备联吴抗曹	舌战群儒、孙权问计周瑜、诸葛亮智激周瑜
	赤壁之战	周瑜起兵、周瑜借箭、周瑜炮打曹操、周瑜会蒋干、黄盖苦肉计、计杀蔡瑁蔡、曹操中连环计、诸葛借东风、火烧赤壁
	周瑜杀刘备未果	周瑜定计设宴擒刘备、刘备赴宴黄鹤楼、糜竺传纸条、刘备脱逃
	三气周瑜	周瑜战曹璋、张飞气周瑜、刘琦气周瑜、周瑜复起夺荆州、刘备封荆王、刘备抵御魏军、周瑜计骗入荆州未果、周瑜设美人计、刘备感化孙夫人、刘备入吴、刘备感化太夫人、孙夫人喝退吴兵、诸葛亮识破假途灭虢之计、周瑜之死

　　首先看曹操和司马懿的意象叙事序列。平话于开篇点明了曹操和司马懿的人生长期意图："交曹操占得天时，因其献帝，杀伏皇后报仇。"①曹操乃韩信转世，为报当年高祖杀功臣之仇。又，"交仲相生在阳间，复姓司马，字仲达，三国并收，独霸天下。"②二人的人生长期意图均是谋夺天下，曹操是夺汉朝天下，司马懿则是统一天下而独霸，这必然与刘备"报国兴汉"的意图产生冲突。平话中二人犹如刘备和诸葛亮一般，前后相继，是刘备、诸葛亮推进意图时面对的主要对抗力量。串联起曹操的十二个事意象群，其意象叙事序列大致可作如下叙写：他起兵谋取汉朝天下，先要排除董卓、吕布等阻力，其意图暂时与刘备方向接近。共同扫清这些阻力后，二人意图转为对抗。曹操实现野心的意图力不敌刘备、诸葛亮二人之力而被迫转向，在使其他阻力消解后，便再次与之对抗，又

---

　　①②　钟兆华：《元刊全相平话五种校注》，巴蜀书社 1990 年版，第 374 页。

不敌,但也一定程度上削弱了刘备等人的力量,最终意图部分达成,随着人物死亡而意图消解。而司马懿的序列则为如下情况:司马懿在推进意图的过程中,其意图力与诸葛亮的意图力势均力敌,随着诸葛亮之死,司马懿顺利推进了意图,在初步达成夺取权力、独霸天下的意图后死亡。

再看周瑜相关事意象群。周瑜出场时不思抗击曹操,诸葛亮因此智激周瑜:

> 周瑜问:"军师何意?"诸葛说:"大者是曹相,次者是孙讨虏,又次者是我主孤穷刘备也。曹操兵势若山,无人可当;孙仲谋微拒些小;奈何主公,兵微将寡,吴地求救,元帅托惠。"周瑜不语。孔明振威而喝曰:"今曹操动军,远收江吴,非为皇叔之过也。尔须知,曹操长安建铜雀宫,拘刷天下美色妇人,今曹相取江吴,虏桥公二女,岂不辱元帅清名?"周瑜推衣而起,喝夫人归后堂,"我为大丈夫,岂受人辱!即见讨虏为帅,当杀曹公。"周瑜上路,数日到,孙权众官推举周瑜挂印,筵会数日。讨虏送周瑜上路,起三十万军,百员名将,屯军在江南岸上,下寨柴桑,渡十里。①

原来对反击汉贼曹操、保卫主公孙权,周瑜并不在意,反而为自己的妻子小乔而怒发冲冠、起兵抗敌。又如周瑜见刘备:

> 周瑜自思:曹操乃篡国之臣,吾观玄德隆准龙颜,乃帝王之貌。又思:诸葛命世之才,辅佐玄德,天下休矣。我使小法,

---

① 钟兆华:《元刊全相平话五种校注》,巴蜀书社 1990 年版,第 434 页。

囚了皇叔，捉了卧龙。无此二人，天下咫尺而定。①

周瑜见到有志报国的刘备，知其有帝王之福，忌惮皇叔身份，故而意欲扫除。综合来看，周瑜颇具乱世军阀的特征，对于国家社稷不甚在意，更在乎自身的利益、权势和功业。周瑜的人生长期意图亦即是维护自身的利益，在乱世谋取天下，获得无上权势，故而他既要对抗曹操，又要除掉刘备，还要与诸葛亮争胜。这种意图与刘备的意图便自然有着不同的方向。故而周瑜的意象叙事序列可总结为：周瑜谋求权势利益，推进意图过程中遭到来自曹操、刘备和诸葛亮的阻力。他与刘备意图力最初形成合力，有效阻抑了曹操推进意图的进程。之后他与刘备、诸葛亮对立，他推进意图的过程不断遭到刘备、诸葛亮的阻抑，终于意图消解，人物命运终结。周瑜的意象叙事序列与刘备、诸葛亮的序列始终关系密切。

余者有张角、十常侍、董卓、吕布、刘璋、孙权、吕蒙、孟获等人与曹操、司马懿和周瑜的序列相似，因相互对抗而与刘备、诸葛亮关系密切，这些人物相关序列如主干之外的弱枝，亦是组成平话意象叙事结构的重要元素。

五部平话涉及历史人物众多，主次分明，意象叙事序列主干、枝干的层次较为明显。主要人物相关意象叙事序列长，意图推进过程存在明显的波折和延宕特征；重要人物相关序列则明显短于主要人物，波折较少；大部分人物则在文本中出场较少，故而序列极短。这些主干、枝干和旁枝分明的序列在延伸过程中产生交集，逐步完成了平话叙事结构。这些序列是如何相互作用的，平话结构如何最终生成，下节笔者即作详论。

---

① 钟兆华：《元刊全相平话五种校注》，巴蜀书社 1990 年版，第 438 页。

第三节　人物意图的交叉关联与"全相平话五种"叙事的主体结构

上节笔者着重关注了"全相平话五种"各部作品的主要人物和相对重要的人物,归纳了以人物为核心形成的众多意象叙事序列。每个序列都反映其关涉人物的人生长期意图,亦即平话历史人物的历史使命。而不同人物的意象叙事序列并非各自孤立的存在,而是相互关联交错,平话整个叙事文本的主体结构便可因此搭建起来。在这个结构中,人物的人生长期意图发展过程得以展现,人物意图间的相互作用亦得到揭示,平话叙事也因此能寄寓深层次的思想内涵。

一、"全相平话五种"的鱼骨形网状结构

"全相平话五种"意象叙事结构有以主要人物意象叙事序列为中心、众多人物相关序列交叉关联的突出特点,笔者称之为鱼骨形网状结构。

一方面,众多人物意象叙事序列相互关联,交叉频繁。小说的文本世界是现实社会的投射,人物意图之间具备关联是必然的。文本世界中,人物意图相互关联,以各个人物意图为内核的意象叙事序列即有可能关联成一个有机整体。叙事文本中的人际关系非常重要,影响人物的行为,从而影响叙事的推进。米克·巴尔有言:"没有关系就没有过程,没有过程就没有素材。"① 格雷马斯也

---

① ［荷］米克·巴尔著,谭君强译:《叙述学:叙事理论导论》,中国社会科学出版社 1995 年版,第 31 页。

提出过"行动元"的概念①,米克·巴尔进一步深化并运用这一概念:"一个行动元是共同具有一定特征的一类行为者。所共有的特征与作为整体的素材的目的论有关。这样,一个行动元就是其成员与构成素材原则的目的论方面有相同关系的一类行为者"②,"没有行动元就不存在关系"。③ 米克·巴尔关于叙事中人物行为的论述提及了行为目的,亦即人物意图,处于同一场域之中,不同的人物意图必有共性或冲突,在叙事中难免关联。对于这种关联,亦有学者进行总结,着眼于意图,人物之间存在"帮助者、反对者和游移者"等不同类型的关系④。因为这种关系,叙事中的事意象群便可以分别归属于多个人物相关的叙事序列,如此一来,不同人物的意象叙事序列必然出现交叉或重合的情况,网状结构因此而形成。例如,《三国志平话》中,刘备"报国兴汉"的人生长期意图与诸葛亮"忠君报国"的人生长期意图天然同向,能互为助力,二人相遇后互相成全。"三气周瑜""下荆南四郡得庞统""诸葛入川""汉中之战"等事意象群同属于刘备和诸葛亮二人的意象叙事序列,因此二人的意象叙事序列就有了交叉甚至是重合的情况。再如,《前汉书平话》中吕后专权的人生长期意图与韩信、彭越、英布、刘盈、王陵、刘泽等人的意图相互对立,"吕后杀韩信""吕后谗言杀彭越""吕后谗言逼反英布""吕后夺权""吕后封诸吕为王""吕后中计给刘泽兵权"等事意象群同时也是韩信、彭越、英布、刘盈、王陵、刘泽

①　参见[法]格雷马斯著,吴泓缈译:《结构语义学》,读书·生活·新知三联书店 1999 年版,第 256 页。

②　[荷]米克·巴尔著,谭君强译:《叙述学:叙事理论导论》,中国社会科学出版社 1995 年版,第 28 页。

③　[荷]米克·巴尔著,谭君强译:《叙述学:叙事理论导论》,中国社会科学出版社 1995 年版,第 31 页。

④　参见许建平:《意图叙事论——以明清小说为分析中心》,人民出版社 2014 年版,第 223—226 页。

相关序列的组成部分,这些人物的序列出现了交叉。而且,除去主要人物和相对重要的人物之外,许多小人物意图亦相互关联,序列交叉无处不在。如《七国春秋平话》中,萧古达、张晃、独孤角等人物相关叙事极少,但他们的意图亦能紧密关联,交叉不断。下为《武王伐纣平话》结构图:

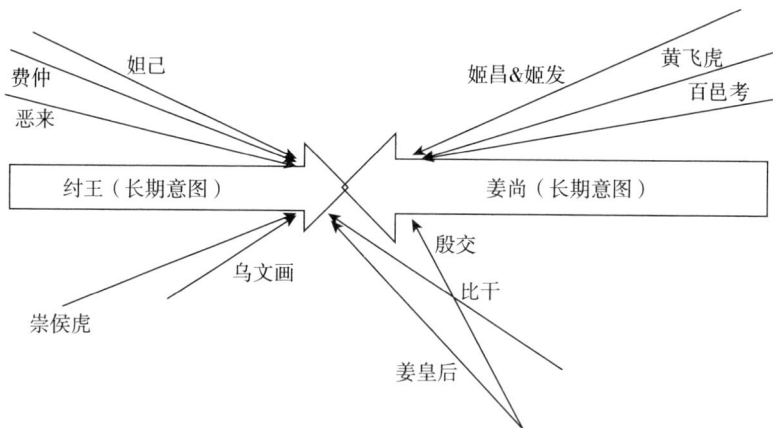

不同人物的意象叙事序列关联交错,意象叙事的结构就此形成,故而笔者称其为"网状结构"。

另一方面,对比众多人物的意象叙事序列,平话意象叙事结构存在两大特征:一干多枝和强干弱枝。将人物的意象叙事序列视为线条,可解释这两大特征。一干多枝,即主要人物相关的线条或对向碰撞,或同向衔接,或单独延伸而形成一个主干,其余人物相关的线条分布于其周围,与其关联交错。强干弱枝,即主要人物相关线条长而粗壮,其余人物相关线条短而细小。换言之,平话意象叙事以体现主要人物较为单一的人生长期意图实践过程,以及不同主要人物人生长期意图的对抗或联合为中心,体现其余人物的人生长期意图实践过程的叙事则服务于主要人物意象叙事序列,呈现得较为简略。如《前汉书平话》结构图：

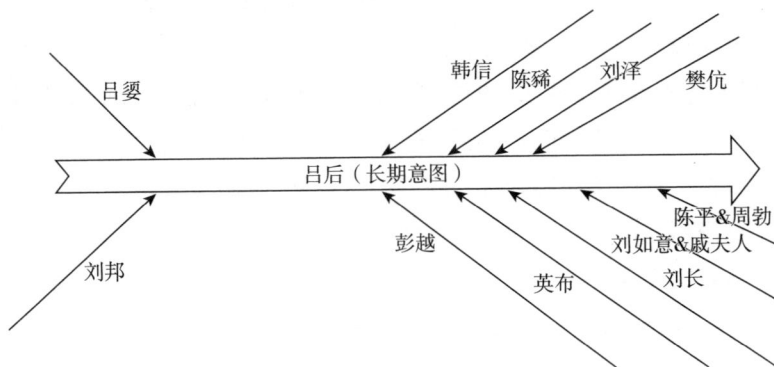

如此一来，这样的结构可以形象地概括为"鱼骨形"结构。

　　具体而言，首先，"全相平话五种"意象叙事以主要人物为枢纽，逐步结构成文。以意图为契机，大大小小的人物以直接或间接的方式关联在主要人物身边，亦即米克·巴尔所说的核心人物周围。主要人物在实践意图的进程中与众多人物意图产生交集，意象叙事的诸多序列因此可以整合在一起。一者，直接关联的情况最常见。例如，《武王伐纣平话》中，姜尚"辅佐明主，匡扶社稷"的意图与纣王"借助强权来放纵享乐"的意图、妲己"魅惑君王来追求享乐"的意图，以及费仲、恶来等人"助纣为虐、获取利益"等意图直接对立，与姬昌、姬发父子"实行王道"的意图，以及黄飞虎、殷交等人"向纣王复仇"的意图直接形成互助关系。再如《三国志平话》中，刘备"报国兴汉"的意图与诸葛亮、关羽、张飞、赵云、黄忠、庞统等人"忠君报国"的意图直接形成互助关系，与曹操、司马懿、周瑜、孙权、吕蒙、吕布、董卓、张角等人谋夺天下的意图形成对立，故而直接交锋。二者，间接关联的情况虽少但也存在。不同人物意图间接关联需要中介，这个中介一般也是意象。如《秦并六国平话》中，秦始皇并未与郑安成、冯亭、田光、李牧、吴广等人有直接交集，而在灭六国过程中的诸多事意象中,秦始皇与这些人物产生了间接意图关联。王翦、王贲、李信和蒙恬等以辅助秦始皇统一天下为历史使命,他们在不断推进意图的过程中与郑安成、冯亭、田光、李牧、吴广等人存在意图上的直接对立,这促成了秦始皇与郑安成等人意图上的间接相关。再如,曹芳和诸葛亮在《三国志平话》中不存在直接意图关联,而因诸葛亮和司马懿的意图直接关联,故而曹芳与诸葛亮形成意图间接关系。平话意象叙事中的非主要人物意图都直接或间接与主要人物意图相联系,所有意象,由单元到组、群和序列,均以主要人物意象叙事序列为中心。每部平话的主要人物均为一至二人,二人者,他们意图直接相关,两线可汇成一线。因此,主要人物的意象叙事序列能牢牢占据整部平话意象叙事结构的主干地位,非主要人物的序列分布于主干周围,与之直接交叉、重合或间接关联。因此,五部平话均呈现出以主要人物意象叙事序列为主干,非主要人物序列为枝干的、一干多枝的鱼骨形结构。

其次,平话叙事鱼骨形结构中,能明显体现出不同人物意象叙事序列的主次关系。如上节所述,《前汉书平话》中,主要人物吕后的意象叙事序列最长,一共十五个事意象群,且事意象群中事意象组数量丰富。相对重要的刘邦和刘泽的序列就短得多,包含的事意象组也少得多。而更次要的人物相关事意象群便不超过三个。如韩信只有"刘邦称帝""韩信被贬淮阴侯"和"韩信之死"三个事意象群,且其中的事意象组极少;再如田子春、张石庆、彭越、英布等人只有一个事意象群;更次要的人物如扈辄、周昌,相关的事意象群只包含两个以内的事意象组;甚至有的人物只关涉一个事意象单元,如鲁王、孙安、朱长者等。人物序列的长短和叙事的详略程度亦取决于其与主要人物意图相关性的强弱:刘邦等人相关性最强,序列最长,叙事最详;韩信等人次之,张石庆等人又次之,周昌、朱长者等人已处于边缘，序列则越来越短。基于关联性，"全相平话五种"意象叙事结构由主干到枝叶，呈现出鲜明的长短、强弱差距，如此结构主次分明，笔者故而称其为强干弱枝形鱼骨结构。

复次，"嵌入"是平话意象叙事中序列交叉关联、结构成一体的具体方式。"嵌入是将单一序列组织为复合序列，使故事叙述下去且承载深厚思想的叙述方式"①，也就是将不同人物相关序列交叉关联并融为一体，进一步结构全文的叙事之法。之所以不同人物的意象叙事序列能够实现嵌入，事意象寄寓人物意图的多元性以及事意象的横向组合方式起到关键作用。例如《秦并六国平话》中秦始皇的意象叙事序列有"秦始皇灭齐称帝"事意象群，王贲意象叙事序列则有"王贲灭齐"事意象群，都包含"秦始皇命王贲伐齐""秦齐鏖战""齐国投降""秦始皇称帝"等事意象组，也就是说"秦始皇灭齐称帝""王贲灭齐"实为同一个事意象群，只不过分属不同人物的意象叙事序列。如此一来，重要人物王贲的意象叙事序列就得以和主要人物秦始皇的意象叙事序列形成交叉。此时意象群无法进一步拆分出分别寄寓秦始皇和王贲各自意图的事意象群，二人意图共存于此事意象群中，所以二人序列的关联非常自然，浑然一体。我们因此说重要人物王贲的意象叙事序列被"嵌入"进了主要人物秦始皇的意象叙事序列。嵌入之法对于整合各人物意象叙事序列，建构有机的意象叙事结构整体极为有效。"嵌入方式对于中国古代小说来说还有更为重要的功能，那就是使正在叙述的故事间断，或使前面被间断的故事接续起来。"②类似金圣叹所言"横云断山""鸾胶续弦"之法。"嵌入"既能中断叙事，又能确保各个人物意象叙事序列有效延伸，不会出现断裂。例如《秦并六国平话》

①　许建平：《明清文学论稿》，河南人民出版社 2017 年版，第 670 页。
②　许建平：《明清文学论稿》，河南人民出版社 2017 年版，第 679 页。

中,秦始皇意象叙事序列中"秦始皇灭赵""荆轲刺秦王""秦始皇伐燕"三个事意象群前后相继,其中就嵌入了燕太子丹和荆轲的意象叙事序列。叙述完赵国灭亡,进入灭燕阶段,叙事一转,交代燕太子丹结交荆轲、刺杀秦始皇的始末,叙事再转回秦始皇伐燕。叙事虽然中断,但秦始皇的意图却与嵌入序列相关,故而其意象叙事序列在有效延伸。史书中常见这种叙事之法,平话较好地学习了此法。嵌入之法也能有效体现意象叙事的主次关系。"所谓嵌入,就是将次要人物的行为意图构成的次序列插入主意图序列中的叙述形式。"①将相对次要人物的意象叙事序列嵌入主要人物意象叙事序列,这样既实现序列的有效交叉结合,又体现主干和枝干分明的序列体系。例如《武王伐纣平话》叙事将乌文画意象叙事序列嵌入姜尚意象叙事序列,"乌文画往事""大战乌文画""计杀乌文画"等事意象组交代了乌文画意图由萌生到消解的过程,但这些事意象组仅构成了姜尚意象叙事序列中的一个事意象群。通过嵌入的方式,次要人物意象叙事序列被有效地安排在了主要人物意象叙事序列的周围,与之组成了有机的意象叙事结构,平话"鱼骨形网状结构"就如此建构成形。

二、"全相平话五种"主体结构的两大具体形态

如前文所述,人生长期意图事意象群形成后不会就此停滞,而是继续结构叙事,这一过程可从纵横双向进行审视。一方面,在纵向情况下,一个人物不同阶段的人生意图事意象群连贯在一起就诠释了人物的人生长期意图,在"全相平话五种"中则是历史人物的历史使命。另一方面,在横向情况下,同一时期不同人物的人生

---

① 许建平:《明清文学论稿》,河南人民出版社 2017 年版,第 673 页。

意图事意象群之间也会发生相互作用。这主要包括以下几种情况:第一,不同人物意图的方向相同,互相辅助,推进意图实现。第二,不同人物意图的方向有别,彼此制约,使意图实现产生波折。在这种情况下,不同人物的人生长期意图相互掣肘,并非完全对抗。第三,不同人物的意图相互抵触,使人物意图的达成受阻。在这种情况下,不同人物人生长期意图方向相反,完全对立。聚焦于"全相平话五种"的鱼骨形网状结构,分析其中主要人物意图及其相互关系,笔者发现,五部平话的结构可分成两种形态。

　　第一种形态是"主干对抗型"结构形态。具有这种结构形态的平话为《武王伐纣平话》和《七国春秋平话》。由于这两部平话有两个主要人物,他们意象叙事序列长,叙事规模大且难分伯仲,意图力也都很强。这两个人物的序列均如"鱼骨"之"躯干"。两大主要人物的意图又均呈现完全对立的态势。如纣王与姜尚,一个持续滥用强权来放纵享乐,一个则要辅佐明主以匡扶社稷。纣王倒行逆施,荒淫残暴,既非明主,对社稷也百害而无一利,因此姜尚与之必然尖锐对立,两大主要人物的人生长期意图是截然相反、激烈冲突的。再如孙子与乐毅,孙子"忠君报国",而乐毅斗气争胜,且因孙子佩诸国帅印,成就最高,故而乐毅专以其为标靶,与之争高下,故而孙子和乐毅二人的意图从来都处于相对的方向,长期对抗。这两大平话中,两位主要人物的意象叙事序列可谓迎头相对,最终须消解掉一方意图。两大序列因意图的对抗而紧密地关联在了一起,故而形成了一个叙事结构主干。叙事呈现如下过程:"一方意图发力——另一方意图发力迎击——双方意图力对决——一方失败而意图消解。"如《武王伐纣平话》叙事可概括为"纣王失道(纣王意图发力)——姜尚助周起兵(姜尚意图发力迎击)——商周战争(纣王和姜尚意图力对决)——灭纣兴周(纣王失败,意图消亡)",《七国春秋平话》为"齐兵伐燕(孙子意图发力)——乐毅图齐(乐毅

意图发力迎击）——燕齐鏖战（孙子和乐毅意图力对决）——乐毅
败归（乐毅失败，意图消解）"。两部平话的不同在于前者先发力者
意图失败而消解，后者则是后发力者意图失败而消解。围绕两位
主要人物意象叙事序列分布的其他人物相关序列则随着主要人物
序列与对立的人物序列产生联系。以《武王伐纣平话》为例，妲己
"追求享乐"、费仲助纣为虐等意图分布在纣王意图周围，与其产生
合力，与姜尚的意图对抗；姬昌、姬发父子"实行王道"的意图，黄飞
虎、殷交等人复仇纣王的意图分布在姜尚意图周围，与其联合，产
生意图合力，对抗纣王的意图。《七国春秋平话》亦是如此，鬼谷子
意图弭兵，必然要将志在争胜斗气的乐毅意图杀灭，田单等齐国群
臣为保全齐国也必须消灭乐毅意图，这些人物的意图必然与孙子
意图具有大致相同的方向；黄伯杨也欲争胜斗气，燕昭王要报齐国
伐燕的大仇，白起等五国将领觊觎灭齐后的利益，故而均要消灭齐
国，他们首先也要将孙子的意图解决掉。两种平话叙事中，两大主
要人物意图各携其辅助性人物意图进行激烈的对抗，其结构近乎
两条面对面，嘴部紧紧咬合在一起的鱼骨形状。对抗的两个主要
人物意图使两大意象叙事序列紧紧合在一起，形成一条主干，故而
笔者称这个形态为"主干对抗"型。如《七国春秋平话》结构图：

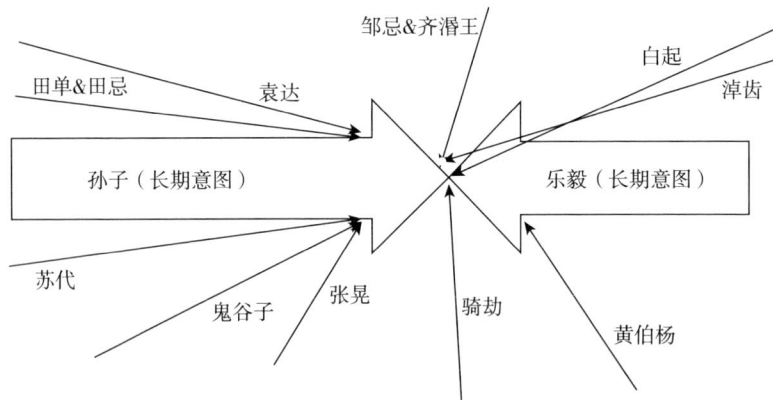

第二种形态是"主干延伸型"结构。《秦并六国平话》《前汉书平话》和《三国志平话》的意象叙事结构均属于这种类型。《秦并六国平话》《前汉书平话》两部平话只有一个主要人物,他们的意象叙事序列在平话中独占主干地位,成为"鱼骨形"结构的"躯干",如《秦并六国平话》结构图:

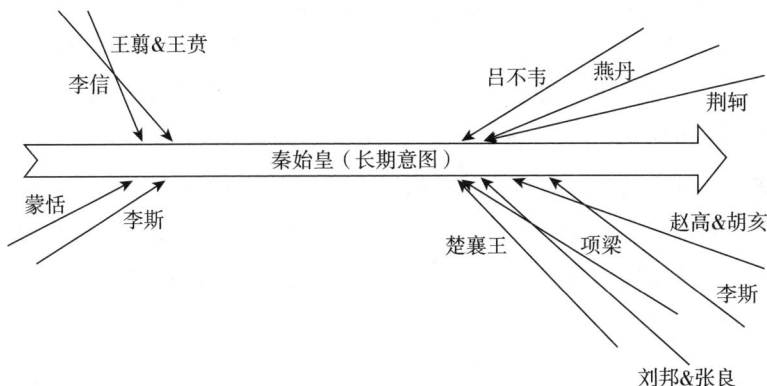

《三国志平话》虽有两大主要人物,但他们的意图能前后相继,故而他们的序列也能合二为一,成为"鱼骨躯干",如图。

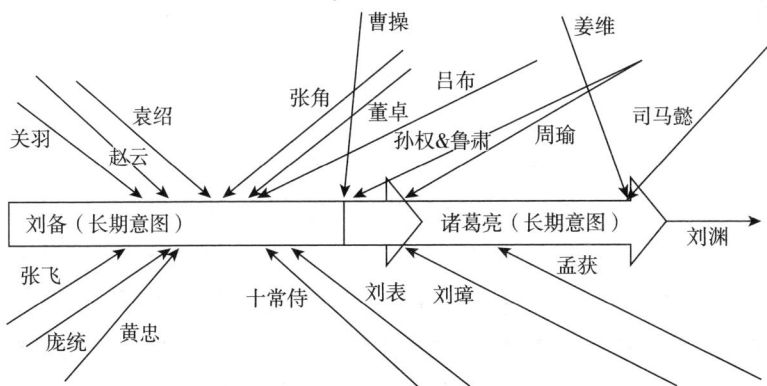

三部平话中,单独存在的主要人物或前后相继的主要人物之意图

向前推进,平话结构的主干便不断向前延伸。其他人物相关序列皆围绕在这个主要人物序列周围,无论人物意图之间是辅助还是掣肘、抵触。一部分人物的意图作为辅助性意图出现。如《秦并六国平话》中王翦、王贲父子,以及蒙恬、蒙毅等人物,他们的意图均为辅助秦始皇统一天下、建立集权,故而与秦始皇的意图形成了合力;再如《前汉书平话》中的吕婴、审存、吕禄、吕通,《三国志平话》中的关羽、张飞、赵云等均是如此。还有一大部分人物的意图则与主要人物的意图鲜明对立,他们的意图合力成为主要人物意图推进的最大阻抑力量。如《三国志平话》中的司马懿欲谋夺天下,一统三国,这必然与诸葛亮忠君报国、继续践行刘备兴汉意图的意志针锋相对,二人欲实现自己的意图,必然要先消解掉对方的意图;与之类似,《秦并六国平话》中的项梁、冯亭、燕丹、荆轲等人物,《前汉书平话》中的刘泽、韩信、彭越、英布、刘盈、刘如意、戚夫人、刘章、樊伉、周勃、陈平、王陵、刘肥、刘长等人物亦怀有与主要人物对立的意图,主要人物实现意图的路上,这些人物如"拦路虎"般的意图必然要被逐一排除。这三大平话中,主要人物的意象叙事序列面对的是众多非主要人物的序列,主要人物的意图携非主要人物辅助性的意图与众多非主要人物的对抗性意图激烈交锋。最终的结果,一为主要人物的意图被众多非主要人物的意图合力击败,一为主要人物意图力强大,战胜了所有对抗的人物意图力,消解他们的意图,实现自身意图。由于只有一个长序列作为主干,这三个平话叙事呈现如下过程:"主要人物意图发力——诸多非主要人物意图发力迎击——主要人物与非主要人物意图力对决——主要人物失败而意图消解或主要人物胜利,对抗的非主要人物意图消解。"如《秦并六国平话》叙事可概括为"秦王欲灭六国(主要人物意图发力)——六国起兵伐秦(非主要人物意图合力迎击)——统一战争(主要人物与非主要人物意图力对决)——秦王统一(主要人物意图实现）"；《前汉书平话》为"吕后杀韩信（主要人物意图发力）——众人反对吕后专权（非主要人物意图合力迎击）——刘吕战争（主要人物与非主要人物意图力对决）——吕氏败亡（主要人物失败而意图消解）"；《三国志平话》则为"刘备起兵匡扶汉室（主要人物意图发力）——刘备集团图王战争（非主要人物意图发力迎击）——三足鼎立，三国争霸（主要人物与非主要人物意图力对决）——三分归晋，刘渊兴汉（继承者促使主要人物意图实现，与之对抗的非主要人物意图消解）"。三部平话中，秦始皇、刘备和诸葛亮作为主要人物，他们的意图战胜了诸多反向意图的冲击，最终取得胜利，而吕后则相反，其意图在众多反向意图的强大合力冲击下消解。与"主干对抗"型不同，这三部平话的鱼骨形结构呈现为一条主干序列延伸的态势，其余序列都是枝干，并无相互对抗的主干序列存在，故而笔者称这个形态为"主干延伸"型。

　　此外，需要注意的是，平话意象叙事的某些枝干序列具备米克·巴尔所说的"游移者"的特征。人在各个时期乃至各个时间节点上的具体意图受人生长期意图的指导，但人物处在各个时间段或各个时间节点时面临的实际状况不同，具体的意图也必然受到影响，故而人物在未改变人生长期意图的情况下，也存在实时意图多变的情况。如此一来，不同人物的意图会时而同向，时而异向乃至对立。以主要人物为基准观照其他人物，那么与其意图时而同向，时而不同的人物便承担起了"游移者"的角色。以意象叙事的视角来看，存在一些人物的意象叙事序列与主要人物的意象叙事序列时而同向，时而交叉，时而反向，那么这样的枝干序列便可以说是意象叙事结构中的"游移"序列。"游移者"是叙事中的不安分或者不确定因素，具有极强的叙事张力，造就了许多出人意料的事件，叙事出现波折的概率因此而加大，有利于提升叙事的精彩程度。聚焦于"全相平话五种"，叙事中的游移者已初露锋芒。《武王伐纣平话》叙事平直,这种游移者较少。《七国春秋平话》《秦并六国平话》中游移者已然出现。如齐湣王和邹忌、邹坚等,他们的主要意图与孙子对立,但与乐毅也对立,故而在一定的时间内,孙子和这三个人的意图存在同向情况,意图力形成了合力来对抗乐毅的意图。再如《秦并六国平话》中的李信和李斯,大部分时间他们的意图与秦始皇同向,而李斯最后为自身利益发生意图转向,与秦始皇意图短暂对立。李信则因与王翦存在意图对立,一定程度上阻抑了秦始皇的意图推进。游移者发挥重要作用的是在《前汉书平话》中,从主要人物吕后的视角看,刘邦巩固自身皇权的意图起初与吕后"专权"意图同向,二人推进意图时相互借力,然而刘邦在排除掉阻抑他自身意图的力量后,其意图发生转向,开始与吕后对立。《三国志平话》则是游移者在叙事中最出彩的平话作品,曹操、周瑜、孙权、鲁肃等均作为游移者出现,他们的意图与刘备时而同向,时而对立,相关意象叙事序列与刘备序列的关系就并非简单的交叉。正是游移者众多,刘备和诸葛亮推进意图的过程才波折不断,《三国志平话》也因此最为精彩,叙事多次转向,意味深长。然而平话作为我国早期的通俗长篇小说,在叙事层面的诸多探索才迈出第一步,这些"游移者"的意图行为过于简单,虽造就了叙事的波折,但缺少进一步变化。例如曹操、周瑜之于刘备,从帮助者迅速转变为反对者,在这些转变节点上的事意象便略显突兀。刘备与曹操方才共灭吕布,曹操推功刘备,刘备刚见到汉献帝,便以宗亲自居,迅速参与诛除曹操的行动;周瑜与刘备方才共同在赤壁击退曹军,周瑜甫见刘备便惊为天人,立即便欲杀之而后快。这些事意象蕴含的意义有限,很难揭示出人物意图转变的真实且具体的过程。这样的叙事虽然一波三折,但波折的出现太过生硬,平话叙事结构也因此显得不协调。虽如此,"游移者"的出现说明了平话意象叙事结构已有突破简单的"鱼骨形"的趋势,存在一些枝干序列与主干序列出现次数频繁、方向多变且方式复杂的交互作用，这样的叙事结构存在进一步发展的空间，这也是平话叙事结构的活力所在。

对比"全相平话五种"的鱼骨形网状结构的两大主要形态，笔者发现意图"对抗"关系在平话意象叙事结构中尤为突出。无论是"主干对抗"型还是"主干延伸"型，构成平话意象叙事主干的序列体现的人物人生长期意图在推进过程中面对的最直接且最重要的任务即是与反向意图对抗。在"主干对抗"型结构的平话中，两大主要人物的意图处于对抗状态，"对抗"显然是文本叙事中意图关系的总基调；"主干延伸"型结构的平话中，主要人物意图推进的过程便是消灭反向意图的合力，"对抗"的意图关系也是最突出的。与"对抗"相比，掣肘和辅助的关系便在叙事中黯淡许多。杨义有言："中国人思维方式的双构性，也深刻地影响了叙事作品结构的双重性。它们以结构之技呼应着结构之道，以结构之形暗示着结构之神……"①结构的具体形态，形态中的各种表现，实际上是体现创作心态甚至更深层次的思维模式和文化形态的。由此可见，平话讲史实际上采取了这样的策略，即叙述一个时期中具体历史人物不断排除阻碍，践行历史使命的过程，以之为主体完成讲史叙事。换言之，平话所讲之史实际上是具体人物的"创业史"或"奋斗史"。这样的叙事与历史真实存在极大的疏离。五部平话可作如是简要概括：将武王伐纣的历史以吕望兴周，即姜尚的奋斗史呈现；将燕齐战争的历史以孙子击退乐毅，即孙子的奋斗史呈现；将秦灭六国的历史以秦始皇战胜六国，即秦始皇一生的奋斗历程呈现；将汉初，即从刘邦称帝到文景之治前的历史以吕后杀韩信，即吕后的集权史呈现；将三国历史以刘备集团创业史呈现。搁置虚构内容不论，如此呈现的方

---

① 杨义：《中国叙事学(图文版)》，人民出版社 2009 年版，第 47 页。

式便有抓小放大的问题。不仅如此,平话选取的主要人物如姜尚、孙子、刘备等在实际历史中的定位也与平话中差异巨大,这也极大影响了平话叙事与真实历史的距离。如欧阳健所言:"讲史平话的气魄,首先在于藐视一切正统史书的规范,创造了一个为市民群众抒意写愤、寄托情志的另一个历史世界。"①由此可见,平话结构体现出讲史叙事与真实历史叙事之间的巨大差异,与其说平话讲史叙事是在讲述历史,不如说是在建构历史。

小 结

"全相平话五种"以人物人生长期意图为线索,关联起众多事意象群,形成各个人物的意象叙事序列;根据人物意图间的相互作用,实现不同意象叙事序列的交叉,运用嵌入法使各个序列融为一体,从而完成意象叙事文本的结构。

具体来看,以主要人物人生长期意图实践过程关联起的意象叙事序列在长度和意象表意浓度方面均远超于其他人物的意象叙事序列,故而形成了平话意象叙事结构的主干。其余人物的意象叙事序列较短且意象表意相对单薄,基于他们与主要人物意图之间的相互作用,平话将这些与主干交叉的序列嵌入主干,成为意象叙事的枝干。枝干分布在主干周围,主干序列在叙事中占据绝对主体地位。如此一来,平话的意象叙事结构具备了鲜明的强干弱枝特征,其形状以鱼骨形和网状为最突出特点。

具体来看,五种平话结构又呈现出两种具体形态,即"主干对抗"型和"主干延伸"型。平话一般有一两个主要人物,他们相关的

---

① 欧阳健:《民间艺人在"正史"之外另造的历史世界——宋元讲史平话新论》,《东岳论丛》1992 年第 5 期,第 78 页。

意象叙事序列有三种关系:两个主要人物意象叙事序列方向相对,二者对抗,一个序列最终停止延伸,另一个序列继续向前;两个主要人物的意象叙事序列方向相同,前后相继,向前延伸;一个主要人物的意象叙事序列则向前延伸。其中前一种关系中,作为主干的序列间形成对抗关系;后两种关系中,作为主干的序列则主要呈延伸态势,与一些枝干对抗。基于此,笔者将平话叙事结构分成了两大主要形态,即主干对抗型和主干延伸型。具体到意图层面来看,主干对抗型是方向相反的两大主要人物意图汇合各自同向意图来进行相互对抗;主干延伸型则是主要人物意图汇合同向意图来对抗众多反方向的非主要人物意图。

　　总体来看,"全相平话五种"的鱼骨形结构便体现出其以讲史叙事对待历史事实的心态。"全相平话五种"意象叙事基于人物意图及其相互关系,以主要人物为枢纽,将以不同人物人生长期意图为线索串联起的意象叙事序列结构成鱼骨形网状主体结构。分析过"全相平话五种"的意象叙事结构以后,一个明显的信息呈现在笔者面前,即平话叙事中的史事可抽象概括为各大主要人物推进人生长期意图,即践行历史使命并不断与反向意图作斗争的过程。这彰显了平话讲史叙事的独特价值,体现出重要的讲史叙事意味。

　　平话经过重构历史,形成了主干对抗和主干延伸两个类型的讲史叙事结构,这种结构设计以及其中主干序列彰显的人物人生长期意图实践过程、重要枝干序列彰显的人物意图实践过程,均成为叙述者寄寓和表达叙事意蕴的载体。意象叙事便是以此为主要手段体现文本思想内涵的。针对此问题,笔者将在接下来的章节中详述。

第四章　内涵篇:重构历史以扬善劝进

在上一章中,笔者总结了"全相平话五种"的叙事结构。以主要人物为主干,嵌入其他人物的意象叙事序列,平话叙事文本结构由此而成。这种结构由叙述者安排调度,各个人物意图序列的形成、人物意图由生成到取得结果的过程等也均受到叙述者的把控。叙述者借助这种结构的安排,完成了对平话文本的设计,设计中体现其意欲。换言之,叙述文本结构寄寓着叙述者意图,结构本身也是一个大的叙事意象类存在。不仅如此,叙述者彰显其叙事意图的方式以结构文本为主,但并不单一,叙述者有着多元的"能力",全方位促成自己叙事意图的实现。与之同理,叙述者是作者借以完成故事叙述、助其建构叙事文学文本的力量,作者最终把控叙述者。叙述者践行叙事意图的过程也是作者借以实现写作意图的方式,同样是一种意象类存在。作者也有着多元"能力",全方位促使自己实现写作意图,因而作者意图也造就了叙事文本的多重表意元素。作者的写作意图即是其借助文学文本表达思想观念的表现,充分认识叙事文学作品的写作意图,可以对叙事文学的思想内涵形成深入把握。基于此,本章笔者将通过"意象叙事"理论分析法,逐步对"全相平话五种"叙述者的意图、作者的意图进行多层次和全方位的探索,从而把握平话叙事的思想文化内涵。

第一节　"利他"与"超人":人物意图及其实现形态中的叙事意图

　　文本中的人物意图有着双重属性,一方面它服从于叙述者的安排,另一方面它也有着充分的独立性。对这种双重属性进行仔细把握,分析这两种属性特征在文本中的作用,这对于理解叙述者的叙事意图颇有帮助。对于叙述者来说,人物意图及其生成、发展和了结的过程是在一定程度上受到其干涉的。这种干涉行为受其叙事意图指导,其干涉的结果就能体现这种意图。如杨义所言:"读中国叙事作品是不能忽视以结构之道贯穿结构之技的思维方式,是不能忽视哲理性结构和技巧性结构相呼应的双重构成的。"①"全相平话五种"以人物意象叙事序列及其关系作用为基础,结构叙事,这个结构是一种深层思考方式的外在表现,也体现出道与技的统一。平话结构是叙述者叙事技法和意图的统一体,平话主体结构中,人物意图及其实践过程和结果具有意象式的表意功能,能寄寓和推进叙述者的意图。换言之,人物意图的动态实践过程可以作为叙述者意欲的外在表现形式,亦即与叙述者意图配套的意象。石峰雁将这种意象进行了细分,即人物意图意象、意图关系意象和意图命运意象②。三种意象均能体现叙述者在具体叙事阶段的意图,三类意象表意也能相互配合,共同揭示叙述者居于指导地位的意图,而意图命运意象具有直接提示这种居于指导地位的意图的能力。通过把控甚至干涉人物意图实现的情况,叙述者表达对人物意图的态度:叙述者促成人物意图实现能表明他

---

①　杨义:《中国叙事学(图文版)》,人民出版社 2009 年版,第 47 页。
②　参见石峰雁:《〈金瓶梅〉意象叙事研究》,上海交通大学 2019 年博士学位论文,第 205 页。

对此意图合理性的肯定,反之则千方百计阻挠此意图的实现,甚至令人物死亡,直接掐断意图实现的路径,这便消解了此意图的合理性。叙述者的思想观念形态借此得到体现。例如,《水浒传》中叙述者令宋江"招安为官,借以晋身"的意图多次受阻,在其成功实践招安意图后,又令其失去诸多帮衬力量,借此削弱宋江进一步建功立业的能力,这种意图力的削减使其意图实现的概率大大降低,而且最终借宋江死亡消解掉了这个意图,叙述者如此设计,态度便已相当明确了。叙述者意图通过文本叙事的组织得以落实,而这种组织行为关乎各个人物,人物的行为自然是与叙述者的叙事紧密关联的。叙述者综合调控人物意图的实践全过程,借以实现自己的目的,从这个角度去审视人物意图的实践过程,探索叙述者的意图是大有可为的。

一、"全相平话五种"人物意图的伦理道德分析

主要人物和相对重要的人物是叙述者叙事的焦点,他们的意图实践过程是叙事者主要调控的对象,仔细分析这种把控作用,可以推知叙述者叙事意图的许多信息。通过上一章的分析,"全相平话五种"中的主要人物和重要人物意图实现形态皆已明了。意图实现者有主要人物姜尚、孙子;重要人物姬昌和姬发、鬼谷子、王翦、王贲、刘泽。意图失败消解者有主要人物纣王、乐毅、吕后;重要人物妲己、黄伯杨、项梁、周瑜。相对复杂者为秦始皇、刘邦以及曹操和司马懿,他们的意图一定程度上达成,后又消解殆尽,而刘备和诸葛亮的意图虽然因各自死亡而未达成,却借助后人刘渊实现了。仔细审视这些人物意图的实现形态,可以发现一些普遍性的信息。意象叙事理论中,行为动机即是意图,这一概念源于人的意志,因此笔者引入了唯意志论哲学相关理论,借以分析人物意图

及其实现形态，以寻绎其中规律。

首先，笔者借助叔本华的动机与伦理道德理论，审视平话人物意图实现形态。叔本华认为：

> 人类行为仅有三个基本源头，并且一切可能动机都是从或者这个或者那个源头产生的。它们是：
>
> （a）利己主义；意欲自己的福利，而且是无限的。
>
> （b）邪恶；意欲别人的灾祸，而且可能发展成极度残忍。
>
> （c）同情；意欲别人的福利，而且可能提高到高尚与宽宏大量的程度。①

利己主义片面追求最大化的个人利益，忽视他人利益。邪恶专务损害他人或以他人灾祸为乐。同情则是重视别人的福利，对别人的祸福感同身受。进一步总结，叔本华理论中的利己主义动机获得利益者为人自身，同情动机中获得利益者为他者，邪恶动机则是损害他者之利益。以利益为视角，三种动机可以概括成：利己、排他和利他。叙事中的人物意图可以借此分类。

其次，笔者参考尼采"权力意志"理论，审视人物意图的超越性。尼采认为人的意志不是求存，而是进取："只是生命所在的地方，即有意志；但这意志不是求生之意志——我郑重的告诉你——而是权力意志。"②"一切生物最清楚不过地说明，它们所做的一切

---

① ［德］叔本华著，任立等译：《伦理学的两个基本问题》，商务印书馆 1996 年版，第 235 页。

② ［德］尼采著，尹溟译：《查拉斯图拉如是说》，文化艺术出版社 1987 年版，第 138 页。

都不是为了保存自身,而是为了增长。"①他认为人的意志中,追求增长是与生俱来的,因此他主张"人类是应当被超越的"②,因此其理论也称"超人学说"。人的行为动机或多或少均有"超人"属性:"无论何地我找到生物,我便找到权力意志;便在服从者之意志里,我也找到做主人的意志。"③超越自我,从来都是人类最为常见,也值得肯定的一种动机类型。欲望的存在,使生命意志能避免平庸。以此观照人物意图,分析其是否有"超人"属性,这对于理解人物意图也大有帮助。

综合这两点,笔者总结"全相平话五种"中人物意图及其实现形态的伦理道德和超越性特征如下表:

人物	人生长期意图	伦理道德属性	"超人"属性	实现形态
纣王	借助强权来放纵享乐	利己、排他	有	失败消解
姜尚	辅佐明主,匡扶社稷	利己、利他	有	实现
妲己	追求享乐	利己、排他	有	失败消解
姬昌姬发	实行王道	利己、利他	有	实现
孙子	忠君报国	利己、利他	有	实现
乐毅	斗气争胜	利己、排他	有	失败
鬼谷子	弭兵	利己、利他	有	实现

---

① [德]尼采著,张念东、凌素心译:《权力意志》,商务印书馆1991年版,第504页。

② [德]尼采著,尹溟译:《查拉斯图拉如是说》,文化艺术出版社1987年版,第6页。

③ [德]尼采著,尹溟译:《查拉斯图拉如是说》,文化艺术出版社1987年版,第137页。

人物	人生长期意图	伦理道德属性	"超人"属性	实现形态
黄伯杨	争胜斗气	利己、排他	有	失败
秦始皇	统一天下，建立集权	利己、利他、排他	有	先实现后消解
王翦王贲	保王社稷	利他	有	实现
项梁	反秦	利己、排他、利他	有	失败消解
吕后	专权	利己、排他	有	失败消解
刘邦	维护自身皇权	利己、利他、排他	有	先实现后消解
刘泽	反抗吕后专权，恢复刘家统治	利己、利他	有	实现
刘备诸葛亮	报国兴汉，忠君爱民	利己、利他	有	因死亡而未实现，借助后人刘渊实现
曹操司马懿	谋夺并独霸天下	利己、排他、利他	有	先实现后消解
周瑜	谋取自身利益和权势	利己、排他	有	失败消解

如此，平话中人物意图道德伦理属性及其实现形态一目了然，二者之间的对应关系亦可初步呈现，下文笔者将详细分析并概括其中规律，从而明确叙述者对人物意图及其实践过程的把控思路，推知其叙事意图。

二、"全相平话五种"人物意图实现形态的"利他"特征

从"意图命运意象"来看，"全相平话五种"叙述者有意促成利他行为，阻抑排他行为，对利己行为则不干预。这种特点体现出叙

述者叙事意图中有如下元素:褒扬"利他"的动机,贬斥甚至憎恨"排他"动机,包容"利己"欲望。这种意图形态揭示了叙述者结构文本叙事时的思想倾向。

首先,五部平话中具有"利他"属性的人物长期意图均借助各种方式最终达成,可见叙述者对这类欲求的肯定。一方面,关注人生长期意图实现形态较为简单明确的情况,其中意图实现者利他属性均较为明显。如主要人物姜尚、孙子,重要人物姬昌和姬发、鬼谷子、王翦和王贲、刘泽等,他们都最终实现了人生长期意图。这些人物行为动机全部都有的属性是"利他",很多人物的行为动机亦有"利己"属性,但非全部。与之对应,意图不具备利他属性的人物如纣王、妲己、乐毅、黄伯杨、吕后和周瑜,或意图最终失败,或因死亡而意图消解,终究意图落空。从这一成一败的对比来看,叙述者的态度就很明显了:对于"利他"性的意图,叙述者最终要成人之美;对于不具备"利他"性的意图,叙述者往往使其难以达成。最典型的例子当属王翦、王贲父子,他们的意图较为简单,即"保王社稷",帮助秦始皇统一天下,结束六国纷争,这种行为是有利于秦始皇和天下百姓的,消弭战争,减少伤亡,为国为民,二人虽经历少量波折,但顺利地实现了这一人生长期意图。再如刘泽,其意在推翻吕后的残酷统治,结束乱局,也将权力收归刘氏政权,这不仅为其自己带来权力和利益,也对国家稳定和人民生活大有好处,他也实现了这一意图。相反,同样是谋夺权力和利益,周瑜的人生长期意图是谋取自身利益和权势,他因此损害刘备报国兴汉的"利他"意图,造成纷争,不利于国家百姓,故而他英年早逝,意图消解。从这些例子可以看出,叙述者对于行为意图动机的"利他"的肯定和推崇。不仅促成利他之事,还要消解不具备"利他"属性的动机,可见"利他"动机对于叙述者来说具有崇高性和正当性。另一方面,分析人生长期意图实现形态较为复杂的情况,更体现"利他"属性与意图成败密不可分的关系。典型者如秦始皇，他以"统一天下，建立集权"为人生长期意图，这种意图的属性极为复杂，从个人角度而言，秦始皇为集中权力和富贵，"利己"性明显。但消灭六国，形成稳定统一的国家局面利于消解战争，造就生产、生活的有利环境，对百姓大有好处，又有"利他"属性。然而，他为集权亦制造政治高压，对民众造成巨大伤害，"排他"属性明显。其意图道德伦理属性复杂，实现形态亦颇值得玩味，总体上他的意图实现了，但又在死后迅速消解。叙述者聚焦于他生前意图初步实现的过程，对死后则简略叙述。从这种处理方式看，对于秦始皇意图中"利他"的一面，叙事者给予了充分的重视，故而浓墨重彩地表现了此点。更为明显的例子是刘备、诸葛亮，他们忠君报国、兴复汉室的人生长期意图是利国利民的，叙述者对这种"利他"意图显然非常欣赏。历史上，刘备、诸葛亮生前未能实现抱负，蜀汉的事业也最终归于失败，对此，叙述者在不改写历史基本发展脉络的同时，强行建构刘备和刘渊两个历史人物的关系，将匈奴汉赵政权的奠基者虚构为刘氏外孙，借以实现刘备、诸葛亮生前未能达成的意图，可见叙述者促成此意图实现之坚决。将两个例子结合来看，如果秦始皇人生长期意图的初步达成是遵循史实的叙述，那么刘备、诸葛亮人生长期意图在死后的实现便有赖于叙述者的设计了，其对人物意图"利他"属性的推崇态度十分明显。称赞"利他"的人生长期意图是叙述者意图的重要元素。

其次，五部平话中具有"排他"属性的人物长期意图均要归于失败或者因人物死亡而消解，可见叙述者对这类欲求的批判。一方面，分析人生长期意图实现形态较为简单明确的情况，其中排他属性较为明确的意图绝不可能达成。如主要人物纣王、乐毅、吕后，重要人物妲己、黄伯杨、周瑜，他们的人生长期意图均较为明确地归于失败。这些人物意图特点也极为明显，即皆有"利己"和"排他"属性。再对比意图明确达成者如主要人物姜尚、孙子,重要人物姬昌和姬发、鬼谷子、王翦和王贲、刘泽等,两类人物意图多有"利己"属性,而二者在"排他"和"利他"两种属性上是对立的。由此可见,"排他"与人物意图失败或消解是相关的。《秦并六国平话》中的项梁这个人物相对特殊,其人生长期意图为反秦,阻挠秦始皇统一,这一意图具有"利他""排他"双重特征。他反抗秦朝暴政,对拯救天下百姓有益,这是"利他"的,这种属性使得他与六国抗秦的将军们命运不同,他活到了秦统一之后。然而他破坏统一,阻碍了天下稳定的进程,这是不利于国家和百姓生活的,也就是"排他"的。在"项梁之死"的事意象群中,项梁的意图最终因他兵败被杀而消解。此例中,叙述者把控叙事的作用明显,历史上项梁事迹在于秦末,而叙事者安排他在秦灭楚的战争中提前登场,颇有深意。结合此例来看,叙述者对"排他"的态度相对明确:对于具有"排他"属性的意图,叙述者必使其破灭,甚至叙述者不包容虽有一定"利他"属性但总体呈现"排他"属性的行为,足见其贬斥"排他"的态度。再如乐毅、黄伯杨,二人以争胜斗气为行为动机,这是损人利己的"排他"意图。叙述者于此时发挥作用,虚构历史细节,为乐毅伐齐的历史故事增添了一个乐毅彻底惨败认输的结果。从此例可见,叙述者贬斥"排他"意图的鲜明态度,要给予"排他"属性明显的意图以彻底失败的结局,彰显其否定之坚决。另一方面,分析人生长期意图实现形态较为复杂的情况,更体现叙述者对"排他"属性意图的憎恶态度。与秦始皇类似的人物如刘邦,其"维护自身皇权"有着复杂的属性。维护皇权利于稳定天下,更有利于百姓休养生息,具有"利他"属性;然而为清除权力威胁,制造韩信等人的冤案,形成政治上的混乱,损害功臣和百姓权益,具有"排他"属性。相比之下,刘邦意图的"排他"属性更为明显。平话叙述者将"刘邦谋废太子未果"的事意象群置于重要的位置,凸显其权力的旁落过程,促成其因死亡而意图消解的结果。叙述者对其"排他"性强的意图批判意识明显。再如曹操和司马懿,他们谋夺汉室江山、独霸天下的意图中"排他"属性明显。叙述者引入"刘渊兴汉"的事意象群,促使曹操、司马懿意图在初步达成后瞬间消解。叙述者的叙事迥异于史实,否定了曹操、司马懿达成的历史功业,贬斥"排他"意图的态度昭然若揭。坚决否定具有"排他"属性的人物人生长期意图,是叙述者的又一鲜明态度。

综合看"利他""排他"二种属性意图之成败,更能体现叙述者的态度。将众多人物意图之成败带入其中审视,叙事结构体现出了"利他"属性意图战胜"排他"属性意图的过程,叙述者赞赏"利他"行为意图、憎恶"排他"行为意图的态度借此体现得更为明显。例如《武王伐纣平话》中姜尚意图的成功实现是建立在"击败"纣王意图的基础上的,《三国志平话》中刘渊促成刘备和诸葛亮的意图,也是以消解掉司马懿意图为前提的。肯定"利他"和否定"排他"是相互配合的,叙述者的意图更加鲜明。

此外,对于人生长期意图的"利己"属性,平话叙述者相对包容。各大主要人物、重要人物的人生长期意图多有"利己"属性。例如姜尚、刘备、诸葛亮,这些人物在平话中的形象具有明显的崇高性。然而,即使他们的人生长期意图以"利他"属性为最显著的特征,但亦包含"利己"属性。姜尚"辅佐明主,匡扶社稷"的历史使命中亦包含个人价值的实现,他期待因此出人头地,身登高位,换得富贵人生;刘备和诸葛亮亦是如此,匡扶汉室的同时,刘备获得了帝位,为自己谋得了最高的权力,诸葛亮独揽朝政,亦是无上的荣光。故而平话中亦有姜尚向纣王推荐自己以谋取官位俸禄的相关事意象。从上文的表格中也可看出,"利己"属性与人物人生长期意图的成败不发生关系。叙述者没有对"利己"属性的意图表露褒贬态度,而是默认其存在。"利己"属性虽然不影响人物意图的成败,但充斥于各个人物的意图之中,也构成了平话叙事的一大伦理道德特色。

综合来看,平话叙述者具有鲜明的"利他"主义精神。叔本华认为,同情"是唯一真正的道德动机"①。平话叙述者肯定和推崇"利他"意图,并与之配合,坚决否定乃至憎恶"利他"的对立面——"排他",可见他在大力提倡"利他"行为,这是叙述者宣扬道德动机的清晰思路。不同于叔本华的认知,平话叙述者未否认"利己"动机,对于"意欲自己的福利"给予了包容态度。换言之,只要你的动机"利他"而不"排他","利己"是可以接受的。可见平话叙述者有意明确区分行为动机的"利他"与"排他",认为二者鲜明对立,这是一种明显的善恶二元对立理念,其叙事具有"惩恶扬善"的思想倾向。

三、"全相平话五种"意图结构的"超人"属性

综合来看"全相平话五种"中各大主要和重要人物的长期意图,其"权力意志"色彩浓烈,是追求增长的意图。平话以各人物"超人"意图的推进过程及各自关系结构起了叙事文本,叙述者赞赏追求卓越欲望之"超人"意志的态度得以体现。

首先看主要人物。持有明显"利他"属性意图的人物有着鲜明的"超人"意志。例如姜尚,追求"辅佐明主,匡扶社稷"的意图,想要成为于国于民有益之臣。然而他并非甘心做一个普通的大夫,而是"有心兴周破纣安天下"②,要实现人臣最高之功业,辅佐君王平定天下。再如刘备,以"报国兴汉"为自己的历史使命,然而基于

① [德]叔本华著,任立等译:《伦理学的两个基本问题》,商务印书馆1996年版,第260页。
② 钟兆华:《元刊全相平话五种校注》,巴蜀书社1990年版,第56页。

自身"乃汉景帝十七代玄孙,中山靖王刘胜之后"①的身份,其"报国兴汉"的意图与"吾为天子"②的壮志是一体两面的。在汉室倾颓的环境里,刘备深知当一名普通的臣子或宗亲是根本无法实现"报国兴汉"之目的的,故而他立志"报国兴汉"便必然走上征伐天下、当汉家天子的道路。换一个角度,在各自平话叙事的文本世界里,由于环境恶劣,姜尚"辅佐明主,匡扶社稷"和刘备"报国兴汉"的意图便具有超越常人的特点。人物践行意图的过程是追求增长的过程,是成为"超人"的过程。最终意图实现后,姜尚成为周朝开国第一功臣,刘备及其"后人"刘渊相继建立汉政权,成为帝王,主宰天下,均成就了自己的卓越事业,可谓历史上的"超人"。其他主要人物如孙子、秦始皇、诸葛亮等皆是如此。与这些人物相对,持"排他"意图的人物,意志也是超乎常人的"权力意志"。如《武王伐纣平话》言纣王治国"封三十六镇诸侯,有一百六十□□之郡"③,作为帝王,他权力无上,故而他追求极致的强权与享乐。敲骨髓、剖孕妇、建鹿台和酒池肉林等事意象,以超乎寻常的"象"彰显纣王超越常人的"意"。再如乐毅,平话以"三尺甘雨""龙马生角"的意象揭示其意图的不凡:

> 燕王闻之大喜,遂问乐毅曰:"寡人意欲伐齐,雪先君之耻。邹大夫举卿为元帅,若何?"乐毅奏曰:"臣为元帅,若我王有福,下三尺甘雨。"不移时,果然下三尺甘雨。乐毅奏曰:"大王福德。小臣受王重禄,臣问天期一卜。如应,限一日,马生其角,臣便为帅。"来日早朝,果是龙马生其一角。乐毅喜曰:

---

① ② 　钟兆华:《元刊全相平话五种校注》,巴蜀书社 1990 年版,第 378 页。
③ 　钟兆华:《元刊全相平话五种校注》,巴蜀书社 1990 年版,第 1 页。

"君臣有德,臣今挂印。"①

乐毅欲成为天下"将星",傲视七国。他起兵伐齐,推行其志向,能感天降雨,马生龙相,这些意象皆暗示其意志超群,功业亦将超卓。这些人物虽然最终意图失败,归于消解,却也都取得了不凡的事迹,留名于世。平话的结构中,一些主要人物意象叙事序列作为主干存在,平话叙事是聚焦于这些不同凡响之意图的产生、发展、结果及其相互关系的。叙述者对"超人"意欲颇为看重,展现相关人物意图的实践过程是叙述者叙事的一大重要目的。

其次看重要人物。这些人物的意象叙事序列作为平话叙事结构的主要枝干存在,他们的长期意图是主要人物长期意图实践过程中遇到的重要助力或阻力。但这些人物意图不能视为主要人物意图的从属性意图,这些人物的意志并非"服从者意志",而是"做主人的""权力意志"。换言之,主要人物与这些稍微次要的人物之间,在意图层面是合作关系,而非主从关系。如妲己之于纣王,狐妖追求享乐的意图并非因纣王而起,而是早已有之,纣王与妲己意图珠联璧合,故而互为助力。姬昌和姬发之于姜尚、鬼谷子之于孙子、黄伯杨之于乐毅、王翦和王贲之于秦始皇、刘邦之于吕后等皆是如此。平话叙事时亦借助意象揭示这些重要人物意图之非凡。如《秦并六国平话》以"项羽杀殷通"的事意象体现项梁长期意图之超凡:

> 会稽太守殷通闻陈胜起,欲发兵以应胜,使项梁及桓楚将。是时,桓楚亡在泽中。梁曰:"桓楚亡,人莫知其处,独有项籍知之耳。"项梁乃出诫侄子项籍提刃居外待。梁复入,与

---

① 钟兆华:《元刊全相平话五种校注》,巴蜀书社1990年版,第112页。

太守坐,曰:"请召项籍,令使命去召桓楚。"太守许诺。召籍
入。须臾,梁眴视籍曰:"可行矣。"于是籍遂拔刃斩太守头。
项梁持太守头,佩其印绶。门下大惊扰乱,籍所击杀数十百
人,一府皆慑,人莫敢起。①

项梁以破坏秦始皇统一事业为其一生之使命,但殷通与其志向趋
同时,他是不甘为人下的,故而要杀殷通,成为反秦的主导者,而非
服从者。其意图体现着鲜明的"主人意志",绝非"服从者意志"。
再如司马懿"三国并收,独霸天下",要成为一统天下的帝王,这意
图甚至超越了刘备、诸葛亮、曹操、周瑜及孙权等所有人物的意图,
"超人"特征极其明显。这些"超人"属性明显的意图对应的序列作
为主要枝干分布于主干周围。在这种结构中,叙述者对追求卓越
意志的青睐态度体现鲜明。

叙述者肯定卓越超凡的人生追求,赞赏历史上的"超人"。卢
世华有言:"对历史人物的贫贱出身和发迹过程,平话总是很感兴
趣,津津乐道。在平话中,这种微贱发迹的故事总是写得细致动
人,平民生活总能写出真情实感。"②其实不仅是微贱者的发迹,对
于历史人物,尤其是帝王将相追求最顶层的政治权力和军事成就
的奋斗,平话叙事均喜爱有加。借助人物意图及其实现形态,叙述
者对其欣赏历史人物建立伟业的努力、提倡奋斗精神的思想倾向
进行了明确而生动的表达。

综合来看,"利他"与"超人"是平话中人物意图及其实现形态
的两大最主要特点。叙述者基于如此设计,实践了其高扬道德意
识,提倡奋斗精神的深层叙事意图,一个极富善心和上进心的叙述

① 钟兆华:《元刊全相平话五种校注》,巴蜀书社1990年版,第267页。
② 卢世华:《元代平话研究——原生态的通俗小说》,中华书局2009年版,第221页。

者形象初步呈现了出来。

第二节　"命运"与"天理"：双重
结构中的叙事意图

　　"双重结构"是"全相平话五种"叙述者为达到叙事目的、体现自身理念的又一个重要手段。平话叙述者在建构主体结构的同时还建构起了另一个小结构作为映照和补充。主体结构发挥主要表意叙事功能，小结构虽在叙事表意过程中居于次要地位，但其功能不可或缺。小结构能对平话叙事表意起到指导作用，主体结构能按其指导性表意确立起来；同时，小结构也能对主体结构叙事表意起到充分的辅助性作用。两个结构合二为一，共同组建文本。借助双重结构配合的叙事模式，平话叙述者完成"天理昭彰，报应不爽"观念的表达。

一、"全相平话五种"的双重结构

　　"全相平话五种"叙事的双重结构具有明显的表现形式。杨义对中国叙事文学的结构有着极为精准的论述："中国比较完整的叙事作品的深层，大多运行着这个周行不殆的'圆'。"①圆形结构是针对叙事的势能平衡情况而言的。换言之，中国叙事文学作品总是从叙事世界各方力量处于平衡状态开始的，而当这种平衡被打破，之后经过一系列事件，重新到达力量平衡，叙事就完结了。圆形结构是一种体现中国人文化心理的叙事结构，大部分叙事文学的叙述者就在进行着"画圆"的工作。叙述者"画圆"，促使人物走

---

　　①　杨义：《中国古典小说史论》，人民出版社 2004 年版，第 562 页。

在他画的圆里,人物因其主观能动性,会不时偏离叙述者画的圆,叙事者必将进行干预,如此便形成了叙事的"延宕""超越"等特征。意象叙事理论中的结构与杨先生这种圆形结构理论并不冲突,众多人物的意图无论成败,均呈现完整的过程,最终这些意图均不会无休止的推进,叙事还是会归于势能平衡。由此观照"全相平话五种",其结构也是趋近于杨先生所说的圆形。以《武王伐纣平话》为例,纣王"借助强权来放纵享乐"意图萌生,其强力推进意图的行为打破叙事世界的平衡,并进一步引发一系列人物,尤其是姜尚"辅佐明主,匡扶社稷"意图的生成和推进,最终纣王意图破灭,姜尚意图实现,各方意图有了结果后,不再继续发展,归于平衡。与之对应,故事层中,从天下安宁到大乱,再到安宁,也是周而复始。叙述者把控人物意图,使其从无到有,从因到果,最终还是停止了其实践过程而归于无。对于这种把控作用,平话叙述者喜欢先进行一定程度的委婉表述,这种表述虽非直说,却相对明晰,从而彰显出了叙述者建立双重结构的叙事策略。平话叙述者一般会在主体叙事之前,安排一个独立的事意象群,这一事意象群对全书的意图结构进行提示,颇有对主体叙事进行预演的意味。换言之,在全篇建构的"大圆"之前,叙述者要先画一个"小圆",以小圆统摄大圆。笔者将这些事意象群总结如下:

平话作品	事意象群	内容举隅
《武王伐纣平话》	成汤兴商	以伊尹相汤伐桀,三让而践天子之位。顺天革命,改正朔,天下号曰商……诸侯叹德,三十六国来归。[1]

---

① 钟兆华:《元刊全相平话五种校注》,巴蜀书社1990年版,第1页。

平话作品	事意象群	内容举隅
《七国春秋平话》	孙子败庞涓	夫后七国春秋者,说着魏国遣庞涓为帅,将兵伐韩、赵二国。韩、赵二国不能当敌,即遣使请救于齐。齐遣孙子、田忌为帅,领兵救韩、赵二国。遂合韩、赵兵战魏,败其将庞涓于马陵山下。①
《秦并六国平话》	秦王扫六合	这个七国,当初互为雄长;在后见秦国强大,那六国结纵合横,以拒强秦。奈何纵解横散,被秦始皇吞并做一统天下……始皇无道,南取百粤,北筑长城,东填大海,西建阿房,坑儒焚书,使天下人民不安;不修国政,并吞诸侯,荒荒离乱。②
《前汉书平话》	项羽之亡	细察项王之事,有终有始,功以多矣,过以寡矣。项王言"天亡我",非为谬也。③
《三国志平话》	司马仲相断狱	玉皇敕道:"与仲相记,汉高祖负其功臣,却交三人分其汉朝天下:交韩信分中原为曹操,交彭越为蜀川刘备,交英布分江东长沙吴王为孙权……刘备索取关、张之勇,却无谋略之人,交蒯通生济州,为琅邪郡复姓诸葛,名亮,字孔明,道号卧龙先生,于南阳邓州卧龙冈上建庵居住。此处是君臣聚会之处,共立天下,往西川益州建都为皇帝,约五十余年。交仲相生在阳间,复姓司马,字仲达,三国并收,独霸天下。"④

这些事意象群将平话叙事的主体结构以最为言简意赅的方式概括出来,在全书的开篇即交代好了全书故事的主体走向。例如,"司

---

① 钟兆华:《元刊全相平话五种校注》,巴蜀书社 1990 年版,第 98 页。
② 钟兆华:《元刊全相平话五种校注》,巴蜀书社 1990 年版,第 177 页。
③ 钟兆华:《元刊全相平话五种校注》,巴蜀书社 1990 年版,第 300 页。
④ 钟兆华:《元刊全相平话五种校注》,巴蜀书社 1990 年版,第 374 页。

马仲相断狱"事意象群,以如下事件逻辑为"象":因刘邦杀功臣打破"公道",司马仲相断案,使功臣三分刘邦的天下,讨回"公道",仲相统一天下,使天下恢复平稳。而此"象"包孕着的"意"正是《三国志平话》的主体叙事结构,交代出了刘备、诸葛亮、曹操、孙权、周瑜和司马懿各自推进意图的大致过程和结果。叙述者首先建构小结构,用以确定并统摄平话叙事主体结构,之后参照小结构叙事主体文本,完成体系化的叙事结构建设。

"全相平话五种"的双重结构并非其独有和首创。平话与宋元时期的"说话"伎艺密切关联,"说话"结构中的"头回"对"双重结构"模式有着极其重要的启发作用。宋元时期的"说话"艺术形式具有开场先说"头回"的习惯。"头回"是说唱伎艺的专门术语,有"未入正文,先资笑乐"[1]的作用。据《东京梦华录》记载:

> 杖头傀儡任小三,每日五更头回小杂剧,差晚看不及矣。[2]

说唱艺人在正式演说故事前要先讲一个与正话类似或相反的故事,起押座、吸引观众的作用。小故事往往与正话的故事关联性极强。显然,"全相平话五种"对此有所继承,正文前有半独立的小故事。《秦并六国平话》更直接把"头回"之名说了出来:

> 这个头回且说个大略,详细根原,后回便见。[3]

原来,这种双重结构模式源自与平话关系密切的说唱伎艺。

---

[1] 胡士莹:《话本小说概论》,中华书局1980年版,第139页。
[2] [宋]孟元老:《东京梦华录》,大象出版社2019年版,第38页。
[3] 钟兆华:《元刊全相平话五种校注》,巴蜀书社1990年版,第178页。

　　"全相平话五种"中,头回内容与主体叙事关系更紧密。头回作为说唱的结构元素,对艺人说话时吸引观众颇有帮助,说话人先抛出引子,之后不断深入,引人入胜,能牢牢抓住听话人的思绪。口头说话串联场景方式灵活,可随时"抖包袱""耍科诨",积蓄叙事势能。由口头到文字,这种结构元素的作用便不再突出。平话叙述者显然对于说唱文本和文学文本在叙事上的差异有所认识,"头回"元素在平话文本中能紧贴后文叙事,甚至对后文叙事结构形成指导作用,可见对说唱"头回",平话叙述者还是进行了一定程度的改造。"头回"内容在叙事上更深层次地参与到了全书叙事的结构中,平话叙述者因此促使平话叙事形成两个结构相辅相成的局面。双重结构非平话叙事首创,却在平话叙事中形成了自身的特色,发挥了全新的文本叙事结构作用。

　　"全相平话五种"继承了"说话"艺术的"头回"形式,在全文叙事的起点,叙述者便借助相对独立的小结构将主体结构设定好,揭示了全文意象叙事结构的大致走向。从故事层面看,这不利于悬念的制造;从叙事层面看,叙述者似乎也借小结构将叙事意图展露无疑,之后的叙事势能被削弱,叙事也失去了婉曲之美。然而平话叙事却一定程度避免了这些问题,这与叙述者对双重结构关系的把控,及其对两个结构表意侧重点的选择密切相关。下文笔者即从双重结构的互动入手,揭示双重结构在平话意图叙事中重要且独特的作用,同时明确平话叙述者借助双重结构彰显的思想观念。

二、双重结构的叙事意图结构内核

　　"全相平话五种"的双重结构形式虽脱胎于"说话"伎艺,但其"头回"内容在文本叙事中发挥了新作用,并未因为叙事形式的改变而失去价值。以"头回"为外在形式,平话叙事借助这个主体结构之外的小结构,相对直接地彰显叙述者意图,以之来指导主体结构叙事,并补充主体结构的表意。有了这个"头回"小结构,平话叙事表意更加清晰和全面,叙述者的意图更加明确。对小结构进行意象分析,可进一步明确叙述者进行文本叙事时的思想风貌,探索平话作品的内涵。

首先,仔细研究平话小结构的表意叙事,可以初步明确叙述者欲彰显之"天理"。五部平话的"头回"无论长短详略,皆可作为事意象群进行意象分析。《武王伐纣平话》中,"成汤兴商"的事意象群,以"商汤灭夏桀""网开一面""焚身求雨"来构成事意象。这一事意象群表层之"象"为商汤的"顺天革命"。分析革命的过程可知,商汤的行为皆以治理国家、安定百姓为目的,所以他能自焚以换取天降甘霖。这种"利他"意图能够实现,可见事意象群寄寓着对"利他"性道德行为动机的呼唤。与之相对,《七国春秋平话》"孙子败庞涓"事意象群则寄寓着对"排他"意图的贬斥。这一事意象群包括"庞涓拜将伐韩、赵""孙子拜将斩庞涓"等事意象:

> 其夜孙子用计,捉了庞涓,就魏国会六国君王,斩了庞涓,报了刖足之仇。①

这种以报仇为外在之"象"的叙事,寄寓了对庞涓为求功名而欺凌他国的"排他"行为动机的憎恶。庞涓之惨死,体现叙述者否定非道德的"排他"动机,体现自身鲜明道德观念的叙事意图。《秦并六国平话》的"秦王扫六合"事意象群则包括"周朝立国""周郑交兵""诸侯并起""七雄争霸""秦始皇统一""秦朝灭亡"等事意象组。以

---

① 钟兆华:《元刊全相平话五种校注》,巴蜀书社1990年版,第98页。

杜牧《阿房宫赋》："呜呼,灭六国者,六国也,非秦也。族秦者秦也,非天下也。嗟乎,使六国各爱其人,则足以拒秦;使秦复爱六国之人,则递三世可至万世而为君,谁得而族灭也? 秦人不暇自哀,而后人哀之;后人哀之而不能鉴之,亦使后人复哀后人也!"①点明此处的意象表意,亦即是"爱其人"则国兴,"不爱其人"则国亡,道德观念鲜明。《前汉书平话》"项羽之亡"事意象群则包含"项羽崛起""项羽称王""项羽灭亡""汉评项羽"等事意象。论述项羽八德揭示了此处蕴含的叙事者意图:

> 夫项王有八德:起于陇亩威服天下者,英雄之至,一也;斩宋义而存权国,断之明,二也;大小七十余阵,未尝败,勇略之深,三也;与仇敌,而不敌人之父者,仁之大矣,四也;割鸿沟而不质汉之妻子,言之厚,五也;势力屈,言天亡我,是知其命者,六也;至乌江而不肯渡者,羞见父老有耻之不爱其生,七也;引剑自杀者,知死有分定,八也。②

明确肯定项羽之"仁爱""宽厚",赞扬他终结秦末乱世之功,叙述者仍在提倡"利他"的道德行为动机。《三国志平话》的"司马仲相断狱"事意象群包含"御园赏花""司马仲相入阴司""三王鸣冤""司马仲相审刘邦、吕后和蒯通""断狱三分天下"等事意象组,借助司马仲相之口,揭示"象"后之意:"无道之君! 若是仲相为君,岂不交天下黎民快乐!"③提倡使民安乐的治理观念。之后又借助阴司官员之口说:"陛下看尧、舜、禹、汤之民,即合与赏;桀纣之民,即合诛

---

① 钟兆华:《元刊全相平话五种校注》,巴蜀书社 1990 年版,第 177 页。
② 钟兆华:《元刊全相平话五种校注》,巴蜀书社 1990 年版,第 299—300 页。
③ 钟兆华:《元刊全相平话五种校注》,巴蜀书社 1990 年版,第 371 页。

杀。我王不晓其意，无道之主，有作孽之民，皆是天公之意。"①无道作孽，即合当有被诛杀的下场。提倡"利他"之爱民，痛斥"排他"之无道作孽，这种叙事意图体现出叙述者宣扬的鲜明道德理念。五部平话的小结构均以所谓的天命叙事为外在的意象形式，如"天公之意""顺天革命""天亡我"等字眼随处可见。与之对应，这些意象借助行为"利他"和"排他"者各自的结果和人生命运，彰显"善恶果报"的寓意。从这种表意特点看，小圆结构中的"天命"与道德观念呈主客一体的意象结构关系。天意统摄人事，而天意就如司马仲相一般，酬谢"利他"者，报复"排他"者。如此看，叙述者赋予"天命"以道德化的阐释，提倡善恶报应之"天理"是其叙事的一大目的。

其次，审视双重结构的对应关系，叙述者意图能够得到更全面的认识。平话两个结构相互对应。主体结构是表意的基础，平话叙事主要内涵的彰显要靠主体结构完成；小结构是促使平话叙事表意深入、明晰和全面的手段；双重结构相互照应，时有交错、互动，表意实现彼此的支援和补充，共同揭示叙述者意图。

一者，双重结构总体上呈现"意象"多层面的对应。基于上文论述，小结构颇似后文主体结构的"预演"。如"成汤兴商"将"吕望兴周"的过程进行了预示，"孙子败庞涓"则预演了"孙子败乐毅"，"项羽有八德而屈死灭国"也与"吕后屈杀诸功臣"等相似。《秦并六国平话》更是将全书叙事进行了一个概括，作为全书开篇的小结构。笔者以《三国志平话》"司马仲相断狱"为例，分析双重结构在外在形式上的对应关系。韩信、彭越和英布报复刘邦、吕后的过程与曹操、刘备和孙权各自创业对应；蒯通辅助彭越对应诸葛亮辅佐刘备，前后相继推进"报国兴汉"意图；司马仲相收拢全局，对应司

① 钟兆华：《元刊全相平话五种校注》，巴蜀书社1990年版，第372页。

马氏推进"独霸天下"意图。在外在意图推进行为方式上,双重结构实现了总体上的照应。与之对应,双重结构的表意也呈现总体上的统一特征。同样看"司马仲相断狱",叙述者以韩信、彭越和英布向刘邦的复仇来批判刘邦为集权而萌生并实践的"排他"行为;而与之对应,在主体结构中,刘备、诸葛亮"报国兴汉""匡扶社稷"等"利他"意图的实现过程成为结构的主干,叙述者在成全"利他"者,贬抑"排他"者。由此可见,叙述者在双重结构中寄寓的思想观念一致,二者可以互相补充。小结构表意相对直接,提示主体结构的表意;主体结构表意含蓄却丰富,深化小结构的表意;双重结构相互配合,使表意更全面立体。

二者,双重结构时有交错,在互助、补充中实现表意的升华。平话小大结构彼此之间有一定独立性,但联系却非常紧密,最为突出的特点是,主体结构中会时不时地出现一些特殊意象,体现小结构对主体结构的影响。审视这种特点也是把握叙述者思想风貌的最佳途径之一。在关键时刻出现的特殊意象,促成双重结构表意互见,它们以反常、怪异的形式,取得发人深省的效果,可以在主体结构中提示小结构中的"天理"。借此,叙述者能较好地实现叙事意图,实现观念的传达。换言之,借助这些突然出现的特殊元素,叙述者在主体结构含蓄迂徐的表意过程中,加入了相对鲜明深刻的意象,将叙事不易察觉的深意进行适当的揭露,从而实现表意的完整和深化。只有意象呈现反常、奇特和灵异特点,它才能发挥效果,促使双重结构产生交错。例如宗教和民间信仰意象、妖魔鬼怪等灵异意象以及反常的物意象或氛围怪异的事意象,多作为双重结构互动的意象载体。如《武王伐纣平话》中的"封神类"意象即是如此:

太公问曰:"尔肯顺我么? 顺则生,不顺则死。"崇侯虎曰:

"食君之禄，曾闻道，在家竭力，方为大孝；佐国身亡，此乃尽忠。吾能可餐刀，不顺西周。"太公教建法场，刽子蒙令，斩了崇侯虎。献首级武王，封为夜灵神也。①

对于忠君者，叙述者肯定他们行为"利他"道德动机，以死后封神来彰显"天理"，提示了小结构中"顺天革命"的叙事。封神具有仪式性意义，其庄重和崇高特征有利于此处意象表意，叙述者宣扬道德的意图较好地达成。再如《三国志平话》有"今汉灵帝即位，当年铜铁皆鸣"②的事意象，以极为反常的灵异作为其表意优势，之后揭示这一事件的意义："道罢，有郓州表章至，有太山脚下塌一穴地，约车轮大，不知深浅。"③铜铁皆寓意山崩地裂，山崩地裂则预兆汉家天下分裂，因此很好地提示了开篇"司马仲相断狱"裂汉家疆土，予以韩信等人报仇的叙事。全书结尾，曹魏被司马氏篡权，平话有"汉献帝闻之，笑而死"的事意象，在改朝换代一家欢喜一家愁的氛围中，叙述汉献帝由欢笑到死亡的极具反差的行为。亡国之君，悲惨落幕，之前却听到取代自己的曹氏政权步了自身后尘，极其开心，以喜写悲；篡国之恨，一朝洗雪，然而却马上迎来死亡的厄运，以悲写喜。在这悲喜反差中，"天理循环，报应不爽"的观念显露无疑。《三国志平话》叙述者借助这些意象，在主体结构叙事中提示了小结构中天理与果报的思想观念。叙述者在主体结构中适时插入与小结构关联密切的元素，两个结构的表意便因此互相支援，得到了升华。

叙述者本就在平话主体结构中高扬道德意识，又于小结构中体现"天理昭彰，善恶果报"的理念，双重结构相互支援，表意互补，

---

① 钟兆华：《元刊全相平话五种校注》，巴蜀书社 1990 年版，第 84 页。
② 钟兆华：《元刊全相平话五种校注》，巴蜀书社 1990 年版，第 374 页。
③ 钟兆华：《元刊全相平话五种校注》，巴蜀书社 1990 年版，第 375 页。

叙述者以"惩恶扬善"为天理,倡导"利他"性道德行为,阻止"排他"行为的意图得以全面展现。

三、敬畏、对抗与超越:平话"天命"观新论

"全相平话五种"意象叙事的双重结构之间的互动不仅包括二者的互为支援、表意互补,还包括二者在一定程度上出现的疏离、对抗,这也促成了双重结构表意的立体化,对叙述者的叙事意图实现全方位的提示。在具体的叙事文本建构过程中,主体结构远远复杂于小结构,其中有许多情况是超出小结构预设的。两个结构大体相似,又不亦步亦趋,它们的表意呈现矛盾统一性。叙述者借助双重结构之间的互动,体现出"天命"与"天理"之间的差异,揭示叙述者提倡道德化天理观念的意图。对于"天命"观念,叙述者怀有敬畏、对抗与超越的多重态度,其倡导之天理观念亦更具道德化和超越性。

首先,平话主体结构在众多关键节点上严格参照开篇小结构进行建构,这体现出小结构所彰显"天命"的权威性,叙述者有意强调对"天命"的敬畏意识。一方面,从意象叙事表层结构看,开篇小结构中意象均在主体结构中有所投射。例如《武王伐纣平话》中,开篇结构中以"商汤灭夏桀""网开一面""焚身求雨"三个事意象寄寓商汤推翻强权残暴统治,恢复良好国家秩序的意图,初步揭示这一意图的推进过程。而与之对应,主体结构中便以"姜尚起兵伐纣""对阵纣王""取朝歌重整朝政"三个事意象群为重要节点,关联起众多事意象群,形成姜尚推进"辅佐明主,匡扶社稷"意图之意象叙事序列。在这个序列中,姜尚讨伐殷商,重建统治秩序的过程波折颇多,意图多次受阻,纣王等人的阻抑力量极为强大。但是,无论如何加入波折,姜尚推进意图的过程终究还是会回到类似于商汤的轨迹,逐步实现灭掉旧王朝、废除旧制度、重建利国利民新朝

局的目的。另一方面，从意象叙事深层结构看，主体结构表意不会与小结构意象寄寓的内涵出现明显偏差。如《七国春秋平话》开篇借"孙子败庞涓"事意象群寄寓贬斥"排他"行为动机的意图。后文主体结构中，乐毅、黄伯杨践行"争胜斗气"意图时一定程度上取得成功，这些"排他"性行为意图多次顺利推进，造就了丰富的意象。虽是如此，乐毅、黄伯杨等人的意图还是终归失败，主体结构还是与小结构在贬斥"排他"行为的意图上高度一致。综合看这两点，平话主体结构虽姿态万千，却万变不离其宗，对于开篇小结构不会形成实质性的突破。叙述者在小结构中安排了以"天命"为外在形式的意象，有效统摄着平话主体结构中的世界。平话中的人物虽非天命傀儡，但其意图实践的最终结果不会打破和消解"天命"。通过这种安排，叙述者敬畏天命之意图得到明显表露。

其次，平话主体结构在具体建构过程中与小结构常出现矛盾，这制造了平话叙事的表意张力，叙述者对"天命"的反思、突破和对抗意图得以显露。一方面，双重结构之间多有细节差异。例如《三国志平话》"司马仲相断狱"事意象群借助"御园赏花""司马仲相入阴司""三王鸣冤""司马仲相审刘邦、吕后和蒯通""断狱三分天下"等事意象组，建构起了韩信、彭越和英布各自实现复仇意图，瓜分刘邦汉室天下，司马仲相最终践行使民安乐的治理观念，三国并收。而到了主体结构中，刘备、诸葛亮前赴后继推进"报国兴汉"的意图，在司马氏三国并收后，却安排刘备后人推翻其统治，成功实现了刘备和诸葛亮的意图，恢复了汉室江山。双重结构总体上相似，却在结尾处出现了明显差异，如此一来，最终实现意图的并非是司马懿（司马仲相转世），而是刘备、诸葛亮集团（彭越、蒯通转世）。如此叙事，"司马仲相断狱"事意象群所谓的三王报仇、瓜分汉室天下、司马仲相一统三国的安排如昙花一现，"天命"的权威性被消解了。另一方面，双重结构中会出现形象相似，表意却相差甚远的意象。例如《三国志平话》中,"三分汉室""一统三国"等事意象在两个结构中均有出现,但寄寓的意图则差异明显:在小结构中,韩信、彭越和英布瓜分刘邦汉家天下的意图是复仇,司马仲相一统三国则是结束乱世、使民安乐;在主体结构中,曹操、刘备和孙权三分天下各有意图,但刘备的意图是"报国兴汉",这与其"前世"彭越的意图可谓对立,彭越仅是利己,刘备则多为利他,司马氏"一统天下"意图则是利己且排他的,追求自身权势,与其前世司马仲相的利他性意图又是相反的。因为这种意图差异,最终的实践结果也出现了差异。这种反差则使得"司马仲相断狱"中所谓的"天命"不仅缺乏权威,还缺乏道德,主体结构的推进显然突破了所谓"天命",司马氏三国并收的结局虽未被改变,但出现了"刘渊兴汉",消解掉了司马氏的意图实践成果。叙述者如此安排叙事,其对所谓"天命"合理性的反思和对抗意识体现明显。主体结构中,主要人物刘备和诸葛亮对于小结构中所谓"三分汉室天下""司马氏一统三国"的"天命"进行了最大程度的对抗,并取得了好结果,叙述者的态度可见一斑。虽敬畏"天命",但不唯"天命"是从,赞赏一定程度的对抗行为。

最后,叙述者对于"天命"的敬畏与对抗呈现矛盾统一性,平话叙事体现出了对天命观一定的超越精神。一者,平话叙述者敬畏与反抗"天命"的双重意图是其实现道德观念意图的重要手段。如前文所述,小结构的"天命"叙事仅为表层结构,双重结构在彰显深层的叙事意图方面其实是一致的。《三国志平话》"司马仲相断狱"事意象群寄寓了叙述者贬斥排他性意图(刘邦的意图)、发扬利他性意图(司马仲相的意图)的观念,主体结构中刘备、诸葛亮和刘渊最终实现意图,司马氏"独霸天下"意图的实现却昙花一现,这也是褒扬利他性意图(刘备、诸葛亮和刘渊),贬抑排他性意图(司马氏)。因而主体结构表层形式上的差距并不妨碍深层意图结构的一致性。由此可知,叙述者设计双重结构,并非要表达"天命"观念,提倡"利他"的道德观念才是其表意核心。强调"天命"却又不时对抗"天命",叙述者宣扬道德观念的意图因此得以凸显。在小结构中,叙述者的"天命"叙事与道德意识主客一体,敬畏"天命"便是重视道德。在主体结构中,天命与道德分离,叙述者促成对抗天命的"利他"性意图,这更突出了道德之重要。双重结构如此互动,充分传达了叙述者倡导道德的意图。二者,双重结构中对天命之敬畏与反抗颇具反差,叙述者称赞卓越意志的意图也得到了一定程度揭示。《前汉书平话》主体结构中,平话叙述了刘泽等人凭借强大的"意图力",实践了"恢复汉朝统治"的意图,这便破了小结构中所谓的"天命",借此刘泽"超人"意志便得到了叙述者的巨大肯定。叙述者热衷于英雄叙事,这种对抗天命的安排,恰恰凸显了他对"权力意志"的欣赏。更为典型的便是《三国志平话》。对于"司马仲相断狱"事意象群中的"天命",刘备、诸葛亮和刘渊前赴后继,战胜了最为恶劣的条件,在实践意图过程中没有被多重阻力所消解,终至意图实现,消解掉了司马氏的独霸意图,将被三分的汉朝重新振兴。在这种双重结构的表意互补中,强大、卓越的意图力得到了凸显,叙述者称赞"超人"意志的观念得到有效展现。正史中,刘渊并非刘备后人,其功业也并非一统天下,叙述者为促使刘备、诸葛亮的意图实现,不惜虚构历史细节,且违反了小结构"司马仲相断狱"之天命叙事。叙述者制造双重结构矛盾,体现出其对刘备、诸葛亮"超人"意志的激赏态度。

　　一直以来,学界所公认的平话宣扬"命定论"、"总是把历史大事的最终原因归结为天命"[①]之特点实际上也体现了平话的意象

---

　　①　卢世华:《元代平话研究——原生态的通俗小说》,中华书局2009年版,第194页。

叙事思维模式。宣扬"命定论"与对抗"命定论"在"全相平话五种"的意象叙事中实现了矛盾统一，叙述者借此推进了其宣扬道德意识、赞美卓越意志的叙事意图。

"全相平话五种"形成了双重结构表意互补的叙事模式，通过两个结构之间的交互配合与矛盾差异，叙述者将其宣扬利他性道德意识、肯定并发扬以"超人"精神为核心特点的"权力意志"的叙事意图进行了有效落实。因此，"全相平话五种"体现出了鲜明的道德色彩和积极的进取精神。

第三节　叙述者的出场：法度中的叙事意图

叙述者并不热衷于直接表态，而是主要通过把控人物意图及其实践过程、意图间的关系和作用达成叙事意图。然而，叙述者也需要或明或暗地亲自发声，或者进行直接的叙事行为，从而传达和推进叙事意图。正所谓含蓄和直接相结合，不偏执于一端，叙事才能更好地进行，叙述者的态度才能明确又不过分直白地表达出来。在"全相平话五种"中，叙述者出场主要有明暗两种形式，且以暗出为主，体现含蓄婉曲的文学品质。其中，叙述者暗出有借助特殊意象出场以及在时空机制设计中出场等形式，而文本中的诗词和套语则是叙述者明出的最主要手段。本节笔者便从叙述者这些出场形式入手，分析其叙事的法度，探索其中的思想内涵。

一、特殊意象：直接寄寓和推进叙述者意图的意象

在"全相平话五种"中，意象不仅能寄寓人物的意图，也可以直接寄寓叙述者意图。在一些关键叙事节点上，一些特殊意象出现，往往成为叙述者提示表意或者直接干预文本叙事的方式，叙述者

隐藏于意象后，暗中出场了。具体来看，有如下几种形式的意象与叙述者暗出密切相关。

首先，与人物意图无关的怪异意象多被叙述者用以直接表态。平话叙事过程中，对于人物推进意图并无实际作用的意象偶尔出现，便是叙述者提示表意、影响叙事的一种方式。例如《前汉书平话》中，"英布呕肉"事意象中，螃蟹这一物意象并不寄寓英布以及相关人物的任何意图，在此时出现略显怪异。而结合"英布呕肉"这一事意象中相关人物意图来看，此意象突然出现的意蕴便相对明了：英布因所食之肉为彭越之肉，故而呕出，肉入江中化为活物，其中郁结之怨气很深，直指彭越之死含有莫大冤屈。叙述者借助螃蟹这一小小的物意象，提示彭越屈死，也同时暗示英布此时同样陷入了刘邦、吕后冤杀功臣的阴谋之中。借此意象，叙述者将刘邦和吕后屈杀功臣，众功臣陷入巨大危机的现状揭示出来，其对刘邦和吕后滥杀无辜的批判，对彭越、英布乃至有相似遭遇的韩信、陈豨之同情态度跃然纸上。再如《三国志平话》中有桑树意象：

> 舍东南角篱上，有一桑树，生高五丈余。遥望童童如小车盖。往来者皆怪此树非凡，必出贵人。①

平话交代刘备出身，叙述家边有树形如车盖，少年刘备与诸位小儿戏耍，于树下抒发"吾为天子"的雄心壮志，这一事意象将刘备人生长期意图显现了出来。此处事意象中的桑树意象颇有深意，此意象对于刘备人生长期意图的彰显作用不大，更为主要的目的是寄寓叙述者意图。《周易》有云："休否，大人吉；其亡其亡，系于苞

---

① 钟兆华：《元刊全相平话五种校注》，巴蜀书社1990年版，第378页。

桑"①,意指穷困境遇的扭转。《礼记》则曰:"射人以桑弧蓬矢六,射天地四方"②,桑木为弓,蓬草作箭,意志男儿雄心壮志。《诗经》则云:"鸤鸠在桑,其子七兮。淑人君子,其仪一兮。其仪一兮,心如结兮"③,称赞君子坚如磐石的高洁操守。此处的桑树意象不仅暗示了刘备日后的发迹,还隐喻了刘备高洁的品行,显然这是叙述者的发声,提示刘备命运,表明自己对人物的态度,并推进关于刘备发迹崛起的叙事。从这些例子可知,叙述者在适当的时机,借助一些关键的意象进行叙事,表明自己态度,对调控叙事的思路进行提示。

其次,叙述者借助意象直接对人物意图造成显著影响,这也是其为达到叙事目的而进行的暗出。平话常有极端的人物意图推进、转向或消解情况出现,这多是叙述者借助意象对其进行影响的结果。例如最常见的狂风意象,多会对人物意图形成显著影响。《秦并六国平话》就有:"王翦至晚,帐中忽起狂风一阵,王翦思量,今晚必有刺客来呵。"④如此一来,刺客的刺杀意图必然会迅速归于失败。五部平话中这一类意象极多,孙子、鬼谷子、王翦等一众英雄人物均在面临危险时遭遇狂风,随后化解险情,促使敌对人物的意图快速落空。这种狂风意象毫无征兆地出现,显著地影响人物意图,将叙述者的把控作用明显地揭示了出来。与狂风类似,平话中许多充满神秘色彩的意象,出现方式突兀,能显著影响人物意图,这便是叙述者暗出的常见方式。如《武王伐纣平话》中的"文王夜梦龙女"事意象,文王求贤意图明显,却缺少明确方向,姜尚辅佐

---

① 黄寿祺、张善文:《周易译注》,上海古籍出版社 2001 年版,第 119 页。
② [汉]郑玄注,王锷点校:《礼记注》卷八《内则》,中华书局 2021 年版,第 380 页。
③ 王秀梅译注:《诗经·曹风·鸤鸠》,中华书局 2015 年版,第 295 页。
④ 钟兆华:《元刊全相平话五种校注》,巴蜀书社 1990 年版,第 183 页。

明主的意图也很明确,但缺少能够合作的对象。此时叙述者便以龙女之梦点拨文王,直接将文王和姜尚的意图关联了起来。这些例子说明,在一些关键节点出现的意象不仅能够寄寓和推进人物意图,也是叙述者意图的体现,促使叙述者直接影响人物意图,借以推进叙事意图。

再次,叙述断层也是一类特殊"意象"形式,能寄寓叙述者的多种叙事意图。从表层故事结构看,"全相平话五种"在情节上有很多不完整之处,故事衔接存在不畅之处,形成了一些不完整的故事情节。有的情节展开一半便无下文,有的无前文对应,造成了不少情节空白。从叙事层面看,人物意图的推进过程不完整,甚至许多意图的萌生、推进和结果都是缺失的,本文称之为叙述断层。例如,《三国志平话》故事的衔接比较生硬,推进极不顺畅,故事之间形成了空白。关公袭车胄即是如此:

> 关公上马加鞭,离徐州至近,遂袭车胄。车胄一躲,刀砍头落。①

关羽刚到徐州附近,下一句便已砍杀车胄。从文本艺术层面看,这显然体现了平话粗糙的叙事特点。平话吸收的史料多而杂,相互之间并不统一,被引入平话后,作者显然对他们缺乏有效整合,难免产生重大漏洞。但叙述断层也可以成为体现叙述者叙事意图的一种手段。以意象叙事的理论进行审视,断层也可以成为寄寓意图的特殊意象。前例中的断层,也可以被叙述者用以体现关羽袭杀车胄的迅速程度,彰显关羽意图力之强,这也是叙述者对于关羽这个人物一以贯之的态度。又有一部分断层能看出一定的设计,

---

① 钟兆华:《元刊全相平话五种校注》,巴蜀书社 1990 年版,第 416 页。

并非无意为之。前文论及平话与杂剧等存在故事同源互补的特点,造成平话叙事不少空白。《三国志平话》中,黄忠战关羽时怒气冲冲,似有积怨,并未交代来龙去脉。周瑜追刘备,不说原因,一看车马即吐血不止,读来让人一头雾水,充满疑惑。仔细审视这些叙事断层的例子可知,杂剧中有关羽年轻时侵夺黄忠武举机会的故事,周瑜吐血则是被张飞所气。从意象角度看,这些故事内容体现了关羽和张飞的"排他"性意图,不利于彰显人物高尚道德,叙述者显然考虑到了此点,因而删去了相关内容。这种断层成全了关羽、张飞行为意图的道德优势,叙述者称赞"利他"性道德行为动机的意图得以顺利彰显。

借助特殊意象形式,叙述者暗中出场,较直接地亮出态度,推进叙事意图。叙述者促成人物"利他"性行为意图,彰显极强的道德意识,这种借助意象发声的技巧形成了其一以贯之的观念表达。

二、限知叙事:俯瞰视角与虚化空间中的叙事意图

"叙事视角是一部作品,或文本,看世界的特殊眼光和角度。"①叙述者通过一个角度,观察叙事文本内部世界,并将"他"的所见"叙述"出来。如此一来,作为叙事接受者感知到的叙事文本世界,实际上是叙述者从其角度"所见"的世界的形象,而叙事文本世界的真实"全貌",接受者只可靠推测感知,不可能完全知晓。叙述者选取视角不同,接受者收获的叙事文本内部世界的信息便不同,其推知的世界形态亦必然有差异。因此,视角选取对叙事效果的影响至关重要,叙述者可以通过视角选取与变换来"迷惑"叙事接受者,使其按照自己的角度理解叙事文本内部世界特征,限制接

---

① 杨义:《中国叙事学(图文版)》,人民出版社 2009 年版,第 191 页。

受者了解这个世界的全部特征。视角选取往往是叙述者立场、观念及叙事策略的综合体现方式，从意象叙事角度看，叙述者意图是可以通过其叙事视角得以彰显的。本小节，笔者便从视角入手，分析叙述者展示的叙事文本内部世界的特征，挖掘其掩藏的信息，从而明确叙述者叙事的策略，透视其意图，以期对理解叙述者的观念形成帮助。

"叙事角度是一个综合的指数，一个叙事谋略的枢纽，它错综复杂地联结着谁在看，看何人何事何物，看者和被看者的态度如何，要给读者何种'召唤视野'。"①叙述者以视角为谋略，其在故事中的位置和运动路线影响着视角。"全相平话五种"叙述者选取了一个俯瞰视角，使其呈现出与叙事文本世界的特殊位置关系。正如徐岱所说："'全知全能'的叙述结构是'终身制'的。"②无论作者如何选取一个有限的"叙述者"，都必须承认，作为实际作者，他对叙事世界和故事世界的情况是无所不知的，而叙述者是作者选取的，其是否全知全能，实际上是作者的安排。换言之，叙述者的有限性无疑也是作者的一种写作策略。在我国古代叙事作品中，叙述者视角选取的策略相对简单，第三人称的全知叙事在我国古代叙事文学中占据主导地位。"全相平话五种"中的叙述者便一直在叙事中扮演一个对故事世界无所不知的局外人。而且叙述者的能力超乎寻常，尽知天下、古今事，将世界尽收眼底。叙述者没有选择平视视角，而是居高临下的"俯瞰"视角，这意味着叙述者在高高在上地俯视着文本内部世界。

"大处着眼"是"全相平话五种"的一个特征，平话叙事都以一个居高临下的视角开始，这个视角统摄全篇的视角。五部平话开

---

① 杨义：《中国叙事学（图文版）》，人民出版社2009年版，第191页。
② 徐岱：《小说叙事学》，商务印书馆2014年版，第114页。

篇都从宏观的历史变迁说起,逐渐具体到某时期。叙述者居高临下,俯瞰故事世界,天下各处尽收眼底。俯瞰是叙述者选取的初始视角,随着故事的发展,叙述者随时调整视角,聚焦于各个场景。如《秦并六国平话》开篇历数三皇五帝、夏商两周的历史变迁,天下七国尽在"全知全能"的叙述者视野范围之内。"头回"叙述完毕,叙述者聚焦于秦国,将视角推移至秦宫:

> 话说秦六年,始皇帝登殿集大臣。文武至殿下,分两班,山呼万岁毕,始皇向群臣道……①

之后便是君臣问对,始皇下诏,之后写道:

> 六国王接得秦国始皇书,各各开看,其别无话;只是秦帝克伏诸国来降,诸王不悦。有楚襄王国书会五国王子,会议并秦……②

这种视角不仅将秦宫大殿的君臣位置尽收眼底,还能兼顾六国君王,迅速将视点转移至楚王处。俯视的点在故事世界空间的最高处,基于这个高度,叙述者可随时将视角转换至各个场景。叙述者居高临下,将主要场景、人物尽收眼底,随时能选取具体的空间点,将视角聚焦各处。仍以《秦并六国平话》为例,在叙说东周列国兴起时,突然聚焦于"平王伐郑",视角迅速到达战场处:

> 那郑伯无君,身为王家卿士,自率诸军敌王,在那地名繻

---

① 钟兆华:《元刊全相平话五种校注》,巴蜀书社 1990 年版,第 178 页。
② 钟兆华:《元刊全相平话五种校注》,巴蜀书社 1990 年版,第 179 页。

葛田地交战,被郑伯射着一箭,恰好射中平王左肩。①

平话开篇以俯瞰视角切入叙述,这个视角即作为平话全篇的总体
视角,在一个场景叙述完毕后,叙述者可立刻返回俯瞰视角,或保
持俯视,或再次聚焦下一场景,切换自如。《七国春秋平话》在"齐
国伐燕"一段中,叙述者便"往来"于齐、燕二宫。可见选取居高临
下的视点,迅速完成场景转换,是平话叙述者观察故事世界的基本
策略。

　　具体的场景中,叙述者偶尔会从人物的角度观察他人,大部分
情况还是会选择俯瞰视角叙述。《秦并六国平话》聚焦于秦宫,能
立刻将大臣分列两班,秦王居上而坐收眼底,这种角度也并非平
视,而是俯视。这种视角在插图中得到直观的展现,"秦王下诏并
六国"插图构图时选取的角度正是半空中的俯视视角,这种角度在
插图中占绝大多数。又如《七国春秋平话》中"骑劫伐齐":

　　田单令田忌引本部军五万,出城迎敌。须臾二阵圆……②

将战场双方的阵型很快都看清楚,这也是一个俯瞰视角。平话叙
述者组织叙事与插图异曲同工,均身居高处,掌握着场景全貌。

　　基于俯瞰视角,平话叙事文本世界表现出虚化空间的特征。
平话叙事中的场景忽略细节,只剩下人物和一些必要的物什,缺乏
立体感。叙述者视角变换极富跳跃性,叙事缺少视角推移的过程,
使得叙事世界的空间范围难以被准确感知,这样的世界有极强的
不真实感。如《七国春秋平话》:

---

① 钟兆华:《元刊全相平话五种校注》,巴蜀书社 1990 年版,第 176 页。
② 钟兆华:《元刊全相平话五种校注》,巴蜀书社 1990 年版,第 138 页。

> 是夜,一阵风过,孙子言道:"主有贼兵至。"即时令众兵埋
> 伏。袁达伏兵正南,李慕伏兵正北,独孤陈伏兵正东,章子伏
> 兵正西。空营内悬羊擂鼓,倭马摇铃。到得二更前后,却有清
> 漳太子、邹坚、邹忌领兵一万,直撞营里来。见是空营,令兵急
> 回,恐遭孙子之计。四下伏兵并起,被袁达捉住邹坚,李慕捉
> 住邹忌,独孤陈捉住清漳太子,推见孙子,欲斩三人。孙子急
> 叫曰:"不可! 候入朝奏帝,分别是非。"遂将三人放了。①

简短内容中有"孙子定计""伏兵败敌""升帐审问"三个场景,空间
也有营外、营内和帐内三处,但场景空间的转换叙述过简。平话较
少交代地点、方位、环境等的变化。一般只用一句话或一个词提示
空间,如例中的正南、空营内,又如来至阵前、西南、回至寨中、在城
中、齐军奔入燕国宫殿等。这种空间叙述机制使文本内部世界有
如一个小舞台。将军战场上捉住敌人,立刻推见主帅,战场到军帐
的空间犹如舞台上几步的跨度,空间被虚化成了一种程式。接受
者像观看电影胶片或舞台剧一样,将三个场景一幕幕看完,简省了
视角的推移,空间跨度高度虚化。《三国志平话》中的"张飞大闹杏
林庄""三英战吕布""张飞单战吕布""关羽败袁绍"等处叙述也与
此相似,不交代场景的变化,这种空间缺乏真实感,没有真实场景
的立体感与深广度。

从总体效果看,俯瞰视角和虚化空间造成的"限知性"使平话
叙事产生粗陋的弱点。俯瞰视角虽然让叙述者有了较广阔的视
野,但却无法遮蔽各个场景的细节,造成了一定"限知性"。平话叙
述者能够用十几个字说明六国君王读诏书的情景,自然难以展示
出这六个场景的细节,而只有模糊的过程。这种俯瞰视角,让叙述

---

① 钟兆华:《元刊全相平话五种校注》,巴蜀书社1990年版,第102页。

者对场景总体情况了如指掌,却忽略了细节。这种"限知"现象体现出平话故事的粗线条、简单化,缺乏文学的多重"意味"。选取这种视角,平话叙事必然疏于细节,注重表现整体,具有粗陋的特征。

俯瞰视角的场景转换又时常呈现一定含混特征,损害平话叙事的严谨性。如《七国春秋平话》中"邹坚立齐湣王":

> 次日,邹坚宣传,先皇晏驾,立太子田才为帝,号湣王,行大赦。孙子奏曰:"既先君丧,合诏六国赠孝。"湣王自思,恐众君王问罪,按诏而不行。又纳国姑为妃,国姨为后。酒色荒泆,不治国事已久。[①]

这段叙述好像发生于一次朝会之上,其实已历经数日,场景也多次变化。"齐国伐燕"也是如此,前一段还叙述燕国王宫事,后一段马上叙述齐军大营事,叙事空间混乱,损害叙事效果。

平话的俯瞰视角也造就了叙事的一些优势,尤其有利于明确地彰显人物意图,清晰地揭示意图实践过程。许建平论述"聚焦"的意义,有言:"聚焦当是视角与视点(焦点)的中和,具体说是叙述者、被叙述者之间的某种关系,是叙述主体与被叙述客体间的一种联系。"[②]又言:"叙述聚焦生成于叙述意图。"[③]叙述的聚焦行为和视角选取受叙述行为意图指导,受视角影响的叙事世界空间特征反映叙述主客体间的关系。因此,平话的俯瞰视角也与其叙事中的意图密切关联。平话叙事对于文本世界中人物的关系和事件发展进程极为重视,对具体场景细节则不在意。即平话叙事忽视了构成"事件"具体细节的趣味性,却成就了故事中"事件"本身的意

---

① 钟兆华:《元刊全相平话五种校注》,巴蜀书社1990年版,第104页。
② 许建平:《明清文学论稿》,河南人民出版社2017年版,第698页。
③ 许建平:《明清文学论稿》,河南人民出版社2017年版,第708页。

蕴。文本世界中事件的因果、人物意图的来龙去脉能够得到平话的明确叙述,人物意图也在这种叙述模式中坚定、纯粹、鲜明。

首先,"限知性"叙述中,事意象寄寓的人物意图相对单一,意图叙事结构简单明了,叙述者因此能较容易地对其进行把控,表明态度。如"平王伐郑"事意象,从东周建立的叙述迅速转入"繻葛之战"的战场,这种以事件为主体、虚化场景元素的事意象将表意限定在了人物意图上。这一意象单纯地体现了平王恢复王室权威、郑伯挑战王权的意图以及二者实践的成败结果。如此一来,春秋战国时期诸侯窃取王权意图不断推进、周王室恢复中央王权意图不断式微的现实情况被明确揭露出来,下文叙事便可水到渠成地过渡至秦始皇统一六国、建立集权意图的实践过程。这一过程中,叙述者较好地关联起了众多事意象群,为结构叙事打好了基础。不仅如此,限知性使"平王伐郑"事意象聚焦郑伯以下犯上、射伤平王的事件,诸侯和周王室意图的道德属性一目了然,这便为日后秦始皇统一六国意图赋予了正义性,叙述者便可顺理成章地进行表态。俯瞰视角的"限知性"一定程度上妨碍了平话意象叙事的趣味性,却为叙述者践行叙事意图提供了不小的便利。

其次,由于视野开阔,叙述者能够利用有限的叙述将场景中人物的位置关系、行动轨迹以全景的方式展示出来,便于其关联意象。前文例证中,叙述者只用十几个字,建构起六国君王读诏书的意象。叙述者采用俯瞰视角,将场景中的主要人物都观察到了。如此,各国君王被秦始皇诏书激发的抗秦意图便能迅速与其他君王意图产生关联。在这种虚化的场景中,六国君王意图的相似性得到明确呈现,他们能迅速联合践行意图,"楚王合纵伐秦"的事意象迅速生成,叙述者快速推进了叙事。再如"骑劫伐齐"中,俯瞰视角叙事使田单、骑劫对阵的位置关系一目了然,之后田单为实践破燕意图而不断定计,众多事意象便关联起来,叙述者迅速推进了叙

事。叙述者借助俯瞰视角展示事件全景，影响人物意图实践，有效
地推进其叙事意图。

再次，采用俯瞰视角，便于场景转换，促使叙述者能突破时空
限制，使意象的组合更为紧凑。叙述者居于高处，可随时调节焦
点，灵活转换场景。上文例证中"齐军伐燕"的快速场景转换，也得
益于俯瞰视角的总体调度。叙述者省去了齐军行军过程的相关叙
述，无须建构许多重复的事意象，使孙子等人物践行伐燕意图的过
程更加明快，形成了"齐军伐燕"紧凑的事意象群。再如前例"邹坚
立齐湣王"，叙述者将时间和空间都虚化了，把多个场景的事件融
合进一个事意象，明确呈现邹坚、齐湣王"弄权乱政"意图，这一意
图迅速激发齐国众臣挽救社稷的意图和其余六国人物的伐齐意
图，此事意象较好地与"孙子进谏""白起图齐"等事意象产生关联。
俯瞰视角受到时空的束缚较少，叙述者因此有着较强的能力去关
联多个时空中的事件，从而建构起紧凑的事意象组群，这为其把控
意图叙事结构制造了便利，辅助其践行叙事意图。

总之，俯瞰视角使一些场景元素被隐藏起来，让平话叙事形成
了粗线条的特点。同时，俯瞰视角也为人物意图的彰显提供了有
利条件，叙述者借此确保人物意图的纯洁性，对其意图实践形态形
成有效把控。叙述者借助俯瞰视角的选取，有效达成了叙事意图，
彰显叙事内涵。

三、时间机制：时间跳跃与叙事意图的同构

叙事时间线的跳跃性是"全相平话五种"的一个特点，平话叙
述者借助这种看似混乱的文本内部时间推进一定的叙述意图，较
好地彰显了自己的思想观念。"叙事文又是一个具有双重时间序
列的转换系统，它内含两种时间：被叙述的故事的原始或编年时间

与文本中的叙述时间……叙事文的这种双重时间性质赋予了叙事文根据一种时间去变化乃至创造另一种时间的功能"①。叙事时间与故事世界内部时间的双重性使得时间成为一种叙事机制,根据一种时间去变化乃至创造另一种时间的行为便可以体现叙述主体的用意,因此,叙述者可以借助时间机制实现其意图。"全相平话五种"中的时间有着内外双重矛盾特征,这造就了平话叙事时间的跳跃性特征。叙述者即巧借这种时间跳跃表意。

所谓内外双重矛盾,即平话叙事的时间线在文本内部存在前后矛盾之处,又与真实历史时间存在矛盾。例如《三国志平话》中由"诸葛亮之死"到"司马代魏"一段的叙事:

> 至当夜,狂风过处,见一神人言:"军师令我来送书。"司马接看书中之意,略云:
>
> > 吾死,汉之天命,尚有三十年。若汉亡,魏亦灭,吴次之,尔宗必有一统。若尔执迷妄举,祸及尔也。
>
> 司马看罢,有不从之意。神人大喝,司马喏喏言曰:"愿从军师之令。"神人遂推司马倒地,叫声不迭,觉来,却是一梦。以此,司马各立边疆不与汉争锋。还朝,有魏主昏暗日甚,司马不能正,大丞相曹爽弄权。司马遂举兵诛曹爽,废魏王,立起高贵乡公。司马权盛,帝不能禁。帝与众谋,欲杀司马。司马知之,以贾充弑帝,立起少帝。天下之权,尽归司马。少帝拱手而已,遂加司马为晋王。少帝禅位于司马,封少帝为陈留王。汉献帝闻之,笑而死。
>
> 晋王使邓艾、钟会入川伐汉。元帅姜维征西凉国,以此邓艾军疾入川,汉帝欲降,有北地王谌谏帝曰:"当使父子君臣背

---

① 胡亚敏:《叙事学》,华中师范大学出版社 2004 年版,第 63 页。

城一战，同死社稷，以见先帝，奈何降乎！"帝不听。王谌致祭，
哭汉昭烈庙，先杀妻子，后自刎。汉帝敕诸边将皆降，姜维得
诏，及众将怒，以刀斫石，不得已而降。晋王封汉帝为扶风郡
王，走了汉帝外孙刘渊，投北去了。又领大将王濬、王浑伐吴。
吴败，吴主孙皓降晋。武帝诏孙皓筵会，有奸臣贾充问孙皓
曰："闻君在江南剜人眼睛，剥人面皮，何等刑法？"皓曰："为人
臣弑其君，奸佞不忠者，加此等刑。"贾充闻语，羞愧而止。①

　　此处叙事涉及诸葛亮之死、汉献帝之死、高平陵事变、司马氏灭蜀、
晋灭魏、晋灭吴以及刘渊创业等诸多历史事件。此处叙事文本内
部时间线与历史真实时间线存在诸多严重矛盾：诸葛亮之死、高平
陵事变、晋灭三国的时间被压缩，四十余年的时间被一笔带过；司
马灭蜀和晋灭魏的时间出现颠倒；汉献帝之死本与诸葛亮之死同
年，平话叙事却使其延后至与魏国灭亡同时。平话富含文学虚构，
其叙事时间与真实历史矛盾实属正常，但其内部也出现了矛盾：此
段叙事最开始时，诸葛亮给司马懿赠送的书信内容已经点明了三
国归晋的时间线，却与后文叙述的时间线迥异，反而与真实历史的
时间线高度接近。可见平话故事内部、平话叙事和真实历史三者
之间均存在时间矛盾。结合前后文和史实审视平话此处叙事，笔
者发现其时间线并非常规的由前向后延伸，而是打破时间先后顺
序限制，在各时间点往来跳跃。这便是平话叙事时间的跳跃性
特征。

　　显然，此处叙事时间的跳跃问题不可简单地归因于文学虚构。
以意象叙事的理论思维分析这种现象，反而可以发现时间跳跃的
内在规律。如果仅为文学虚构的需要，平话叙事没必要造成前后

---

① 　钟兆华：《元刊全相平话五种校注》，巴蜀书社 1990 年版，第 483—484 页。

文的时间矛盾,自然也不会形成时间跳跃特征。前文叙事中已言明高度类似历史真实的时间线,后文又要将其突破,叙述者制造时间线矛盾,别有深意。换言之,叙述者对于晋灭三国的真实时间线索并非全然不知,叙事时也事先言明,但后文却非要换一种时间线叙述,他就是要借助这种反差来传递信息。对叙述者关于晋灭三国的详细叙事进行意象分析可以发现其中的人物意图推进过程:

意象	司马懿诛曹爽	晋灭魏	司马氏灭蜀汉	晋灭吴
意图	夺取魏国实权	建立司马氏政权取代魏国	光大政权	独霸天下
人物	司马氏			

平话虽违背史实,却将司马氏"三国并收,独霸天下"意图的推进过程彰显了出来:窃取自身所在政权,之后对其他政权各个击破。历史上司马氏也是如此践行其政治意图的,首先窃取魏国之实权,之后灭蜀汉和孙吴。司马氏先灭蜀汉,之后才正式代魏建国,对于叙述者来说,这种事件先后顺序体现的司马氏意图实践过程不够明晰,故采用晋依次灭魏、蜀汉、吴的方式,更为直接地展示司马氏意图的践行过程。不仅如此,司马氏先灭魏,更能体现其意图"利己"而"排他"的非道德属性,先灭蜀汉,则有司马氏帮助魏灭蜀的"利他"意味,不利于彰显其意图的非道德属性。从这些论述可知,叙述者借助时间跳跃,说明此处的叙事虽看似以时间为线索,实则是以意图实践过程为线索,体现出司马氏时间意图的详细过程。如此,叙述中的时间和意图呈现出同构的特点。

从意象叙事角度看,平话的时间机制亦具有意象化结构,叙述者借此巧妙地完成了暗出表意。如上文分析,平话叙事时间与意图实践过程呈现同构特征,如此,平话叙事形成了借助时间机制表意的意象结构:充满跳跃的时间线作为外在的"象"出现,稳定和明确的意图实践过程作为"意"寄寓其中，时间线的流动和跳跃推动了意图实践。借助时间跳跃完成人物意图推进的情况在平话中多有出现，如：

> 司马军至，与军师相拒了半月。有日，使命来言，明帝崩，立弟曹芳，改正始元年。司马懿班军。①

"孟达兵败自杀""司马懿出山与诸葛亮对战""曹芳继位改元"，这三件大事前后跨越近十二年。此处叙事将三事合于一年发生，时间出现了明显跳跃。如此叙事，司马懿"三国并收，一统天下"的意图实践过程极为清晰：魏国幼主初立，政局出现不稳的可能，这刺激司马懿迅速萌生"取代曹魏，一统天下"的意图，开始深度参与政治，稳步实践，因此得以完成取代曹魏、平灭蜀汉和孙吴的行动。如果按照历史真实进行叙事，司马懿在曹叡掌权时参与政治和军事，成功抵御诸葛亮进攻，其意图的萌生原因和推进过程便略显模糊。时间机制也时常成为寄寓叙述者意图的特殊"意象"。前文例证中，叙述者通过时间跳跃，制造了诸葛亮之死、汉献帝之死和刘渊兴汉三事相继出现的"表象"，如此则将刘备、诸葛亮、汉献帝以及刘渊等多方人物意图关联起来。此处，令诸葛亮、汉献帝和刘渊相继出场，体现了意图的传承关系：刘备、诸葛亮承继汉献帝意图，刘渊又承继刘备、诸葛亮的意图。"兴复汉室"意图逐步实现的过程因此明晰起来。如此，叙述者对刘备、诸葛亮和刘渊意图的肯定态度得以明确，其道德观念也得到了较好体现。再如《秦并六国平话》中，将"繻葛之战"的时间调整到了周平王时期，这种时间跳跃一定程度上改变了周王室与诸侯的意图。历史上周桓王即位，其

---

① 钟兆华：《元刊全相平话五种校注》，巴蜀书社 1990 年版，第 477 页。

对诸侯的态度比平王激进,故激起郑庄公等诸侯的不满,因而出现周、郑战争,其一大直接原因在于周桓王的政策失误。平话的时间跳跃,一定程度上掩盖了周王室的失误,这便使郑伯等诸侯的行为有了更明显的挑战王室权威的色彩。如此,叙述者对诸侯行为意图的批判态度鲜明起来,这也为其后文肯定秦始皇统一六国意图打好了思想基础。

借助时间机制,叙述者不仅明确了人物的意图实践过程,还进行了一定程度的自我表态,时间跳跃与叙事意图的同构诚为叙述者叙事表意的重要辅助手段。

四、诗词韵文等非叙事性文字:叙事意图的直说

除了借助特殊意象和别出心裁的叙事设计进行暗出表意外,叙述者还有必要适时地明出,直接推进叙事意图,表明态度,这有利于其明确且高效地达成叙事目的,传递鲜明的思想观念。"全相平话五种"叙述者明出表态的频率较高,多为议论性的非叙事文字,最具特色的是诗词韵文。

"全相平话五种"叙述者借助开篇、文中和篇末部分诗词提示叙事意图,传达自己的思想态度。这些诗词大多不是平话原创,叙述者将其引入叙事,寄寓并推进叙事意图。审视这种形式,诗词是表意的外在形式,叙事意图则居于诗词背后,是其意义内核,这也是一种意象表意结构。韵散结合的文章体制在文人小说、杂史文学以及敦煌变文中就已存在,平话的这种形式应当借鉴了这些文体。平话中,韵文多是议论性的,起到评论史实、表明思想观念的作用。

咏史诗是被运用最多的,胡曾的咏史诗最受平话青睐。胡曾咏史诗在文学史上地位不高,正如卢世华所说:"晚唐五代是咏史

诗发展的高峰期,当时有名的咏史诗人很多,胡曾并不是其中的佼佼者,名气远小于当时的代表诗人杜牧、李商隐等。小李杜的咏史诗写得十分精彩,远不是胡曾所能望其项背。"①然而,"胡曾的咏史诗没有华美浓丽的语言,而是以浅显通俗、明快流畅见长,风格质朴平易"②,而且"是故事性与通俗性的统一"③。胡曾咏史诗的这种通俗明快特点在表意上是具有优势的,尤其是有利于叙述者较为直接地表态。平话叙述者因此乐于将胡曾诗引入叙事,如胡曾《咏史诗·即墨》:

> 即墨门开纵火牛,燕师营里血波流。
> 固存不得田单术,齐国寻成一土丘。④

被《七国春秋平话》引用来评价火牛阵故事:

> 其时四下伏兵并起,杀得燕兵尸横满野,血浸成河。正传云:杀燕军片甲不回,复齐七十余城。⑤

引用此诗是为评论田单的奇功,赞扬了他拯救齐国军民的功绩。对于田单击溃燕军、光复齐国的行为,叙述者明确褒扬,对于"利他"和"排他"行为的态度一目了然。平话非常重视韵文表意的明确性。如《全唐诗》胡曾原诗为:

---

① 卢世华:《元代平话研究——原生态的通俗小说》,中华书局 2009 年版,第84 页。

② 毛炳汉:《论胡曾的咏史诗》,《中国文学研究》2003 年第 4 期,第 37 页。

③ 赵望秦、潘晓玲:《胡曾〈咏史诗〉研究》,中国社会科学出版社 2008 年版,第 29 页。

④ [清]彭定求等编:《全唐诗》,中华书局 1960 年版,第 7421 页。

⑤ 钟兆华:《元刊全相平话五种校注》,巴蜀书社 1990 年版,第 139 页。

> 文帝銮舆劳北征,条侯此地整严兵。
>
> 辕门不峻将军令,今日争知细柳营。①

《前汉书平话》则改为:

> 文帝銮舆看北征,将军亚父有成名。
>
> 辕门不听天子令,今日争知细柳营。②

改动之后的诗句更加浅显易懂,明确称赞了周亚父严格治军、报国安民的品质。这些通俗浅显、观点鲜明的咏史诗频频出现,明确褒贬人物事件,叙述者因此得以直接发声。

除咏史诗外,平话叙述者也多次借助韵文或民间词曲进行表态。这些韵文更通俗易懂,叙述者以之评价事件、臧否人物的目的一目了然。如《三国志平话》在诸葛亮北伐失利时引入了一支《钟吕·女冠子》曲:

> 暮暑朝寒,茅庐三顾,似此大贤希少。如鸡哺食,如鱼得水,高可众人难到。独自向当阳,困守乌林,向赤壁大摧曹操。安荆楚,取西川,使定军山夏侯渊天。托孤让位,再和吴国,七擒孟获好妙。降姜维,为师范,因木牛流马机略。化定山戎国,斩王双,使张邰,司马保。怎知秋原上,惟有暮云衰草。③

总结并赞扬诸葛亮一生的光辉功绩,叙述者借此曲对诸葛亮"辅佐明主,兴复汉室"人生长期意图表达了明确的肯定态度,亮明了道

---

① [清]彭定求等编:《全唐诗》,中华书局1960年版,第7427页。
② 钟兆华:《元刊全相平话五种校注》,巴蜀书社1990年版,第363页。
③ 钟兆华:《元刊全相平话五种校注》,巴蜀书社1990年版,第479页。

德取向。又如《三国志平话》赞关羽刮骨疗毒：

> 三分天下定干戈，关将英雄壮志多。
> 刮骨疗疮除疾病，刚刀剐肉免沉疴。
> 慈容不改邀蜀客，颜貌依然饮醆波。
> 也是神仙藏妙法，千古名医说华佗。[①]

又，《秦并六国平话》评价严仲子的忠义：

> 躬传使命来求救，其奈邻邦坐视何。
> 不得援兵甘自死，忠臣义气不容磨。[②]

二诗语言灵活、粗犷，议论性强，称赞关羽、严仲子的勇武、忠义，叙述者的道德理念彰显得非常明显。五部平话中的韵文直接对具体人物和事件进行评价，体现叙述者的观念，而开篇和篇末的诗文体现的叙述者意图最为全面，彰显叙述者全篇叙事的思想内核。如《七国春秋平话》开篇诗：

> 七雄战斗乱春秋，兵革相持不肯休。
> 专务霸强为上国，从兹安肯更尊周。
>
> 战国诸侯号七雄，干戈终日互相攻。
> 燕邦乐毅齐孙膑，谋略纵横七国中。[③]

---

① 钟兆华：《元刊全相平话五种校注》，巴蜀书社 1990 年版，第 467 页。
② 钟兆华：《元刊全相平话五种校注》，巴蜀书社 1990 年版，第 193 页。
③ 钟兆华：《元刊全相平话五种校注》，巴蜀书社 1990 年版，第 98 页。

直接批判七国为成为"上国"而混战争霸的局面。如此一来,叙述者率先亮明反战的态度,故而后文叙述者会赞赏孙子、鬼谷子"忠君爱国,消弭战争"的意图,贬斥乐毅、黄伯杨争胜斗气的意图,双方意图的成败也在这种叙述者的发声中有所暗示。这两首诗居于开篇,叙述者对"利他"和"排他"意图的态度一目了然,道德观念呼之欲出。

平话引用杜甫、胡曾、周昙、王翰、章碣、王安石等人的诗词,又原创了许多词曲韵文,以之作为叙述者表达观念、推进意图的巧妙手段,体现一定的机巧和文学趣味。同时,"全相平话五种"叙述者的明出还有更为直白的方式。平话叙事时常夹杂着议论、品评或说明等非叙事性文字,提示接受者此处为叙述者的表态性内容,直接体现叙述者意图。非叙事性文字是叙述者明确出场的标志,是叙述者直接发声、与接受者进行"近距离接触"的重要方式。

平话开篇和篇末的议论最为直接地彰显其叙事意图。如《秦并六国平话》中叙述者在开篇出场:

> 二周虽传三十五代,享国得八百六十七年。自传到那第十三代的君王,唤做平王。那时,周室衰微,诸侯强勇,平王虽居尊位做天子,但王室荡无纲纪,甚至下堂而见诸侯。①

此处叙述者对东周时期王室和诸侯之间"礼崩乐坏"的乱象进行议论,体现出鲜明的好恶,其痛恨自恃强勇、侵夺王权的诸侯。在开篇进行这样的议论,叙述者直接亮明态度,对诸侯破坏秩序、造成天下纷争之局面予以贬斥,从而确立了后文秦始皇"统一天下,恢复秩序"行为意图的合理性。后文秦始皇也实现了统一天下的意

---

① 钟兆华:《元刊全相平话五种校注》,巴蜀书社1990年版,第176页。

图,可见叙述者是对其肯定的。明出表态和其借助人物意图实现形态彰显的意图相互呼应,叙述者的道德观念也得以体现。在平话篇末,叙述者又直接出场议论:

　　夫以始皇以诈力取天下,包举宇内,席卷天下,将谓从一世事至万世为皇帝。谁料间左之戍卒一呼而七庙隳,身死人手,为天下笑。中原失鹿,诸将逐之;神器有归,竟输于宽仁爱人沛公。则知秦尚诈力,三世而亡。三代仁义,享国长久。后之有天下者,尚鉴于兹。①

秦始皇在实现一统天下意图后,又进一步追求集权,使其统一成果迅速毁灭,叙述者对其统一后的集权意图显然没有好感。他此处出场,明确批判秦始皇"尚诈力",并称赞刘邦"宽仁爱人",两相结合,叙述者的态度便非常明确了。叙述者赞颂"爱人"之"利他"性行为动机,批判"诈力"之"排他"性行为动机,彰显了其强烈的道德观念。

　　叙述者在开篇和篇末的非叙事文字中表态,多对其总体叙事意图进行直说,而在文中穿插的非叙事性文字则多体现其在叙事具体阶段的实时意图。如《武王伐纣平话》在"纣王修鹿台"事意象后加入评论:"交万民受涂炭之苦"②,在"纣王造炮烙"后加入评论:"如此无道,国中依言无不知"③,叙述者借此提示纣王"借助强权来放纵享乐"意图的逐步加深,揭露其"排他"性意图造成的灾难,暗示其终将毁灭的下场。在叙事具体阶段出场,叙述者提示叙事走向,对自己的态度略作显露,到全篇叙事结束时,其叙事意图

---

① 钟兆华:《元刊全相平话五种校注》,巴蜀书社1990年版,第273页。
② 钟兆华:《元刊全相平话五种校注》,巴蜀书社1990年版,第9页。
③ 钟兆华:《元刊全相平话五种校注》,巴蜀书社1990年版,第14页。

的实现便水到渠成,态度便能充分彰显。

通过这种非叙事性文字,叙述者将自己的议论插入了叙事中,明确了自身态度,他进行平话叙事的目的便得到了直接体现。这是最为直接也是接受者最易察觉和接受的方式,叙述者显然想要借此为自己叙事意图的顺利实现提供切实的帮助。叙述者明确在文本中出场,直接剖白心意,指引接受者按照自己的提示去理解文本,助其达成叙事意图。

明暗结合是"全相平话五种"意象叙事的一大特色。借助意象叙事的双重结构,叙述者隐藏于意象之后,推进着叙事意图,通过结构叙事彰显思想观念,这是平话叙述者的主要表意手段,体现出意象叙事的婉曲特征。然而文学叙事并非一味追求委婉和隐曲,极端的曲折与直白均有损文学叙事的效果,明畅和隐曲相得益彰,文学叙事才能具备良好的品格。因此,平话叙述者没有单纯凭意象结构表意,而是以多种方式出场,相对明确地显示自身态度。通过多种方式的表意,叙述者歌颂道德的观念得到了全方位的体现。

第四节　作者意图暨"全相平话五种"的思想文化内涵

叙事文学作品的思想文化内涵可以通过多种方式呈现,从意象叙事的角度看,作者、叙述者、人物的意图以及三者之间的关系和相互作用,均体现着叙事文学文本的思想内涵。"全相平话五种"的叙事中,作者整体把控着叙述者的叙事行为,故而叙述者借由多种方式体现的叙事意图均为作者创作意图的一种投射;平话意象叙事结构及其中体现的人物意图也可视为作者的一种文学设计,亦深受作者意图的影响;虽然叙述者、人物均有各自的独立性,但总体上与作者具有意图上的密切关联性,把握作者意图必然要从叙述者和人物意图入手。"然而，作者意图并不等于叙述者意图，或者叙述者意图和人物意图的单纯叠加，抑或叙述者意图对于人物意图的简单整合"①，全面把握叙述者意图和人物意图，审视二者的复杂关系，才能切近作者意图。整体把控着叙述者和人物意图的作者意图是叙事文本思想内涵的最主要体现方式。同时叙述者和人物意图也在一定程度上直接体现叙事文本的思想内涵。作者、叙述者以及人物三方也在文本中存在意图交锋，这也体现许多思想文化信息。笔者将在本节全面分析平话的作者意图，并充分审视作者、叙述者和人物的意图关系，揭示平话意象叙事的思想内涵。

一、作者、叙述者、人物的意图关系与叙事的文本内涵

首先，作者意图最直接地体现于叙述者意图中，明确地彰显叙事文本的思想内涵。一者，叙述者叙事意图直接受作者写作意图指导，揭示文本的内在思想风貌。叙述者"是真实作者的可靠代言人"②，作者授权叙述者总体把控文本叙事。在文本叙事中，叙述者的角色类似于作者的"管家"，其意志须在总体上迎合作者的写作用意。因此，叙事意图很大程度上揭示作者写作意图，体现叙事文本的内涵。如米克·巴尔所言："叙述者的身份，这一身份在文本中的表现程度和方式，以及隐含的选择，赋予了本文以特征。"③身份的表现以及隐含选择皆影响并体现于意图中，叙事文本内涵

①　石峰雁：《〈金瓶梅〉意象叙事研究》，上海交通大学 2019 年博士学位论文，第 226 页。

②　胡亚敏：《叙事学》，华中师范大学出版社 2004 年版，第 37 页。

③　[荷]米克·巴尔著，谭君强译：《叙述学：叙事理论导论》，中国社会科学出版社 1995 年版，第 139 页。

特征一定程度上为叙事意图所赋予。叙述者得到了作者授权,其在叙事文本中的作为与发声代表着作者,叙述者的意图基本上体现着作者的写作考量,也是作者为传达某种思想而进行的设计,这种思想是叙事文本的重要内涵。叙述者的意图、作者写作用意和文本思想内涵虽不完全重合,但相去不远。例如,平话叙述者以民间的口吻讲述历史变迁和英雄人物的创业史,作者的写作用意必然与民间视角、历史和英雄有关,平话思想寓意也不会与此离得太远。平话叙述者赞扬善行,作者写作意图也与劝善相关,平话的思想倾向也不会与向善背道而驰。二者,作者借助叙述者意图的实现形态表意,彰显文本内在思想。与人物意图类似,叙述者的意图也有成败之分,成功者意味着作者对叙述者的认同,否则意味着作者对叙述者意图不以为然。这种态度体现着作者思想倾向,揭示叙事文本寓意。平话中,作者和叙述者大多能达成"共识",叙述者意图可以达成。二者矛盾之处较少,最典型的例子是,叙述者呈现对天命的对抗态度,这种叙事目的并未达成,"天命"在平话叙事中大多还是应验了,这在一定程度上体现作者的"天命观",这也影响了平话思想倾向。叙事意图的实现形态寄寓着作者的意图,其中彰显的作者思想,是叙事文本思想内涵的重要体现。

其次,人物意图也可直接体现作者意图,成为构成文本内涵的重要元素。叙事文本中人物意图的特点和实现形态也是体现作者写作构思的。例如,平话中诸多人物行为意图强烈的"利己"道德伦理属性即是作者寄寓自身意图的一种方式,体现着文本内涵的一些元素。

复次,叙述者和人物意图的相互作用也体现作者意图,揭示叙事文本思想内核。人物意图不会完全附属于叙述者意图,二者偶有脱钩的情况,人物超越叙述者控制可造就不少叙事意味。叙事文学文本一般存在一个"有限作者",叙事文学作品诞生的全过程是要有接受者参与的，在这个过程中，作者只能掌握写作阶段，对于接受阶段，作者只能预期却无法完全干涉。同理，叙述者也是有限的，叙述者虽"居支配地位"，但也"仅起框架作用"，叙事表意全过程也包括叙事接受的过程，叙述者对此便只能预期而无力掌控[①]。而且叙述者管理叙事是作者授权的，其能力便更弱，"在叙事活动中充当的只是'二传手'的角色"[②]，所以其权力必然有限。接受者可以忽视叙述者的态度，从人物意图及其实现形态上获取信息，这类信息与叙述者意图完全可能出现差异，甚至出现矛盾也是可能的。叙述者努力把控人物，人物则有可能突破掌控，进入相对自由的状态，这种作用下，许多信息便得以彰显。居于总体调控地位的作者一般冷眼旁观，借助叙述者和人物的相互作用，部分解放人物，限制叙述者权力，为其写作意图的彰显扫清障碍。例如平话中是有人物意图及其实现形态不利于叙述者意图达成的。《三国志平话》便是典型案例，司马氏意图的顺利实践和初步达成便一定程度上消解掉叙述者宣扬"利他"的道德观念的意图，使叙述者在全篇收尾时的叙事颇为狼狈。与叙述者相比，作者对叙事文本的掌控力则强大得多，人物意图的"自由发展"终究无法完全跳脱作者的写作限制，故而人物意图突破叙述者把控，却多成为作者表态的载体。例中，司马氏意图的实现一定程度上消解叙述者意图，作者便可借此对叙述者意图提出异议，实现自己的表态。人物意图有独立发展的空间，促使作者实现了多元叙事表意，影响着叙事文本丰富寓意的形成。

　　意象叙事即是借助层层表象寄寓并传达内在思想意义的文学行为。以此观照各个层次的意图，低层次的意图可以成为寄寓高

①　胡亚敏：《叙事学》，华中师范大学出版社 2004 年版，第 43 页。
②　徐岱：《小说叙事学》，商务印书馆 2014 年版，第 72 页。

层次意图的意象。人物意图可作为寄寓叙述者、作者意图乃至叙事文本内涵的意象。以此类推，叙述者意图则寄寓作者意图和文本内涵，作者意图体现文本内涵，三个层次意图的矛盾统一关系也体现叙事思想内涵，由人物意图到叙述者意图，再到作者意图，逐层剖析，叙事文本的思想内涵便得到了相对充分的把握。

二、"讲史"叙事的劝善底色

从多个角度看"全相平话五种"作者的意图，从而审视平话的思想文化内涵，笔者发现，平话叙事最核心也最基础的寓意是劝善，也就是说平话以"讲史"为外在叙事内容，宣扬"利他"善行则是其内在思想。而这种"劝善"内涵又能从三个维度进行理解。

首先，劝人行善是"讲史"叙事的基础表意。

一方面，叙述者明显而坚定的"劝人行善""制止害人"意图体现叙述者的意志，彰显平话叙事的"劝善"底色。如前文论述，替作者管理叙事的叙述者对待人物行为的态度是赞颂"利他"、贬斥"排他"。且在五部平话中能做到一以贯之，还能时常直接发声，亮明"劝善"的坚定立场。叙述者秉持这种道德观念，把控叙事，作者的写作用意不会与叙述者意图相去甚远。

另一方面，叙述者"劝人行善""制止害人"的叙事意图均有效达成了，这也说明作者认同"劝善"，使之成为平话叙事的一大内涵元素。平话作者虽能限制叙述者对叙事的把控，但也默认叙述者基本达成其意图。叙述者促成姜尚、姬昌和姬发父子、孙子、鬼谷子、刘泽、刘备、诸葛亮的"利他"行为意图，借以宣扬善行；促使纣王、妲己、乐毅、黄伯杨、吕后、周瑜等人物"排他"行为意图最终落空，借以批判恶行；使秦始皇、刘邦、曹操和司马懿的意图部分实现，部分落空，借以达到肯定其"利他"行为并惩罚"排他"形为并行不悖的效果。无一例外，这些目的均有效达成。叙述者建构双重结构，以"天命"为外在形式，彰显"天理昭彰、善恶果报"的天理，也有效地实现了"惩恶扬善"的目的。甚至叙述者还巧借各类叙事技巧，顺利实现宣扬善行的意图。凡此种种，作者皆加以成全，可见他认同劝善的叙事理念。作者和叙述者这种一致的思想倾向，就使得"劝善"成为平话叙事讲史的一大目的，构成其文本内涵。

其次，平话"劝善"思想紧贴民间实际，叙事内涵体现着民间化的道德观念。作者选择何等叙事者进行叙事，对其进行何等授权和限制，均是作者为实现写作目的而进行的设计，叙事的内在思想倾向便可从中窥知一二。

一方面，作者选定了一个有民间说话艺人身份特征的叙述者，可见其是紧贴民间宣教的。前文论述了平话的"头回"叙事和非叙事性话语均呈现"说话人"叙事的特点。平话叙述者能引入"头回"进行双重结构设计，且常加入诗词韵文进行议论，有时还会直接提醒"看官"，自己即将发表议论，这些特征体现着浓重的艺人说话气。不仅如此，平话叙事者还时常在叙事的细节中体现出自身的文化身份。例如平话叙述者叙事时会以俗化雅，采用文白杂糅的语言风格，大量使用俚俗字词，运用通俗的诗词曲文，对历史名物进行通俗化处理等，这些行为特点均类似于民间说话艺人，对此笔者有文章详细论述，在此不一一展开①。这种浓重的说书人语言习惯和叙事技巧建构起了说书人的叙事话语体系，特别适用于"勾栏瓦舍"或者"打野呵"的说唱伎艺叙事。叙述者采用说话人的习惯，假定自己置身于说话场所，面向大众进行着演说。作者授权这样的叙述者叙事，使讲史叙事接近民间实际，方便市井百姓的理解

---

① 　参见牛晓岑：《元刊"全相平话五种"民间性特征研究》，兰州大学 2016 年硕士学位论文，第 33—39 页。

和接受,利于思想观念在民间的传达。故而叙述者称赞"利他"行为动机、贬斥"排他"行为动机,均有着明显的民间立场,体现出民间朴素的道德观念。故而《三国志平话》中同为竞争天下的人,叙述者简单地分出"善恶",认为刘备和诸葛亮为国为民则为善,曹操和周瑜为己害人则为恶。这种认知过于朴素简单,其道德理念便于民间大众的理解,思想缺乏深度和高度,但有着民间穿透力。再如《前汉书平话》中叙述项羽乌江自刎时,叙述者便评价道:

> 细察项王之事,有终有始,功以多矣,过以寡矣。项王言"天亡我",非为谬也。①

这种简单的功过对比、归因天意的做法是一种朴素甚至粗犷的道德考量,缺乏深厚的思想文化底蕴支撑。此外,平话叙述者造就的空间限知性以及时间跳跃也与说话习气相关。无论是"勾栏瓦舍",还是"打野呵"的"乡野空地",说书人均于场地中央,面向观众演说。这种空间造就了说书人以一固定视点观察一面的视角,这种看待外界的方式,正与平话俯瞰视角类似。说话伎艺也受时空限制,叙述以人物、事件以及人物关系、事件因果为主,故事空间中的景物、距离是很难通过口头话语详细描述的。因此,说话伎艺中的时间跨度、空间位移等往往被虚化成一定的程式,也会通过辅助表演来体现。如《东京梦华录》《都城纪胜》等书有记载,说话人说话时常配合口技、简单的动作,更有杖头傀儡等运用道具表演的情况。平话叙事中的空间特征正体现说话伎艺的特点,而平话是文本叙事,失去了彰显时空的优势,因而有了限知性和时间跳跃的问题。平话叙事的时空机制使得平话叙述者呈现出在说书场所叙事

---

① 钟兆华:《元刊全相平话五种校注》,巴蜀书社 1990 年版,第 300 页。

的特点,体现民间说唱艺人的身份特点。作者选取这样的叙述者
代他管理叙事文本,可见他是想面向民间传达其思想的,平话叙事
的思想内涵也必然贴近民间。

另一方面,作者也通过人物意图体现出面向民间"劝善"的思
想特点。如前文所论述,"全相平话五种"各主要人物意图的道德
伦理属性中"利己"属性是极为明显的,尤其是人生长期意图具有
"利他"属性,且成功实践意图者,其行为意图也有"利己"属性。叙
述者对此表现出的包容态度深刻地影响其意图,并参与平话叙事
思想内涵的建构。如叔本华所言:"人的主要的与基本的动机和动
物的一样,是利己主义(Egoismus),亦即迫切要生存,而且要在最
好环境中生存的冲动。"①"利己"属性的行为动机体现人的基本欲
求,人因此可以呈现出原始的、朴素的一面。平话叙事中,人物行
为动机的"利己"属性往往使历史人物呈现出不符合身份的民间色
彩。如《三国志平话》中刘备兄弟鞭督邮落草,张飞自立年号"快活
元年"等。最典型的莫过于《七国春秋平话》中鬼谷子跟徒弟置气,
见死不救,自言:"孙子不听吾言,果有大灾,我难救他。"②这些英
雄人物均体现出浓重的市井俚俗色彩,在"利他"的美好品质之外,
均呈现鲜明的"利己"色彩,这也造就了平话鲜明的民间市井风味。
作者借助这样的文本宣扬理念,自然不会是面向高知群体的。平
话面向民间宣扬高尚的道德情操,也自然在叙事中体现最易理解
的"惩恶扬善"观念。

最后,平话叙事的思想内涵中,面向民间的"劝善"理念是受儒
家思想影响的。"小说叙事,作者的观点越隐蔽越好,客观叙述应

---

① ［德］叔本华著,任立等译:《伦理学的两个基本问题》,商务印书馆1996年
版,第221页。
② 钟兆华:《元刊全相平话五种校注》,巴蜀书社1990年版,第161页。

当是小说叙事方式的上乘境界"①。由于作者隐藏在叙事文本背后,叙述者的思想风貌时常被误认为等同于作者。然而平话作者时不时流露出的态度,体现出了他与叙述者的差异。作者虽然授权一个民间说话艺人一般的叙述者进行叙事,但这并不意味着作者思想水平与叙述者一致。作者虽然默认叙述者面向民间实践"劝善"的意图,但他本人是能一定程度上超越民间认知水平的。具体可以从以下两个方面分析:

一方面,人物意图能体现出"推己及人"的思想倾向,体现鲜明的儒家仁爱思想。叙述者虽然并不着重表现,然而各大主要和重要人物,尤其是成功践行了"利他"行为意图的人物,他们的长期意图中"利己"主义倾向极为鲜明,这种特点赋予了平话叙事表意一个重要特色。在平话叙事的内在思想层面,人物行为的"利他"与"利己"是共存的。平话提倡的"宽仁爱人"也包含爱自己,这便体现出一种"推己及人"的儒家伦理道德精神。与之相对,批判"排他"行为意图也与"利己"意图不矛盾,体现出"己所不欲,勿施于人"的内涵特征。即使是面向民间宣教,提倡善行,抨击恶行,但作者是明确爱人之等差的,是从爱自己推及爱他人的。换言之,作者借助平话劝善于民间,但其理念是受儒家仁爱观念影响的。

另一方面,儒家价值观也在叙述者意图与人物意图的相互作用中有所体现。以《三国志平话》为例,叙述者抨击刘邦杀功臣的"排他"性行为动机,促使叙事沿着"三王报复刘邦,转世三分汉家天下"的方向推进。然而后文所谓彭越转世托生的刘备忠于汉室,其"报国兴汉"的意图与叙述者意图产生了矛盾。这造就了平话叙事的一种张力,全书叙事着重关注刘备意图的推进,忠君爱国的色

---

① 石昌渝:《中国小说源流论》,生活·读书·新知三联书店1994年版,第27页。

彩因此较为浓重。人物意图一定程度上消解叙述者的叙事意图,平话所彰显的思想内涵一定程度上超越了二元对立的"惩恶扬善",而指向了高层次的儒家礼乐思想,体现出平话思想内涵中对儒家伦理道德秩序的向往。

平话叙事时常穿插一些古文篇目,直接体现作者的目的。例如《过秦论》《六国论》《谏逐客书》等篇目被大段甚至全文引用,体现平话作者"仰视文史",即"对传统优势文化的仰视姿态和推崇意识"①。这也体现出平话作者虽面向民间"劝善",却有着更高层次的儒家思想指引。儒家思想是传统优势文化的精髓,也是当时社会的主流价值观念,平话叙事以"劝善"为思想底色,且紧贴民间实际,宣扬朴素的道德观念,并受主流价值观——儒家思想指导。换言之,平话叙事的"劝善"思想内涵实为儒家思想教化百姓的观念载体。

通过意象分析,"全相平话五种"以讲史叙事,体现劝善的思想理念。这种劝善思想是儒家思想教化万民观念的体现,具有紧贴民间实际的朴素风貌,劝人行善,制止害人,使"劝善"成为平话的思想底色。

三、"讲史"与"英雄叙事"

"全相平话五种"叙事的另一思想内涵是"仰视英雄"。如果说"劝善"是平话讲史叙事的底色,那么"英雄叙事"即是平话讲史内涵的增长点。以意象来分析,对"英雄"的仰视与推崇体现于人物、叙述者和作者的多重意图中,平话中赞赏实现自我超越的"超人"

---

① 卢世华:《元代平话研究——原生态的通俗小说》,中华书局 2009 年版,第 215、221 页。

意志与劝人奋发上进的思想观念跃然纸上。

首先,平话叙事体现出对个人价值的重视。

一者,从人物意图明显的"利己"道德属性看,平话肯定追求个人福利的行为动机,为称赞"超人"意志打下基础。通过叙述者把控人物意图的实现形态,平话实现了对人物意图的褒贬,这一过程中,"利他"和"排他"有本质区别,"利己"属性则不影响褒贬结果。但"利己"的行为意图属性并非无关紧要,"利己"往往是人物萌生并实现意图的基础。叔本华认为"利己主义""邪恶"和"同情""以不同而且奇异的不等比例"①存在于每个人类个体的意志之中,其中"利己主义"是最为基础的伦理形态。人的行为意图一定程度上均起于"利己"的动机。前文分析的主要人物和重要人物,凡意图实现者,其人生长期意图也均有利己属性。例如姜尚,其出场时便投效纣王,以追求建功立业,获取利禄富贵:

> 纣王见此人聪明智惠,更为姜尚孝养老母,纣王封姜尚为司户参军,赐宅一区,赏银百两。殿下文武见姜尚大喜。天子置御宴饮之。②

追求个人价值,为自己谋求福利是其意图萌生之始,其后才发现自己"佐主不明",进而想要"再佐明君有道之主",开启了后文叙事③。姜尚"辅佐明主,匡扶社稷"以"利他"性为主要属性,但"利己"却是其萌生的基础。再如刘备兴复汉室,亦直言"吾为天子",追求自身富贵是其意图中的重要元素。这些人物意图若无"利己"

---

① [德]叔本华著,任立等译:《伦理学的两个基本问题》,商务印书馆 1996 年版,第 281 页。

② 钟兆华:《元刊全相平话五种校注》,巴蜀书社 1990 年版,第 49 页。

③ 钟兆华:《元刊全相平话五种校注》,巴蜀书社 1990 年版,第 51 页。

的元素,意图力也不会如文中那般强大。从这些例子看,人物意图中明显的"利己"属性是促使人物实践意图的重要力量,为人物日后意图达成,实现超卓的个人价值打下基础。

二者,从人物意图与叙述者意图之间的矛盾作用看,平话体现出对追求个人利益行为动机的包容态度。叙述者借助意图实践失败和意图消解的结果批判"排他"性行为动机,然而相关人物意图的实际实践过程却体现出一些叙述者意料之外的意义。例如曹操和司马懿的意图因"排他"而被叙述者贬斥,因而他们的意图最终是落空的。二人意图也是因"利己"而萌生的,他们逐鹿中原,意欲独霸天下,亦是为了自己达成卓越的成就,获取最大的利益,体现出对个人价值的强烈追求。二者意图实践虽然最终归于失败,但在实践过程中初步达成许多阶段性目标。最终虽未独霸天下,但取得了极大的个人功业和权势。与之类似,吕后的意图也因"排他"而最终消解,但她也在意图实践过程中,一定程度上收获了极大的个人利益。这些人不克制"利己"动机,进而"排他",为自己的意图实践失败结局埋下伏笔。饶是如此,他们行为意图的"利己"属性终究是带来了许多正面的结果。从这些例子看,在平话叙事里,"利己"属性的动机很有值得肯定之处。"利己"作为行为动机的基础伦理道德属性,是诸多意图萌生时的基本特点,也是促使人们实现个人价值的初始动力,平话一定程度上肯定"利己"行为动机,其对个人价值的重视程度可见一斑。

人的意志意味着无尽的欲求,因此"人生在整个根性上便已不可能有真正的幸福,人生的本质就是一个形态繁多的痛苦,是一个一贯不幸的状况"[①]。可见,"利己"是人基于意志而产生行为动机

---

① 〔德〕叔本华著,石冲白译:《作为意志和表象的世界》,商务印书馆 2018 年版,第 440—441 页。

的基础属性。然而,"意志就是真正的自在之物"①,不断实现个人欲求是人的自然本性。人需要坦然面对本性,即"无以人灭天,无以故灭命,无以得殉名。谨守而勿失,是谓反其真"②。平话能总体上肯定并欣赏追求个人价值的观念,没有杀灭天性的观念,而其更进一步的追求自我超越的思想理念也以此为基础。

其次,对自我超越精神的称赞是平话的重要思想内涵。尼采认为:"要真正体验生命,你必须站在生命之上。"③在他看来,既然欲求无尽,其实现与否反而并不重要,重要的是不断追求、不断更新和不断超越欲求的过程。这便是提倡权力意志、追求卓越的"超人"意志的理念。人正是在无尽的欲求中,不断超越自我,更新人生的高度,这便是意志之于人的意义。具体到人的行为,就是超越自我的不懈奋斗。平话的思想意蕴中,包含对追求自我超越精神的赞赏。

一者,叙述者意图及其实现形态体现出平话思想内涵中欣赏"超人"意志的元素。平话叙述者"讲史"聚焦于英雄人物,选取人物并把控意图时体现出了对"超人"意志的瞩目,而叙述者叙事意图基本达成,这种对"超人"权力意志的欣赏便构成了平话叙事的文本内涵元素。例如《三国志平话》,叙述者"讲史"时选取的东吴人物极少,主要聚焦的也不是吴主孙权,而是周瑜。周瑜有着许多超越自我意志的特点:赤壁以少胜多,突破了强大军事压力,刷新自己的军事成就,也突破了常人的一贯认知;短暂的生命中战绩辉煌,这突破了时间对个人功业的限制。这是周瑜之于孙权的优势。叙述者详述周瑜意图推进的过程,对其自我超越的奋斗予以充分

---

① [德]叔本华著,石冲白译:《作为意志和表象的世界》,商务印书馆2018年版,第231页。

② 杨柳桥:《庄子译注》,上海古籍出版社2012年版,第153页。

③ [德]尼采著,周国平译:《尼采诗集》,作家出版社2012年版,第88页。

展现。再如以刘备、诸葛亮为主要人物,二人的创业之路均可谓三国世界中最漫长者。刘备起于微末,与曹操、孙权相比,出身过于低微,创业困难重重;诸葛亮主政蜀汉,蜀汉于三国中最弱,时有亡国之危。叙述者着重表现二人意图实践过程,并且促成其意图的实现,这便凸显了二人意图之坚定,意图力之强大,称赞二人完成自我超越之壮举。以上例子可以体现叙述者明显的态度。这与"把意志的价值贬低到应该予以否定的地步"①的禁欲主张完全不同,叙述者的主张接近尼采的"权力意志"思想,欣赏并提倡不断超越自我的"超人"追求。作者成全叙述者意图,对不断超越自我的卓越意志的赞赏就成为平话叙事的内涵元素之一。

二者,人物意图及其与叙述者意图的矛盾也侧面彰显了平话内涵中对"超人"意志的肯定态度。平话主要人物无论意图是"利他"还是"排他",均具有超人属性,可见平话叙事对卓越人物意志的青睐。例如纣王、妲己、吕后等人物人生长期意图均有强烈"排他"属性,同时也有"超人"特点,他们追求之强权、享乐也均超越常人,甚至也是自己之前想象不到的。即使意图会消解、生命会毁灭,这些人物也不是单纯求生存,而是肯定欲望,追求对自我的超越。这些人物意图充斥于平话中,"超人"意志也因此深刻塑造了平话的思想形态。再如黄伯杨和乐毅的"排他"属性意图虽最终失败,但二人没有因此失去生命,在实践过程中还多次取得阶段性成功。如此,黄伯杨和乐毅的意图落空颇令人惋惜,而这便形成了平话叙事的某种意味。二人与孙子、鬼谷子斗技也是为了实现更高的功业,完成自我超越,他们的"超人"追求也足以打动叙事的接受者。因此,《七国春秋平话》的思想内涵中也包含对"超人"意志的

---

① 〔德〕尼采著,张念东、凌素心译:《权力意志》,商务印书馆1991年版,第228页。

肯定与欣赏。

　　总体来看,平话对于从"利己"行为动机出发、追求自我价值并不断超越自我的"超人"意志予以充分肯定。平话"讲史"叙事聚焦历史,故而其中人物追求的自我价值、不断超越自我的奋斗是集中在政治和军事领域的,因此具有追求卓越的意志者皆是政治和军事领域的"超人",也便是英雄人物。仰视英雄,欣赏卓越功业,劝人上进奋斗也成为"全相平话五种"叙事内涵中的重要元素。

　　总体而言,从作者、叙述者和人物的意图及三者关系切入进行分析,"全相平话五种"叙事的思想内涵便可以得到揭示。平话"讲史"热衷"英雄叙事",寄寓"劝善"的基本思想。将历史具象化为英雄奋斗史进行叙事,欣赏超越自我、追求卓越的"超人"意志,鼓励奋斗精神,笔者概括其为"劝进";同时以儒家思想为指导,宣扬贴近民间实际的"惩恶扬善"的朴素道德观念,笔者概括其为"劝善"。将"劝善""劝进"合而为一,平话叙事思想内涵的核心即是"扬善劝进"。因作者体现出明显的儒家思想文化底蕴,故而平话"扬善劝进"内涵的体现与儒家"内圣外王"的理念渊源颇深。"讲史"依托历史叙述英雄事迹,形成了"扬善劝进"的主体思想内涵,而其叙事更高层次的表意则指向了"修身""齐家""治国""平天下"之观念。

小　结

　　从意象切入,剖析"全相平话五种"讲史叙事的结构,其将历史重构为英雄奋斗历程叙事的策略浮出水面。在这种重构过程中,平话较好地传达了以"扬善劝进"为核心元素的思想内涵,其彰显叙事意蕴的模式也初成体系。

　　首先,"全相平话五种"形成了全方位彰显叙事思想内涵的模式。一者,叙述者以叙事结构为主体,辅以功能性技巧,全面彰显叙事意图。通过平话鱼骨形网状结构的建设,叙述者有效影响人物意图的实践过程,借此体现其对全书人物意图的褒贬态度;叙述者又建构相对独立的小结构,借以统摄主体结构,在大小结构的矛盾统一作用中,彰显叙述者的态度;叙述者又适时直接出场,运用技巧干预叙事进程,或直接发声,点明自身态度。借助这种意图结构与功能技巧相互配合的方式,叙述者得以明确表态。二者,作者以叙述者表意为主体,结合人物意图,体现自己的创作意图。叙述者作为作者在文本叙事中的代言人,其巧妙代替作者发声。由于作者选取叙述者代言需预设其叙事能力,作者与叙述者之间存在表意能力的差异,故而叙述者表意不足以完全代表作者的意志,因此作者也借助人物意图及其与叙述者意图的相互作用进行表意。将平话叙述者、人物的意图及其相互作用结合分析,作者的创作意图可以得到全面展现。三者,综合考察作者、叙述者和人物的三重意图及其相互作用,平话意象叙事的思想内涵便可以得到相对全面的认识。叙事表意过程最终完成,离不开叙事的接受者的参与,故而平话最终能体现何等思想内涵,其作者、叙述者和人物均无法单独起到决定作用,这三者的意图均可被接受者所获知,均影响叙事表意的结果。接受者统合作者、叙述者和人物三者间具有矛盾统一性关系的意图,方能全面掌握文本内涵,平话叙事表意即可以如此分析。

其次,经过体系化的意象叙事内涵分析,平话以"扬善劝进"为核心思想的叙事内涵被清晰呈现出来。叙述者通过叙事结构把控人物意图实践,最终促成了在道德伦理层面具有"利他"属性的人物长期意图,阻止或者消解掉了"排他"属性强烈的人物长期意图。在小结构中,叙述者以"天命"为表象,体现善恶果报的"天理"内涵。叙述者又借助特殊意象、时空机制和直接发声体现"劝善惩恶"的思想倾向。这些均体现叙述者借助讲史叙事文本寄寓劝惩观念的策略。同时,平话中主要和重要人物人生长期意图具有超越性,这体现出平话叙事内涵中欣赏"超人"权力意志的倾向。对于改变命运、追求卓越的上进心与奋斗意志,平话给予了充分关注与赞扬。平话讲史叙事以英雄的奋斗历程重构历史,便是其鲜明的"扬善劝进"思想的体现。

再次,平话的思想内涵呈现儒家道德、事功理念与民间善恶、功业观念的同构。作者选取的叙述者具有鲜明的民间说书艺人特点,叙事中作者又体现出在思想境界和文化水平上高于叙述者的特征。仔细审视这种差异可知,叙述者的"扬善劝进"意图基本代表了作者的创作思想倾向,同时也体现出作者以儒家观念为指导,面向民间进行朴素地思想道德教化之意图。作者以"内圣外王"的儒家道德、事功观念指导平话叙事,同时又紧贴民间实际。作者没有让叙述者以儒者形象出现,来对接受者进行忠孝节义的说教,而是使叙述者以说唱艺人姿态出现,将"内圣外王"的指导思想转化为朴素的"扬善劝进"观念,从而教化民众。同时,作者没有隐藏自身与叙述者的文化差异,使得儒家观念的指导作用没有缺位。在这种作者和叙述者意图的矛盾统一中,平话以儒家思想为指导,对民间进行教化,造就的儒家道德、事功理念与民间善恶、功业观念同构的思想意蕴,成就了其叙事的独特内涵。

此外,"全相平话五种"叙事内涵也可使平话作者身份及其文本性质的一些信息得到呈现。平话源于宋元时期的说唱伎艺,但由口头说唱变成文学文本,其性质便也发生变化,具体功用也值得探讨。平话叙述者以说唱艺人姿态出现,作者却呈现思想境界和文化水平高于叙述者的姿态,"扬善劝进"的思想受儒家观念指导。由此可见,平话叙事文本内容是源于说唱伎艺的,但将其进行文本化处理者,即平话书面文本之"作者",则是文化水平高于艺人的文人。这些文人的文化水平未必很高,却是受过儒家思想教育的。

从意象叙事角度看,文人将民间说唱作品进行文本化处理和再加工,形成可供大众阅读的、具有教化万民作用的读物,这更接近"全相平话五种"的文本性质。

"全相平话五种"作为中国通俗小说中成熟较早、文本篇幅可观的作品,其对于后世小说有着深远影响,尤其对章回小说有着重要的典范意义。从意象叙事角度可以对这种影响形成全面总结,笔者将于后文对此进行详析。

第五章　影响篇：中国古代长篇通俗小说叙事经典范型的确立

作为成书最早的中长篇通俗小说和讲史题材小说，"全相平话五种"对后世，尤其是明清时期取得巨大成就的章回体小说影响深远。以往学界多从故事题材角度审视章回小说对平话的继承，但平话之于明清小说的价值和意义不止于此，平话对于长篇通俗小说写作范式的影响，是其之于章回小说乃至通俗叙事文学最重要的意义。对于叙事文学来说，作品的叙事模式会深刻影响其创作风貌，叙事范型是叙事文学写作的最重要元素。因此，笔者基于前文从意象体系、类型、结构和内涵等层面对平话进行的体系化意象叙事分析，拟于本章从意象体系、结构范型、叙事内涵及风格意味等角度，探讨"全相平话五种"的典范价值与先驱意义，从而对"全相平话五种"进行明确的文学史定位。

第一节　融合诗史之意象叙事体系的建构

题材是"全相平话五种"影响后世章回小说最为显著的方面。明清时期较为著名的小说如《列国志传》《东周列国志》《封神演义》《前七国孙庞演义》《后七国乐田演义》《东西汉演义》《三国志演义》均直接或间接从"全相平话五种"中吸收故事，敷演出内容更为丰富、篇幅更长的章回小说。然而与数量繁多的明清章回小说相比，直接从平话中取材的作品可谓是极少数，而且章回小说与平话的篇幅差距巨大。如此比较下来，单从题材角度讨论平话对章回小说的影响似乎难以观照相关的全部问题，甚至有可能遮蔽平话之于章回小说的某些重要价值。从意象叙事角度观照平话与章回小说，可以发现二者许多相似或相关之处，以此研究平话对章回小说创作的影响，可以形成许多新发现。

一、依托史料建构文学意象的典范价值

"平话"从各类史料中筛选材料建构寄寓人物意图、叙述者意图，承载作者创作思想和文本文化意蕴的小说叙事意象，这种叙事模式对后世讲史小说以及其他类型通俗长篇小说均产生深远影响。可以说，平话作为一类现存最早的中长篇通俗小说，其叙事模式是开风气之先的。"全相平话五种"采取了依托史料建构文学意象的叙事模式，之后的长篇通俗小说基本沿用这一模式，使之成为通俗长篇小说的基本意象建构模式，平话因此具有了重要的典范意义。

首先，后世章回小说沿用了平话选用和改造史料的基本模式，并对其进行优化。如前文所论述，平话依傍正史，从中选用关于重要事件的记载；又从野史、文人笔记等处吸收材料，用以填充历史的细节；同时参考民间文学和民俗传说故事，对叙事形成进一步补充。对于选用的材料，平话能够整合改造，从而形成基本脉络与历史框架，细节则多为虚构的讲史叙事。明清章回小说基本延续了这种依托各类史料建构事意象的思路，只是章回小说建构事意象时取材视野更广，化用史料建构意象的手段更为高超。

一者，平话以正史为主体，以野史笔记、通俗文学为枝叶，广泛

取材建构事意象的策略,深刻影响章回小说。以《三国演义》为例,
其取材的史料众多,具有代表性者如《三国志》《后汉书》《晋书》《资
治通鉴》,还有《汉末英雄记》《九州春秋》《汉晋春秋》《华阳国志》
《后汉纪》《晋阳秋》及《十七史百将传》等史书,《世说新语》《殷芸小
说》《拾遗记》《搜神记》《列异传》《搜神后记》《笑林》及《太平广记》
所引之《独异志》《赵云别传》等文人笔记小说,另有《三国志平话》
《三分事略》《花关索传》等元明小说话本以及元明杂剧的"三国
戏"。对比前文论述的《三国志平话》的选材范围,二者极为相似,
只是《三国演义》的视野更广,材料出处更多,在具体史料中,《三国
演义》选取的材料也更丰富。例如平话鲜有从《晋书》《搜神记》《笑
林》中选取材料者,《三国演义》则多从中取材,有关司马懿、左慈、
杨修、曹植、陆逊、华佗等人的许多事意象因此而造就,丰富了讲史
叙事的细节;再如对《三国志》及裴松之注,《三国演义》更为重视,
从中选取的材料也更丰富,建构出许多事意象,我们熟悉的"杨阜
借兵破马超""空城计""文鸯单骑退雄兵""丁奉雪夜奋短兵""姜维
斗阵破邓艾""姜维一计害三贤""王濬楼船下益州"等事意象便因
此建构起来,也使得讲史叙事主干更完整,增加了叙事的时间跨
度。可见《三国演义》继承了《三国志平话》取材史料的策略,并能
进一步扩大范围,因此造就了更为丰富的叙事内容,平话对其取材
建构意象策略的启发作用不容忽视。《三国演义》成书早,影响着
日后诸多讲史小说,《列国志传》《东西汉演义》《隋唐两朝志传》《大
宋中兴通俗演义》等讲史题材小说也如此取材建构事意象。不仅
如此,讲史题材之外的通俗小说也沿用这一策略,例如《水浒传》
《西游记》《封神演义》等也一定程度上采用从史料中选材来建构事
意象参与全书叙事的模式。如《水浒传》从《宋史》《辽史》《金史》
《三朝北盟会编》《建炎以来系年要录》等史料中选用材料,因此为
"三打祝家庄""收关胜""招安""征辽""征方腊"等事意象组群的建

构打下了基础。

二者，平话对史料的处理方式启发章回小说。挖掘史料中人物意图具有延续性、人物间意图冲突明显的事件，为叙事选取建构意象的传奇性材料，这是平话意象叙事选材的思路；巧妙地对史料进行改造，使之化为意蕴丰富的意象材料，这是平话处理选材的策略。后世章回小说叙事较好地承袭了这些策略，并进行了探索和优化。例如《三国志·关羽传》的史料在平话和章回小说中意象化的改造过程就能彰显出章回小说对平话意象建构的学习与创新。史传中的原始记载如下：

> 羽尝为流矢所中，贯其左臂，后创虽愈，每至阴雨，骨常疼痛，医曰："矢镞有毒，毒入于骨，当破臂作创，刮骨去毒，然后此患乃除耳。"羽便伸臂令医劈之。时羽适请诸将饮食相对，臂血流离，盈于盘器，而羽割炙引酒，言笑自若。①

到平话中则被改造为：

> 关公天阴觉臂痛，对众官说："前者吴贼韩甫射吾一箭，其箭有毒。"交请华佗。华佗者，曹贼手中人，见曹不仁，来荆州见关公。请至，说其臂金疮有毒，华佗曰："立一柱，上钉一环，穿其臂，可愈此痛。"关公大笑曰："吾为大丈夫，岂怕此事！"令左右捧一金盘，关公袒其一臂，使华佗刮骨疗病，去尽毒物。关公面不改容，敷贴疮毕。②

① ［晋］陈寿：《三国志》卷三十六《蜀书·关羽传》，中华书局1959年版，第941页。
② 钟兆华：《元刊全相平话五种校注》，巴蜀书社1990年版，第467页。

从史料到意象,平话的改造将叙述者和人物的意图寄寓史料中,使
之成为意象。原始史料以此历史细节彰显关公勇武。平话改写之
后,增入关公的话语,并且加入关公拒绝医生提供的固定臂膀以避
免疼痛造成伤害的处理方案,将关羽之勇武表现得更为具体。而
更重要的是加入箭伤的原因,并将名医改为华佗,且交代华佗与曹
魏的纠葛,因此将关羽此时进攻曹魏、提防东吴的意图揭示出来,
意象所体现的关羽之勇武也是践行此意图的必要条件。同时,改
造后之意象体现了叙述者意图,用一个事意象彰显出了曹军、蜀
军、吴军三方勾心斗角、互相牵制的态势,并做好铺垫,引出后文关
羽被魏、吴合力剿杀的叙事。经过改造,史料原有之意得以加深,
承载了人物和叙事者的意图,作为意象较好地参与了叙事。到《三
国演义》中,改写内容的复杂程度陡增,接近半回文字,其中如:

> 公饮数杯酒毕,一面与马良弈棋,伸臂令陀割之。陀取尖
> 刀在手,令一小校捧一大盆于臂下接血。……
>
> 关公箭疮治毕,欣然而笑,设席饮酒。华陀曰:"君侯贵
> 恙,必须爱护,切勿怒气触之。不过百日,平复如旧。"公以金
> 百两酬之。陀曰:"某闻君侯乃天下之义士,特来医治,何须赐
> 金?"陀固辞不受。留药一帖,以敷疮口,作辞而去。①

在全新的意象中,关羽接受刮骨治疗时的姿态,由宴饮变为下棋,
可见在刮骨时关公不仅行动不受影响,还能保持清醒的头脑,较平
话揭示的关羽之勇武特征更加突出。此时箭伤的来源变为曹军,
并且加入华佗劝关羽不能动气的叙述。如此设计,不仅暗示了曹

---

① [明]罗贯中:《三国志通俗演义》卷十五《关云长刮骨疗毒》,上海古籍出版
社1980年版,第720页。

军、关羽和东吴三方此时的态势和实力消长，揭示了关羽攻击曹军的决心，也巧妙暗示关羽此时骄矜的态度，预示其将因骄傲而大意失荆州，走向败亡。此处事意象寄寓人物、叙述者意图的模式与平话一致，但显然设计更为精妙，不似平话直陈华佗在曹军中的遭遇来揭示多重意图那般生硬。再如史料中常见的"空城计""空营计"：

> 公军追至围，此时沔阳长张翼在云围内，翼欲闭门拒守，而云入营，更大开门，偃旗息鼓。公军疑云有伏兵，引去。云雷鼓震天，惟以戎弩于后射公军，公军惊骇，自相蹂践，堕汉水中死者甚多。①

这本为《云别传》所载，体现赵云临危不乱、以虚实之法吓退曹兵的史实。被《三国演义》引入叙事，经过改造，原本常见的疑兵之计，转化为诸葛亮城头抚琴、司马懿城下狐疑的叙事。二人在政治、军事和人情等多方博弈，寄寓的意图较为复杂。单就司马懿意图来看，便含有避免伏兵、养寇自重、试探诸葛亮虚实等多重意图。叙述者也借此意象实现了他促成诸葛亮、司马懿两大人物直接博弈并预示后文二人持久交战的叙事意图。选取故事性强的史料，对其进行巧妙的改造，建构起寄寓多重意图、彰显叙事意蕴的意象，从而结构意象叙事文本，平话的这种策略被以《三国演义》为代表的章回小说较好地承袭并优化了。这也成为讲史小说乃至更广泛的通俗小说建构意象的一大重要策略。

三者，"以意统事"的叙事思维模式是平话依托史料建构文学

---

① ［晋］陈寿：《三国志》卷三十六《蜀书·赵云传》，中华书局 1959 年版，第950 页。

意象最具典范价值和深远影响之处。金圣叹在《读第五才子书法》
中曾论《史记》和《水浒传》写法之不同：

> 　　某尝道《水浒》胜似《史记》，人都不肯信，殊不知某却不是
> 乱说。其实《史记》是以文运事，《水浒》是因文生事。以文运
> 事，是先有事生成如此如此，却要算计出一篇文字来。虽是史
> 公高才，也毕竟是吃苦事。因文生事即不然，只是顺着笔性
> 去，削高补低都由我。①

这其实也说出了史传叙事和小说叙事的区别，写实和虚构两种叙
事模式之差别也在其中。而《三国演义》这一类讲史小说之"写法"
则处于"以文运事"和"因文生事"之间，作者须基于已有之事算计
文字，但也要顺着笔性去削高补低。其实换一种思考方式，以意象
思维去对金圣叹的理论进行拓展，也可以进一步明确写实和虚构
两种叙事模式的差异。文本叙事皆以文本材料为表象，表述象后
之意，进而实现信息的传达。史传传达的象后之意源于历史事实，
文本作者的作用接近于转述；小说叙事的象后之意源于作者，文本
作者能充分发挥创造作用。从这个角度看，讲史小说的写法也未
出"因文生事"的范围，但其与《水浒传》的不同点在于"生事"之原
材料。纯虚构小说直接运用言语建构故事，而讲史小说则运用现
成的史料建构故事，二者建构的故事均非"先有之事"。换言之，讲
史小说是因"先有之事"而生新事。之所以能如此，就在于对原有
材料的意象化运用，将叙事之意寄寓史料之象，以内在含义，统合
新建构的意象，从而结构全新的叙事文本，笔者称这一过程为"以

---

　　① ［清］金圣叹著，陆林辑校整理：《第五才子书施耐庵水浒传》卷三，凤凰出
版社 2016 年版，第 29—30 页。

意统事"①。这种意象叙事思维指导着讲史小说叙事文本的建构，而元平话便是最早体现这种思维模式的作品类型之一，其典范意义不言而喻。

具体而言，平话"以意统事"的意象叙事又包含两个维度，均深刻影响后世章回小说。其一，以人物意图为内在思想指导、整合并化用史料。平话叙事过程中，以聚焦人物的意图为基准，选用并改造史料后能够形成寄寓并推进人物意图的优良意象，从而巧妙地以史料为原料，建构叙事文本。前文曾以"单刀会"事意象为例，说明平话理解和运用史料时体现的通俗性特征，而这种处理史料的粗犷方式，恰好使史料转化为全新的文学意象。《三国志》原文中，鲁肃会见关羽，诸将只持单刀，体现此次会面的严肃，烘托双方剑拔弩张的气氛。且此事本是见于《鲁肃传》，面对关羽此时的威势，鲁肃敢于单刀赴会，这其实暗中褒扬了鲁肃的胆魄。然而此条史料体现出的表层历史事件便是关羽和鲁肃会面时双方只持单刀，《三国志平话》便巧妙利用此点，建构意象时只言鲁肃邀关羽会面，是个"单刀会"，不交代更多细节，这便消解掉了事件中体现鲁肃胆魄的寓意，而从侧面彰显了关羽的胆魄。经过这种化用，关羽敢于单刀赴会，这一事意象的主要寓意便成了关羽凭借胆魄威吓吴军的意图。虽依托史料建构意象，但其内在表意却可以与史料完全不同。后来的《三国演义》较好地继承了平话的思路，又吸收了元杂剧中的"单刀会"故事，故而造就了"关云长单刀赴会"的经典叙事。此处的事意象群中，单刀会便主要体现关羽多重意图的成功：以胆魄震慑东吴，戳破东吴索要荆州之无理要求，又以武力迫使东吴让步等。侧面体现出鲁肃等东吴将领阴谋暗算关羽，进而谋取

---

① "以意统事"一词见于许建平《明清文学论稿》，河南人民出版社 2017 年版，第 651 页，笔者引用其作为平话等小说运用史料建构意象的思维和方法。

荆州意图的破产。小说叙事大体依托史实,内在寓意却远超历史真实,在小说史上大放异彩。平话以叙事中的人物意图统合已有史料的思路得到了完美的继承和创新。《三国演义》等小说还以这种思路,化用了更多的史料,建构出更经典的意象。如史料中孙权有如下事迹:

> 权乘大船来观军,公使弓弩乱发,箭着其船,船偏重将覆,权因回船,复以一面受箭,箭均船平,乃还。①

这本是孙权急中生智,避免了船因中箭过多而倾覆的一次经历。平话便能抓住"以船受箭"这一表层事件,建构起"周瑜借箭"的事意象:

> 却说周瑜用帐幕船只,曹操一发箭,周瑜船射了左面,令扮棹人回船,却射右边。移时,箭满于船。周瑜回,约得数百万只箭。周瑜喜道:"丞相,谢箭!"曹公听的大怒,传令"明日再战,依周瑜船只,却索将箭来。"②

借助"以船受箭"的事件,寄寓并推进了周瑜戏弄曹操的意图,依托史料却虚构了一个颇具趣味的新故事。《三国演义》叙事则能更进一步,巧妙地建构起"草船借箭"事意象群。仍然借用"以船受箭"的表层事件,却主要寄寓诸葛亮的意图,诸葛亮以智力化解周瑜算计的意图借此事件达成,同时也消解掉了周瑜施巧计杀诸葛亮的意图。在"以意统事"的思维指导下,又一小说史上的经典叙事形

---

① [晋]陈寿:《三国志》卷四十七《吴书·吴主传》,中华书局 1959 年版,第 1119 页。

② 钟兆华:《元刊全相平话五种校注》,巴蜀书社 1990 年版,第 434—435 页。

成。与《三国演义》类似，《东西汉演义》《隋唐演义》《大宋中兴通俗演义》等讲史章回小说，甚至《水浒传》等其他题材小说均继承了这种意象建构思路，形成了丰富的讲史叙事作品和诸多经典内容。从史料中获取表层事件，巧妙地化用，促使其与人物意图实现有效结合，从而推动叙事。平话这一策略深刻影响后世小说，造就了众多精彩的意象叙事作品。

其二，以叙述者叙事意图整合并化用史料。平话选取并化用的史料，经过整合，成为有效推进叙述者叙事意图的意象，此点也成为日后小说依托史料建构意象的指导性思路。例如《史记》记伯夷、叔齐事：

> 于是伯夷、叔齐闻西伯昌善养老，盍往归焉。及至，西伯卒，武王载木主，号为文王，东伐纣。伯夷、叔齐叩马而谏曰："父死不葬，爰及干戈，可谓孝乎？以臣弑君，可谓仁乎？"左右欲兵之。太公曰："此义人也。"扶而去之。武王已平殷乱，天下宗周，而伯夷、叔齐耻之，义不食周粟，隐于首阳山，采薇而食之。①

伯夷、叔齐之贤可从此处史料中得以体现，但此事不影响武王伐纣的历史走向。《武王伐纣平话》化用此史料建构意象，则寄寓了叙述者的意图：

> 武王不纳伯夷、叔齐之谏，言曰："纣王囚吾父，醢吾兄，损害生灵，剥戮忠良，剖剔孕妇，断胫看髓；酒池虿盆，肉林炮烙之刑；弃妻逐子，民不聊生。朕顺天意伐无道之君，禀太公之

---

① ［汉］司马迁：《史记》卷六十一《伯夷列传》，中华书局 1959 年版，第 2123 页。

智,东破不明之主。若不伐之,朕躬有罪。卿等且退。"二人又谏曰:"大王休兵罢战,不合伐纣,恐大王逆也。"武王大怒,遂赐二人去首阳山下,不食周粟,采蕨薇草而食之,饿于首阳之下,化作石人。①

依旧是伯夷、叔齐劝谏武王,但此处却增加了武王的坚决驳斥,从而彰显武王伐纣的决心,有力推动了武王、姜尚意图的实践,叙述者顺利完成叙事。到《封神演义》,依托此史料建构起的意象群就更庞大了,内容篇幅占据整整一回。此处则增入了武王惭愧犹豫,姜子牙以理服人等内容②。借此全新的意象,叙述者实现了阻抑武王伐纣意图实践的目的。与平话不同,此处意象叙述者彰显了武王的仁德与忠义,这比坚决伐纣更能彰显其仁爱之心,而伐纣意图坚决者换成了姜尚,如此叙事更彰显武王伐纣之正义属性,比起平话意蕴更为丰富。由此可见,叙述者将叙事意图巧妙寄寓于依托史料建构的意象中,叙述于史有征之事,来为推进自己的叙事意图服务,巧妙地建构起"讲史"而非史的叙事文本。从平话到讲史章回小说,这种思路不断延续,且得到了优化。不仅如此,许多讲史题材以外的作品也学习这一策略。如《三朝北盟会编》记载宋高宗时,武将扈成与戚方同为抗金将领,戚方却谋杀扈成,屠灭扈家,吞并扈成部众:

遂约其军马皆退,而成与方各进马,方稍缓其行,成先至桥侧,伏兵出,遂杀成。成既死,方乃进兵,其军散走,方尽取成父母妻子皆杀之,于是统领庞荣收成余众,往宜兴县投水军

---

① 钟兆华:《元刊全相平话五种校注》,巴蜀书社 1990 年版,第 80—81 页。
② [明]许仲琳:《封神演义》第六十八回《首阳山夷齐阻兵》,人民文学出版社 2020 年版,第 664—666 页。

统制郭吉。[1]

《水浒传》则依托此史料，建构起"李逵屠灭扈家庄"的事意象。将扈成一家被灭的历史事件置于宋徽宗时代，灭门惨案的制造者也变成了李逵。借此意象建构，叙事中达成了多重叙事意图：首先彰显李逵杀人如麻之兽性，揭示梁山所谓义军之劣迹，同时安排扈三娘（扈成之妹）无家可归，从而归顺梁山，嫁给矮脚虎王英。如此安排，扈三娘背负血海深仇却委身于敌，她自然不会安于在水泊当贼寇，因此她心中必有反对落草之意，这就可以成为宋江促成梁山招安，实现其脱离贼寇身份意图的助力。叙述者依托史料建构的意象，暗中助推主要人物（宋江）意图实现，推动其叙事意图的达成。这样的例子在《说唐》《英烈传》等章回小说中还有许多。以叙述者之意统合史料，建构意象，从而结构小说叙事，章回小说叙述者较好地继承了平话"以意统事"的思维，建构起众多意蕴丰富的叙事文本。

人物意图和叙事者意图均较好地与史传材料实现融合，一系列意象完成建构，进而有效参与叙事。敖鹏惠总结平话创作之法为"牵史就文，以顺人物"，"以意统事"的意象思维对此意义重大，以叙述者意图统合史料，方能实现"牵史就文"；融人物意图于史料，方能使之"顺人物"，"以意统事"诚为依托史料建构文学意象、促使史料转化为文学叙事优良材料的绝佳思路。作者能巧妙地借助"讲史"而非史的叙事展现自己意志，"讲史"叙事因此有了不同于历史的丰富意蕴。

无论是表层的依托史料建构意象的策略方法，还是深层的"以

---

① ［宋］徐梦莘：《三朝北盟会编》卷一百三十五，上海古籍出版社 2019 年版，第 985 页。

意统事"的意象叙事思维,"全相平话五种"均为日后的章回小说作了良好的示范。平话树立了一个典型的意象叙事范式,为日后的讲史章回小说乃至更广泛的通俗小说类型所采用,深刻地影响了通俗小说之叙事。

二、"意象叙事"与"世代累积型"小说

《三国演义》《水浒传》《西游记》等明清重要的章回小说一直被称为"世代累积型"小说。这些作品成书前有着众多故事的"前文本"存在,例如《三国演义》成书前有《三国志平话》以及众多的"三国戏""三国话本小说";《水浒传》成书前有《大宋宣和遗事》以及众多的"水浒戏"及水浒题材说唱文学。然而,仔细审视"世代累积型"小说这一提法,似乎也存在一些问题无法解释。一者,从"前文本"到章回小说,故事的篇幅、叙事结构、内容的丰富程度均呈现一种大跨度,甚至是飞跃性的提升,所谓"累积"是否能达到这样的效果尚存疑问。二者,"前文本"与章回小说存在显著的内容疏离。以《水浒传》为例,元代及元明之际的"水浒戏"杂剧现存者有高文秀《黑旋风双献功》、李文蔚《同乐院燕青博鱼》、康进之《梁山泊李逵负荆》、无名氏《争报恩三虎下山》《鲁智深喜赏黄花峪》《都孔目风雨还牢末》《梁山五虎大劫牢》《梁山七虎闹铜台》《王矮虎大闹东平府》《宋公明排九宫八卦阵》等十种。能从《水浒传》中找到近似内容者仅有《梁山泊李逵负荆》《宋公明排九宫八卦阵》二种,且细节差异也极为显著,其余杂剧题材被《水浒传》吸收者极少。对于所谓"世代累积型"小说,不少"前文本"没有被积累和吸收进文本,这种现象值得玩味。三者,《金瓶梅》是否为"世代累积型"小说,这也是存在争议的。以冯沅君、徐朔方、潘开沛为代表的一些学者,分析了《金瓶梅》对话本小说等大量"前文本"的吸收行为,认为《金

瓶梅》也是"世代累积"的集体创作①。以"意象叙事"为视角，以"全相平话五种"的讲史意象叙事为参照，对"世代累积型"小说进行重新审视是可以形成一些新认识的，以上问题也可由此得到一定程度的解决。

首先，"以意统事"的意象叙事模式是长篇"世代累积型"小说形成的基础。以《三国演义》为例，从《三国志平话》三卷到《三国演义》成书时的二十四卷二百四十则，篇幅的差异可谓巨大。平话众多故事或照搬，或改写，被吸收进《三国演义》者占了绝大多数，但这却无法支撑起《三国演义》的大篇幅，更难以支撑其精彩的故事与精密的叙事结构。《三国演义》波澜壮阔的故事与环环相扣、体系完备的叙事均有赖于作者或者创作群体的进一步创作。换言之，仅从题材上看，平话对于《三国演义》的影响重大但也是极为有限的。审视《三国演义》，其广泛的内容更多是其作者或者创作群体从史料中挖掘并建构起来的，就连平话中已有的题材，也经历过深度改造，其内容的厚度远超平话，许多内容也源于史料。例如"三顾茅庐""单刀赴会""水淹七军""六出祁山"等，作者从《三国志》《后汉书》《资治通鉴》等史料中吸收众多内容充实在平话原有的故事里，形成了精彩的《三国演义》故事。再如著名的演义故事，如"孙坚跨江击刘表""太史慈酣战小霸王""郭嘉遗计定辽东""孙策之死""割须弃袍""杨修之死""司马懿定辽东""诸葛恪之死""淮南三叛""九伐中原"等皆不见于平话等"前文本"，是《三国演义》吸收史料进行的全新创作。仅从题材看，不足以完全说明平话、"说

---

① 参见潘开沛：《〈金瓶梅〉的产生与作者》，《光明日报》（文学遗产）1954 年 8 月 29 日第 18 期；徐朔方：《〈金瓶梅〉的成书以及对它的评价》，见徐朔方、刘辉：《金瓶梅论集》，人民文学出版社 1986 年版，第 96—108 页；齐裕焜：《中国小说演变史》，敦煌文艺出版社 2008 年版，第 273—274 页；陈诏：《文史拾穗》，山西古籍出版社 1998 年版，第 101 页。

三分"以及"三国戏"等在小说"世代累积"的成书过程中发挥的作用大于《三国志》等史书。因此,在一些学者眼里,史书更接近讲史章回小说的"前文本"①。然而,中国不乏三国史的材料,但直到明代才出现《三国演义》这样的杰出小说,宋元时期的通俗文学,尤其是以平话为代表的"三国"题材文学作品的启发作用具有关键性意义。从讲史意象的建构入手,便可以理解以平话为代表的"前文本"对章回小说的意义所在。从浩如烟海的史料中选材,并建构成通俗文学叙事的意象,平话以及"三国戏"等作品是宋元时期众多文人对此进行尝试的结晶,这种叙事或者创作方法在思维层面的"累积"对《三国演义》等小说具有重要的启发价值。与"三国戏"不同,平话凭借"以意统事"的意象叙事思维,依托史料建构出了适合长篇讲史小说叙事的意象,这样的探索更适用于《三国演义》的长篇叙事。正是讲史题材长期的创作积累,依托史料进行文学叙事的模式逐渐形成,平话作为早期中长篇通俗小说讲史文本,将"以意统事"的讲史意象建构模式呈现于后世的小说创作者面前,从而间接造就了《三国演义》这种伟大的作品。《三国演义》正是较好继承了"以意统事"的讲史意象建构模式,依托广阔三国历史材料,建构起丰富的事意象,并适当吸收"三国戏"的意象,有效地对其进行整合,造就了这一长篇的讲史叙事经典文本。例如:

> 是夜,司马师兵到乐嘉城,等邓艾未至,就此处下寨。师为眼上新割肉瘤,疮口疼痛,卧于帐中,令数百甲士环立绕护。三更时分,忽然寨内喊声大震,人马乱动。师急问之,人报曰:"一军从寨北斩围直入,为首一将,勇不可当!"师大惊,心如烈

---

① 参见纪德君:《"通鉴"类史书:中国讲史小说之前源》,《社会科学》2003 年第 8 期,第 112—117 页。

火，眼珠从疮口内逬出，血流遍地，痛不可忍；又恐有乱军心，只咬被头而忍，被皆咬烂，乃传令曰："敢有乱者斩之。"原来文鸯军马先到，一拥而进，在魏寨中左冲右突，到处径过，人不敢当；有相拒者，枪搠鞭打，死者无数。①

叙述者欲于此时阻抑司马氏取代魏国意图，借以彰显魏国忠良之士的品质，同时也揭示三分一统事业之艰难。于是，《资治通鉴》等史料被其引入叙事，此处的文鸯随父亲造反、反抗司马氏的光辉事迹，与事实相去甚远，却符合此时叙述者的意图。此处赋予史料以新意，推进叙述者意图，《三国演义》造就了经典的"文鸯单骑退雄兵"事意象。长期创作累积形成的"以意统事"的讲史意象建构思路成为章回小说的叙事策略，因此造就了篇幅巨大、结构完备和故事丰富的作品，《三国演义》等小说的诞生，的确是"世代累积"之结果。

其次，"以意统事"的意象建构模式亦造就了叙事意象的"再生产"，促使"世代累积型"小说实现对"前文本"的超越与疏离。所谓"再生产"指的是借鉴原有意象，照猫画虎，建构新意象，寄寓相似却有细微差别之"意"的叙事行为。"以意统事"的意象建构模式启发叙事文学创作者从其他文本中吸收意象，对其进行重构，从而形成寄寓自身新意的意象，运用它参与新作品叙事。这种意象与原意象接近却不同，是服务于新作品叙事的。从这个角度看《水浒传》与其"前文本"之间的关系，便更为清晰。如元杂剧康进之《梁山泊李逵负荆》有李逵擒杀假宋江之事，而《水浒传》中也有相似的叙事，然而二者差异巨大。从意象角度看，《水浒传》"李逵负荆"的事意象群的建构借鉴了元杂剧，却在其基础上进行了大规模重构。经过重构，相似的"李逵负荆"意象寓意却不同。杂剧单纯体现梁山好汉"替天行道救生民"的意图，《水浒传》在体现梁山好汉"替天行道"品质之外，更欲借此揭示李逵与宋江在招安意图上的矛盾，这个事意象也促使宋江有效收服李逵，扫清招安障碍，推进了意图。与之类似，元杂剧《梁山五虎大劫牢》《梁山七虎闹铜台》《王矮虎大闹东平府》等所写之事虽未见于《水浒传》，但从意象角度看，几部杂剧中的许多内容也被《水浒传》吸收重构，成了经典事意象。如"李逵元夜闹东京"化用《王矮虎大闹东平府》事，"梁山兵打大名府"化用《梁山五虎大劫牢》《梁山七虎闹铜台》事，这些事意象的寓意与杂剧寓意也不相同，却有效地体现了《水浒传》叙事中人物和叙述者的意图，推动了叙事。再如"伍子胥叛楚"的史事便被清代章回小说《说唐》重构，小说对事件细节进行了重大调整，连时代都进行了改变，建构起"伍云召南阳鏖兵"事意象群，叙述者借此推进揭示隋炀帝暴政、将叙事过渡到隋末群雄逐鹿阶段的叙事意图。这些例子与平话中"周瑜借箭""安喜鞭督邮"等事意象被引入《三国演义》时进行的改造极其相似，"以意统事"的意象建构模式启发小说叙事重构"前文本"中的意象，从而创作了许多新意象，进而造就出意象丰富、姿态万千、篇幅远超"前文本"的全新叙事文本。这种叙事意象的"再生产"介于原创和非原创之间，新生"意象"有着"既熟悉又陌生"的特点，这也造成《水浒传》等小说文本与"前文本"之间内容上的疏离。然而仔细分析叙事意象，"前文本"的意象建构模式乃至其中的许多意象皆为《水浒传》等小说所吸收，说《水浒传》等小说是"世代累积型"小说是极为恰切的。

最后，"以意统事"的意象建构模式也启发了原创性小说的叙事。"以意统事"的模式为小说创作者提供了创造和结构叙事意象的策略，创作者可以从广泛的文史材料中选材，使之成为寄寓人物意图和叙事者意图的意象，并以叙述者的意图统合这些意象，从而结构出长篇的叙事文本。广阔的文史材料即是小说叙事的"素材库"。王世贞是众多《金瓶梅》疑似作者之一，其笔记《宛委余编》便被人视为其进行小说创作之前，搜集材料而形成的题材库。这种说法缺乏明确证据，但毋庸置疑的是，王世贞作为杰出的文学家、史学家，他的博学精神与考据意识是其取得极高文学成就的重要条件。王世贞曾编著《剑侠传》《世说新语补》《艳异编》，均是明代重要的文言小说选集，他善于"以意统事"，编选体现相同意蕴的短篇，集合成书，体现多重文化思想。王世贞善于将自己的写作意图熔铸于编选的笔记材料之中，借助编选之文本彰显自己的思想观念。这种颇具"意象叙事"特征的思维模式，也是其被怀疑为《金瓶梅》作者的一大原因。同时，以上论述也说明，"以意统事"的意象建构模式也在《金瓶梅》中多有体现。从意象角度看，《金瓶梅》很好地利用了来自《水浒传》、宋元话本以及史料中的内容，它们虽各有出处，却得到了有效的重构，成为新的意象，完美地融入了《金瓶梅》叙事中。不仅源于宋元平话的诗词、头回成为《金瓶梅》叙述者发声的有效意象载体，许多物意象也是《金瓶梅》从其他作品和文史材料中取材建构的。例如"雪狮子"意象，源于《赵氏孤儿》相关戏曲中的"神獒"意象，却被小说叙事用于寄寓潘金莲谋害李瓶儿母子的意图，造就了小说史上的经典意象①。还有"武松杀嫂""王英抢亲"等事意象从《水浒传》中被引入《金瓶梅》，它们得到了重构，形成了与《水浒传》原意象迥异的特点。武松这一人物的思想风貌便在《金瓶梅》中独具特色，有着粗野、恶毒和刻薄的独特品性。也正因此，《金瓶梅》中的武松在推进其向潘金莲、西门庆复仇

---

① 　参见石峰雁：《〈金瓶梅〉意象叙事研究》，上海交通大学 2019 年博士学位论文，第 216 页。

意图时,收获了与《水浒传》全然不同的结果。总之,《金瓶梅》的创作者深谙"以意统事"的意象建构策略,故而其进行创作时也能积极吸收各类材料,建构起的意象完全融入原创叙事之中。正因此,以原创为主的《金瓶梅》中有许多意象的建构材料能找到明确出处,也因而有了被视为"世代累积型"小说的条件。以上论述也从侧面反映出了"以意统事"意象建构模式影响之广泛。

从意象角度看,《金瓶梅》与《三国演义》的区别在于,后者从"前文本"中吸收的意象浓度远高于前者,这也是《三国演义》被公认为"世代累积型"小说,而《金瓶梅》则一般被认为是原创小说的原因。而"以意统事"的意象建构模式不仅为"世代累积型"小说所采用,同样影响着原创型小说,这也是《金瓶梅》原创属性存在争议的原因。审视这种争议,"全相平话五种"讲史叙事意象建构模式对后世小说的广泛影响可以被体现出来,由此而折射出的中国小说叙事学信息,尤其是关于通俗小说叙事模式形成史的信息,比这种争议更值得重视。

三、"物""事"浑融之意象体系的形成与完善

在中国通俗小说意象叙事体系不断丰富完善的过程中,"全相平话五种"具有重要的典范意义。平话"物意象""事意象"相辅相成,由基础的表意功能出发,进而推进叙事的模式具有代表性,后来的章回小说便完善了这种模式,形成了全方位的意象表意叙事体系。而平话"事意象"的组合模式更对长篇章回小说意象叙事体系的建构具有启发意义。作为早期中长篇通俗小说的代表,"全相平话五种"实践了"物""事"意象配合的体系化、多层次意象叙事模式,为后来的通俗小说打好了样板,启发着"物""事"浑融的叙事意象体系之形成与完善。

首先,从整体上看,后世章回小说基本沿用了平话意象叙事的模式,探索出了"物""事"意象浑融一体的叙事意象体系。如前文所述,平话采取了以"事意象"全面表意叙事,"物意象"辅助表意的模式。在叙事过程中,物意象刺激人物萌生意图,提示人物所具备的意图并间接影响人物意图;人物落实意图便形成行为事件,这便构成事意象;基于意图的推进,行为不断发展,造就了事意象的不断产生且前后衔接,事意象因此组合成群,形成结构整体文本的基础版块。限于艺术水平,平话叙事物意象的含量较少,"物""事"意象的配合尚显生硬,但这种尝试是有益的。日后的章回小说便不断探索"物""事"两种意象的作用,使二者在表意叙事过程中结合得越发紧密,最终形成了相对完善的体系。

到章回小说兴起时,以《三国演义》《水浒传》为代表的小说物意象含量骤然增加,这些小说也深入探索了物意象与事意象有机配合、高效叙事的方法途径。《三国演义》《水浒传》中有着众多文学史上著名的物意象,这些物意象能有效地提示人物意图,间接影响叙事,如《三国演义》中的赤兔马、丈八蛇矛、八阵图等;《水浒传》中的赛唐猊宝甲、照夜玉狮子马、杏黄旗等。这些物意象能巧妙提示人物意图,增强叙事的意蕴,体现出了全新的叙事艺术高度。不仅如此,《三国演义》《水浒传》出现了许多"中间态"意象,其功能介于物意象和事意象之间,有的具有物意象的外在形式,却发挥事意象的叙事功能,有的具有事意象的外在形式,却仅发挥物意象的表意功能。例如,《水浒传》中的"天书""石碣""林冲宝刀",《三国演义》中的"传国玉玺",《西游记》中的"芭蕉扇"等意象,它们以物件的形式出现,与人物意图的萌生、推进、受阻、转向以及取得结果的全过程相伴随。"林冲宝刀"便伴随着高俅陷害林冲意图的萌生、推进和成功实践。这些意象是直接参与叙事的,不同于普通物意象。再如《水浒传》中的"晁盖托塔"意象,它以一个事件的形式

出现:

> 郓城县管下东门外有两个村坊,一个东溪村,一个西溪村,只隔着一条大溪。当初这西溪村常常有鬼,白日迷人下水在溪里,无可奈何。忽一日,有个僧人经过,村中人备细说知此事。僧人指个去处,教用青石凿个宝塔,放于所在,镇住溪边。其时西溪村的鬼,都赶过东溪村来。那时晁盖得知了大怒,从溪里走将过去,把青石宝塔独自夺了过来东溪边放下。因此人皆称他做托塔天王。晁盖独霸在那村坊,江湖上都闻他名字。①

这一事件并不推进叙事,而仅仅是体现晁盖的性格,对他日后能够萌生智取生辰纲的意图进行预示。这一意象不直接参与叙事,是不同于普通事意象的。这种"中间态"意象成为小说中物意象与事意象实现有机结合的关键。这种"中间态"意象形象地展示出人物意图转化为行动的过程。换言之,有了这些"中间态"的意象,小说叙事中的人物能在其产生意图后,有效地保持和深化意图,最终将其落实为行动。例如,高俅坚持推进陷害林冲的意图,最终成功实践,这离不开"林冲宝刀"的作用;晁盖能持续对生辰纲感兴趣,并最终智取,这也与"晁盖托塔"这一意象所提示的晁盖性格密切关联。这种意象在平话中已经出现,但数量太少,作用有限,到了《水浒传》等小说中,这种意象显著增多,在促成物意象和事意象实现有机结合的过程中,发挥了重要作用。

至晚明《金瓶梅》成书时,终于形成了相对完备的意象体系,达到了物意象与事意象的浑融状态。如石峰雁所总结,《金瓶梅》具

---

① [明]施耐庵、[明]罗贯中:《水浒传》第十四回《赤发鬼醉卧灵官殿 晁天王认义东溪村》,人民文学出版社1997年版,第174—175页。

有事象为骨，物象为肉，物事象为筋，人像为魂的意象体系。石峰雁将中间态的意象称为"物事象"，成为物意象和事意象之外的第三种意象，又将人物视为一种意象。人象"既是叙述对象的主体，人象的意志又是贯穿叙述行为的灵魂"。而"物象、事象、物事象组成表象的世界"①。也就是说，人象发挥揭示人物意图的作用，而叙事表意的过程主要依靠的是物意象、事意象和物事象。聚焦叙事表意的过程，此时小说叙事的意象体系已臻于完备："物意象"激发或提示人物意图，中间态的"物事象"保持并深化意图，"事意象"实践意图。由表意出发形成叙事，这一过程中物意象和事意象实现了紧密的联动。《金瓶梅》中物意象、事意象以及中间态的物事象各司其职，在表意叙事中大放异彩。如以"药材"这一物意象提示西门庆在药材行业拓展业务并独霸市场的意图，从而引发其与李瓶儿、蒋竹山等人物相关的众多事件；以"胡僧赠药"的"物事象"暗示西门庆情爱意图的炽烈，预示其日后的因此丧命；以"养猫害官哥"事意象体现潘金莲实践争夺西门庆宠爱的行动，引出了"李瓶儿之死"等一系列叙事。物意象与事意象紧密配合，叙事中的意象便以其表意的功能为基础，达到推进叙事的目的。平话较早探索了叙事意象的体系，其对物意象和事意象的表意叙事功能的探索得到了后世章回小说的深入推进，形成了成熟的"物""事"浑融之意象体系，并被此后的章回小说一直沿用。

其次，平话事意象的体系化组合模式对章回小说长篇幅的意象叙事尤其具有帮助。平话以意图为核心元素，如穿针引线般将大大小小的事意象组合起来，为长篇小说意象叙事结构的形成打好了基础。根据人物意图的发展阶段，平话完成了事意象单元、事

①　参见石峰雁：《〈金瓶梅〉意象叙事研究》，上海交通大学 2019 年博士学位论文，第 90—95 页。

意象组和事意象群三个层级的事意象体系建构,有效地整合好叙事中的众多事意象,形成意象叙事结构的基础元素。作为早期中长篇通俗小说,平话的这种事意象组合模式堪为日后长篇章回小说的典范。《三国演义》《水浒传》《西游记》也采取平话的策略。基于人物意图组合事意象,以事意象群作为基本单位,结构叙事。例如,《水浒传》全书的意象便可整合成"洪太尉误走妖魔""高俅发迹""史进落草""鲁智深行侠出家""林冲遇陷害""林冲落草""杨志投效梁中书""智取生辰纲""宋江杀惜""武松杀嫂""武松义助施恩""武松落草""大闹清风寨""宋江题写反诗上梁山""李逵探母""杨雄杀妻""三打祝家庄""大破高唐州""三山聚义""宋江闹华山""晁盖中箭""智赚卢俊义""兵打大名府""大破曾头市""梁山排座次""招安准备""两败童贯""三败高太尉""全伙儿受招安""征辽""征方腊""宋江之死"等事意象群。以人物意图为灵魂,整合众多事意象,先基于事意象完成事意象群的建构,之后以意图提挈这些事意象群,便可以进一步建构整体叙事结构了。以意图为指导,由小到大关联意象,长篇的叙事也能按部就班地结构成型。到《金瓶梅》时,这种三级层次的事意象体系已经极为成熟。事意象间的关联性更强,结合更加紧密。在"象"的层面,《金瓶梅》也更具层次感,从表层事件上也能相对容易地区别出事意象单元、事意象组和事意象群这三个层次。石峰雁将《金瓶梅》分别寄寓人物实时意图、时段意图和长期意图的三级事意象分别称为:场景情事、意图事象和人生事象①。并说:"空间在《金瓶梅》中具有重要作用,故事的发展往往伴随着空间的流动绵延,所以事象往往是由场景予

---

① 参见石峰雁:《〈金瓶梅〉意象叙事研究》,上海交通大学 2019 年博士学位论文,第 113 页。

以呈现，并借助场景的巧妙变化进一步形成意图事象和人生事象。"①巧妙借助空间的变化建构起三个层次的事意象，《金瓶梅》继承了平话以来事意象的层次建构思路，在具体实践过程中体现出更高水平的叙事艺术。日后，深得《金瓶梅》壶奥的《红楼梦》亦继承此思路，平话事意象的体系化组合模式得到了较好地传承和完善②。

平话探索了"物意象"和"事意象"互助配合的意象叙事模式，并形成了层次分明的事意象体系，这些探索得到了后世章回小说的继承和深化。对于"物""事"浑融的小说叙事意象体系之形成与完善，平话叙事的探索功不可没。

从意象的建构和运用两个层面看，"全相平话五种"的相关探索是具有先驱意义的，平话虽然叙事水平有限，但能启发日后的通俗小说，尤其是为长篇章回小说叙事树立典范，具有非凡的小说史意义。陈平原曾论述过中国小说具有"诗骚"和"史传"两大传统："不过我仍选择作为历史散文总称的'史传'（参阅刘勰《文心雕龙·史传》）与《诗经》《离骚》开创的抒情诗传统——'诗骚'，原因是影响中国小说形式发展的决不只是某一具体的史书文体或诗歌体裁，而是作为整体的历史编纂形式与抒情诗传统。"③由平话到章回小说的意象建构和运用模式正是此言的一大绝佳体现。依托史料建构意象，以物事浑融的文学化意象表意，这种叙事意象体系诚为诗史之融合。

---

① 石峰雁：《〈金瓶梅〉意象叙事研究》，上海交通大学 2019 年博士学位论文，第 114 页。

② 参见［清］曹雪芹：《脂砚斋重评石头记（庚辰本）》第十三回《秦可卿死封龙禁尉 王熙凤协理宁国府》，人民文学出版社 1975 年版，第 275 页。

③ 陈平原：《中国小说叙事模式的转变》，北京大学出版社 2010 年版，第 196 页。

第二节 明暗照应的树形网状叙事
结构范型的确立

"全相平话五种"的叙事结构具有两大典型特征,一为它的鱼骨形网状结构,一为相互照应的大小双重结构。这两种特征在明清通俗小说叙事中多有体现,彰显了平话意象叙事结构的深远影响。

一、树形网状结构范型的形成

"树形网状结构"是中国通俗长篇小说意象叙事的最主要的结构类型之一,平话的鱼骨形网状结构是这一结构类型的前身。在长篇通俗小说诞生前,平话是篇幅最可观的通俗小说类型之一,其叙事结构对长篇小说有着重要的借鉴意义。以主要人物长期意图为灵魂,纵向关联众多意象,形成叙事序列;以人物意图之间的关系为契机,将不同人物的意象序列交织;在此基础上形成的意象叙事结构是能够与长篇文本相适应的。因此,章回小说诞生后,平话的意象叙事结构形式被全面采用。伴随着小说叙事文本空间建构的不断深入和完善,人物意图及其相互关系愈加复杂,平话的鱼骨形网状结构中的主干和枝干序列都越发复杂,出现了一定的变形,因而最后发展出了树形网状结构,并长期作为明清通俗长篇小说最主要的结构形式出现。笔者将于本小节对这一结构类型的形成过程进行梳理,从而明确"全相平话五种"意象叙事结构的小说史价值。

由现实世界投射进小说的叙事世界,人的社会属性是不会发生本质变化的,小说叙事世界里,人物间必然存在意图的相互作用。因此，小说叙事中，不同人物相关的意象叙事序列必然存在交叉互动。由平话到章回小说，意象叙事结构的网状特点是不变的，只会出现人物序列交叉更多、作用更复杂的情况。而伴随着意象叙事水平的提升，结构中变化最显著的则是主干和枝干的形状。

平话之后，早期明代章回小说基本沿袭了其鱼骨形网状结构模式，变化在于这些小说结构的主干和枝干皆更加粗壮。如《三国演义》基本延续了《三国志平话》的结构，平话刘备、诸葛亮和刘渊三人的意图序列前后相继，形成主干，曹操、司马懿和周瑜等人的序列围绕在周围；到《三国演义》中，主干则由刘备、诸葛亮和姜维三人的意图序列前后衔接而成，关羽、张飞、曹操、司马懿、周瑜、孙权、吕布、邓艾、刘璋、孟获等人的意图序列分布在主干周围。与平话相比，枝干序列中，意象群更丰富，枝干更"粗壮"。以曹操为例，平话中其意象叙事只有"曹操起兵讨董邀刘备""曹操会同刘备灭吕布""刘备反曹""曹操战袁绍""曹操失关羽""曹操伐新野""曹操起兵南征""赤壁之战""曹操平西凉""曹操错失入川良机""汉中之战""曹操之死"等十二个事意象群，这些事意象群中包含的事意象也不多。到《三国演义》中，曹操意象叙事序列则有"曹操平黄巾""曹操进谏何进""曹操献刀""曹操召集诸侯讨董""曹操攻徐州""吕布败曹操""曹操迎献帝""曹操兵败洧水""曹操战袁术""曹操灭吕布""煮酒论英雄""董承谋诛曹操""曹操击败刘备""曹操笼络关羽""曹操官渡败袁绍""曹操平定河北""曹操灭刘琮""赤壁之战""曹操大宴铜雀台""曹操平西凉""曹操羞辱张松""孙权遗书退曹操""曹操灭张鲁""左慈掷杯戏曹操""曹操平许都叛乱""汉中之战""襄樊之战""曹操之死"等二十八个事意象群。平话序列中的事意象群在《三国演义》中全能找到对应的事意象群，在此基础上《三国演义》还增加了十六个事意象群，且《三国演义》每个事意象群中的事意象含量远高于平话。由此可见，从平话到《三国演义》，结构形式并未出现本质变化,只不过意象含量出现了激增,每个序列的完备程度显著提高。明清时期,一大部分章回小说如《水浒传》《封神演义》《唐书志传通俗演义》《大宋中兴通俗演义》《说唐》《三侠五义》等小说与《三国演义》的结构类似,基本承袭了平话的结构形式。其中《水浒传》《封神演义》等作品中,人物意图的复杂程度有所提升,围绕同一人物的意图,可以形成多个序列。如《水浒传》中的武松,其长期意图便不再单一,践行江湖道义的意图是主导,但至少还有追求"逍遥快活"的草莽英雄生活的意图。因此,武松自己的意图之间便存在矛盾,反招安却又不得不接受招安,以成全与宋江的义气。如此,围绕武松便可形成两个意象叙事序列,体现两种意图的实践过程。当然,在这些小说中,这样的例子还不算多,对结构的影响还不大,但这种情况逐渐增多,日后也将影响叙事的结构形式。

鱼骨形网状结构也存在一些变体,这些变体没有从根本上改变结构类型,但也有助于这一结构形式的完善。首先,以《列国志传》及在其基础上进一步改编成书的以《东周列国志》为代表的小说结构是第一种变体形式。这种变体相对简单,可以视为多个鱼骨形网状结构联合而成。这些小说一般也是"讲史"小说,叙述的历史时间跨度极长,故而采用了多个鱼骨形结构前后连接的形式。这些小说将所叙述的漫长历史时期,拆分成适宜叙述的多个历史时段;在每个历史时段中选取一个或几个最主要的人物,依据其意图实践过程,建构起意象叙事序列,进而建立这一时段的结构;然后衔接这些结构,形成全书的结构。例如《东周列国志》,分别建构以周幽王、郑庄公、卫宣公、齐桓公、宋襄公、晋文公、楚庄王、赵盾、晏婴、孔子、伍子胥、勾践、魏文侯、孙膑、商鞅、乐毅、秦昭襄王、秦始皇等人物意象叙事序列为主干的结构,将其前后衔接,形成了全书的叙事结构。这样的结构形式早已有之,与"全相平话五种"同时期产生的《五代史平话》即是如此，明清时期这样的小说还有很多，如《东西汉演义》《开辟演义》《隋唐演义》《残唐五代史演义》《列国志传》等。其次，《西游记》结构是第二种变体形式。这种结构中，两个不同向的主干序列相遇，重合为一个主干并向前延伸，枝干则分布在两个主干周围。《西游记》中，孙悟空和唐僧的意象叙事序列可谓双主干，两个序列相遇后便归于相同的方向向前延伸，其间虽有分离，但最终并未分道扬镳。这种形式也没有根本超越鱼骨形结构，但比起平话的结构更复杂、更有叙事张力。

　　各种章回小说在沿用平话叙事结构时也促使其不断地调整和完善，终于在《金瓶梅》中形成了典型且完备的"树形网状"结构。人物意图的复杂程度提升，促使同一人物的意象叙事序列增多。《金瓶梅》中，无论是最为核心的人物西门庆，还是相对重要的潘金莲、李瓶儿和庞春梅，乃至次要一些的陈经济、应伯爵、吴月娘、孟玉楼、王六儿、韩爱姐、郑爱月、翟迁等人，他们的人生长期意图均不是单一的。据石峰雁分析，潘金莲即有"渴求性爱""独揽汉子""非功利交友"三大人生长期意图，李瓶儿和庞春梅也有两到三个人生长期意图。有几种人生长期意图就能形成几个意象叙事序列。以此观照西门庆，他的人生意图对应着酒、色、财、气，即他有着交友、猎艳、求财、谋权四大人生意图，与之对应也形成了四大意象叙事序列①。如此一来，西门庆的意象叙事序列作为小说结构的主干，便具有了"树形"结构，即一个粗壮的树干一分为四，每一条分支上均关联着其他人的序列。如石峰雁所言："因此，西门庆人生意图衍生出来的意象叙事系列就成为整部作品意象叙事结构的主干，其余人则有规律地分布于他的周围，与之直接交叉或间接

---

① 参见石峰雁：《〈金瓶梅〉意象叙事研究》，上海交通大学 2019 年博士学位论文，第 199—202 页。

关联。一个以西门庆意象叙事系列为主干,其余人物系列为枝干的树形网状结构就此形成,西门庆就是这个结构的核心。"①该结构如图所示:

（树形网状结构图，节点包括：）

迎儿　武大郎　武松　李外传　何九　李卫内
普净法师　周守备　周义　官哥　李哥　潘金莲　李瓶儿
孝哥　吴月娘　吴　庞春梅　李外传
王四峰　应伯爵　花太监　花子虚
蓝氏　蔡京　宋乔年　贺千户　翟谦
韩道国　韩二　孙寡嘴　祝实念　吴道官　如意儿　孟玉楼
来旺　李智、黄四　安忱　刘公公　谢希大　惠元
崔本　张二官人　夏提刑　云理寺　宋惠莲
贾地传　冯二　薛公公　白赉光　孙雪娥　郑爱月
甘伙计　王显　荆忠　吴典恩　贾四嫂
宇文虚中　傅自新　黄主事　常时节　李娇儿　王三官—黄氏—六黄太尉
杨戬　陈经济　张团练　王婆—王潮儿　李桂姐　林太太
金宗明　乔大户　陈洪　卓丢儿　王六儿
　　杨戬　吴银儿
求财　谋权　交友　猎艳　安童　苗青
　　　安童　韩爱姐　苗天秀　曾孝序

西门庆
（人生意图）

之于平话的鱼骨形网状结构,《金瓶梅》的树形网状结构可谓"青出于蓝,而胜于蓝"。树形结构继承了鱼骨形结构的核心形式,但比之更加完善,能体现更为复杂的人物意图和相互关系。《金瓶梅》

---

① 石峰雁:《〈金瓶梅〉意象叙事研究》,上海交通大学 2019 年博士学位论文,第 202 页。

以后，树形网状结构被章回小说叙事所普遍接受，诸多小说结构的设计虽有细节上的变化，但整体上均沿用这一形式，其中《醒世姻缘传》等世情小说、《好逑传》《玉娇梨》等才子佳人小说，以及《红楼梦》《歧路灯》《林兰香》《镜花缘》《儿女英雄传》《花月痕》《品花宝鉴》《孽海花》《三侠五义》等可为杰出代表。

　　树形网状结构是章回小说的一大典型意象叙事结构，很长时间内是明清长篇章回小说意象叙事的唯一结构形式。直到清代中期，《儒林外史》正式打破了这一格局，确立了新意象叙事结构形式，为日后《老残游记》《二十年目睹之怪现状》《官场现形记》《文明小史》《九尾龟》《海上花列传》等小说所采用。正如许建平从意图叙事角度指出："《金瓶梅》与其后的《儒林外史》并不属于同一叙述类型。"①《金瓶梅》和《儒林外史》成为明清章回小说两种不同意象叙事结构类型的典型代表。《金瓶梅》的树形网状结构代表着这一结构类型的完善与定型，"全相平话五种"的鱼骨形网状结构则是这一结构类型的早期形态，平话意象叙事结构对明清章回小说的启发意义和深远影响可见一斑。

二、由双重结构到明暗结构

　　"全相平话五种"的主体结构形式被日后的小说继承创新，形成了树形网状的典型结构，而其大小双重结构的形式设计也得到了后世章回小说的继承。章回小说经过不断探索，使得双重结构结合得越发紧密，小结构逐渐演变为隐藏于主体结构之后的暗结构，小说叙事则具备了表意对应的明暗结构体系。

---

　　① 许建平：《意图叙事论——以明清小说为分析中心》，人民出版社 2014 年版，第 80 页。

平话以小结构预设"天命"叙事,统摄后文主体结构的叙事,并在主体结构中借助特殊意象提示小结构的统摄作用,实现双重结构表意叙事的相互照应。借助双重结构的互补表意,彰显"天命"叙事的思想内核——"天理"。这种结构设计便于叙述者推进叙事意图,使其能够相对直接地进行表态,对小说叙事内涵的彰显有利。同时这种形式过早地对叙事主体结构形式进行提示,不利于叙事的悬念设置和节奏调整,影响叙事张力,损耗叙事势能。对于这种具有"双刃剑"性质的双重结构模式,贸然舍弃与全盘照搬均不可取,故而章回小说吸收了双重结构的设计理念,又对其进行充分的创新改造。经过不断探索,双重结构的设计最后演变成了精妙的明暗结构设计。

虚化小结构,使其隐匿于主体结构之后,在适当的时机进行显露,从而使得双重结构浑融一体,这是章回小说扬弃双重结构形式的主要思路。在《三国演义》和《水浒传》的意象叙事结构中,虚化小结构的思路已初见端倪。《三国演义》开篇尚有小结构的形式,叙述灵帝即位遭遇青蛇、地震等诸多灵异和灾厄①。这个小结构比起平话中的已经简化了许多,事意象的含量极少。而且这个小结构也并不完整,仅仅能预示全书叙事的前半段。若整体把握全书叙事,一个完整且具有充足意象含量的小结构还是可以被发现的。书中各种特殊、神异乃至怪诞的意象适时出现,补全了小结构,完成了对叙事走向和叙述者意图的提示。具体的意象有几种:魂魄显圣(玉泉山关公显圣、关公显圣救关兴、武侯显圣定军山、钟会遇孔明魂魄)、奇梦(三马同槽之梦、头生二角之梦)、谶纬(左慈、李意、管辂和孔明的占卜和预言)等。这些意象提示着全书后半段

_____

① 参见[明]罗贯中:《三国志通俗演义》卷一《祭天地桃园结义》,上海古籍出版社1980年版,第1页。

的叙事,对三分归晋进行预示。同时体现出了叙述者对刘备、诸葛亮、关羽这一批人物"利他"性意图的肯定态度,小结构的"天命"叙事还是在彰显道德意识,即"天理"。《水浒传》也采用了与此类似的方式虚化小结构。小说第一回"洪太尉误走妖魔"的事意象群构成了小结构,这个事意象群也预示了全书的前半段,即一百零八将的出世。书中又以神异的意象补全小结构,如"九天玄女授天书""石碣受天文""九天玄女授阵法""智真长老说天机""乌龙大王显圣"等,这些意象提示了从英雄聚义到死伤离散的过程。借助这些意象,叙述者也体现出了对宋江等人的态度,其对宋江"杀人放火受招安"从而谋取功名意图褒贬参半的复杂态度也彰显了出来。一百零八魔君现世并被星主收服这一事意象群构成的小结构,也体现出了道德色彩浓重的"天理"思想内涵。《三国演义》《水浒传》中小结构半显半隐,比起平话,双重结构进一步交融,这一定程度上避免了小结构损耗叙事势能的弊端,同时保持了双重结构的表意优势。

到了《金瓶梅》的叙事中,小结构被基本虚化,明暗结构照应的形式基本成型。《金瓶梅》不再有明显的小结构独立于主体结构之外,在叙事过程中时有特殊的意象出现,提示仍有一个彰显"天理"的结构存在,这个结构基本隐藏于主体结构背后。如石峰雁所论:

> 为了更有效地达到叙述目的,叙述者在建构主体结构的同时还默默地酝酿着另一个结构作为补充。这个结构隐藏于暗,主体结构显露在明,两者合二为一,共同组建文本。叙述者在暗结构中建构起天理循环、善恶果报的意象系列,所以暗结构又被称为天理意象暗结构。[1]

---

[1]　石峰雁:《〈金瓶梅〉意象叙事研究》,上海交通大学 2019 年博士学位论文,第 208 页。

这一结构通过叙事中不时出现的鬼魂、宗教、灵怪、奇异人物以及有违常理的意象显露。例如亡魂(武大郎、花子虚)、永福寺、胡僧、庆生丢银壶等意象的出现极为怪异,甚至对人物当时的意图影响较小,但却直接提示人物意图实践结果,体现叙述者对这些意图的态度。西门庆得子升官,喜气洋洋的气氛中,琴童却弄丢银壶,而且自己逃之夭夭,于是叙述者直接发声:"看官听说:金莲此话,讥讽李瓶儿首先生孩子,满月就不见了壶,也是不吉利。"①西门庆人财两空,李瓶儿命不久矣的结局已经得到预示,叙述者对这些人意图批判的态度已然明了。"在此基础上,叙述者劝刺世人正视欲望、提倡节制等思想内涵才能得以充分展现"②。以"行动不思天理,施为怎却成规"③的"天理"观念为内涵的结构暗中统摄主体结构叙事,不时借助特殊意象出现,与主体结构交错,实现表意互补。《金瓶梅》的这一策略避免了小结构显露于外对叙事张力的不良影响,同时保全了双重结构相互照应的形式,也保全了表意互补的优势。借助明暗对应的方式,叙述者实现含蓄而有效的发声,阐释了"规范世间人们行为的准则",即"天理"④。《金瓶梅》以后,章回小说基本延续了这种"明暗双重结构相互照应"的结构形式,实现表意互补,造就了精彩的叙事作品。明暗结构设计最精妙、互动表意效果最佳、彰显内涵最为丰富的作品莫过于《红楼梦》。借助以梦境为代表的典型意象的适时出现,《红楼梦》将暗结构建立起来,与

---

① [明]兰陵笑笑生:《金瓶梅词话》第三十一回《琴童藏壶觑玉箫 西门庆开宴吃喜酒》,人民文学出版社1985年版,第376页。
② 石峰雁:《〈金瓶梅〉意象叙事研究》,上海交通大学2019年博士学位论文,第211页。
③ [明]兰陵笑笑生:《金瓶梅词话》第二十三回《玉箫观风赛月房 金莲窃听藏春坞》,人民文学出版社1985年版,第270页。
④ 参见刘孝严:《〈金瓶梅〉天命鬼魂、轮回报应观念与儒佛道思想》,《东北师范大学学报》2000年第6期,第71页。

明暗结构对应，小说叙事世界中也形成了人间世界和太虚幻境两个境界。每当叙事转入太虚幻境时，警幻仙姑等人物的言语便将丰富的叙事内涵相对直接地呈现了出来。《红楼梦》明暗结构相互照应，其叙事表意极为丰富多元，已非"天理"可以概括，而这种双重结构的巧妙设计则是确保其多义性的重要条件。

此外，"全相平话五种"意象叙事的小结构在形式上直接与说唱伎艺的"头回"相关，双重结构叙事模式的有效传承体现着"头回"对章回小说的深远影响。"头回"的形式在章回小说中偶有呈现，这也是以往研究者关注说唱伎艺对明清小说影响时主要论述的内容。笔者关注章回小说的双重结构，明确了平话对此的启发作用，这从叙事层面揭示了"头回"对明清章回小说的影响。"头回"的程式以及表层结构在章回小说中渐渐消失，但其在叙事层面的作用没有消失，间接启发了章回小说的双重结构叙事。从这个角度看，对于章回小说而言，"头回"从未真正消亡，而是一直隐藏在其表层结构之下，深刻影响其叙事。

不论是"树形网状"的主体结构，还是表意互补的双重结构形式，"全相平话五种"均为章回小说树立了典范，对于章回小说叙事结构范型的确立，平话意义重大。

第三节　"扬善劝进"小说故事类型的典范价值

从意象叙事角度观照"全相平话五种"的"讲史"叙事，其重构历史的特征清晰可见。平话叙事中的历史，聚焦于仁德英雄的奋斗历程，与历史的真实形成了鲜明的区别。体现儒家"内圣外王"观念指向性的"扬善劝进"作为思想内核，指导着讲史叙事的文本建构。这种策略对长篇小说叙事文本的建构颇有价值，长期为讲史题材的章回小说所采用，并一定程度上影响了其他题材小说。

基于意象审视叙事内涵,"扬善劝进"的思想观念成为一大批明清章回小说之共性,成就了一大经典小说故事类型。

一、重构历史的经典范型

"全相平话五种"以仁德英雄的奋斗史重构历史的意象叙事模式成为明清小说"讲史"叙事的典范。

首先,以道德观照历史成为"讲史"小说叙事的一大共识。平话叙述者通过影响人物意图实践之成败体现鲜明的道德观念,其叙事聚焦并促成其意图实现者必以"利他"属性的行为意图为其人生长期目标。如《三国志平话》中,仁德爱人之刘备集团的创业奋斗史是这段"讲史"叙事的核心内容,刘备集团创建的政权最终崛起是其结果。曹操集团相关叙事作为陪衬出现,而且曹操具体的行为动机也具有"排他"性,不符合叙事的道德观念。且不论叙事的结果是否符合事实,平话中刘备、曹操的人生长期意图便与史实相去甚远,三国历史也远非刘备集团创业史所能涵盖。《七国春秋平话》更为典型,孙子行为"利他",乐毅行为"排他",孙子战胜乐毅,这些都与历史事实完全不同。无论历史真实情况如何,平话叙事总是要将道德观念寄寓讲史叙事之中,而这种思路得到了讲史章回小说的继承。以《三国演义》为代表的章回小说讲史叙事虽然更贴近史实,但仍是以道德观念重构历史之后的结果。《三国演义》叙述者虽没有强行安排刘备集团意图实践成功、曹操集团意图实践失败,叙事中的曹操也得到了重点关注,但叙述者对刘备集团"利他"意图的赞许,对曹操集团"排他"意图的贬斥仍极为明显。如:

操曰:"宁使我负天下人,休教天下人负我。"陈宫默然。

当夜，陈宫行数里，月明中敲开客店门投宿，先喂饱了马匹。操先睡，陈宫寻思："我将谓曹操是好人，弃官跟将他来；原是狼心狗行之徒！今日留之，必为后患。"拔剑来杀曹操，不知性命如何。①

玄德曰："季玉是吾同宗骨肉，诚心待吾。更兼吾初到蜀中，恩信未立，若行此事，上天不容，下民亦怨矣。公之谋，虽霸者亦不为也。如此，则不义矣。"②

小说仍以仁德之刘备和奸诈之曹操间的斗争作为三国历史叙事的内容，虽然最后刘备集团的意图实践以失败告终，但叙述者"尊刘抑曹"的态度是极为明显的。与此类似，《列国志传》《孙庞演义》《乐田演义》聚焦孙膑、庞涓、乐毅、田单等战国英雄，《隋唐演义》《说唐》聚焦秦琼等瓦岗英雄，叙述者对他们意图之成败，仍以道德视角去审视，提倡"利他"动机的特点仍然明显。与平话相比，章回小说观照历史的道德观念更为复杂，"利他"性行为意图所体现的儒家思想元素更丰富，平话以道德观照历史的讲史叙事思路得到了继承和优化。

其次，等视英雄功业与历史是讲史小说叙事的又一共同策略。以往的研究已经证明，讲史章回小说关注的是帝王将相。其实讲史章回小说并非完全忽视平民，平话中的英雄多有草莽和市井出身者，刘备、关羽、张飞、姜尚、鬼谷子等人物身上均有着强烈的市井人物品性。然而总体来看，平话叙事内容的主体还是各个历史时期最杰出的政治、军事人物故事，在所谓讲史叙事中，真实存在

---

① 　[明]罗贯中：《三国志通俗演义》卷一《曹孟德谋杀董卓》，上海古籍出版社1980年版，第39页。

② 　[明]罗贯中：《三国志通俗演义》卷十二《庞统献策取西川》，上海古籍出版社1980年版，第581页。

于历史世界中的平民是缺席的。如同卢世华所言,平话创作者是渴望发迹的。综合以上论述,平话创作者虽然没有完全无视历史中的平民,但并不关注平民的历史,而是热衷于英雄的历史。从意象叙事层面看,人物行为意图的"超人"特征可以解释这一点。平话叙事并非有意避开平民,或者不愿意观照市井和草莽,但即使观照市井和草莽,聚焦的人物也往往具有追求卓越的"权力意志",最终还是会成为所谓的帝王将相。讲史章回小说也体现这一点,《三国演义》中的刘备、关羽和张飞;《隋唐演义》《说唐》中的秦琼、程咬金;《残唐五代史演义》中的朱温、石敬瑭、刘知远;《东西汉演义》中的刘邦、刘秀;《英烈传》中的朱元璋、徐达、胡大海等,这些人物的人生长期意图能够突破自身的阶层局限,具有常人所不具备的"超人"意志。从平话到章回小说,讲史与英雄建功立业基本同构,而平话为讲史章回小说提供了样板。

平话以仁德英雄的奋斗史重构历史的意象叙事模式能够为章回小说讲史叙事所沿用,其兼顾叙事文本篇幅、思想性以及趣味性的优势是一大原因。首先看篇幅优势。章回小说中,最先出现的便是讲史题材,在各类说唱文学中,讲史题材有大量史料依托,形成长篇幅文字作品的条件最为充分。选取一个或几个人物,以其人生长期意图的实践过程串联起史料,这形成了叙事文本的篇幅长度,同时能够确保文本中各个部分不会脱节。换言之,只要坚持"以意统事"的思路,意图不变,多长篇幅的叙事文本皆浑然一体。平话采取这种思路,因此建构出了有一定篇幅且具有整齐划一特征的叙事文本,这为讲史小说叙事探索出了可行的道路,日后的讲史章回小说也继承了这一点;其次看思想性优势。以道德观照历史,将叙事聚焦仁德的英雄,这确保了讲史叙事的思想高度,使之趋近以儒家思想为核心的主流价值观念,从思想性上保证其文学品格。这样的"讲史"叙事不同于长篇"史传"的历史叙事,叙述者与人物意图一以贯之,均体现鲜明的道德教化观念;最后看趣味性优势。等视英雄功业与历史,叙事聚焦于具有"超人"意志的英雄,彰显其实践人生长期意图的过程,许多惊心动魄的事件随之而来,这是历史故事的趣味所在。与之相比,聚焦历史中意志"平庸"者,叙事往往陷于平淡而失去了趣味。

从历史到小说,平话"讲史"采取的策略对于建构篇幅长且兼具思想性和趣味性的讲史小说效果颇好,故而为章回小说讲史叙事所沿用,形成了中国小说的一大叙事类型——"安邦建业小说"①。讲史题材章回小说形成了伴随其发展始终的特点:历史叙事与道德、功业观念同构。"内圣外王",抑或是对"道德"和"事功"的双重追求与思考,一直是讲史小说的主要内涵元素。

二、借人物意图实现形态寄寓劝惩的典型模式

平话重构历史的意象叙事模式因其兼顾叙事文本篇幅、思想性以及趣味性的优势不仅直接为讲史题材章回小说叙事所承袭,同时也启发了其他题材章回小说的叙事表意。以影响人物意图实现形态为主要方式,以叙事技巧和直接发声为辅助手段,平话叙述者达成其"劝善"的意图,使关于劝善惩恶的思考成为平话思想内涵的重要侧面。章回小说叙事表意全面学习并深化探索了这一点,继承和创新了叙事内涵的彰显方式,也优化和丰富了叙事思想。

《三国演义》意象叙事中,学习并创新了"全相平话五种"借人物意图实现形态寄寓劝惩的模式。其中叙述者影响人物意图实现

---

① 参见许建平:《意图叙事论——以明清小说为分析中心》,人民出版社2014年版,第122—125页。

形态的方式更为巧妙多元,文本艺术水平实现了提升。平话中为
了褒扬"利他"属性明显的人物意图,叙述者的方法过于简单,即促
使其成功实现,为此不惜制造明显违背历史真实的叙事内容。叙
述者生硬地将刘渊作为刘备集团继承人,借以促成刘备、诸葛亮等
人"报国兴汉"意图的达成,这便是最典型的案例。《三国演义》叙
述者也通过影响人物人生长期意图来表态,但方式更巧妙。叙述
者没有强行促使刘备、诸葛亮等人意图达成,而是以此为前提,在
细节处体现出对刘备、诸葛亮和姜维等人意图的赞赏。首先,部分
帮助其推进意图,借以体现叙述者态度。例如叙述者促使诸葛亮
达成取陈仓、杀郝昭的意图,促使姜维达成杀郭淮、除邓艾的意图,
这些均与史实不符,但不影响历史总体走向,叙述者借此巧妙地表
达了态度。其次,以宗教、神秘叙事影响人物意图的实现形态,从
而体现叙述者意图。例如对于人生长期意图最终没能实现的关
羽、诸葛亮等人,小说安排其"归神""显圣",用以冲淡其意图实践
失败的悲凉色彩,体现出叙述者对这些意图没能达成的惋惜之情。
与之相对,对于达成意图的吕蒙、曹操、司马懿等人物,叙述者要借
助这些人物被冤魂纠缠、被死者惊吓等事意象一定程度上削弱和
消解其意图,从而体现对这些意图的否定态度。基于此,《三国演
义》叙述者没有改变历史走向,但也影响了各个人物人生长期意图
的实现形态,从而进行表态,彰显小说叙事的思想倾向。伴随着叙
述者表意水平提高,《三国演义》总体上仍具有"劝善"观念,但其内
涵已经远远超越平话,儒家思想的仁爱、忠义等观念均在其中得到
了多元体现,本文不一一详析。

　　《水浒传》也采取平话借人物意图实现形态寄寓劝惩的叙事表
意模式。不同于《三国演义》,《水浒传》故事走向受到历史事实的
限制较小,故而能直接借助人物意图的成败体现意蕴。例如对于
鲁智深的人生长期意图,叙述者表现出极大的赞赏。鲁智深以济

世救人为一生行为的准则，其每次行侠仗义的行动均能够达成目的。如出场救金翠莲父女，再到之后瓦罐寺除恶、桃花村除凶、戏耍强盗周通、落草二龙山、搭救史进和玉娇枝并惩罚贺太守等，这些意图均最终实现，其济世救民的人生长期意图得以一步步走向成功。最终，鲁智深坦然圆寂，说出偈语："平生不修善果，只爱杀人放火。忽地顿开金枷，这里扯断玉锁。咦！钱塘江上潮信来，今日方知我是我。"①暗示鲁智深的结局近乎成佛，可见其人生长期意图是圆满达成的。如金圣叹所言："写鲁达为人处，一片热血，直喷出来。令人读之，深愧虚生世上，不曾为人出力。"②叙述者对鲁智深济世救人意图的赞赏溢于言表。与之相对的武松，叙述者对其复杂的人生长期意图，是褒贬并存的。如金圣叹所言："武松天人者，固具有鲁达之阔，林冲之毒，杨志之正，柴进之良，阮七之快，李逵之真，吴用之捷，花荣之雅，卢俊义之大，石秀之警者也。"③对于武松好勇斗狠、争江湖义气的意图，叙述者便通过阻抑其意图实践进行否定和批判。例如武松在孔家庄与孔亮争斗，竟至于醉酒被黄犬所欺，借助其争胜意图得到的结果之惨，叙述者狠辣地批判了这一意图。武松一生磨难重重，最终丧失一臂，可见其人生长期意图所受阻抑之多。小说反思好勇斗狠的意蕴因此得以彰显。对于全书的第一主角宋江"杀人放火受招安"意图，叙述者的复杂态度更借其复杂的实践结果体现得淋漓尽致。从伦理角度看，这一"亦正亦邪"的意图利他、排他和利己特征均极为明显。这一意图

---

① ［明］施耐庵、［明］罗贯中：《水浒传》第九十九回《鲁智深浙江坐化 宋公明衣锦还乡》，人民文学出版社 1997 年版，第 1284 页。

② ［清］金圣叹著，陆林辑校整理：《第五才子书施耐庵水浒传》，凤凰出版社2016 年版，第 86 页。

③ ［清］金圣叹著，陆林辑校整理：《第五才子书施耐庵水浒传》，凤凰出版社2016 年版，第 479 页。

促使梁山好汉脱离杀人放火的强盗生涯,于国于民有利,"利他"的道德特征明显;但这一意图要通过杀人放火来完成,且需要牺牲众好汉的利益和生命,"利己"和"排他"特征同样鲜明。宋江招安成功,实现了由小吏到武德大夫的身份转变,但却很快身死。意图虽实现却瞬间消解,叙述者肯定这一意图利国利民之处,也狠辣地批判了其杀人放火、牺牲他人性命之处。借助人物意图的实现形态,叙述者体现出了鲜明的劝惩之意,《水浒传》思想内涵中复杂多元的忠义观念得到了彰显。值得注意的是,与平话相比,《水浒传》中叙述者影响人物意图实现形态的方式更灵活,人物意图不是非成即败的,实现形态复杂多姿,体现出叙事水平的提高。

《金瓶梅》借人物意图实现形态寄寓劝惩的模式已发展完善。石峰雁指出《金瓶梅》具有借助人物意图实现形态彰显叙述者叙事意图的体系化思路:

　　叙述者把控着人物的意图及其发展过程,借此寄寓和推进其自身的叙述意图,然而人物的意图以及发展过程又都蕴含在各自的行为和命运之中,因此人物行为及其命运可以被视为一种能够表达叙述者意图的意象。这种意象包含三个部分:第一部分为人物意图意象,是叙述者直接借助人物行为所体现的人物意图来寄寓和推进叙述意图而形成的意象;第二部分为意图关系意象,是叙述者借助人物意图间的关系来体现叙述意图而形成的意象;第三部分为意图命运意象,是叙述者通过调控人物意图的推进过程以及成败结果来达到叙述意图而形成的意象。其中,第三部分意图命运意象可以再进一步细分为两类:一类是直接安排人物意图的成功与失败,另一类是通过生死来间接影响人物意图的实施。如此一来,叙述者运用行为及其命运对人物意图的实现状态进行编排,从而达到其叙述目的——对成功者的意图有所赞许，对失败者的意图有所鞭挞，对保全性命者的意图有所认同，对失去生命者的意图有所反思。①

通过人物意图、意图关系和意图实现形态，叙述者均可实现发声。人物意图的成败和人物生死也均体现叙述者的意图。人物意图成败和命运生死也要结合起来审视：成功、失败但未死、失败且死亡，所体现的叙述者对人物意图的态度也不同，展现丰富的叙事意图。《金瓶梅》中，西门庆人生长期意图可分为四大元素：交友、猎艳、求财、谋权。借此叙述者展示了享乐世风和商人生活。西门庆求财、谋权和交友的意图基本成功，他因猎艳意图丧命，这一意图不败而败，且失去了性命，导致另外三大意图也随之消解。叙述者借助这四大意图进行思考，审视世俗追求的意图便蕴含其中。首先，叙述者对享乐世风和商人追求给予了适度肯定。因为西门庆的四大意图皆能顺利推进，在临死之前基本都达成了。其次，叙述者批判世俗损人利己的罪孽。西门庆最终身死，他在践行四大意图过程中各类"排他"行为也有所报应。因身死而使所有意图不败而败，叙述者对西门庆四种追求世俗享受意图的批判态度相对明显。最后，叙述者提倡克制情欲。西门庆猎艳意图虽然达成，但却因纵欲而死。可见叙述者有意揭露情欲的坏处，但他也没有将情欲全部否定。若西门庆懂得适可而止，其未必身死，那么其四大意图皆圆满达成，书中王六儿、韩爱姐的意图实现形态就能证明此点。王六儿和女儿韩爱姐放纵色欲，但能及时收手，二人终得善终，可以说既获得了性爱享受，但也没有因死亡而消解意图。叙述者借此设

---

① 石峰雁：《〈金瓶梅〉意象叙事研究》，上海交通大学 2019 年博士学位论文，第 205 页。

计,体现的意图正是提倡"持盈慎满",主张情爱适度①。正是通过对人物意图及其实现形态进行复杂而巧妙的设计,《金瓶梅》叙述者体现出了复杂而多元的意图,彰显出全书复杂的思想意蕴,节制情欲、劝善止恶便在其中。《金瓶梅》叙事思想也体现"劝善"的倾向,只是其中的内涵远比平话丰富,思想高度也显著提升。

叙述者以影响人物意图实现形态为主要方式体现叙事意图,从而彰显小说叙事丰富思想内涵的方式,由平话较早采用,树立了典范价值,其在《金瓶梅》的叙事中基本成型,具备了体系化特征,影响了明清章回小说的叙事。此后小说如《醒世姻缘传》《红楼梦》等的叙事亦采取这一模式,体现丰富多元的叙事内涵。当然,平话"劝善"的思想倾向也是众多小说的"共识",多元思想均在"劝善"的大范围之内。

三、歌颂"超人"式英雄奋斗的思想范式

"全相平话五种"讲史叙事聚焦之主要人物、重要人物,其人生长期意图均具有追求卓越的"超人"特质,这是讲史题材章回小说共有的叙事特征,且对其他题材章回小说亦有深刻影响。"权力意志"是很大一部分章回小说人物意图的突出特征,"劝进"构成了众多章回小说叙事的一大思想底色。

单论讲史题材,皆是以历史英雄追求卓越政治权力的人生长期意图为基础结构叙事的。《三国演义》《东西汉演义》《列国志传》《唐书志传通俗演义》《大宋中兴通俗演义》等小说的主要人物和相对重要的人物皆为历史上重要的政治军事人物,如诸葛亮、刘备、

---

① 参见石峰雁:《〈金瓶梅〉意象叙事研究》,上海交通大学 2019 年博士学位论文,第 212—218 页。

曹操、韩信、刘邦、刘秀、管仲、晏婴、孙膑、乐毅、李世民、薛仁贵、岳飞、完颜宗弼等。基于这些人物人生长期意图的推进过程，小说意象叙事形成了主干和枝干序列；依据这些人物意图之间的相互作用，主干和枝干形成交叉，小说叙事结构形成。讲史的意象叙事中，追求卓越是人物意图的典型特征，因此对于历史功业的赞赏成为众多讲史章回小说思想意蕴的共性。

其他题材类型的章回小说，作为主干和重要枝干出现的人物，也以人生长期意图的超越性为典型特征。以《水浒传》《三侠五义》为代表的英雄传奇题材小说，其中主要人物如宋江，其"杀人放火受招安"的意图具有多个维度的超越性："杀人放火"意味着在草莽中形成巨大影响，扬名江湖；"受招安"则意味着超越草泽，走入庙堂，建立更高层次的功业。如其题诗所言："恰如猛虎卧荒丘，潜伏爪牙忍受。"①正因为其人生长期意图之超越性，才使得他意图受阻时有了"潜伏""忍受"之感。其他草莽英雄如林冲，其意图也具有明显的"超人"属性："仗义是林冲，为人最朴忠。江湖驰闻望，慷慨聚英雄。身世悲浮梗，功名类转蓬。他年若得志，威镇泰山东！"②已落草梁山泊，也要威镇泰山东。虽然身处草泽，也要作驰名江湖的草莽英雄，足见其志不小。以《金瓶梅》《醒世姻缘传》为代表的世情题材小说，其主要人物之意图也具有"超人"属性：

　　　　从马斯洛的需求理论看，西门庆追求财、权、友、色时，获得了生理、安全、爱和归属感、尊重和自我实现的全方位多层次需求，从而实现自身的价值和目标。西门庆猎艳无数满足

---

　　①　[明]施耐庵、[明]罗贯中：《水浒传》第三十九回《浔阳楼宋江吟反诗 梁山泊戴宗传假信》，人民文学出版社1997年版，第511页。

　　②　[明]施耐庵、[明]罗贯中：《水浒传》第十一回《朱贵水亭施号箭 林冲雪夜上梁山》，人民文学出版社1997年版，第147页。

生理需求,巩固权力填补安全需求,广泛交友收获爱和归属感,开拓进取令家族兴旺达成自我实现,钱权使他趾高气昂故而受到尊重,这无疑都极为成功,可谓超凡脱俗。就此,西门庆足以和以往的"超人"形象媲美。①

西门庆谋求之钱财和权力,在其所在州县范围内是数一数二的,其猎艳、交友更是多多益善,其对世俗享受的追求超越了市井中大部分普通人。以市井百姓的世俗生活为基准观照西门庆的追求,其超越性是相对明显的。其余人物如潘金莲、庞春梅,追求男女情爱的意图也较常人强烈许多。其余题材如以《西游记》《封神演义》为代表的神魔题材小说,孙悟空、姜子牙等人物意图之"超人"属性也很突出,如孙悟空所言:"老孙在那花果山称王称祖,怎么哄我来替他养马?养马者乃后生小辈下贱之役,岂是待我的?"②在神仙世界中不甘平庸,故而反下天庭,做超凡的"齐天大圣"。以《好逑传》《玉娇梨》等为代表的才子佳人题材小说,主要人物如铁中玉、水冰心,在才情、爱情、婚姻和侠义等方面的追求均是超尘拔俗的。凡此种种,明清时期很大一部分章回小说中,在意象叙事结构中意义非凡之人物意图均具备"超人"属性。

许建平以主人公人生意图为标准,划分出了明清小说的九大类型:安邦建业小说、清官廉吏小说、行侠仗义小说、复仇雪恨小说、成佛悟道小说、发财致富小说、婚恋爱情小说、性快乐和性报复小说、继业兴家小说。总体来看,九大类型体现出的九种意图均具备"超人"属性,主人公在历史功业、廉政建设、江湖侠义、人情恩

① 石峰雁:《〈金瓶梅〉意象叙事研究》,上海交通大学2019年博士学位论文,第236页。
② [明]吴承恩著,[明]李贽评:《西游记》第四回《官封弼马心何足 名注齐天意未宁》,上海古籍出版社2021年版,第50页。

仇、神佛仙道、市井商业、婚姻爱情、性爱享受和家庭生活等领域追求卓越，实现非凡成就。虽然主人公身处不同环境，意图指向不同的领域，但均不甘平庸，拒绝沉沦，努力奋斗，因此"劝进"成了这一系列小说思想内涵上的重要共性。如叔本华和尼采所指出的，人的基本行为动机已然具备追求卓越的潜在倾向，平话主要人物、重要人物意图的"超人"属性具有广泛代表性，也使日后的章回小说能较好地继承这一点。与其说中国讲史小说具有"英雄史观"，不如说中国章回小说提倡的是各个阶层、各个领域全方位追求卓越的奋斗。如石峰雁所言：

> 《三国演义》中刘备、曹操、孙权、诸葛亮、关羽、张飞、司马懿、周瑜、陆逊等人在历史风云变幻中走向崛起，他们是建功立业的历史超人；《水浒传》中宋江、李逵、卢俊义、武松、鲁智深、林冲、石秀、燕青、吴用等人在江湖之中取得卓越战绩，他们是替天行道的草泽超人；《西游记》中孙悟空、哪吒、二郎神、托塔天王、观世音、如来佛祖等人在神仙世界树立丰功伟业，他们是斩妖除魔的神魔超人。这些形象都超越自我、脱离平庸，《金瓶梅》中类似的"超人"就是市井商人西门庆。以往研究认为西门庆是一个地痞、流氓、恶棍，然而从人生追求来看，他并非平庸的市井小民，而是很有志向的成功商人。正如尼采的"超人"理论所述，西门庆不做碌碌无为的平凡人，而要超越芸芸众生，成为世俗中当之无愧的超人。作者咀嚼市井商人西门庆的超人事迹，赞同事业上追求卓越的品质。①

---

① 石峰雁：《〈金瓶梅〉意象叙事研究》，上海交通大学 2019 年博士学位论文，第 236 页。

由平话到章回小说,叙事的内涵逐渐多元,但"劝进"的思想元素一直明确可见,成就了章回小说叙事思想的一大经典范型。直到清代乾隆时期,章回小说"劝进"的内涵才有所削弱。《红楼梦》中警幻仙姑评价贾宝玉:"吾所爱汝者,乃天下古今第一淫人也。"①贾宝玉人生长期意图排斥仕途经济,却在真情至性的追求上达到"天下古今第一",这也具有超越性,可见"劝进"内涵在《红楼梦》中仍有体现。同一时期的《儒林外史》思想内涵与此前小说不同,"劝进"思想在其中并不明显,其后逐渐兴起的讽刺小说中,"劝进"思想逐渐褪色。平话赞赏"超人""权力意志"的"劝进"思想之深远影响,由此可见一斑。

总而言之,"全相平话五种"意象叙事的思想内涵对章回小说产生了全面的影响。体现儒家"内圣外王"观念指向性的"扬善劝进"观念长期作为章回小说叙事的思想底色,影响其文本建构。章回小说从"扬善劝进"思想拓展开去,意象叙事的内涵逐渐多元丰富,从而取得了非凡的思想和艺术成就。

第四节　通俗小说叙事风格的形成

"全相平话五种"在建构起完整顺畅的叙事文本时形成了自身的意象叙事风格,体现在意象的外在形式、体系结构、表意层次等诸多方面。这种风格具有一定的独特性,也在一定程度上体现出了通俗小说的共性。由于平话成书时间较早,叙事选题也颇具影响力,其意象叙事风格对章回小说影响颇深。平话依托史料建构出的意象有着鲜明的民间市井气息,影响着后世章回小说的叙事

---

① ［清］曹雪芹:《脂砚斋重评石头记(庚辰本)》第五回《游幻境指迷十二钗饮仙醪曲演红楼梦》,人民文学出版社 1975 年版,第 120 页。

品格；其组合意象、结构全文时所选取的方式和技巧也有一定巧思，形成了重要的典范价值。具体而言，主要包括以下四点：时空机制与叙事心理的同构、隐神秘于直畅中的意象表意风格、意象表层的市井野性、叙事意欲的张力与平衡。四个特征由内而外，全方位展现了通俗小说的审美品格和文学特质，尤其影响着章回小说意象叙事风格的形成。

一、时空机制与叙事心理的同构

时空既是文本的重要组成部分，也是叙述者调节叙事的重要机制，所以一直是叙事学研究的重要问题①。从意象叙事角度看，时空均显著影响意象表意，因而时空也是意象叙事最关注的问题之一。一方面，意象叙事须通过塑造一个无限接近物质世界的叙事世界进行信息传递。另一方面，意象借万事万物的象表意的根本特质也使其一定要依托于物质世界。物质世界正是以时空为最重要的维度而存在的。正如胡亚敏所述："尽管在某些情况下，更换了背景不影响情节的发展和人物的命运，但人物毕竟还是在某个特定的时空中活动，犹如和尚脱离了红尘却进了深山的老庙。"②时间和空间是一切事物存在的基本方式，叙事中的意象也是如此。所以，意象叙事中必然有着自身的时间与空间叙述，也要利用时空机制调控叙事。"全相平话五种"意象叙事开展的过程中成功地利用时空寄寓叙事中的信息，使得时空机制与意象表意相辅相成，这启发着日后的章回小说，探索和完善意象叙事的时空机制，形成了集中缜密的时空叙事风格。

---

①②　有学者又提出"环境"的概念，是时空的综合体，与本节论述的时空含义相近。参见胡亚敏：《叙事学》，华中师范大学出版社 2004 年版，第 159 页。

具体而言,如前文所述,空间限知和时间跳跃是"全相平话五种"时空机制的两大显著特点,它们对后世章回小说同构于叙事心理之时空机制的形成具有重要的启发意义。

首先,由平话到章回小说,形成了意象叙事空间的建构与流动同构于意图实践过程的特征。"场所的对照和它们之间的界限被视为强调素材的意义、甚至确定其意义的主要方式"①。空间场所的照应和区隔是叙事文本传达意义的重要手段之一,叙事可以有意勾连或隔断一些空间,从而寄寓一些含义、达到某种叙事目的。米克·巴尔认为"一个人的住所尤其与其性格特征、生活方式和可能发生的事相联系"②,"人物所处的空间位置在一定时候常常影响到他们的情绪"③。空间会成为人物心理活动的外在体现。笔者推而广之,认为空间可体现叙事行为主体的心理活动,不仅包括人物,也包含叙述者。米克·巴尔还认为:"人物的运动可以构成从一个空间到另一个空间的过渡。"④人的运动行为是以意图为依据的,因此空间的转变其实也体现着意图的推进与变化。平话创作者对这些道理深有体会,其意象叙事的实践便是明证:虚化空间中的细节,集中表现与人物意图相关的空间信息;通过特定空间集中展示人物意图;通过制造空间的流动和区隔揭示意图的实践过程以及不同意图之间的关系和相互作用。如《秦并六国平话》中,秦国君臣朝会的空间虚化各类细节,只呈现秦始皇和大臣朝会的位置关系,集中体现秦始皇"统一六国,建立集权"的意图;视角穿

---

① [荷]米克·巴尔著,谭君强译:《叙述学:叙事理论导论》,中国社会科学出版社 1995 年版,第 106 页。

②③ [荷]米克·巴尔著,谭君强译:《叙述学:叙事理论导论》,中国社会科学出版社 1995 年版,第 110 页。

④ [荷]米克·巴尔著,谭君强译:《叙述学:叙事理论导论》,中国社会科学出版社 1995 年版,第 109 页。

梭于七国朝会的空间,便揭示出六国君臣与秦始皇意图之间的对立冲突,也推动着秦始皇实践意图,与众多矛盾意图交战,结构完成全书叙事文本。

　　章回小说兴起后,文本建构过程中,空间的设计是服务于叙事中主体的心理活动的。亦即空间机制是体现叙述者以及人物内心意志的一大手段,创作者为避免闲笔产生,空间相关之笔墨是与人物意图以及叙述者叙事的用意紧密关联的。例如《三国演义》中的三顾茅庐,三次场景的变化是用以彰显刘备、诸葛亮双方内心意图的发展过程的:

　　　　约行数里,勒马回观隆中景物,称美不已。果然山不高而秀雅,水不深而泉清;地不广而平坦,林不大而茂盛;松篁交翠,猿鹤相亲,观之不已。①

　　　　建安十二年冬十二月中,天气严寒,彤云密布,玄德同关、张引十数人,前赴隆中,求访孔明。行不数里,忽然朔风凛凛,瑞雪霏霏;山如玉簇,林似银妆。②

　　　　玄德徐步而入,纵目观之,自然优雅。见先生仰卧于草堂几榻之上,玄德叉立于阶下,将及一时,先生未醒。③

小说建构起"茅庐"空间场所,设计了景物的变化:前两个场景体现出诸葛亮为试探刘备下了极深功夫,刘备访贤受阻耗费了大量时

---

　　①　[明]罗贯中:《三国志通俗演义》卷八《刘玄德三顾茅庐》,上海古籍出版社1980年版,第360页。

　　②　[明]罗贯中:《三国志通俗演义》卷八《玄德风雪访孔明》,上海古籍出版社1980年版,第362页。

　　③　[明]罗贯中:《三国志通俗演义》卷八《定三分亮出茅庐》,上海古籍出版社1980年版,第368页。

间精力;第三个场景则虚化景物,直切人物行动,体现此时刘备访贤意图之急切,也暗示刘备和诸葛亮的意图即将直接交锋,二人的意图也将有个结果。这种空间设计体现出刘备求贤,不随时间流逝而削减的坚定意图,也暗示着诸葛亮出山意图的逐渐增强过程。空间设计彰显人物意图的显著特征,如刘备意图的坚定;空间的流转变化,体现人物意图的推进,如诸葛亮出山意图的逐渐明晰和坚定等。再如《水浒传》中东平、东昌二府围城对阵的空间场景设计无甚差异,而就在这种两两对应的空间设计上,叙述者实现了揭示宋江和卢俊义在梁山威望差异的意图。同样的对阵空间,宋江大胜,卢俊义失败,可见宋江领导梁山英雄的能力远高于卢俊义,叙述者由此暗示宋江将稳坐梁山寨主之位,预示后文叙事。从这些例子可知,由平话到章回小说,将空间设计作为叙事中意图载体的策略成为创作共识。空间叙事集中提示叙述者和人物的意图,叙事文本因此表意清晰明确,叙事的推进也更加顺利。

到《金瓶梅》时,空间设计更加严谨,形成了以集中性为主要特征的空间机制。具体来看,《金瓶梅》的空间设计有两大特点,体现出集中性特征的优势。一者,借助对核心空间的集中建构体现人物最为重要的人生长期意图。叙述者根据西门庆谋财、猎艳等人生长期意图选取了西门府、瓦舍勾栏、自家店面等几个核心空间,西门庆家中行乐、到店赚钱再到勾栏取乐等主要叙事就集中在这几个空间之中,空间建构紧密服务于西门庆意图。叙述者也借此把当时社会的经济形式、娱乐风俗、市民心态等世情和风俗展示得淋漓尽致。许建平便发现了《金瓶梅》空间的集中性对于故事塑造的重要作用,"故事情节的展示不再单单依赖于空间线型流动,而是靠选定一个特定的空间——家庭,表现来来往往的人做什么,怎么做。"①各个空间的集中分布以及彼此间密切的联系，也是蕴含着西门庆人生的阶段意图和整体意图的。"《金瓶梅》开创了以一家庭院落为轴心，情节开展集中于一小城镇的空间格局。空间不仅集中稳定，而且其设置精密，常能展示出人物情节布局的骨架"。②二者，空间的转变往往意味着人物意图发生了变化。起初，西门庆所处的空间集中于私人宅院和勾栏瓦舍，这些浮靡享乐的空间暗示了西门庆对于酒、色、财、气的过度追求。然而，在其得子并升官后，以及在其人生末期，宗教场所玉皇庙和永福寺集中出现。这些充满神秘气氛、寄寓生死意义的空间意味着西门庆面临着生死存亡的抉择。果然，西门庆在经历这些空间后，其生命即陡然转折。通过这种设计，西门庆在几个重要空间中穿梭，其人生长期意图的实践过程得以清晰呈现。集中构建核心空间，在空间中集中展现人物意图，也便于实现空间中人物意图的横向关联，进而支持整体的叙事结构建设。《金瓶梅》以西门庆为纽带，建构起了以清河县主街两侧建筑空间为主的县城空间。在这条狭长的空间里分布着西门府、西门庆的诸多产业、花子虚府、孟玉楼旧居、勾栏瓦舍、狮子楼、县衙、提刑司，并延伸出紫石街王婆茶肆、武大家、李瓶儿新买的宅院、蒋竹山药店、林太太家等。这个大的空间结构里，细节并未设计得面面俱到，但整体结构却异常明晰。如此，西门庆人生长期意图便与花子虚、孟玉楼、李瓶儿、蒋竹山、王婆、武大郎、潘金莲、林太太等的意图产生交错，横向组合的叙事意象便自然生成，叙事结构也就得以建构起来。经过创作者精心设计，意图与空间巧妙联系，集中性的空间机制中，意象形成有效横向组合，《金瓶梅》的成书意味着叙事空间与叙事心理同构的模式臻于

---

①②　许建平：《许建平〈金瓶梅〉研究精选集》，学生书局 2015 年版，第148 页。

成熟。

其次,由平话到章回小说,意象叙事形成成熟的与意图同构之时间机制,在叙事中大放异彩。如杨义所言:"叙事过程,实际上也是一个把自然时间人文化的过程。"①也就是说文学叙事中的时间会出现表意的层次性,叙事文本看似存在与物质世界中相似的时间维度,但这实际上是别有深意的表象。平话叙事巧妙借助时间机制表意,手法虽相对生硬,但已经颇具巧思,《三国志平话》借跳跃性强的时间,揭示司马氏一统三国的真实策略,这是颇具巧思的。叙述者借此鲜明地表达对司马氏意图的否定态度,并因此顺利地消解掉了司马氏的意图,实现对其"一统三国,独霸天下"意图"排他"属性的鞭挞。

章回小说兴起后,时间机制与意图的同构设计更为精妙。与平话生硬地进行时间跳跃不同,章回小说巧借节奏去重构时间,使其与叙事意图实现完美融合。米克·巴尔认为节奏是叙述文本调控叙述时间的产物,使相同的叙述时间对应跨度不同的故事时间,从而使得叙事文本节奏出现变化②。这种节奏安排是有叙事意义的,让叙事有了重点,体现出人对于世界的实际心理印象,而非对时间流逝的机械性感知。胡亚敏则总结出了"省略""概述""等述""扩述""静述"等多种情况,叙述者叙述时间跨度相同的故事时,有的花费大量叙述时间,有的则消耗极少的叙述时间,这都蕴含着丰富的道理,故事时间看似被扭曲了,却符合人的认识规律和叙事的逻辑③。杨义将这种节奏安排总结为叙述时间的速度,认为:"叙事时间速度,在本质上是人对世界和历史的感觉的折射,是一种

① 杨义:《中国叙事学(图文版)》,人民出版社 2009 年版,第 169 页。
② 参见[荷]米克·巴尔著,谭君强译:《叙述学:叙事理论导论》,中国社会科学出版社 1995 年版,第 77—86 页。
③ 参见胡亚敏:《叙事学》,华中师范大学出版社 2004 年版,第 76 页。

'主观时间'的展示。"①这说明叙事时必须重视人对外部世界时间的主观认识，要把握人们主观感受的时间与客观世界时间存在的偏差。经历同样长度的一段时间，心情舒畅时人们会觉得太短，感到难过时又觉得过长；回忆同样长度的一段时间时，经历丰富、印象深刻的会令人感觉很长，平淡无奇、索然无味的则会令人感觉很短暂。叙事时间的安排要符合这个规律，才利于实现叙事目的，同时也能借此丰富意象表意。节奏的出现意味着叙事行为主体的心理作用会投射到叙事时间上，因此叙事文本中，叙事时间与故事时间便不会亦步亦趋，二者速度的差别便能体现出叙事主体的心理作用。基于此理论，观照章回小说，其利用叙事时间与故事时间的差异寄寓叙事意图的策略明显。这种策略与平话时间跳跃有着异曲同工的表意功能，但显然在艺术性上更胜一筹。如《三国演义》从诸葛亮"六出祁山"，到姜维"九伐中原"，叙事时间极为短暂，但实际故事时间跨度将近三十年。借助这种叙事节奏的调整，叙述者有效联系起了诸葛亮和姜维在人生长期意图上的前后继承关系，也将蜀汉集团"兴复汉室，一统三国"的意图实践过程建构成三国讲史叙事的主体结构序列，同时将司马氏统一天下意图实践之艰难程度弱化，使近三十年的努力看起来水到渠成，叙述者贬斥司马氏的意图由是明了。这种借时间机制表意的思路与平话时间跳跃的内在逻辑是一致的，但叙事艺术水平显著提高了。再如《水浒传》，"三打祝家庄"的叙事时间与实际故事时间是不一致的，但通过节奏的把握，将"宋江攻灭祝家庄意图实践受阻，孙立出现并助力，最终合力攻灭祝家庄，实现意图"这一实际意图推进过程揭示得极为明确。叙事时间与叙事意图同构的思路由平话延续下来，但实现这一思路的手段越发高明。

―――――――

① 杨义：《中国叙事学（图文版）》，人民出版社2009年版，第141页。

到《金瓶梅》时,时间机制也呈现集中性特征,叙事时间与叙事意图全面同构。一方面,《金瓶梅》叙事时间的集中性体现在其"重点展现一两年内的生活,逐日叙事为主,间夹跳日跳月叙事的时间格局"①。小说集中叙述西门庆死前五年的时间,这占据了全书的大部分篇幅,其死前一两年光景的内容更是占了将近四十回的分量。这种集中的时间叙述打破了常规的现实时间:以人物命运、心态以及思想层面变化的重要程度安排事件篇幅,用义理逻辑代替时间线索,形成叙事单元"大小相继、疏密相间、波澜起伏"的效果②。另一方面,《金瓶梅》中时间的集中性还表现为叙述者对于心理时间的成功把握。在潘金莲永夜盼西门庆和雪夜弄琵琶中,对于一夜的叙述占据了重要篇幅,文字长达半回以上。而对西门庆陷害来旺以及苗青案等叙述,几日甚至上月的时间却凝聚于一回左右的文字之中。虽然叙事时间与实际时间出现了极大的不平衡,但却符合人们对于具体事件时间的感知效果,利于彰显人物意图,揭示其道德伦理特征。《金瓶梅》巧妙利用人在感知不同事件的时间跨度时会出现的偏差,有意在文本中拉长或缩短部分事件的叙事时间跨度,揭示人物意图的伦理道德属性特征。陷害来旺以及苗青案叙事之快,体现出西门庆为恶之速,有效地彰显其行为意图的"排他"性,体现他品质之极端恶劣。这种时间机制的核心表意指向就是人物意图,叙事时间机制与内在意图逻辑实现有机统一。

对于平话叙事中初见端倪的时空机制与叙事心理的同构特征,章回小说进行了较好地承继,并在《金瓶梅》中达到成熟。此时,集中性明显的时空机制完美地体现了叙事意图。不仅如此,

①② 许建平:《许建平〈金瓶梅〉研究精选集》,学生书局 2015 年版,第149页。

《金瓶梅》叙事时空机制还进一步交融，形成了时空融合的风格。叙事中时间与空间密切相关，"尽管二者（时间和空间）是两个不同的概念，但彼此互为依存，无法实际上被分开"①。《金瓶梅》充分促进时间与空间叙述的相互融通，以空间的转换表达时间，以时间的流转塑造空间，共同彰显叙事意图。如卧室是夫妻的私密场所，一般叙述卧室活动都是在晚上或夫妻闲暇的私密时段；花园是诸多妻妾消闲的场所，一般叙述花园都是西门庆外出经营产业期间，是众多妻妾白天打发光阴的时段；宴会厅或花园是家宴会客之所，所以叙事常集中于节日或其他重要时间点等。《金瓶梅》通过空间叙述提示时间，依照时间叙述选取空间，以此寄寓深意，形成丰富的表意效果。例如，李瓶儿隔墙密约：

> 少顷，只见丫鬟迎春，黑影影里扒着墙，推叫猫，看见西门庆坐在亭子上，递了话。这西门庆掇过一张桌凳来踏着，暗暗扒过墙来，这边已安下梯子。李瓶儿打发子虚去了，已是摘了冠儿，乱挽乌云，素体浓妆，立于穿廊下。看见西门庆过来，欢喜无尽，迎接进房中。掌着灯烛，早已安排一桌齐齐整整酒肴果菜，壶内满贮香醪……这迎春丫鬟，今年已十七岁，颇知事体，见他两个今夜偷期，悄悄向窗下，用头上簪子挺签破窗察上纸，往里窥觑……却说西门庆天明依旧扒过墙来，走到潘金莲房里。②

此处，空间集中在卧室和后园等私密处所，表明一夜时间流逝，隐隐地交代出了西门庆、李瓶儿、潘金莲和迎春儿等人的私密行为。

---

①　徐岱：《小说叙事学》，商务印书馆 2014 年版，第 289 页。
②　［明］兰陵笑笑生：《金瓶梅词话》第十三回《李瓶儿隔墙密约 迎春女窥隙偷光》，人民文学出版社 1985 年版，第 149—151 页。

叙事中不明写西门庆图谋花太监家产、潘金莲妒恨李瓶儿、迎春儿怀春,但选取黑夜卧室里这种具有私密色彩的时空已对这些表意有所暗示,之后便借助其他意象体现出来。以巧妙浑融的时空叙事揭示人物的处境和意图,并结构和调节叙事表意,效果极佳。一体的时间、空间同为叙事主体心理,尤其是意图的外在表现形式,这是一种内外同构的时空机制,具有集中缜密的风格特点。

时空机制与叙事心理同构的叙事模式使小说意象叙事表意委婉含蓄、富于诗性,对章回小说叙事影响颇深。《金瓶梅》之后,以《红楼梦》为代表的优秀作品便较好地吸收了这一点。如《红楼梦》中的时空设计和转化彰显出鲜明的叙事意图。《红楼梦》中的两个世界——大观园内的女儿世界和大观园外的世俗世界——只有一墙之隔,但截然不同又彼此关联。大观园是一个未被世俗凡尘浸染的乌托邦空间,碧水青天、绿树红花、白雪红梅等意象清明澄澈。大观园外则纷纷扰扰,充满丑恶和恐怖,庄严肃杀的府邸,又脏又乱的街市,就连刘姥姥信口开河说的仙女庙,实际上也是破败丑陋的瘟神庙。大观园世界被世俗世界包裹,大观园的毁灭早已埋下伏笔。两种时空在叙事中交错,在巨大反差中,叙述者引领着对虚实、有无、色空的辩证思考。"影响章回小说艺术表现和美学情趣的因素主要来自三种文学传统,即史传写实的文学传统、说唱娱民的文学传统和诗骚写意的文学传统。《金瓶梅》借象表意的手法,就是借鉴了史传文学中的'春秋笔法''互见法'和韵文中的'互文见义法'以及说唱文学中的许多婉曲达意的文法。"[①]时空机制与叙事心理同构也是借象表意法的一种形式,《红楼梦》便较好地继承并深化了此点。

---

① 许建平:《〈金瓶梅〉表意含蓄化探绎》,《河北师范大学学报》1991 年第 1 期,第 18 页。

总而言之，从"全相平话五种"到《金瓶梅》，意象叙事形成了与叙事心理同构的集中缜密的时空机制，在叙事思维上影响着众多小说的创作，是古代小说取得高峰成就的一大助力，影响深远，意义不凡。

二、意象设置的明畅与隐曲

明畅与隐曲的浑融是中国小说意象叙事的重要风格。含蓄的意象叙事有利于小说文学性的彰显；意象表意不过度曲折，则可防止叙事矫揉造作，削弱其审美价值。所以，中国小说意象叙事表意在两方面均深入着力。一方面，避免表意难以理解，确保叙事快速高效，追求明畅的意象表意。另一方面，避免意象的全部意义都显露于明处，保证叙事具备一定的隐曲委婉特征。追求这种叙事风格，是为了确保文学的震撼力与感染力，使小说叙事更具深意，有利于思想的彰显。

从接受角度看，兼顾意象设置的明畅与隐曲有利于实现陌生化，让作品的接受过程更有趣味，其思想的传播效果也更佳。"小说艺术最好通过人物的语言和行为来表述，作者的说明应该压缩到最低限度"[①]，因此小说作者都绞尽脑汁设计人物故事（意象叙事中则主要是事意象），而作者的代言人叙述者则不直接露面发声，"他隐身于幕后，由人物和场面显示其见解"[②]，希望借此把自己的思想成功地传达给接受者。中国小说，尤其是明清章回小说叙述者为了获取较好的表意效果，向接受者有效且充分地传递信息，就会在叙事意象上做足文章，设置机巧，使其表意兼具明畅与

---

① 胡亚敏：《叙事学》，华中师范大学出版社 2004 年版，第 103 页。
② 胡亚敏：《叙事学》，华中师范大学出版社 2004 年版，第 112 页。

隐曲双重特征。韦恩·布斯认为"每当读者通过叙述者设置的半透明的屏幕去推断作者的立场时,在某种程度上,这里总存在着三种一般的快感"①,也就是说叙述者在显露作者思想时适当地进行遮掩,接受者为此而稍作推断才会获得快感。所谓"半透明"意味着表意过于直接会让接受者索然无味,过于曲折又伤害接受者的积极性。对于小说意象叙事而言,叙述者设置"半透明屏幕"的主要手段就是对意象表意进行调控。意象表意有时隐秘含蓄,有时却直白坦露;叙述者认为该显露时便慷慨地展示,唯恐接受者不明白,而认为需要隐藏的则不着一字,只怕道破天机。意象叙事的意蕴全在这种"言"与"不言"之中,接受者欲获取意蕴,便需要仔细玩味,但又无须绞尽脑汁,接受的过程充满"破译的快感""合作的快感"和"共谋的快感"②。这样理趣无穷的接受过程更易在人的思想层面形成印记。

"全相平话五种"意象叙事艺术水平有限,意象设置的机巧尚不丰富,表意相对直白。例如《三国志平话》"司马仲相断狱"不仅将全书"三分天下,一统归晋"的叙事走向全盘托出,叙述者的道德观念也显露得非常明确。然而,平话创作者并非排斥具有含蓄特征的意象表意,平话意象表意虽以平实直白为主要特点,但也体现出对于意象表意含蓄之美的认同。具体来看,平话意象设置的两种特征造就了其表意的含蓄美感,对日后章回小说形成明畅与隐曲共融的意象表意风格颇有启发作用。

第一,神秘意象启发兼顾明畅与隐曲特征的意象建构。如前文所述,平话引入丰富的宗教信仰和民间神异元素,建构起许多颇

---

① [美]韦恩·布斯著,华明等译:《小说修辞学》,北京大学出版社1986年版,第331页。
② 参见[美]韦恩·布斯著,华明等译:《小说修辞学》,北京大学出版社1986年版,第332—341页。

具神秘色彩的意象。这些意象基于其神秘特征,能对叙事走向乃至叙事的思想意蕴有所预示,但点到为止,颇有欲说还休的意味。前文所论《武王伐纣平话》中的"许文素进除妖剑"事意象即是如此,神秘的事意象已经初步点破妲己妖怪身份,一定程度上预示了纣王宠幸妲己将带来的毁灭性后果。但进一步的信息在意象表意中是缺失的,这吸引接受者继续阅读,逐步获得信息。在叙述表层的神秘事件时,叙述者明晰地交代故事的有效信息,但又不将所有信息全部展示出来,这就形成了意象的神秘性外在特征。在平话平实的叙事中,神秘意象的出现,增添了不少婉曲的意趣。

　　神秘性意象的建构有效兼顾了表意明畅与隐曲的双重优势,章回小说承袭了这一点,并建构出了更为丰富多彩的意象,表意明白晓畅却又意味深长。《封神演义》《三国演义》等小说吸收并进一步改造了平话中的神秘意象,如进除妖剑、诸葛禳星等意象均被小说吸收化用,这便说明了章回小说对平话这种意味深长的意象设置很是欣赏。不仅如此,章回小说中类似的意象更为丰富、常见且形式多样。例如《水浒传》中有神秘意象如"还道村得天书""托塔天王显圣"等,预示叙事走向,揭示叙事思想意蕴。智真长老给鲁智深的预言便很典型:"逢夏而擒,遇腊而执。听潮而圆,见信而寂。"[①]相对直接地预示了未来鲁智深相关叙事的走向,鲁智深擒方腊、捉夏侯成、杭州圆寂皆得到直接预示。其中更暗含了叙述者对鲁智深人生意图的赞赏,体现作者对鲁智深行侠仗义、济世救民、修心见性过程的思考,彰显了道德伦理乃至儒家哲学层面的深层思想内涵,这些则隐藏在意象背后,需要接受者仔细阅读全书,不断玩味探索。《水浒传》中更有与神异无关,但却颇有预示性的

---

　　① 　[明]施耐庵、[明]罗贯中:《水浒传》第九十回《五台山宋江参禅　双林渡燕青射雁》,人民文学出版社1997年版,第1157页。

事意象,也呈现出明畅与婉曲兼顾的表意特征。如"燕青射雁"事意象,预示着梁山好汉死伤离散的结局,仔细玩味这个意象,接受者可以一定程度上获知叙述者对宋江"杀人放火受招安"意图的态度,以及作者对宋江等人道德和功业观念的反思等信息。当面对这些意象时,接受者起初都无法获得全部信息,宛如隔岸观火、虚虚实实、真真假假;初读可获知大概,然而终究未见全貌,其中细节还需细品方知,可谓虚实相生、明暗结合。如此叙事更有文学性,更富艺术效果,也更吸引接受者。

到《金瓶梅》时,表意明畅与隐曲浑融的意象设置模式已趋成熟。《金瓶梅》常以关键信息提示意象的外在面貌,却又遮盖细节信息,形成意象自身的神秘趣味和朦胧风格。设置意象时,叙述者故意将关键信息透露出来,却又隐藏了意象的全貌,这种犹抱琵琶半遮面的姿态使叙事取得了很好效果,李瓶儿百宝箱的意象即是典型例证。《金瓶梅》明写李瓶儿的惊人富贵与花太监家的特殊情况:

> 妇人便往房里开箱子,搬出六十锭大元宝,共计三千两,教西门庆收去,寻人情上下使用。……奴床后边有四口描金箱柜,蟒衣玉带,帽顶绦环,提系条脱,值钱珍宝玩好之物,亦发大官人替我收去,放在大官人那里,奴用时取去。……西门庆道:"只怕花二哥来家寻问,怎了?"妇人道:"这都是老公公在时梯己,交与奴收着之物,他一字不知,大官人只顾收去。"……西门庆听言大喜,即令来旺儿、玳安儿、来兴、平安四个小厮,两架食盒,把三千两银子先抬来家。然后到晚夕月上时分,李瓶儿那边同两个丫鬟迎春、绣春,放桌凳,把箱柜挨到墙上;西门庆这边止是月娘、金莲、春梅,用梯子接着。墙头上

铺苫毡条,一个个打发过来,都送到月娘房中去。①

李瓶儿获取了花太监丰厚的遗产,花太监侄子花子虚竟然不知,甚至花太监不让侄子亲近李瓶儿,花太监与侄媳妇李瓶儿的关系颇不寻常。此处,叙述者设置的诸多财富意象以及李瓶儿家庭生活的意象颇为诡异,叙事戛然而止,对其中深刻的信息,叙述者讳莫如深。接受者稍作分析,可在一定程度上获知意象背后的潜在故事:李瓶儿颇有家资,应出身不低,但她家遭变故,只好携财寄身于达官显贵之间;花子虚和李瓶儿的婚姻为虚,花太监实际占有李瓶儿;李瓶儿的生活富足却悲惨,这揭示出她对于嫁入西门府过正常生活有着强烈的渴望;李瓶儿嫁给西门庆前后性格的反差得到了合理解释。此处意象设置看似闲笔,却言外有意,意象在遮遮掩掩中透露出了巨大玄机。与此类似,后文庞春梅算命意象明言她命里有富贵,却点到为止,对她富贵但短命的命运有所提示,同时留下了充分的意蕴空间。以《金瓶梅》为代表的章回小说,继承了平话神秘意象意味深长的表意模式,建构出多姿多彩的意象。这些意象通过明畅的叙述,使其表层表意跃然纸上,然而其隐藏在字里行间的深层信息则需仔细推敲方能明确。有了这种欲说还休的意象表意特征,小说意象叙事的效果得到了升华。

第二,意象对映关联法启发明畅与隐曲表意特征浑融的意象组合模式。意象的组合也对表意有着重要影响。如将具有冷和热、虚和实、明和暗、真和假的多种意象对举,即使叙述者不明说,接受者也可以通过对比获取一些信息,这便实现了意象表意对明畅和隐曲的兼顾。平话叙事便有意通过组合意象,实现对照表意,

---

① ［明］兰陵笑笑生:《金瓶梅词话》第十四回《花子虚因气丧身 李瓶儿送奸赴会》,人民文学出版社 1985 年版,第 158—159 页。

颇有回环之效,如《七国春秋平话》:

> 却说孙子命章子拽兵,与燕兵对阵。须臾,两阵俱圆,撞出一员猛将,怎生打扮? 黄金盔上,偏置烂漫红缨;白锦袍中,最称光明铜铠。手搭宣花月斧,腰悬打将铁鞭。乃齐将袁达,厉声高叫索战。燕阵撞出一将,绛袍朱发,赤马红缨;手把三尖两刃刀,腰上双悬水磨简。乃燕将市被。二将打话不定,约斗五十余合,并无胜负,各归本阵。次日再战,袁达出阵。却有石丁,肩担清风利枪出阵,与袁达交战。怎见得?
>
> 诗曰:
>
> > 二将逞英雄,盘桓两阵前。
> >
> > 征云笼日月,杀气罩山川。
> >
> > 斧研分毫中,枪争半点偏。
> >
> > 些儿心意失,目下丧黄泉。
>
> 约战四十余合,袁达诈败,石丁便赶,被袁达一斧砍落。只见:金盔倒着,便似一轮明月沉西海;绣靴踢空,有如天王托塔落云轩。[1]

将袁达、市被的武器、铠甲等物意象进行对举,对二人势均力敌的特点进行预示。又将袁达战市被、袁达战石丁两个事意象进行对举,市被和石丁军事水平的高下便被揭示出来,石丁败死的结果得到预示,同时齐军破燕的叙事也得到提示,叙述者对齐国孙子等人意图的态度同样借此有所体现。"叙述者将相互对照或对立的因素有机地组织在一起,形成反差从而使意义不言自明"[2]。其实市

---

① 钟兆华:《元刊全相平话五种校注》,巴蜀书社1990年版,第100—101页。

② 胡亚敏:《叙事学》,华中师范大学出版社2004年版,第115页。

被和袁达的武器、铠甲等物意象以及袁达战市被的事意象均不直接影响叙事，具有"闲笔"的特点。但叙述者却借此关联起多个物意象、事意象，对照表意，意味深长地传达了许多信息。笔者将这种组合意象以表深意的方法成为"意象对映关联法"。

　　章回小说兴起后，"意象对映关联法"得到了充分运用，造就了丰富的叙事趣味。如《三国演义》基于"吕布得赤兔"的史实，不仅建构出"吕布获取赤兔马"相关的事意象，还虚构设置了"关羽获得赤兔马"的事意象，借此关联起吕布和关羽，通过意象对比，叙述者实现了对二人人生长期意图的品评，彰显道德观念。再如对诸葛亮和姜维北伐进行对照，"六出祁山"和"九伐中原"事意象群形成对映关联，蜀汉集团人物"兴复汉室，一统三国"意图的失败结果便明晰起来。接受者进一步分析，也可得知叙述者对诸葛亮、姜维意图未实现的惋惜之情，对全书的思想内涵有所认识。再如《封神演义》，有"郑伦运气显神通"的事意象，便与之关联起"陈奇运气显神通"的事意象，相互对照，预示周、商战争的走向。如此的意象组合饱含中国文学的诗性思维，在鲜明的对仗式结构中隐含深意。

　　《金瓶梅》叙事则对"意象对映关联法"有了更为系统和多样的运用。一方面，《金瓶梅》不少意象设置呈现极富结构机巧的对映关系。如与宗教相关的意象，佛教的永福寺和道教的玉皇庙对映表意：佛教的永福寺写冷，道教的玉皇庙写热，这是冷热、兴衰的对仗。玉皇庙中热结兄弟、给官哥寄名、请真人举行一系列仪式等意象体现家庭的兴盛热闹，预示着生命的旺盛和家庭的兴旺；而永福寺则是生死离别的悲情归结，承载了李瓶儿之死、潘金莲下葬、吴月娘上坟遇春梅等意象叙事。叙述者不挑明深层寓意，而是通过安排呈现对仗关系的永福寺和玉皇庙展现西门庆家里的冷热两类遭际，进行含蓄地表意。在这种冷热对仗中，叙述者揭示出了西门府兴盛表象下暗藏着的家破人亡之因果，将"善恶果报"和"持盈慎满"的天理含蓄地表达出来,借此实现劝善止淫的意图。接受者需要不断体味反差巨大的冷热意象,在恍然大悟后深刻理解这些道理,这就是意象叙事明畅和隐曲浑融的效果。《金瓶梅》中这样的意象设置比比皆是,有潘金莲(金)就有孟玉楼(玉);有潘金莲的悍妒,就有李瓶儿的隐忍;有官哥的短命,就有孝哥的长久;有丫鬟春梅的忍气吞声,就有守备夫人庞氏(春梅)的挟怨报复;有热结十兄弟,就有冷遇亲哥嫂等。在这种对映比较之中,许多意义被隐藏进文本内部的表意空间里,并以各种姿态露出冰山一角,形成"你遮我映,一实一虚,注此意彼,虚实相生,万象回应的境象"①,成就明畅隐曲的浑融风格。另一方面,《金瓶梅》还关联看似无关的意象,寄寓丰富的叙事意义。看似本无关联的两组意象,因为叙述者有意将二者拉近距离,因此关联在一起。接受者初读会感到奇怪,反复玩味,则可以发现叙述者隐含的用意,从而获得体悟。陈经济之死的事意象群便是典型案例。在"西门庆报复蒋竹山"事意象中,西门庆报复蒋竹山的夺妻(李瓶儿)之恨,雇用的打手中有一人名曰张胜。在此事意象之前,叙述者安排的是另一个事意象,即"陈经济挑逗潘金莲":陈经济在西门庆家上坟时用花挑逗潘金莲。前叙陈经济调戏后母,后叙张胜打砸蒋竹山药铺。两个事意象看似无关,但如此一前一后的设计却深藏玄机。后文叙事露出端倪,原来日后陈经济与庞春梅设计陷害张胜,却被对方偷听,于是张胜先下手杀死陈经济。至此,前文的安排预示着张胜为结果陈经济之人。这样的意象设置,将预示功能蕴含其中,使本无关联的意象形成了潜在联系,体现深层叙事寓意。对于"意象对映关联法",章回小说进行了吸收和创新,在《金瓶梅》中形成了多元化的模式,造就了其叙事表意委婉含蓄而不矫揉造作,明白晓畅而不平淡无味的

---

① 许建平:《许建平〈金瓶梅〉研究精选集》,学生书局 2015 年版,第 157 页。

优势。

　　从平话到《金瓶梅》，兼具明畅与隐曲双重特征成为小说叙事意象设置共同追求的境界，造就了"欲露还藏，欲说还休"的经典意象叙事表意风格。这种风格是叙事内涵表达获得良好效果的条件。鲁迅评价《金瓶梅》："作者之于世情，盖诚极洞达，凡所形容，或条畅，或曲折，或刻露而尽相，或幽伏而含讥，或一时并写两面，使之相形，变幻之情，随在显见……"①意象叙事采取多元的技法，探索多彩的风格，终究是为了在表达义理上取得良好效果，鲁迅称赞《金瓶梅》作者洞达世情，可见其兼顾明畅与隐曲的意象设置帮助其义理得到了充分有效的表达。《金瓶梅》"周贫磨镜"事意象是叙事表意最成功的案例，能完美体现兼具明畅与隐曲双重优势的意象表意风格对章回小说叙事艺术的重要性。"周贫磨镜"意象出现之前，因李瓶儿赠予潘金莲妈妈许多东西，潘金莲大为光火，骂跑了自己母亲。紧接着磨镜叟出现，孟玉楼和潘金莲都来磨镜。所谓"夫以铜为镜，可以正衣冠；以古为镜，可以知兴替；以人为镜，可以明得失"②。此处，叙述者借着中国文化语境中镜子的独特意义，以之观照人的错误和缺点。叙述者借磨镜抨击潘金莲骂走生母，批判其泯灭人性的不孝行为，彰显了弘扬孝道的义理。"至于磨镜，非玉楼之文，乃特特使一老年无依之人，说其子之不孝，说其为父母之有愁莫诉处，直刺金莲之心，以为不孝者警也"③。磨镜叟也明言儿子不孝，表述明畅。然而叙述者随后又故意加了个曲笔，隐藏义理：

---

　　①　鲁迅：《中国小说史略》，人民文学出版社 2022 年版，第 187 页。
　　②　[后晋]刘昫等：《旧唐书》卷七十一《魏徵传》，中华书局 1975 年版，第 2561 页。
　　③　[清]张竹坡：《金瓶梅回评》，朱一玄：《金瓶梅资料汇编》，南开大学出版社 2012 年版，第 512 页。

　　　　平安道:"二位娘不该与他这许多东西,被这老油嘴设智诓的去了。他妈妈子是个媒人,昨日打这街上走过去不是,几时在家不好来!"①

以磨镜叟是骗子收束此事意象建构。在这一露一藏的过程中,诸多意趣神韵就形成了。在表意将要明了时立刻收束,为接受者保留想象空间;在表意极为隐晦时又透露信息,引导接受者接近意象叙事表意的核心。人云"《金瓶梅》尤难读"②,但在难读的文本中获取信息,接受者更易获得快感,有利于叙事表意目的的达成。许建平将《金瓶梅》隐曲表意的形态分为"遮蔽型、节略型、对映型、借代型"四类,前二者关注如何在显露时有所掩饰,后二者则着力于如何在遮掩时有所透露③。这也成为明清章回小说表意的一种典型风格。日后《红楼梦》等小说基本也延续了《金瓶梅》的四类表意形态,其"太虚幻境""风月宝鉴""一僧一道""栊翠庵"与"稻香村""金麒麟""红楼十二官""贾政诸门客"等意象设置均明显表达深意,却又点到为止,从不直说。章回小说这种欲露还藏、欲说还休的特点恰好把握住了意象表意明畅与隐曲的适度性,形成了叙事的含蓄韵味,有利于叙事表意效果的高效达成。意象叙事明畅与隐曲浑融的风格成为明清章回小说,乃至中国通俗小说的一大特色。

---

　　① [明]兰陵笑笑生:《金瓶梅词话》第五十八回《怀妒忌金莲打秋菊 乞腊肉磨镜叟诉冤》,人民文学出版社 1985 年版,第 779 页。
　　② 梦生:《小说丛话》(节录),朱一玄:《金瓶梅资料汇编》,南开大学出版社 2012 年版,第 682 页。
　　③ 参见许建平:《许建平〈金瓶梅〉研究精选集》,学生书局 2015 年版,第 154 页。

三、行为叙述的乡土市井味

　　章回小说的意象叙事各具风味：《红楼梦》具有诗性意象的雅致风味、《三国演义》《东周列国志》具有历史意象的峭拔风味、《西游记》《封神演义》则具有宗教意象的圆融风味。有一部分小说，如《水浒传》《金瓶梅》《儒林外史》《醒世姻缘传》的意象叙事颇具乡土市井风味，意象的表层具有泼辣、野性的世俗气息，对其表意叙事颇有帮助。这种风味在早期通俗小说，如唐宋变文、宋元话本中已经出现，以"全相平话五种"为代表的元代平话更以乡土市井风味为其意象的主要特色。到了明清时期，一部分小说便因其乡土市井风味而大放异彩，尤其是《金瓶梅》中意象的世俗味与其叙事思想内涵相得益彰，成为章回小说叙事艺术的一座高峰。人的心境以及意志力、胸襟与胆识、心理素质、品德、智慧、知识与技能、性格、精细度和交往能力等九种意图实践能力均可以通过人物的言语和行为风格体现出来，选取适合人物的语言和行为风格，对于揭示其意图以及推进其意图实践是很重要的。平话选取的叙述者以市井人物的姿态出现，乡土市井风格的行为和语言是有利于其推进叙事意图的。当然，"人物与境遇、环境之间常常存在着联系"①，平话叙事的乡土市井气息一定程度上造成了其中人物与历史叙事世界之间的联系障碍，因而其讲史意象叙事的艺术性是不高的。然而，这种意象叙事风格犹如"放错位置的宝藏"，《水浒传》《金瓶梅》的世俗市井风味反而成就了其意象叙事的艺术性。尤其是《金瓶梅》，叙事着眼于广阔的市俗生活，其中人物均身处市井，

---

　　①　[荷]米克·巴尔著，谭君强译：《叙述学：叙事理论导论》，中国社会科学出版社1995年版，第100页。

深受世俗风气浸染,富于乡土市井味的行为和语言对于叙述者和人物均最为适用。《金瓶梅》俗而不陋的风格成就了一个内涵丰富的俗文化叙事空间,不仅符合文本内部世界的人物文化层次与社会文化氛围,而且还是意象表意叙事的重要载体。平话叙事的乡土市井气息是可以对意象表意叙事形成一定助力的,《金瓶梅》等章回小说叙事恰到好处地选择这种叙事风格,达到了极高的意象叙事艺术水平。

具体来看,乡土市井风味的行为叙述体现在言语的俗味儿和行为的野性两个层面。言说也是一种行为,但言说的产品,亦即人物的话语会直接以文本形式呈现于叙事作品中,故而笔者将言说行为和其他行为分开观照。由平话到章回小说,乡土市井风味的行为和言语叙述的韵外之致愈发丰富,成就了小说叙事的绵长意蕴。

首先,以通俗的言语暗藏深沉的意蕴。平话贴近市井、充满世俗味的言语是叙述者暗藏其对人物意图褒贬意见的最好载体。如《三国志平话》:

> 吾乃江南一贼,金族与我恩厚,若金族在,当杀身而报;倘若金族死,然后择主而佐。[1]

运用浅俗的语言展现黄忠投降刘备时,其复杂的意图共同指向报恩的目的。浅俗言语彰显朴素的道德观念,叙述者暗中赞许黄忠的态度相对容易被接受者获知。再如《前汉书平话》:

> "我儿来到子童宫中,子童与我儿洗尘。"

---

[1] 钟兆华:《元刊全相平话五种校注》,巴蜀书社 1990 年版,第 459 页。

"恁儿来也。见在后花园梧桐树锦被盖之，睡得浓也。"

"贱人怎敢骂我？"①

子童见于《误入桃源》等元代戏曲，是俗文学中尊贵女子的谦称，历史上的吕后是不会如此自称的，因此这样的言语体现鲜明的世俗风味。吕后的俚俗语言完美体现了她的阴鸷歹毒，叙述者较好地借此预示了吕后对戚夫人和赵王母子的残害以及对惠帝的恐吓。平话中市井气息浓厚的言语，促使其中人物颇有喜怒皆形于色的特点，如此他们的意图也体现得相对直接，接受者可以借此了解人物意图，从而对叙事的走向有所察觉，这有利于叙述者与接受者实现间接交流，完成表态。这种风格中，历史人物与史实相去甚远，对讲史意象叙事有一定损害，后来的《三国演义》等作品的言语风格便与平话相差很大。但平话通俗言语风格对叙述者表意的积极意义不可抹杀，而对于聚焦草莽和市井世界的叙事作品来说，这种言语风格的价值便体现出来了。如《水浒传》中李逵出场后的言语：

> 若真个是宋公明，我便下拜；若是闲人，我却拜甚鸟。节级哥哥不要瞒我拜了，你却笑我。②

俚俗粗鄙之语恰恰符合李逵乡野村夫的出身，而且将其胆大、憨直的性格体现得淋漓尽致。此语对李逵人生长期意图有所提示：直白粗浅的言语中透露出李逵只拜服宋江一人——"生时伏侍哥哥，

---

① 钟兆华：《元刊全相平话五种校注》，巴蜀书社1990年版，第340页。

② ［明］施耐庵、［明］罗贯中：《水浒传》第三十八回《及时雨会神行太保 黑旋风斗浪里白跳》，人民文学出版社1997年版，第496页。

死了也只是哥哥部下一个小鬼"①——的意图,预示了日后李逵终生为宋江拼杀、不惜为其而死的叙事。再如:

> 你若还不依我,去了,我只咒的你肉片片儿飞!②

此为妓女李巧奴之言,俚俗且刻薄,不仅贴合娼妓的身份,也体现出其贪恋钱财、罔顾他人的品性。此言揭示李巧奴挽留安道全意图的坚决,这便与张顺请安道全出山,挽救宋江性命的意图出现巨大冲突,叙述者借此巧妙预示了张顺除掉李巧奴的叙事。俚俗恰为李逵和李巧奴这等人物语言的本色,这也有利于叙事体现丰富的意蕴。到了《金瓶梅》时,富有乡土市井味的言语成了能恰切体现人物意图及其实践能力的意象构成元素,语言风格与意象叙事相得益彰。《金瓶梅》人物言语以世俗、粗野、浅薄为底色,以争风吃醋、嫉妒艳羡为情感基调,体现出民间的"市井气"与家庭纠纷的"尖酸泼辣之气"。对于以家庭生活为核心的事意象而言,这种言语风格本色当行,对其表意颇有帮助。例如:

> 那妇人听了这几句话,一点红从耳畔起,须臾紫涨了面皮,指着武大骂道:"你这个混沌东西,有甚言语在别人处说来,欺负老娘! 我是个不戴头巾的男子汉,叮叮当当响的婆娘,拳头上也立得人,胳膊上走得马,人面上行的人;不是那腿脓血搠不出来鳖老婆! 自从嫁了武大,真个蝼蚁不敢入屋里来,有甚么篱笆不牢犬儿钻得入来? 你休胡言乱语,一句句都

---

① [明]施耐庵、[明]罗贯中:《水浒传》第一百回《宋公明神聚蓼儿洼 徽宗帝梦游梁山泊》,人民文学出版社 1997 年版,第 1302 页。

② [明]施耐庵、[明]罗贯中:《水浒传》第六十五回《托塔天王梦中显圣 浪里白跳水上报冤》,人民文学出版社 1997 年版,第 862—863 页。

要下落！丢下块砖儿，一个个也要着地！"……"既是你聪明伶俐，恰不道长嫂为母？我初嫁武大时，不曾听得有甚小叔，那里走得来，是亲不是亲，便要做乔家公！自是老娘悔气了，偏撞着这许多鸟事！"①

此处，潘金莲几句话里充满俚语俗谚，满含任性泼辣、羞赧嫉妒的语气，体现出她内心秘密被人揭穿时的羞愤之情，表现其维护面子、掩饰丑行等瞬时意图。粗俗且毫无审美价值的言语，与人物实时意图和人生长期意图异常契合，这种俚俗言语便有了本色当行的意象美感。潘金莲醋意大发的谩骂将她扭曲的思想世界和争强好胜的性格特征表达了出来，她的实时意图——摆脱武大郎家庭束缚，以及人生长期意图中的部分元素，如霸揽汉子和争风吃醋借此显现。正所谓俚俗而不鄙陋，通过本色的言语揭示人物意图，建构意象，《金瓶梅》意象叙事的泼辣与野性便彰显了其文学品格和叙事艺术的水准。

其次，以野性的行为体现多层意味。平话中的人物"言行一致"，行为也贴近世俗草莽，与高高在上的帝王将相全然不同，如《三国志平话》：

　　傍有关、张大怒，各带刀走上厅来，唬众官各皆奔走，将使命拿住，剥了衣服。被张飞扶刘备校椅上坐，于厅前系马桩上，将使命绑缚。张飞鞭督邮，边胸打了一百大棒，身死，分尸六段，将头吊在北门，将脚吊在四隅角上。有刘备、关、张众将军兵，都往太行山落草。②

　　① ［明］兰陵笑笑生：《金瓶梅词话》第二回《西门庆帘下遇金莲 王婆子贪贿说风情》，人民文学出版社 1985 年版，第 22—23 页。
　　② 钟兆华：《元刊全相平话五种校注》，巴蜀书社 1990 年版，第 386 页。

刘备鞭打督邮虽为史实,但平话依托史实只言片语建构出此事意象,刘备、关羽和张飞三人的行为与汉末起兵勤王的豪强或军阀不同,更接近于水浒好汉、游侠盗匪,草泽气息浓厚。建构出这样的事意象,也彰显出平话叙事的民间色彩。平话以"内圣外王"的儒家思想为指导,面向民间传递教化思想,人物的草泽气息对于其"扬善劝进"思想内涵的彰显很有帮助,平话因此形成了多层次的意蕴。这种特点在后来的许多章回小说中都有体现,如《水浒传》:

> 张顺走将入来,拿起厨刀,先杀了虔婆。要杀使唤的时,原来厨刀不甚快,砍了一个人,刀口早卷了。那两个正待要叫,却好一把劈柴斧正在手边,绰起来,一斧一个砍杀了。房中婆娘听得,慌忙开门,正迎着张顺,手起斧落,劈胸膛砍翻在地。张旺灯影下见砍翻婆娘,推开后窗,跳墙走了。张顺懊恼无极,随即割下衣襟,蘸血去粉壁上写道:"杀人者,安道全也。"连写数十处。捱到五更将明,只听得安道全在房中酒醒,便叫巧奴。张顺道:"哥哥不要则声!我教你看两个人。"安道全起来,看了四个死尸,吓得浑身麻木,颤做一团。张顺道:"哥哥,你见壁上写的么?"安道全道:"你苦了我也!"张顺道:"只有两条路从你行:若是声张起来,我自走了,哥哥却用去偿命;若还你要没事,家中取了药囊,连夜径上梁山泊救我哥哥。这两件随你行。"安道全道:"兄弟忒这般短命见识!"①

为赚取安道全加入梁山挽救宋江性命,张顺不惜杀人嫁祸,还直白露骨地进行威逼。这种野性的行为体现出张顺恶毒、狠辣的一面,

---

① [明]施耐庵、[明]罗贯中:《水浒传》第六十五回《托塔天王梦中显圣 浪里白跳水上报冤》,人民文学出版社 1997 年版,第 863—864 页。

叙述者有意借此揭露好汉们的"恶行"。如此意象体现出多重意味：一方面，"乱自上作"是叙事作品的重要内涵，对于好汉对抗"官逼民反"的斗争精神进行肯定；另一方面，反思梁山宋江等人"杀人放火受招安"意图，揭露并思索草莽英雄行为意图中的不道德元素，也是《水浒传》叙事的一大意蕴。野性的行为与人物的出身、生存环境以及境遇完美契合，同时也有效地彰显了叙述者意图和叙事的思想内涵。《金瓶梅》事意象中，人物行为的世俗特征也非常明显，这也成为其彰显多重叙事意蕴的重要手段。一方面，小说人物行为充满铜臭气。人物缺乏对道德的敬畏，追求利益至上。例如，王六儿和宋惠莲巴结西门庆都只是为了赚取好处。又如，西门庆热结十兄弟时，排序并不按照长幼，而是谁有钱财和地位便居首，之后以此类推。另一方面，小说人物行为具有强烈的俗味辣风。例如，蒋竹山被西门庆设计陷害，不仅赔了银两还挨了打，被李瓶儿趁机赶出了家门。"临出门，妇人还使冯妈妈舀了一锡盆水，赶着泼去，说道：'喜得冤家离眼前。'"①又如西门庆家中妇女们玩荡秋千，"这惠莲手挽彩绳，身子站的直屡屡的，脚跐定下边画板，也不用人推送，那秋千飞起在半天云里，然后抱地飞将下来"②。这种人物行为的泼辣无礼在《金瓶梅》文本中随处可见，这有利于彰显人物诸多意图形成的思想基础。传统儒家的忠孝节烈和佛道宗教的向善修身之理都不是《金瓶梅》世界中明显的社会价值，追逐利益才是社会的主要价值观，可见小说劝善的叙事意蕴是与追名逐利的社会风气紧密联系的。寄意于世俗，在世俗中表现深意，《金瓶梅》中的人物行为充满市井的野性风味并帮助其表达

---

① ［明］兰陵笑笑生：《金瓶梅词话》第十九回《草里蛇逻打蒋竹山 李瓶儿情感西门庆》，人民文学出版社 1985 年版，第 223 页。

② ［明］兰陵笑笑生：《金瓶梅词话》第二十五回《雪娥透露蝶蜂情 来旺醉谤西门庆》，人民文学出版社 1985 年版，第 295 页。

多重意蕴,意味深长。

行为叙述的乡土市井味使得小说意象能形象、本色且灵动地展示人物的情绪和思想特征,不仅揭示其意图,还能彰显叙述者对其意图的褒贬态度,这也是小说叙事体现深沉意蕴的重要方式。从"全相平话五种"到《水浒传》《金瓶梅》,乡土市井风味的意象叙事作品逐渐呈现出俗而不陋、语俗意深的独特风格,成就了章回小说意象叙事的艺术品格。

四、叙述意欲的张力与平衡

在一部叙事作品中,叙述意欲的张力大小及其平衡状态对于叙事的推进效率、文本的结构完整性以及叙事意蕴的丰富程度均有着重要影响。一方面,张力是促使意图启动并推进叙事的重要力量,也是叙事表意空间深广特征形成的必要条件。对于小说的意象叙事来说,意欲张力源于每个人物实现欲求的力量。意欲张力与杨义"中国叙事学"理论中提出的本体势能不同,但也有相近的地方。本体势能一般来自作品中人物性格的双构性或多构性,及其在特殊情境中能量释放的反应①。意欲张力则不局限于人物性格,而是源于人物的欲求及其发展变化。另一方面,中国文化的中庸思想影响叙事,使得叙事也讲求平衡,在意象叙事过程中通常不存在单方意图力过剩的情况,否则作品缺乏文学性且伤害审美与叙事效果。杨义总结叙事文学中的意象有"保存审美意味,强化作品的耐读性的功能"②,叙述意欲的张力与平衡就是耐读性的保障和体现。所以,叙述者居于文本故事之外对意欲的张力进行调

---

① 参见杨义:《中国叙事学(图文版)》,人民出版社 2009 年版,第 78 页。

② 杨义:《中国叙事学(图文版)》,人民出版社 2009 年版,第 323 页。

控,确保文本叙事的平衡。此外,叙述意欲的张力与平衡也是叙述者对人物意图产生作用,从而表达态度、明确惩戒意愿的方式。诚如叔本华所言:"欲求的那种高度激烈性本身就已直接是痛苦的永久根源。"①欲求无止境,人就永远体会不到满足的幸福,如此人生就充满痛苦。对于叙事文本也一样,叙事推进离不开意欲张力,但张力泛滥,文本失控,叙事也将得到灾难性的效果。故而张力离不开节制,叙事抵达平衡,文本才有机会成功完成建构,造就好的作品。对于平话以及章回小说这种篇幅可观的叙事作品来说,叙述意欲张力的强弱以及叙述者对张力的调控尤其重要。持续存在的张力推进叙事,文本长度才能够持续延伸;调控张力,使其不失控,叙事文本才能有条不紊地完成结构。张力不足,张力过剩,都是不利于叙事长期有效推进的,要形成篇幅足够且结构完整的叙事文本,意欲的张力平衡非常重要。从"全相平话五种"到后来的章回小说,叙述者均会调控意欲的张力,中国小说叙事能取得较高艺术成就,与此密切相关。叙事中意欲的张力与平衡体现在表层的意象和深层的意图两方面,下文将详细论述。

首先,从平话到章回小说,张弛有度的意象建构风格逐渐形成,体现了叙述者对叙述意欲张力的调控。从表层看,"全相平话五种"的许多意象及意象的组合既体现明显的意欲张力,也体现出叙述者平衡张力的策略。如《七国春秋平话》中"乐毅出山"事意象,乐毅自荐为将,专挑迫害孙子的齐国以及与孙子有仇的魏国:"乐毅出朝,遥指齐君失政,可知孙子私往。若它国安身,领兵先来破齐国。乐毅离了齐城,去投魏国。"②由此可见,乐毅欲与名满天下的孙子一争高下的意图极为强烈。乐毅争胜欲求如此炽烈,他

---

① [德]叔本华著,石冲白译:《作为意志和表象的世界》,商务印书馆2018年版,第495页。

② 钟兆华:《元刊全相平话五种校注》,巴蜀书社1990年版,第110页。

也积极去实现这个欲求,这便形成了巨大的叙述张力。而叙述者对此则进行了有效把控,乐毅出山后,一直没有乐毅战孙子的事意象出现,使得乐毅一直没能得到与孙子一争高下、实现意图的机会。乐毅的炽烈欲求没有消失,转而疯狂地与齐国战斗,又有了巨大张力,叙述者巧妙安排孙子出山,乐毅、孙子对阵的事意象出现,乐毅的意图得到阻抑,张力趋于平衡。叙述者调控叙述张力,乐毅为其强烈的意欲而实践,叙事便得以有效推进;同时借助事意象来阻抑乐毅的意图推进过程,避免张力过剩。叙述者一张一弛地调控叙述张力,有条不紊地完成了具有足够长度的叙事。同时,叙述者在调控张力的过程中,也将其对乐毅争胜意图的批判态度展现了出来。

在意象层面调控意欲张力的策略在日后的章回小说中更为常见,表现形式也更出彩。如《水浒传》中,在"武松血溅鸳鸯楼""夜走蜈蚣岭"等事意象群后,安排"武松醉打孔亮"事意象群,其中出现了一条"黄犬",这一物意象被叙述者用以调控意欲张力:

> 武行者道:"好呀!你们都去了,老爷却吃酒肉!"把个碗去白盆内舀那酒来只顾吃。桌子上那对鸡、一盘子肉,都未曾吃动,武行者且不用箸,双手扯来任意吃。没半个时辰,把这酒肉和鸡都吃个八分。武行者醉饱了,把直裰袖结在背上,便出店门,沿溪而走。却被那北风卷将起来,武行者捉脚不住,一路上抢将来。离那酒店走不得四五里路,旁边土墙里走出一只黄狗,看着武松叫。武行者看时,一只大黄狗赶着吠。武行者大醉,正要寻事,恨那只狗赶着他只管吠,便将左手鞘里掣出一口戒刀来,大踏步赶。那只黄狗绕着溪岸叫。武行者一刀砍将去,却砍个空,使得力猛,头重脚轻,翻筋斗倒撞下溪里去,却起不来。冬月天道,溪水正涸,虽是只有一二尺深浅

的水,却寒冷的当不得。扒起来,淋淋的一身水,却见那口戒刀浸在溪里,武行者便低头去捞那刀时,扑地又落下去了,只在那溪水里滚。①

武松在帮助施恩并完成复仇后,其性格品质中凶狠毒辣的一面展露无遗,此一时间内好勇斗狠的意欲最为炽烈,甚至因此为了试刀而杀了王道人及其道童。叙述者此时安排这个黄犬出现,以四两拨千斤的效果,惩戒了武松。打虎英雄被黄狗欺得落水不起,犹如"一盆冷水"一定程度上熄灭了武松好勇斗狠的意欲。叙述者借此促成意欲张力平衡,武松意欲由此得到控制,不至于意图力过剩影响叙事。同时,叙述者也借此辛辣地批判了武松的好勇斗狠,意味深长。再如《金瓶梅》中的许多意象,能鲜明地体现出叙述者平衡意欲张力的思路。叙述者在建构意象时灌注平衡之道,"胡僧赠药"意象最为典型。先以丹药的壮阳奇效点明西门庆纵欲意图的炽烈:

形如鸡卵,色似鹅黄。三次老君炮炼,王母亲手传方。外视轻如粪土,内觑贵乎玗琅。比金金岂换?比玉玉何偿?任你腰金衣紫,任你大厦高堂,任你轻裘肥马,任你才俊栋梁,此药用托掌内,飘然身入洞房;洞中春不老,物外景长芳。玉山无颓败,丹田夜有光。一战精神爽,再战气血刚。不拘娇艳宠,十二美红妆,交接从吾好,彻夜硬如枪。服久宽脾胃,滋肾又扶阳。百日须发黑,千朝体自强。固齿能明目,阳生姤始藏。恐君如不信,拌饭与猫尝:三日淫无度,四日热难当。白

---

① [明]施耐庵、[明]罗贯中:《水浒传》第三十二回《武行者醉打孔亮 锦毛虎义释宋江》,人民文学出版社1997年版,第415页。

猫变为黑,尿粪俱停亡。夏月当风卧,冬天水里藏。若还不解泄,毛脱尽精光。每服一厘半,阳兴愈健强。一夜歇十女,其精永不伤。老妇颦眉蹙,淫娟不可当。有时心倦怠,收兵罢战场。冷水吞一口,阳回精不伤。快美终宵乐,春色满兰房。赠与知音客,永作保身方。①

然而,宗教意味十足的异域僧人赠药意象却内含节制欲望的意蕴:

"每次只一粒,不可多了,用烧酒送下。"

"你可撙节用之,不可轻泄于人。"

临出门,又分付:"不可多用,戒之,戒之!"②

赠药意象刚将西门庆追求性爱的嗜好展示出来,就旗帜鲜明地提示纵欲的恶果。一方面揭示了西门庆追求性爱的冲力,也就是意欲张力;另一方面也说明节制性欲的必要性,对冲力造成限制,平衡了意欲张力。这推进了之后的叙事,西门庆的生死便系于其性爱嗜好上。西门庆最终因纵欲打破平衡而为此丧命。借助此意象,叙述者不仅确保了叙事稳定推进,也体现了持盈慎满、节制色欲的叙事内涵。以《水浒传》《金瓶梅》为代表的章回小说在意象层面注重彰显并平衡叙述意欲的张力,使叙事张弛有度,深化了在平话中已初步显现的叙事风格。

其次,从平话到章回小说,妙趣横生的人物意图设计可体现出叙述者对叙述意欲张力的调控。虽然意欲是意图形成的前提,但是人物意图并不完全等同于意欲。人的意欲也有被自己压抑的部

---

①② [明]兰陵笑笑生:《金瓶梅词话》第四十九回《西门庆迎请宋巡按 永福寺饯行遇胡僧》,人民文学出版社 1985 年版,第 634—635 页。

分,意图有时往往只反映人的意欲的某一侧面。欲求向外的张力毕竟是有限的,有时不足以彻底打破平衡,人物意图会进行自我调整,意图与意欲之间的差异,造就了叙述意欲的张力平衡。平话中,人物意欲和意图之间的差异也体现出叙述者平衡叙述意欲张力的策略,呈现出丰富意味。《七国春秋平话》中黄伯杨与其弟子乐毅类似,其"争胜斗气"的意欲极为炽烈,但限于自己的身份以及对师兄鬼谷子的忌惮,黄伯杨"争胜斗气"的欲望一直没有化为意图。日后黄伯杨在乐毅刺激下,萌生"争胜斗气"的意图后,也多有退却之意。叙述者借此建构出许多事意象,形成了颇具趣味的内容。借助黄伯杨这种犹豫不决的态度,叙述者也将其对"争胜斗气"的批判态度体现出来。争胜斗气者本人都毫无底气,足见此意图之不足取。后文黄伯杨意图破灭,相关叙事便水到渠成。

　　在章回小说中,意图与意欲之间的差异使得叙事妙趣横生,表意丰富。例如,《金瓶梅》中潘金莲年少时的苦难经历激发了她疯狂享乐的意欲,这是颇具张力的。潘金莲因此个性张扬,追求"快活一日是一日"的生活,偷情极为大胆。然而限于环境,潘金莲掩饰偷情的意图也很突出:

　　　　不想李瓶儿抱着官哥儿,并奶子如意儿跟着,从松墙那边走来。见金莲和经济两个在那里嬉戏,扑蝴蝶,李瓶儿这里赶眼不见,两三步就钻进去山子里边,猛叫道:"你两个扑个蝴蝶儿,与官哥儿耍子!"慌的那潘金莲恐怕李瓶儿瞧见,故意问道:"陈姐夫与了汗巾子不曾?"①

---

①　[明]兰陵笑笑生:《金瓶梅词话》第五十二回《应伯爵山洞戏春娇 潘金莲花园看蘑菇》,人民文学出版社1985年版,第681页。

这就是张力平衡作用下人物意图和意欲之间出现的分歧。潘金莲性爱意欲的张力并不完全等同于她的意图,为了实现放浪生活,她还要克制。此时,意图对于意欲的张力反而有所阻抑,偷情又掩饰,达到了意欲张力的平衡,增强了叙事的意蕴与趣味。潘金莲一方面跃跃欲试地想着偷情,另一方面又害怕事情败露,基于此衍生出许多事意象,妙趣横生。后文,潘金莲怀疑李瓶儿撞破她的奸情,加之对李瓶儿的忌惮,因而才蓄意陷害瓶儿母子。这些事意象实为潘金莲偷情意欲受限、矛盾蓄积已久而最终爆发的结果。日后,当她被赶出西门府面对武松的诱惑,其偷情意欲冲破限制,意欲张力平衡被打破,也就因此而死。叙述者通过毁灭人物,恢复了意欲张力的平衡。李瓶儿相关叙事也是如此:李瓶儿做事有分寸,自己受宠以后就劝西门庆疼爱潘金莲,兼顾他人感受。虽然李瓶儿追求男女之情的意欲冲力很大,但为保障自己的舒适生活,也必须克制欲望,形成了意欲和意图的分歧。李瓶儿在西门府生活安逸,其入府前后性格反差极大,也是意欲张力平衡后的结果。《金瓶梅》肯定个人欲望,但仍然主张欲望适度而不泛滥。其中人物意图因适度而达成者,如韩爱姐、吴月娘;因过度而毁败者,如潘金莲、陈经济;因从适度到过度而先达成后毁灭者,如西门庆、庞春梅。这种叙述意欲的张力平衡,成为《金瓶梅》意象叙事表意的鲜明风格。这种风格在《水浒传》《红楼梦》等小说中也有体现,而其实早在平话中,这种风格已经有所酝酿。

　　从意图到意象,叙述者在它们的设计和建构中注意调节、平衡叙述意欲的张力,造就了张弛有度、妙趣横生的意象叙事风格。章回小说这一显著的叙事艺术特征,在“全相平话五种”的意象叙事中已初露端倪,这也彰显了平话对章回小说影响之全面和充分。

小　结

从意象叙事视角看，"全相平话五种"为章回小说的叙事艺术树立了典范。在叙事意象的建构、意图结构的设计、思想内涵的彰显和叙事风格的确立等方面，平话深刻影响着明清章回小说，为其取得巨大艺术成就打好了基础。

首先，平话为章回小说的意象建构及意象表意叙事体系的形成确立了典范。一者，平话"以意统事"的意象思维指导着讲史等题材章回小说的意象建构。以叙述者和人物的意图对来源广泛的史料进行解读和重构，使之成为意象；基于意图的线性发展特征以及意图之间的关联，重构史料形成的意象得以进一步组合。这种策略启发小说叙述者建构出大量叙事意象，并得以对其进行结构，从而建构起了篇幅可观的讲史叙事作品。在"以意统事"意象思维指导下形成的意象虽与史实关系密切，但又以文学叙事表意为核心价值。讲史章回小说叙事可以贴近历史真实，却体现文学叙事趣味，且能形成浑然一体的长篇文本，这些均离不开"以意统事"意象思维的指导。讲史小说兴盛后，这样的思维也启发其他题材小说，各类长篇章回小说相继出现。二者，平话"物意象""事意象"表意叙事相辅相成，启发了章回小说形成"物""事"浑融之意象体系。平话初步探索出以事意象为叙事主体、物意象辅助表意的形式，一定程度上兼顾叙事表意的长度与深度。后世章回小说沿着这种思路，形成"物""事"多重意象配合、表意深广、叙事圆融的意象体系，确保小说叙事不仅能流畅推进，还能意味深长。中国小说具有融通诗史的艺术高度，意象叙事在其中起到重要作用，平话的探索在通俗小说叙事意象建构方面具有先行作用，其小说史意义不可小觑。

其次,平话叙事的意图结构可谓章回小说叙事结构的先声。一者,以平话为先导,明清章回小说形成了"树形网状"这一重要叙事结构范型。以《三国演义》《金瓶梅》为代表的章回小说延续了平话建构意象叙事序列、结构叙事的思路。在主干和枝干序列的长度、广度以及人物意图之间作用的复杂性上进行了创新。平话结构的网状特征一直延续,鱼骨形特征被进一步优化,发展成树形。树形网状结构能彰显人物多元和立体的意图,体现人物之间复杂的意图作用。在清代《儒林外史》成书前,树形网状结构长期作为章回小说的唯一结构类型出现,可见其影响之深远。二者,平话双重结构照映的设计,对明清章回小说极具启发意义。平话以小结构统摄主体结构,两个结构映照表意,这种设计为章回小说所继承。以《金瓶梅》为代表的章回小说设计了明暗照映的双重结构,互补表意,造就了精彩的叙事文本。从这些具体特征可知,平话的意象叙事结构对章回小说的影响可谓是全方位的。

再次,平话"扬善劝进"的思想倾向及其表达方式影响着后世小说。高扬道德教化意识,称赞追求卓越的奋斗精神,这在章回小说中均有所呈现,平话的思想内涵是符合中国小说的主流思想观念的。平话思想内涵的彰显模式则对章回小说产生了深刻影响。叙述者以意图结构为主、直接发声和功能技巧为辅的叙事意图表达模式,作者、叙述者和人物意图的矛盾统一关系及其对叙事意蕴的彰显作用,从平话到章回小说,这些均得到了有效承继。平话叙事表意由内而外地影响着章回小说。

最后,平话意象叙事对于章回小说叙事的多样风格的形成意义深远。集中缜密的时空机制设计、兼具含蓄与婉曲之美的意象设置、具有乡土野性美感的行为叙述以及张弛有度的叙事节奏等共同构成了许多杰出章回小说的风格,平话叙事虽然艺术水平有限,但在这些方面已经体现出一定的技巧,其对章回小说叙事风格的形成具备一定的启发意义。

　　总之，"全相平话五种"意象叙事水平虽然有限，但作为成书较早的中长篇通俗小说，在意象叙事的诸多方面均具有先驱意义。正是在其启发作用下，以《三国演义》《水浒传》《西游记》《封神演义》《金瓶梅》为代表的章回小说取得了较高的叙事艺术成就，更在《红楼梦》时达到了顶峰。平话意象叙事，实有不可忽视的典范意义。

结　语

意象是中国文学中的重要概念,它具有抒情表意的功能和审美价值。在文学叙事中,意象是表现叙事主体意志的外在形象,叙事主体的意图便寄寓意象之中。故而,意象可以成为审视叙事主体叙事行为的切入点。深入分析叙事意象,可以由表及里地明确叙事行为的发生、发展和结果,从而对叙事文本形成全面且深入的认识,意象叙事分析法因此可以成为叙事文学的一大研究方法。

在文学史上,中国的通俗小说成就非凡,可谓最具代表性的中国叙事文学类型。其中,章回小说在篇幅和艺术成就上均属空前,讲史题材章回小说叙事则能做到在基本符合史实框架的前提下,展现出充分的文学性。长篇叙事文本的生成、讲史叙事艺术性的实现等问题均需得到追根溯源性质的研究。以"全相平话五种"为代表的元平话可谓明清章回小说文体的一大源流,笔者借助意象叙事的分析方法,于本书详细探讨了"全相平话五种"的叙事,对于篇幅较长小说之叙事文本建构、讲史叙事模式的形成等问题形成了深入的研究。

从意象叙事方法入手分析"全相平话五种",本书发现其讲史意象叙事有四大要点。

第一,讲史叙事意象的建构方法。以意象思维审视文献材料,将叙事主体的意志寄寓其中,这是平话讲史叙事意象的建构策略。

对于经、史、子、集四部材料,民间通俗文艺作品以及民俗、宗教等相关材料,平话均从中选材。选材时,平话创作者重视相关材料内容体现的传奇性、故事性,使其具备寄寓文学叙事意蕴的表意空间。整合材料时,平话创作者对材料内容进行了适当改造,使其表意指向叙事主体(叙述者和人物)的意图。经过如此选取和改造,来源广泛的史料被建构成文学叙事的讲史意象,历史故事表层结构与文学深层框架形成了有效结合。依托广泛史料建构起来的意象具有多重意蕴:表层故事体现出的历史事件信息、寄寓表层故事中的人物和叙述者意图以及指导意象建构和叙事表意的作品思想内涵。换言之,平话以重构的历史故事寄寓文学化的历史人物之意图,体现叙述者的用意,共同彰显平话叙事的思想内涵。平话从史料中取材,根据叙事用意对其进行重构整合,从而造就了丰富的讲史叙事意象,并为这些意象进一步组合形成篇幅可观的文本打好基础。

第二,体系化的意象表意叙事模式。以具有一定时间长度的行为过程为"象",寄寓叙事主体行为意图的事意象是平话叙事的主体意象,以客观事物、图像或虚拟形象为"象",寄寓叙事主体的情感、意志的物意象则发挥表意功能,在平话中辅助事意象进行叙事。事意象的核心价值是叙事的长度。最小的事意象单元揭示人物意图的实时状态,或萌生、或保持、或转变、或取得结果;事意象单元组合成事意象组,纵向揭示人物一个时段的意图状态,横向体现不同人物时段意图的相互作用;事意象组进一步组合成事意象群,纵向揭示人物长时期的意图发展,横向则展现不同人物意图的复杂关系。从事意象单元到事意象群的组合过程,将人物由实时意图开始,逐步形成稳定的人生长期意图的过程体现出来,也将不同人物复杂的意图关系网络呈现出来。物意象的核心价值是表意的深度。它点缀于叙事文本各处,提示或者激发人物的情意,与事意象叙事形成配合,使得人物行为意图得到更加全面、充分的体现。由物意象激发或提示人物意图,事意象在建构和组合过程中体现人物意图的维持、发展和实践过程。到事意象群形成时,一个人物实践其人生长期意图的完整行为过程便被呈现出来,这一过程中其与其他人物之间的关系也得以展现。平话的意象表意叙事便呈现出体系化特征,历史人物由实时的政治意图到一个时间段内的政治战略,再到其人生长期的历史使命,以及不同历史人物的政治博弈,就在事意象群的形成过程中体现了出来。事意象群形成后,便有了直接用于结构叙事的版块,进一步整合这些事意象群,便可以结构文本了。

第三,鱼骨形网状意图结构和双重结构的对映表意形式。归纳分析众多事意象群可知,五种平话中均有一两个主要人物,他们拥有最多的事意象群。而有少量人物的事意象群具有一定规模,但数量明显少于主要人物,这些可谓重要人物。其余人物的事意象群则极少。主要人物的事意象群可进行整合排列,从中可见人物人生长期意图由萌生到取得结果的全过程;重要人物的事意象群整合排列后,人物人生长期意图的发展过程也得以充分展现,但不如主要人物的完整;其余人物的事意象群整合排列后则反映不出人生长期意图的发展过程。笔者将人物相关的事意象群整合排列后形成的序列称为意象叙事序列,这些序列延伸交叉,形成了平话意象叙事的主体结构。平话叙事结构中,主要人物序列完整且意象丰富,重要人物相关序列在完整程度和意象丰富度上明显逊色,其余人物则更次之。这样以主要人物意象叙事序列为主干,重要人物序列为枝干,其余人物序列为细枝末节,且枝干嵌入主干的叙事结构便形成了。基于此结构强干弱枝的特征,笔者称其为鱼骨形网状结构。在这个结构中,各个序列体现出人物意图的发展过程及相互作用,主要人物的序列或相互对抗,或独自延伸,或前后相继延伸，其余人物的序列从不同方向开始延伸，与主干交叉，体现与主要人物意图之间的作用，这些意图在相互作用的过程中各得结果。以人物为枢纽，以人物意图为内在逻辑，平话叙事的事意象群得到了进一步整合，意象叙事完成主体结构的建设。另外，五种平话均在主体结构之前建构起一个相对独立的事意象群，这个事意象群呈现与后文主体结构相近的意图实践过程。这个事意象群构成了平话主体结构之外的小结构，小结构与主体结构模式近似，又不完全一致，因此形成表意互补。鱼骨形网状结构形式和对映表意的大小结构模式构成了平话叙事的整体特征。

第四，叙事思想意蕴的多元彰显方式。"全相平话五种"借助作者、叙述者和人物三者之间的意图关系，实现了互补表意，全面彰显其思想内涵。借助鱼骨形网状结构，叙述者得以掌控人物意图的实践过程，影响其意图实现形态，从而体现其对人物意图的褒贬态度及其叙事意图；借助双重结构的对映表意，叙述者的叙事意图又得到了更为全面的表达。通过结构文本叙事，影响人物意图实现形态，成为叙述者表明用意的最直接途径。同时，叙述者也通过一些叙事技巧和直接议论进行发声，从而使其叙事意图得到全面而完整的展现。作者隐藏在文本之后，以叙述者为文本的管理者和表意代言人，叙述者的表意基本体现作者意图。但叙述者不完全等于作者，其表意也与作者意图存在一定差异，作者也会借助叙述者和人物意图的矛盾等手段进行表意，体现其创作意图。叙事表意全过程的实现，又需要叙事的接受者参与，接受者能够对人物意图、叙述者意图以及作者意图形成全面把握，从而明确叙事文本的思想内涵。平话作者以具有民间说唱艺人特征的叙述者掌控叙事，同时又透露出自身不同于说唱艺人的思想和文化风貌，借此体现出平话叙事的复杂思想意蕴：以"内圣外王"的儒家思想为指导、以"扬善劝进"为核心观念、紧贴民间进行教化的朴素道德劝惩思想。

  "全相平话五种"讲史意象叙事的四要点对于通俗小说,尤其是明清章回小说有着重要的典范作用。对于章回小说叙事意象的建构模式、意象叙事结构的设计、思想内涵的彰显方式以及叙事风格等方面,"全相平话五种"均有影响。其中有四点最具启发意义:其一,意象对于文学叙事并非点缀,基于其表意的基础功能,意象可以参与叙事,建构文本,彰显丰富的思想内涵。其二,多元一体的意象表意叙事体系造就了精彩的小说叙事作品。从平话到章回小说,物意象与事意象相辅相成,由事意象单元到事意象群的意象层次体系,基于事意象群形成的网状结构均鲜明地体现在各个作品中,造就了经典的意象表意叙事体系。章回小说能形成长篇幅且浑然一体、表意丰富多元的文本,离不开物事浑融的意象表意叙事体系之建设。其三,以意图结构为主的多层次寓意形式。以叙述者借助意图结构进行的表意为主体,作者、叙述者和人物意图相互照应,共同彰显叙事文本思想意蕴的模式一直为章回小说所采用。明清杰出章回小说的意蕴丰富性远超平话,但其体现丰富意蕴的模式中仍能看到平话意象叙事的影子。其四,平话对于章回小说的叙事风格影响颇深。集婉曲与明畅于一身的小说意象设计风格、法度与意象表意同构的技巧运用风格、充满民间通俗风味的叙述行为风格以及张弛有度的文本节奏风格等,这些彰显章回小说叙事艺术成就之风格的形成,在平话中已经有所酝酿。

  总之,"全相平话五种"不仅为后世章回小说提供了重要的创作素材,还为长篇小说叙事文本的建构积累了宝贵经验,其意象叙事可谓一个良好的样板,启发着中国通俗长篇小说的叙事。对于明清章回小说创作的成功,对于中国小说意象叙事模式的确立,"全相平话五种"可谓意义重大。

参考文献

古籍

［梁］刘勰:《文心雕龙》,商务印书馆 1937 年版。

［宋］司马光编著:《资治通鉴》,中华书局 1956 年版。

［汉］司马迁:《史记》,中华书局 1959 年版。

［晋］陈寿:《三国志》,中华书局 1959 年版。

［清］彭定求等编:《全唐诗》,中华书局 1960 年版。

［汉］班固:《汉书》,中华书局 1962 年版。

［南朝宋］范晔撰:《后汉书》,中华书局 1965 年版。

［清］张廷玉等:《明史》,中华书局 1974 年版。

［后晋］刘昫等:《旧唐书》,中华书局 1975 年版。

［清］曹雪芹:《脂砚斋重评石头记(庚辰本)》,人民文学出版社 1975 年版。

［唐］李延寿:《南史》,中华书局 1975 年版。

［晋］干宝:《搜神记》,中华书局 1979 年版。

［明］胡应麟:《诗薮》,上海古籍出版社 1979 年版。

［明］罗贯中:《三国志通俗演义》,上海古籍出版社 1980 年版。

［魏］王弼著,楼宇烈校释:《王弼集校释》,中华书局 1980 年版。

［宋］李昉等:《太平广记》,中华书局 1981 年版。

［明］兰陵笑笑生:《金瓶梅词话》,人民文学出版社1985年版。

［梁］顾野王:《大广益会玉篇》,中华书局1987年版。

［汉］许慎著,［清］段玉裁注:《说文解字注》,上海古籍出版社1988年版。

钟兆华:《元刊全相平话五种校注》,巴蜀书社1990年版。

［明］施耐庵、［明］罗贯中:《水浒传》,人民文学出版社1997年版。

［汉］孔安国传,［唐］孔颖达疏:《尚书正义》,北京大学出版社1999年版。

王季思主编:《全元戏曲》,人民文学出版社1999年版。

［清］吴敬梓:《儒林外史》,上海古籍出版社2001年版。

［清］名教中人编次:《好逑传》,中华书局2004年版。

［元］陶宗仪:《南村辍耕录》,中华书局2004年版。

［清］如莲居士:《说唐》,三秦出版社2006年版。

［宋］陆游著,钱仲联、马亚中主编:《陆游全集校注》,浙江古籍出版社2015年版。

［清］皮锡瑞:《孝经郑注疏》,中华书局2016年版。

［清］金圣叹:《第五才子书施耐庵水浒传》,凤凰出版社2016年版。

［明］王世贞:《弇山堂别集》,上海古籍出版社2017年版。

［宋］徐梦莘:《三朝北盟会编》,上海古籍出版社2019年版。

［宋］孟元老:《东京梦华录》,大象出版社2019年版。

［明］许仲琳:《封神演义》,人民文学出版社2020年版。

［汉］郑玄注:《礼记注》,中华书局2021年版。

［明］郎瑛:《七修类稿》,上海书店出版社2021年版。

［明］王世贞:《弇州山人四部稿》,上海古籍出版社2021年版。

［明］吴承恩:《西游记(李卓吾评本)》,上海古籍出版社2021

年版。

[明]胡应麟:《少室山房笔丛》,上海书店出版社 2022 年版。

[宋]严羽著,张健校笺:《沧浪诗话校笺》,上海古籍出版社 2022 年版。

论著

王重民等:《敦煌变文集》,人民文学出版社 1957 年版。

[古希腊]亚里士多德、[古罗马]贺拉斯:《诗学·诗艺》,人民文学出版社 1962 年版。

胡士莹:《话本小说概论》,中华书局 1980 年版。

张少康:《中国古代文学创作论》,北京大学出版社 1983 年版。

[美]韦恩·布斯著,华明等译:《小说修辞学》,北京大学出版社 1986 年版。

徐朔方、刘辉:《金瓶梅论集》,人民文学出版社 1986 年版。

陈汝衡:《说书史话》,人民文学出版社 1987 年版。

[德]H·R·姚斯、[美]R·C·霍拉勃著,周宁等译:《接受美学与接受理论》,辽宁人民出版社 1987 年版。

马奇主编:《西方美学史资料选编》,上海人民出版社 1987 年版。

[英]戴维·洛奇编,葛林等译:《二十世纪文学评论》,上海译文出版社 1987 年版。

[英]特雷·伊格尔顿著,伍晓明译:《二十世纪西方文学理论》,陕西师范大学出版社 1987 年版。

陈谦豫:《中国小说理论批评史》,华东师范大学出版社 1989 年版。

[俄]维克托·什克洛夫斯基等著,方珊等译:《俄国形式主义文论选》,生活·读书·新知三联书店 1989 年版。

〔美〕韩南著,尹慧珉译:《中国白话小说史》,浙江古籍出版社1989年版。

〔美〕M·H·艾布拉姆斯著,郦稚牛等译:《镜与灯:浪漫主义文论及批评传统》,北京大学出版社1989年版。

〔以色列〕里蒙·凯南著,姚锦清等译:《叙事虚构作品》,生活·读书·新知三联书店1989年版。

张寅德编:《叙述学研究》,中国社会科学出版社1989年版。

〔法〕热拉尔·热奈特著,王文融译:《叙事话语 新叙事话语》,中国社会科学出版社1990年版。

〔德〕尼采著,张念东、凌素心译:《权力意志》,商务印书馆1991年版。

李晶:《历史与文本的超越——小说价值学导论》,上海社会科学院出版社1992年版。

〔美〕伊恩·P·瓦特著,高原、董红钧译:《小说的兴起》,生活·读书·新知三联书店1992年版。

陈平原:《小说史:理论与实践》,北京大学出版社1993年版。

石昌渝:《中国小说源流论》,生活·读书·新知三联书店1994年版。

〔荷〕米克·巴尔著,谭君强译:《叙述学:叙事理论导论》,中国社会科学出版社1995年版。

〔美〕浦安迪:《中国叙事学》,北京大学出版社1995年版。

〔德〕叔本华著,任立等译:《伦理学的两个基本问题》,商务印书馆1996年版。

邓晓芒:《人之镜——中西文学形象的人格结构》,云南人民出版社1996年版。

郑振铎:《中国俗文学史》,东方出版社1996年版。

萧相恺:《宋元小说史》,浙江古籍出版社1997年版。

申丹:《叙述学与小说文体学研究》,北京大学出版社 1998 年版。

[英]戴维·洛奇著,王峻岩等译:《小说的艺术》,作家出版社 1998 年版。

[法]格雷马斯著,吴泓缈译:《结构语义学》,生活·读书·新知三联书店 1999 年版。

[美]亨利·詹姆斯著,朱雯等译:《小说的艺术》,上海译文出版社 2001 年版。

[美]夏志清著,胡益民等译:《中国古典小说史论》,江西人民出版社 2001 年版。

李宜涯:《晚唐咏史诗与平话演义之关系》,文史哲出版社 2002 年版。

[美]戴卫·赫尔曼主编,马海良译:《新叙事学》,北京大学出版社 2002 年版。

王阳:《小说艺术形式分析:叙事学研究》,华夏出版社 2002 年版。

[法]保尔·利科著,王文融译:《虚构叙事中时间的塑形:时间与叙事》,生活·读书·新知三联书店 2003 年版。

童庆炳:《文学理论教程》,高等教育出版社 2004 年版。

万晴川:《巫文化视野中的中国古代小说》,中国社会科学出版社 2003 年版。

[英]马克·柯里著,宁一中译:《后现代叙事理论》,北京大学出版社 2003 年版。

朱光潜:《西方美学史》,人民文学出版社 2003 年版。

[德]伽达默尔著,宋建平译:《哲学解释学》,上海译文出版社 2004 年版。

[德]叔本华著,文良文化编译:《人性的得失与智慧》,华文出

版社 2004 年版。

　　胡亚敏:《叙事学》,华中师范大学出版社 2004 年版。

　　杨义:《中国古典小说史论》,人民出版社 2004 年版。

　　申丹等:《英美小说叙事理论研究》,北京大学出版社 2005 年版。

　　[俄]弗拉基米尔·雅可夫列维奇·普罗普著,贾放译:《故事形态学》,中华书局 2006 年版。

　　刘勇强:《中国古代小说史叙论》,北京大学出版社 2007 年版。

　　[美]亚伯拉罕·马斯洛著,许金声等译:《动机与人格》,中国人民大学出版社 2007 年版。

　　[法]罗兰·巴尔特著,李幼蒸译:《符号学历险》,中国人民大学出版社 2008 年版。

　　齐裕焜:《中国小说演变史》,敦煌文艺出版社 2008 年版。

　　赵望秦、潘晓玲:《胡曾〈咏史诗〉研究》,中国社会科学出版社 2008 年版。

　　卢世华:《元代平话研究——原生态的通俗小说》,中华书局 2009 年版。

　　申丹:《叙事、文体与潜文本——重读英美经典短篇小说》,北京大学出版社 2009 年版。

　　杨义:《中国叙事学(图文版)》,人民出版社 2009 年版。

　　陈平原:《中国小说叙事模式的转变》,北京大学出版社 2010 年版。

　　[德]康德著,李秋零译注:《判断力批判》,中国人民大学出版社 2011 年版。

　　董上德:《古代戏曲小说叙事研究》,广东高等教育出版社 2011 年版。

　　[德]尼采著,周国平译:《尼采诗集》,作家出版社 2012 年版。

董乃斌:《中国文学叙事传统研究》,中华书局 2012 年版。

孙楷第:《中国通俗小说书目(外二种)》,中华书局 2012 年版。

朱一玄:《金瓶梅资料汇编》,南开大学出版社 2012 年版。

高原:《古典诗歌中隐喻与转喻的互动》,南开大学出版社 2013 年版。

谭帆:《中国古代小说文体文法术语考释》,上海古籍出版社 2013 年版。

魏子云主编:《中国文学讲话》,贵州教育出版社 2014 年版。

徐岱:《小说叙事学》,商务印书馆 2014 年版。

许建平:《意图叙事论——以明清小说为分析中心》,人民出版社 2014 年版。

傅修延:《中国叙事学》,北京大学出版社 2015 年版。

许建平:《许建平〈金瓶梅〉研究精选集》,学生书局 2015 年版。

许建平:《明清文学论稿》,河南人民出版社 2017 年版。

[德]叔本华著,石冲白译:《作为意志和表象的世界》,商务印书馆 2018 年版。

罗筱玉:《宋元平话文献考辨与研究》,浙江大学出版社 2019 年版。

鲁迅:《中国小说史略》,人民文学出版社 2022 年版。

谭帆:《术语的解读——小说戏曲研究的视角与方法》,凤凰出版社 2023 年版。

学位论文

李宜涯:《元至治新刊全相平话五种研究》,台北文化大学 1978 年硕士学位论文。

敖鹏惠:《元刊"全相平话五种"的史料研究》,吉林大学 2005 年硕士学位论文。

罗筱玉:《宋元讲史话本研究》,复旦大学 2005 年博士学位论文。

李晓晖:《宋元"说话"研究》,华中师范大学 2008 年博士学位论文。

韩霄:《三国故事说唱文学研究》,扬州大学 2012 年博士学位论文。

白彩霞:《元刊〈全相平话五种〉研究》,内蒙古师范大学 2014 年硕士学位论文。

刘莉莉:《〈三国志平话〉和〈三国志演义〉关系研究》,曲阜师范大学 2014 年硕士学位论文。

牛晓岑:《元刊"全相平话五种"民间性特征研究》,兰州大学 2016 年硕士学位论文。

石峰雁:《〈金瓶梅〉意象叙事研究》,上海交通大学 2019 年博士学位论文。

陈曦:《〈三国志演义〉与〈三国志平话〉比较研究》,哈尔滨师范大学 2020 年博士学位论文。

李红:《中国传统说话视域下的元刊平话研究》,东北师范大学 2020 年博士学位论文。

期刊与报纸论文

西谛:《论元刊全相平话五种》,《北斗》1931 年第 1 期。

祝松柏:《论平话小说》,《学生文艺丛刊》1934 年第 1 期。

周贻白:《〈武王伐纣平话〉的历史依据》,《小说月报》1941 年第 13 期。

周贻白:《武王伐纣平话与列国志传》,《文艺春秋丛刊》1945 年第 5 期。

潘开沛:《〈金瓶梅〉的产生与作者》,《光明日报(文学遗产)》

1954 年 8 月 29 日第 18 期。

方品光:《元明建本通俗演义对我国小说发展的影响》,《福建师范大学学报(哲学社会科学版)》1982 年第 1 期。

曾俊伟:《"意象"说源流》,《中南民族学院学报(人文社会科学版)》1984 年第 2 期。

刘世德:《谈〈三分事略〉:它和〈三国志平话〉的异同先后》,《文学遗产》1984 年第 4 期。

万光治:《中国古典小说结构与历史编纂形式的平行纵向观》,《四川师院学报》1985 年第 2 期。

舒焚:《两宋说话人讲史的史学意义》,《历史研究》1987 年第 4 期。

魏家骏:《论小说意象》,《西南民族学院学报(哲学社会科学版)》1988 年第 1 期。

许建平:《〈金瓶梅〉表意含蓄化探绎》,《河北师范大学学报》1991 年第 1 期。

宁希元:《〈三国志平话〉成书于金代考》,《文献》1991 年第 2 期。

王星琦:《宋元平话的文化意义》,《南京师范大学学报(社会科学版)》1992 年第 2 期。

欧阳健:《民间艺人在"正史"之外另造的历史世界——宋元讲史平话新论》,《东岳论丛》1992 年第 5 期。

马新阳:《宋代讲史平话兴盛的原因》,《扬州师院学报(社会科学版)》1993 年第 2 期。

岳介先:《立普斯的移情说美学》,《江淮论坛》1994 年第 4 期。

纪德君、洪哲雄:《试论宋元平话的审美文化追求》,《中山大学学报(社会科学版)》1998 年第 5 期。

楼含松:《史学的新变和讲史的兴盛》,《浙江大学学报(人文社会科学版)》2000 年第 1 期。

刘孝严:《〈金瓶梅〉天命鬼魂、轮回报应观念与儒佛道思想》,《东北师范大学学报》2000 年第 6 期。

[日]大塚秀高:《从玉皇庙到永福寺》,《明清小说研究》2001 年第 2 期。

纪德君:《宋元平话与明清历史演义小说析异》,《学术研究》2001 年第 12 期。

屈光:《中国古典诗歌意象论》,《中国社会科学》2002 年第 3 期。

曹苇舫、吴晓:《诗歌意象功能论》,《文学评论》2002 年第 6 期。

楼含松:《论讲史平话的语言特征》,《浙江大学学报(人文社会科学版)》2002 年第 6 期。

纪德君:《"通鉴"类史书:中国讲史小说之前源》,《社会科学》2003 年第 8 期。

楼含松:《讲史平话的体制与款式》,《浙江大学学报(人文社会科学版)》2004 年第 5 期。

陈建生:《叙事视角意象探析》,《四川外语学院学报》2006 年第 2 期。

卢世华:《野性与率性——论元代平话的审美特色》,《阴山学刊》2006 年第 3 期。

施晔:《玉皇庙、永福寺在〈金瓶梅〉中的作用及其宗教文化因缘》,《上海师范大学学报(哲学社会科学版)》2006 年第 3 期。

楼含松:《拟史:宋元讲史平话的叙事策略》,《浙江大学学报(人文社会科学版)》2006 年第 5 期。

樊露露:《浅谈〈红楼梦〉的意象叙事》,《语文学刊》2007 年第 1 期。

杨义:《诗学与叙事学的创新策略》,《北京联合大学学报(人文社会科学版)》2007 年第 1 期。

黄毅:《〈三国志平话〉与元杂剧"三国戏"——〈三国演义〉成书史研究之一》,《明清小说研究》2007 年第 4 期。

周志波、谈艺超:《论花园意象的叙事功能》,《文学语言学》2007 年 6 月中旬刊。

卢世华:《论元代平话审美的传奇本色》,《殷都学刊》2008 年第 2 期。

邓锐:《宋元讲史平话的史学史研究价值》,《江淮论坛》2008 年第 4 期。

张岳林:《意象在〈红楼梦〉中的叙事功能》,《皖西学院学报》2008 年第 4 期。

朱铁梅:《宋元话本与张飞市民英雄形象的定型》,《河北学刊》2008 年第 4 期。

涂秀虹:《〈三国志平话〉叙事的原则与视角》,《文史哲》2009 年第 2 期。

张岳林:《〈红楼梦〉意象化的叙事者》,《宿州学院学报》2009 年第 2 期。

王庆华:《"平话"辨正》,《兰州学刊》2009 年第 12 期。

谭君强:《比较叙事学:"中国叙事学"之一途》,《江西社会科学》2010 年第 3 期。

李亦辉:《论〈武王伐纣平话〉成书的方式、时间及地域》,《学术交流》2011 年第 1 期。

李继华:《从〈三国演义〉成书过程看平话与演义结构之比较》,《郑州大学学报(哲学社会科学版)》2011 年第 5 期。

许建平、郑方晓:《意图力:小说叙事的内驱动力——以明清两代小说文本为案例》,《求是学刊》2011 年第 6 期。

许建平:《明清小说叙事聚焦研究的四点新发现》,《河北学刊》2012 年第 1 期。

许建平:《嵌入方式的生成及其在意图叙事中的功能——以元明清叙事文本为分析对象》,《上海大学学报(社会科学版)》2012 年第 3 期。

王咏梅:《论叙事意象的审美生成》,《文艺评论》2012 年第 5 期。

李亦辉、李秀萍:《民间思想的多维呈现:论〈武王伐纣平话〉的文化意蕴》,《学术交流》2012 年第 12 辑。

许建平:《论小说陌生化之生成——从叙事意图的矛盾逻辑说起》,《社会科学》2013 年第 3 期。

许建平:《论中国小说叙事的神秘性》,《河北学刊》2013 年第 3 期。

张丽:《西方文学中的叙事意象探析》,《江西师范大学学报(哲学社会科学版)》2013 年第 5 期。

徐大军:《元代平话文本的生成》,《文学遗产》2014 年第 2 期。

许建平、丁玉娜:《意图元类式:小说叙事结构的新阐释——以明清小说为叙述中心》,《上海大学学报(社会科学版)》2014 年第 3 期。

傅修延:《从西方叙事学到中国叙事学》,《中国比较文学》2014 年第 4 期。

许建平、在元:《意图叙事说》,《兰州学刊》2014 年第 11 期。

卢世华:《元代平话中的奇异方术》,《人文论谭》2015 年刊。

许建平:《明清小说叙事的意味形式》,《社会科学》2015 年第 1 期。

许建平:《明清小说意象叙事层次分析》,《社会科学家》2015 年第 3 期。

牛晓岑:《元杂剧"水浒戏"梁山好汉形象的时代特征及其社会内涵》,《菏泽学院学报》2016年第1期。

罗筱玉:《也谈〈三分事略〉与〈三国志平话〉的刊刻年代及版式异同》,《文献》2016年第3期。

牛晓岑、许建平:《古代文集编纂及文学观念的一次异变——王世贞创立"说部"的文学观念价值》,《社会科学》2023年第7期。

会议论文

许建平:《意象叙事论——从甲骨文的意象思维说起》,《"文艺学新问题与教学改革"学术研讨会论文集》,北京师范大学,2011年。

外文文献

E. Jens Holley, *Dictionary of Narratology*, Nebraska: University of Nebraska Press, 1988.

Elliot G Mishler, "*Research Interviewing: Context and Narrative*" American Journal of Sociology 1988, 94(2).

Bruner, Jerome, "*The Narrative Construction of Reality*" Critical Inquiry, vol. 18, no. 1, 1991.

A C. Graesser, M. Singer, T. Trabasso, "*Constructing Inferences During Narrative Text Comprehension*" Psychological Review, 1994, 101(3).

Michael Sinding, "*The Turn to the Mind, Inside and Out*" (Conference proceedings of Imagining Minds: Cognitive Approaches to Narrative, Embodied Simulation, Metaphor and Complex Tropes) Vienna, 2008, May.

Monika Fludernik, "*The Cage Metaphor: Extending*

Narratology into Corpus Studies and Opening it to the Analysis of Imagery" In Narratology in the Age of Cross-Disciplinary Narrative Research，2009.

Alber Jan，Fludernik Monika，*Postclassical Narratology: Approaches and Analyses*，Columbus：The Ohio State University Press，2010.

Mildorf J，"*Letting Stories Breathe: A Socio-Narratology (review)*" Biography 2011，34(4).

S Kinnebrock，H Bilandzi，"*How to Make a Story Work: Introducing the Concept of Narrativity into Narrative Persuasion*" Rwth Aachen，2011.

Sinding，Michael，"*Social Minds and Metaphor in Rousseau*" Narrative，vol. 23 no. 2，2015.

后　记

　　回想起来,关于小说叙事学问题的探讨我已搁置两三年,如今重拾而进行专著写作,仍然能文思泉涌,足见我对其热爱之深切。作为已有十年党龄的党员,我不禁可以自豪地说,我能够真正做到"不忘初心",我也因此而笃定,未来能在科研之路上一路向前。21世纪初,古典文化热潮降临神州,彼时还在读初中的我,在这股浪潮中寻得了自己的爱好,《红楼梦》《水浒传》《说唐》等古典小说,乃至《国语》《左传》等叙事文学作品陆续走进我的人生,成为伴随我寒窗苦读的挚友。无论课业多么繁重,我都会抽时间阅读这些作品,家境虽不富裕,但我宁可不吃不喝,也要积攒有限的零花钱购买相关书籍,以至于高考之前,同学来家做客,竟然发出"汗牛充栋"之慨。如今想来,那时的藏书虽刚破百册,但我此后的学术乃至人生道路之伏笔已然埋下。后来我果然考入中文系,并走上了文学研究的道路。

　　2009年,我进入兰州大学,得到了系统的中国语言文学专业教育。2013年,我继续留校攻读硕士学位,师从胡颖教授,我的科研方向即是元明清小说研究。虽然胡老师治学的重心是元明清戏曲,且师门其他同学均研修戏曲相关课题,但老师仍然鼓励和支持我钻研小说,并为我单独开课。只有师徒二人的课堂别有风致,教室之冷清与师生交流之热络形成了鲜明对比。研究生课程虽然以科研探讨为主,但老师仍然坚持进行演示文稿展示,并于关键处提供板书,时至今日,每每想起那些场景,仍觉十分感激。正是在与老师的交流中,我逐渐熟悉了叙事学理论,并确定了探索中国古典通俗小说叙事源流的研究方向。在老师悉心指导下,我最终完成了硕士学位论文写作,初探了"元刊全相平话五种"的叙事文化问题。可以说,胡老师是我小说研究之领路人,没有老师的教导,必无拙作之问世。拙作出版之际,胡老师更是仔细读稿,慷慨赐序,使拙作生辉。这份恩情,我无以为报,只有精进科研,以优秀的成果报答师恩。

基于对古典小说的热爱,进入大学的我便与一众文学发烧友创立了一个学生"红学"社团,此举也促使兰大的文学社团建设走在了全国高校的前列。正是在社团工作中,我遇到了另一位对我影响至深的老师——魏宏远教授。作为社团的学术顾问,魏老师较早地将我们这些爱好者引入了文学研究的正途,社团中许多成员日后继续攻读硕士,甚至如今已有多人博士毕业,任教于全国各大高校,这均得益于魏老师之启蒙。与胡老师对理论的推介不同,魏老师对我们的培养更重文献考据,我与一众同学也因此在科研上形成了理论与实证并重的特点。魏老师近乎强制性地让我旁听他的文献学课,带我进行古籍整理的实践,这对我的科研生涯影响深远。正是在兰大的这段经历,使我能够热爱并沉潜于文学研究,也使我的治学形成了宽广的眼界和合理的方法。研究生毕业时,也正是有了魏老师的推荐,我得以考入上海交通大学人文学院,攻读中国语言文学博士学位。我写作此书时,魏老师也能在百忙之中审阅书稿,提出许多优化建议。老师对我的帮助,我会永远铭记于心。

2017年,我博士入学,师从许建平教授。在硕士毕业论文写作时我便阅读了许先生"意图叙事"理论的诸多论著,深受启发。

后来魏老师向许先生推荐了我,一想到能够成为自己崇敬的学术大家的学生,我便十分激动。入学日期一到,我迫不及待地来到交大,开始了博士生涯。这时,许老师刚完成"意图叙事学"相关之科研项目,却对已有成果并不完全满意,觉得尚有许多问题遗留未解,故而在课堂上与我们这些门生进行了深入的叙事学探讨。就在这种长期的学术交流中,许老师更新了自己的理论,进一步发现了这一理论体系中"意象"的重要性,并因此填补了这一理论留下的多处空白。由于理论完善之后,叙事"意象"已经成为该理论体系中的核心概念,故而许老师觉得完善后的理论更应称为"意象叙事学"。许老师时常与我们感慨,学海无涯,自己却已生力有不逮之感,希望我们能继承他的事业,继续深化叙事学的研究和探索。几位同门师兄弟和我均被老师的学术热忱深深感动,默默将"意象叙事"理论的探索和实践当成了毕生之学术事业,陆续产出了许多成果。如今我完成了拙作之写作,也算得上是老师那声声感慨的一个微弱回音了。

许老师另一个治学事业是《王世贞全集》的整理与研究。由于我在读博前跟随魏老师进行了许多古籍校点的实践,在入学后便迅速投入到王世贞诸多著作的整理校勘工作中。自此之后,古籍整理成为了我日常必做的学术工作,我的文献考证能力得到了稳步提升。2023 年,我参与整理的《弇州山人四部稿》荣获上海市哲学社会科学优秀成果奖著作类二等奖,这也算是对我多年踏实治学的莫大肯定了。我负责单独整理的《剑侠传》《世说新语补》正是王世贞最具代表性的小说选本作品,鲜明地彰显了他的小说观,这也深刻启发了我本书的写作。围绕着《王世贞全集》的整理工作,我结识了许多学者,得到了他们充分的指导和帮助,获益至今,他们是江巨荣教授、郑利华教授、朱丽霞教授、张玉梅教授、吕浩教授、姚大勇教授、杨彬教授、李桂奎教授、汤志波教授、陆岩军教授、林振岳博士、石峰雁博士、周庆贵博士等。

　　拙作的写作出版也得到了诸多友人的关注:我的同乡师妹付聪敏与我学术交流密切,每每在我写作之关键处给予启发,对于本书的写成帮助巨大;凤凰出版社蒋李楠老师时刻关注本书的出版进度,提出了诸多宝贵意见;人文学院张志云教授、蔡诚博士亦时刻关心拙作写作,多有交流和帮助。十年辛苦不寻常,拙作中的每个字句不仅凝聚了我的心血,也融汇了良师益友们对我的关怀和期望。它即将付梓,我漫长的求学生涯亦将进入全新阶段,让我在此向诸位师友致以最诚挚的谢意。

　　本书脱胎于我的硕士论文,但研究视角、理论体系和方法范式均发生了显著改变,研究目标也更为深远。对中国古典通俗小说发展源流进行深入探索是我治学的一大主要方向,"全相平话五种"则是我以明清章回小说为基准向上溯源时最先遇到的经典作品,围绕这一方向和这组作品,值得探索且尚未探明的问题实属丰富,当我涉足于此,便难半途而废。硕士毕业后,我便继续深化研究,形成的成果体量远超硕论,最终凝结于本书之中。拙作之成,实属我自幼选择学习文学,成年立志学术之必然结果。许老师和我的诸位同门深耕于"意象叙事"理论,然而他们的实践多围绕于明清经典通俗小说作品,如《红楼梦》《金瓶梅》《儒林外史》及"三言二拍"等。对于中国通俗小说意象叙事模式的前源问题,许老师时常感叹精力有限,未能进行过多探索,我能选择元平话作为研究对象,进行此书写作,他颇为欣喜。拙作之成,亦是我们师生全面探索"意象叙事"理论、力拓研究版图之努力的初步结晶。拙作能够出版,我一时志忑和欣慰之情杂陈。一方面深惴自己水平有限,对相关研究贡献不足;一方面,想到通过拙作的研究,中国古代通俗中长篇小说叙事模式的形成和发展过程能得到全新的探索分析,充实和满足之情也油然而生。吾生也有涯,而知也无涯,治学之路无止境，吾辈只有向前，今后我也必将在中国叙事学和古典小说研究等领域勤奋耕耘，以期作出更多贡献。

　　回想起我的读书、治学生涯，兰州大学文学院"铁肩担道义，妙手著文章"的院训深刻影响着我，已成为我的治学初心。写到此处，抬眸窗外，流云卷舒，回想初心，未曾改变。期待未来岁月里，我的研究终能有助于社会，为我们今天的文化生活增添一抹亮色，我这"三尺微命，一介书生"之"经世致用"便足已彰显了。

牛晓岑

2024 年 9 月于奉贤浦南运河畔南桥花园